AMY WALDMAN
A Submissão

Editora
Fundamento

2013, Editora Fundamento Educacional Ltda.

Editor e edição de texto: Editora Fundamento
Capa: Zuleika Iamashita
Editoração eletrônica: Bella Ventura Eventos Ltda. (Lorena do Rocio Mariotto)
CTP e impressão: SVP – Gráfica Pallotti
Tradução: Capelo Traduções e Versões Ltda. (Neuza Maria Capelo)

Copyright © Amy Waldman 2011
O direito de Amy Waldman de ser identificada como a autora deste livro está assegurado de acordo com o Copyright, Designs and Patents Act de 1988.

Este livro é uma obra de ficção. Nomes e personagens são produtos da imaginação da autora. Qualquer semelhança com pessoas reais, vivas ou já falecidas, é mera coincidência.

Todos os direitos reservados. Nenhuma parte deste livro pode ser arquivada, reproduzida ou transmitida de qualquer forma ou por qualquer meio, seja eletrônico ou mecânico, incluindo fotocópia e gravação de backup, sem permissão escrita do proprietário dos direitos.

Dados Internacionais de Catalogação na Publicação (CIP)
(Câmara Brasileira do Livro, SP, Brasil)

Waldman, Amy
    A Submissão / Amy Waldman ; [versão brasileira da editora] . – 1. ed. – São Paulo, SP : Editora Fundamento Educacional Ltda., 2013.

Título original: The Submission

1. Ficção norte-americana I. Título

13-02302   CDD-813.5

Índices para catálogo sistemático:
1. Ficção: Literatura norte-americana 813.5

Fundação Biblioteca Nacional

Depósito legal na Biblioteca Nacional, conforme Decreto nº 1.825, de dezembro de 1907.
Todos os direitos reservados no Brasil por Editora Fundamento Educacional Ltda.

Impresso no Brasil

Telefone: (41) 3015 9700
E-mail: info@editorafundamento.com.br
Site: www.editorafundamento.com.br

Este livro foi impresso em papel pólen soft 80 g/m² e a capa em papel-cartão 250 g/m².

1

– OS NOMES! E OS NOMES? – Claire perguntou.

– Trata-se de um registro, e não de um movimento – a escultora respondeu.

A resposta firme de Ariana provocou gestos de assentimento dos outros artistas, do crítico e dos dois provedores de arte pública acomodados à mesa de jantar. De personalidade forte, ela era a figura mais famosa da comissão. E o maior problema de Claire.

Como se presidisse a reunião, Ariana ocupava a cabeceira da mesa. Durante quatro meses, eles haviam se reunido em volta de uma mesa redonda – sem cabeceira, portanto –, em um grande escritório com vista para a área arrasada. Os outros membros da comissão tinham atendido ao pedido da viúva, que preferia sentar-se de costas para a janela. Assim, Claire percebia apenas um borrão acinzentado lá embaixo, quando se encaminhava para seu lugar à mesa. Naquela noite, porém, para as decisões finais, o grupo se acomodava em volta da longa mesa de jantar da mansão Gracie. Ariana, sem pedir licença ou demonstrar hesitação, tinha assumido o lugar de honra, como se quisesse deixar claro que pretendia fazer valer sua opinião.

– Os nomes estarão lá. Na verdade, são obrigatórios, pelas regras da concorrência – ela continuou.

Para uma mulher tão seca, a voz era doce.

– Em um memorial perfeito, a emoção não é causada pelos nomes.

– Para mim é, sim – Claire falou, com firmeza.

Os olhares que percebeu carregados de culpa, imediatamente disfarçados, lhe deram certa satisfação. Todos ali tinham sofrido a destruição da ideia de uma nação invulnerável; o desaparecimento dos mais reconhecíveis ícones da cidade; a morte de amigos e conhecidos. Mas somente ela perdera o marido.

Não dava para esquecer isso naquela noite, quando, afinal, seria decidido o memorial. Os 5 mil projetos, todos sem identificação, tinham ficado reduzidos a 2. O processo de seleção final deveria ser simples. No entanto, depois de três horas de discussão, duas rodadas de votação e muito vinho da reserva particular do prefeito, a argumentação se tornava áspera, impaciente, repetitiva. Ariana e os outros artistas reconheciam a beleza do Jardim – o projeto preferido de Claire –, mas não pareciam ver o mesmo que ela.

O conceito era simples: um jardim retangular, murado, composto de rigorosas formas geométricas. No centro, um pavilhão elevado servia para momentos de meditação. Dois canais largos e perpendiculares dividiam em quatro o espaço de quase 25 mil metros quadrados. Em cada quadrante, veredas se cruzavam, formando um axadrezado a proteger as árvores – umas naturais, outras em aço –, plantadas ordenadamente, como em um pomar. O muro branco, a toda volta, tinha 8 metros de altura, e, na face interna, ficavam os nomes das vítimas inscritos em um padrão que imitava o revestimento dos prédios destruídos. As árvores de aço, feitas com pedaços de escombros, representavam ainda mais fielmente as construções.

Quatro esboços mostravam como ficaria o Jardim em cada estação do ano. O favorito de Claire era a representação do inverno, pelo contraste dos tons claros e escuros. Uma mortalha de neve cobria o chão; árvores sem folhas exibiam os galhos cor de estanho; árvores de aço fundido refletiam a luz rosada do fim da tarde; os canais pareciam espadas a cruzar suas superfícies escurecidas. As letras negras sulcavam a parede branca. Beleza é muito bom, mas ali havia mais do que isso. Até Ariana reconhecia nas austeras árvores de aço um toque surpreendente – uma lembrança de que o Jardim, por mais ligado que estivesse à natureza, era criado pelo homem, perfeito para uma cidade onde sacos plásticos voam levados pelo vento ao lado dos pássaros, e as gotas que caem dos aparelhos de ar condicionado se misturam às gotas de chuva. Elas pareciam naturais e conservariam a forma, qualquer que fosse a estação do ano.

– O Vazio é muito escuro para nós – Claire disse mais uma vez.

Nós. As famílias dos mortos. Somente ela, naquele grupo, representava "nós". Claire detestava o Vazio, o outro projeto finalista, preferido de Ariana, e estava certa de que as famílias enlutadas sentiriam o mesmo. Nada havia de vazio nele. Uma torre retangular de granito preto, com altura equivalente a um prédio de 12 andares, no centro de um enorme tanque oval, destacava-se no desenho como um grande corte no céu. Os nomes dos mortos seriam gravados na superfície da torre, que se refletia na água. O projeto guardava certa semelhança com o memorial aos veteranos do Vietnã, mas, segundo Claire, não parecia adequado. Na opinião dela, esse tipo de concepção abstrata só funciona quando as pessoas podem aproximar-se da estrutura e tocá-la, para alterar a escala. No Vazio, os nomes não podiam ser tocados nem vistos com nitidez. A única vantagem era a altura do monumento, pois Claire tinha medo de que algumas famílias xenófobas ou dadas a interpretações complicadas pensassem que o Jardim estivesse cedendo território americano aos inimigos, ainda que o território fosse o ar.

– Jardins são a marca registrada da burguesia europeia – Ariana disse, apontando as paredes da sala de jantar.

O papel de parede mostrava cenas em que homens e mulheres formalmente vestidos passeavam em meio a árvores frondosas. A própria Ariana usava, dos pés à cabeça, peças em um tom sem graça, que tinha escolhido em pretensa homenagem ao azul brilhante encontrado nos trabalhos do artista francês Yves Klein. O arremedo de pretensão, Claire concluiu, podia virar pretensão genuína.

– Marca registrada da aristocracia – o único historiador do grupo corrigiu. – A burguesia imita a aristocracia.

– O papel de parede é francês – a assessora do prefeito, sua representante, esclareceu.

– A meu ver – Ariana prosseguiu –, os jardins não combinam conosco. Já temos os parques. Jardins formais não fazem parte da nossa cultura.

– Experiências são mais importantes do que a cultura – Claire interrompeu.

– Não, a cultura é feita de experiências. Identificamos as emoções com certos lugares.

– Cemitérios – Claire falou, sentindo ressurgir a antiga tenacidade. – Por que são frequentemente os lugares mais bonitos da cidade? Em um poema de George Herbert há um trecho assim: "Quem diria que meu coração seco recuperaria o viço?"

Uma colega dos tempos de colégio tinha escrito a frase em um cartão de pêsames.

– No Jardim – ela continuou –, as viúvas, os filhos, poderão começar a redescobrir a alegria. Quem quiser. Meu marido...

Todos se inclinaram, atentos à conclusão. Mas Claire mudou de ideia e calou-se. As palavras ficaram suspensas no ar, como uma nuvem de fumaça...

Que Ariana soprou.

– Lamento, mas memorial não é cemitério. É um símbolo nacional, uma representação histórica, um modo de garantir que os visitantes, seja qual for o seu distanciamento da tragédia, compreendam o que ela significou. O Vazio é visceral, dolorido, escuro, rústico porque naquele dia não houve alegria. Não se pode dizer se aquela placa gigante está subindo ou caindo, o que reflete exatamente esse momento da História. Criou-se a destruição, reduzindo a força da verdadeira destruição, dialeticamente falando. O Jardim nos transmite um desejo de recuperação. Trata-se de um impulso muito natural, mas talvez não seja o nosso desejo mais elevado.

– Você tem alguma coisa contra a recuperação? – Claire perguntou.

– Nossa discordância é quanto à melhor maneira de fazer isso – Ariana respondeu. – Acho que é preciso reconhecer e encarar a dor, mergulhar nela, antes de seguir adiante.

– Vou pensar nisso – Claire respondeu, cobrindo com a mão o copo em que tinha bebido vinho, impedindo assim que o garçom o enchesse novamente.

Paul mal conseguia acompanhar quem dizia o quê. Os membros da comissão haviam devorado a comidinha caseira encomendada por ele: frango frito, purê de batata, couve-de-bruxelas com *bacon*. Ele se orgulhava de relacionar-se com mulheres formidáveis – afinal, estava casado com uma –, mas Claire Burwell e Ariana Montagu deixavam-no estressado. Quando as opiniões das duas se chocavam como campos elétricos, o ambiente parecia a ponto de explodir de tanta animosidade. Paul percebeu nas críticas de Ariana à beleza do Jardim, e à beleza em si, alguma insinuação acerca de Claire.

Ele pensou no que aconteceria nos dias, semanas e meses seguintes. O projeto vencedor seria anunciado. Então, iria com Edith a Ménerbes para uma visita aos Zabar e um bom descanso, preparando-se para a captação de recursos, que começaria em seguida. Teria pela frente um grande desafio, já que os dois projetos finalistas apresentavam um custo estimado em 100 milhões de dólares, no mínimo. Mas Paul não se importava em pedir doações polpudas aos amigos. Além disso, inúmeros cidadãos comuns estariam dispostos a contribuir.

Edith tinha certeza de que outras missões semelhantes se seguiriam àquela. Diferentemente de muitas de suas amigas, ela não colecionava vestidos Chanel nem joias Harry Winston, embora possuísse tudo isso em grande quantidade; seu interesse antes se voltava para posições de prestígio. Assim, pretendia para Paul o comando da biblioteca pública, da qual ele já integrava o conselho diretor. A instituição recebia mais verbas do que o Metropolitan Museum of Art – o Met –, e Edith sempre se referia ao marido como um amante da literatura, embora ele não tivesse lido coisa alguma depois de *A Fogueira das Vaidades*.

– Talvez seja melhor conversarmos um pouco mais sobre o contexto local – opinou Madeline, uma influente representante da comunidade estabelecida em torno do futuro monumento.

Como se já esperasse, Ariana tirou da bolsa um desenho seu, do Vazio, para mostrar a integração do monumento à cidade. Segundo ela, a "verticalidade" combinava com a silhueta de Manhattan. Claire olhou para Paul com ar de preocupação. O "esboço", como a própria Ariana havia chamado, estava melhor do que o croqui que acompanhava o projeto. Claire tinha comentado várias vezes com Paul que suspeitava de alguma relação entre Ariana e o projetista. Seria um aluno ou protegido? Ela parecia tão ansiosa pela aprovação... Era possível, embora Paul considerasse que as duas defendiam seus pontos de vista com a mesma determinação. Claire não parecia disposta a aceitar uma derrota. Nem Ariana, acostumada a fazer friamente valer sua opinião.

Para a sobremesa, o grupo passou à sala de estar, um ambiente acolhedor com paredes em amarelo. Jorge, o cozinheiro-chefe da mansão Gracie, chegou empurrando um carrinho cheio de bolos e biscoitinhos. Então, com um gesto um tanto exagerado, retirou a cobertura que escondia um bolo de gengibre de 1 metro de altura no formato inconfundível das torres destruídas. Seguiu-se um pesado silêncio.

– Não é para comer – Jorge esclareceu, subitamente sem graça. – É só uma homenagem.

– Claro. Muito bonito – Claire observou, suavizando a voz nas últimas palavras.

As luzes da sala se refletiam nas janelas do bolo, salpicadas de açúcar. Paul acabava de encher o prato com tudo que havia no carrinho, menos o bolo, quando Ariana plantou-se diante dele como uma lança espetada no chão, e os dois se dirigiram a um canto isolado atrás do piano.

– Estou preocupada, Paul – ela começou. – Não quero que a nossa decisão seja muito carregada de...

A última palavra saiu quase inaudível.

– ...emoção.

– Estamos decidindo sobre um memorial, Ariana. Não sei se vai ser possível eliminar completamente a emoção.

– Você sabe o que quero dizer. Tenho medo de que os sentimentos de Claire provoquem um impacto desproporcional.

– Ariana, também podem apontar você como causadora de um impacto desproporcional. As suas opiniões são muito respeitadas.

– Nada que se compare a um membro da família. A tristeza pode representar uma ameaça.

– O gosto também.

– Certo, mas estamos falando de alguma coisa mais séria do que gosto pessoal. Bom senso. Manter um familiar no grupo é o mesmo que permitir ao paciente, em lugar do médico, decidir o tratamento a ser adotado. Um pouco de distanciamento é muito saudável.

Com o canto do olho, Paul viu Claire envolvida em uma conversa com o conceituado crítico de arte. Quase 20 centímetros mais alta do que ele, incluindo os saltos, ela não fazia esforço algum para curvar-se. Usava naquela noite um elegante vestido preto, e Paul desconfiou de que a escolha da cor não fosse acidental. Claire sabia se produzir. Ele respeitava nela essa característica, embora "respeito" talvez não fosse o termo indicado para descrever o modo como a imaginava. Não era a primeira vez que lamentava ter 25 anos a mais do que ela, estar ficando calvo e prezar a lealdade – talvez mais institucional do que pessoal – no casamento. Ele a observou despedir-se do crítico para ir atrás de outro componente da comissão.

A olhadela na direção de Claire não passou despercebida.

– Eu sei que ela impressiona – Ariana comentou, fazendo Paul se voltar rapidamente. – Mas o Jardim é delicado demais. Bem ao gosto dos americanos que apreciam o Impressionismo.

– Eu, por acaso, aprecio – ele disse, em dúvida se deveria imprimir à observação um tom de brincadeira. – Não posso impedir Claire de falar. Você sabe que os familiares tendem mais a aprovar o nosso projeto quando se sentem parte do processo. Precisamos da informação emocional que ela nos traz.

– Paul, você sabe que estamos sujeitos a todo tipo de crítica. Se escolhermos o memorial errado, se nos rendermos ao sentimentalismo, isso só vai confirmar...

– Já sei, já sei – ele interrompeu.

Paul conhecia as objeções: que o local acabava de ser desobstruído, e era cedo demais para um memorial; que a guerra ainda não estava decidida, e que o país nem sabia exatamente contra o que ou quem estava lutando. Mas as coisas vinham acontecendo mais rapidamente: ascensão e queda de ídolos; disseminação de doenças, rumores e tendências; transmissão de notícias; criação de novos instrumentos monetários, que tinham apressado o afastamento de Paul da presidência do banco de investimentos. Então, por que não apressar a construção do memorial? É verdade que havia exigências comerciais em jogo. O incorporador do terreno queria recuperar o dinheiro investido, e sabia que o povo dificilmente aceitaria como uma resposta eloquente ao terrorismo a ocupação do local por grandes prédios de escritórios. E havia exigências patrióticas também. Quanto mais tempo o espaço permanecesse vazio, mais pareceria um símbolo de derrota, de rendição, um motivo de zombaria para "eles" – quem quer que "eles" fossem. O espaço vazio representava um memorial à grandeza ultrajada dos Estados Unidos, à nova vulnerabilidade do país aos ataques de um bando de fanáticos, medíocres em tudo, menos em assassinato. Paul jamais exporia suas ideias tão cruamente, mas o espaço vazio era embaraçoso. A razão pela qual ele decidira assumir a presidência da comissão era – além de satisfazer às ambições de Edith – preencher aquele espaço. O trabalho representaria um marco, não somente para sua querida cidade como para a História.

Ariana esperava mais atenção de Paul.

– Está perdendo tempo comigo – ele falou bruscamente.

O vencedor devia receber 10 dos 13 votos. Paul tinha deixado bem claro que só abriria mão da neutralidade se um finalista fosse inadequado.

– Se eu fosse você, iria salvar Maria do cerco de Claire.

Ao ver Maria sair, de cigarro na mão, Claire foi atrás. Ela estivera importunando – não existe outra palavra para descrever a insistência – o crítico com suas justificativas.

– Um monumento aos mortos não precisa ser necessariamente um lugar morto.

O homem tinha passado boa parte do tempo virando a cabeça para um lado e para outro, como se olhar para cima por tanto tempo lhe fizesse doer o pescoço. Claire puxava pela memória, tentando lembrar-se de um assunto abordado no curso de Direito: o estudo da atuação de um corpo de jurados. O que Solomon Asch tinha concluído em suas experiências? Como as pessoas se deixam facilmente influenciar pelas opiniões alheias. Conformidade. Polarização grupal. Pressões normativas. Reputação. Influência do desejo de aprovação social sobre pensamentos e atitudes. Portanto, ela teria mais chance de sucesso se conversasse em separado com cada um dos membros da comissão. Maria era uma curadora de arte pública conhecida por instalar trabalhos – inclusive um de Ariana – nas ruas de Manhattan. Isso a tornava uma aliada improvável, mas Claire tinha de tentar.

– Tem mais um? – ela perguntou.

Maria estendeu um cigarro, dizendo:

– Não sabia que você fumava.

– Só de vez em quando – Claire mentiu.

Como nunca.

As duas estavam na varanda, diante do gramado, onde árvores majestosas mal se destacavam por causa da escuridão. As luzes das pontes e construções próximas lembravam constelações. Maria bateu distraidamente o cigarro, deixando cair cinza sobre a grama. Embora considerasse o gesto um tanto desrespeitoso, Claire fez o mesmo.

– Um jardim despojado, protegido por muros, onde eu possa me esconder – Maria disse.

– Como?

– Uma obra de arte tão poderosa impediria a eliminação de lembranças incômodas. Temos de pensar em termos de História, a longo prazo, em um simbolismo que toque as pessoas daqui a cem anos. A verdadeira arte transcende o tempo.

A voz de Claire soou um tanto ríspida na resposta.

– Um jardim despojado indica desesperança. É inaceitável. Vocês todos falam em visão a longo prazo, mas isso também diz respeito a nós. Meus filhos, meus netos, as pessoas diretamente ligadas ao ataque estarão por aí nos próximos cem anos. Comparado aos 24 mil anos de idade da Vênus de Willendorf, esse pode parecer um espaço curtíssimo de tempo, mas, visto do momento presente, representa muito. Então, não entendo por que os nossos interesses devem ser menos considerados. Há algumas noites, sonhei que a mão do meu marido surgia do lago em volta do Vazio e me puxava para lá. É esse o efeito do Vazio. Portanto, você pode se orgulhar da sua brilhante exposição, mas não acredito que os familiares dos mortos farão fila para visitar o monumento.

O fato de Claire ter descoberto, meses antes, o poder de que dispunha, não tornava menos verdadeira sua irritação. Em uma tarde fria, quando ela e outras viúvas saíam de uma reunião com o responsável pelo fundo de compensação financeira do governo, um dos repórteres que esperavam à porta gritou:

– O que a senhora responde aos americanos que se dizem cansados do seu jeito autoritário e a consideram gananciosa?

Claire agarrou a bolsa com força para conter o tremor das mãos, mas nem tentou disfarçar o tremor da voz ao responder:

– Jeito autoritário? Foi isso que você falou?

O repórter recuou, enquanto ela continuava.

– Eu fui autorizada a perder meu marido? Fui autorizada a explicar aos meus filhos por que nunca mais vão ver o pai? A criá-los sozinha? A viver consciente do sofrimento do meu marido? Não se trata de ganância! Fique sabendo que não preciso dessa indenização, e não vou ficar com um centavo sequer. O caso não é o dinheiro. É justiça, responsabilidade. E estou autorizada, sim, a lutar por isso.

Mais tarde, Claire afirmou não saber que as câmeras de televisão estavam ligadas, mas todas as suas palavras foram gravadas. A sequência com a loura muito pálida, de casaco preto, foi reproduzida tantas vezes, que, por vários dias, ela não conseguia ligar a televisão sem se ver na tela.

Choveram manifestações de apoio, e ela se viu transformada em viúva "estrela". Não pretendia fazer uma declaração política. Na verdade, sentira-se ofendida pela acusação de ganância e quisera demonstrar sua verdadeira motivação. No entanto, tinha sido alçada à posição de defensora dos enlutados. Essa liderança natural, ela sabia, era o motivo da convocação, feita pela governadora, para que integrasse a comissão.

Na varanda, Maria a examinava com ar indagador. Claire percebeu o olhar e tragou a fumaça, tão fortemente, que precisou apoiar-se no parapeito. Sentia uma pontinha de culpa. Tudo que tinha dito era verdade, a não ser a certeza de que a mão que saía do lago era a mão de Cal.

Maria foi a primeira a votar.
– O Jardim – falou corajosamente.
Claire ia agradecer, mas se conteve. O crítico foi o seguinte.
– O Jardim.
Desta vez, Claire não ficou tão satisfeita. Observando a aparência dele – o cabelo de cachorro *poodle* e a cara de *basset hound* –, ela teve a desapontadora sensação de que o crítico havia mudado de opinião por puro cansaço. O Jardim contava com oito votos, o que significava vitória à vista. Em vez de comemorar, porém, Claire foi ficando quieta. No dia seguinte, terminada a luta pelo memorial, a vida perderia para ela o sentido temporário. A herança de Cal eliminava a necessidade de novos ganhos ou de uma nova causa grandiosa.

Nos dois anos decorridos desde a morte de Cal, a onda de tristeza tinha aos poucos cedido espaço ao tédio da recuperação e às novas rotinas sem graça que já começavam parecendo velhas. Formulários e mais formulários. Boletins do médico legista: encontrado mais um fragmento do marido. Cancelamento de cartões de crédito, carteira de motorista, carteira de sócio do clube, assinaturas de revistas, contratos de compra de obras de arte. Venda dos carros e do barco. Retirada do nome dele de curadorias e contas bancárias, além dos conselhos diretores de empresas e entidades sem fins lucrativos – tudo com uma rígida eficiência que a envolvia no processo. Oferecer aos filhos lembranças do pai, valorizando ao máximo o passado.

Mas o período tinha de terminar. Ela se sentia em um rito de passagem iniciado quatorze anos antes, quando um homem de olhos azuis, menos notável pela beleza do que pela evidente vitalidade, pelo humor e pela autoconfiança, se dirigira a ela, ao substituí-la na quadra de tênis, dizendo:

– Vou me casar com você.

Claire viria a descobrir que aquele era o jeito de Calder Burwell, um homem de temperamento tão radiante, que ela o apelidara de Califórnia. Tendo crescido lá, ela conhecia bem o tempo instável daquele estado: as épocas de frio e seca que haviam mantido seu avô, um produtor de frutas cítricas, por muitos anos à beira do abismo onde seu pai se lançara. De todas as suas aflições e perguntas sem resposta acerca da morte de Cal – onde, como, com ou sem dor –, a pior era o medo de que os últimos momentos tivessem abatido seu permanente otimismo. Ela desejava que ele tivesse morrido acreditando na vida. O Jardim representava uma alegoria. Tal como Cal, afirmava que a mudança não somente era possível, mas certa.

– Onze horas – Paul falou. – Talvez alguém precise reconsiderar o voto. Como podemos pedir união ao país, se esta comissão não consegue isso?

Olhares culpados cruzaram-se. Um longo silêncio se fez. Finalmente, quase pensando alto, o historiador falou "Bem…" Todos se voltaram, mas o pronunciamento não se completou, como se ele, de repente, percebesse que tinha nas mãos o destino de um pedaço de Manhattan com mais de 24 mil metros quadrados.

– Ian? – Paul chamou.

Em hipótese alguma Ian perderia a oportunidade de dar uma aula. Mencionou os primeiros jardins públicos em cemitérios de cidades europeias, no século 18; os jardins de Daniel Schreber, ortopedista alemão, entusiasta de exercícios físicos e vida ao ar livre ("Estamos interessados em suas reformas sociais, e não nas 'reformas' que aplicou a seus pobres filhos"); o horror transmitido pelo memorial na cidade de Thiepval, na França, projetado por Edwin Lutyens em homenagem aos mortos da Batalha do Somme, na Primeira Guerra Mundial, onde 73 mil nomes ("São 73 mil!") estão gravados na parte interna dos muros; a diferença entre "memória nacional" e "memória dos veteranos" em Verdun, também na França. Depois de falar por cerca de 15 minutos, ele concluiu:

– Então, o Jardim.

Paul seria o décimo voto, o voto final, o que não o desagradava. Tendo insistido na neutralidade, tanto em relação ao público quanto internamente, ele não se deixara influenciar por nenhum dos dois projetos. Durante aquela noite, porém, começou a pender para o Jardim. "Encontrar a alegria". A expressão despertou nele uma sensação indefinida. Alegria. Tentando identificar o que era alegria, foi tomado pelas lembranças. Conhecia a satisfação, o júbilo pelo sucesso, o contentamento, a felicidade. Mas, alegria? Talvez tivesse sentido com o nascimento dos filhos – o tipo de acontecimento que, com certeza, provoca alegria –, mas não lembrava bem. Era como se o armário onde ficava guardado esse segredo tivesse desaparecido, deixando-lhe apenas o puxador. Claire saberia o segredo?

– O Jardim – ele falou.

A sala se encheu mais de alívio do que de celebração.

– Obrigada, Paul. Obrigada a todos – Claire sussurrou.

Paul afundou na poltrona e permitiu-se um pouco de chauvinismo sentimental. Em uma situação apropriadamente americana, o candidato menos cotado tinha vencido. Ele não imaginava que Claire superaria Ariana. Garrafas de champanhe apareceram, rolhas saltaram, um clamor suave encheu a sala. Paul fez tinir sua taça, chamando a atenção de todos, e pediu um minuto de silêncio em homenagem às vítimas. Quando as cabeças se curvaram, ele percebeu o repartido do cabelo de Claire, uma linha fina e branca como o rastro de fumaça deixado por um jato – um detalhe tão íntimo quanto uma parte da coxa à mostra. Então, lembrou que devia pensar nos mortos.

Pensou também no dia da tragédia, o que havia muito tempo não fazia. Ele estava preso no tráfego da periferia da cidade quando a secretária telefonou avisando de um ataque ou acidente que poderia afetar os mercados. Na época, Paul ainda frequentava o escritório, sem saber que, nos bancos de investimento, "aposentado" significa "você não é mais um dos nossos". Quando o tráfego parou completamente, ele saiu do carro. Outros fizeram o mesmo e olhavam para o sul. Alguns protegiam os olhos com as mãos, enquanto trocavam informações desencontradas. Edith ligou ofegante:

– Está caindo, está caindo! – ela ainda repetia, quando o telefone emudeceu.

– Alô? Alô? Querida?

O silêncio em torno era tão pesado e perturbador, que Paul agradeceu quando Sami, seu motorista, falou:

– Oh, senhor, espero que não tenham sido os árabes.

"Oh, senhor, espero que não tenham sido os árabes". Sami não era árabe, mas era muçulmano. (Do total de muçulmanos, 80% não são árabes. Esse foi um dos fatos que muitos aprenderam e repetiram gravemente, na esteira do ataque, sem saber ao certo o que queriam dizer, ou melhor, sabendo que tentavam explicar que nem todos os muçulmanos são problemáticos como os muçulmanos árabes, mas não querendo dizer exatamente isso). Paul jamais dera importância ao fato de seu motorista ser muçulmano. A partir daquele momento, porém, sentiu-se desconfortável. Assim, três meses mais tarde, quando Sami, muito pesaroso – teria ele sido diferente, algum dia? –, pediu dispensa para voltar ao Paquistão, onde o pai estava muito mal de saúde, Paul se sentiu aliviado, embora detestasse admitir aquilo. Ele prometeu a Sami uma excelente recomendação, caso quisesse voltar algum dia. Então, delicadamente recusou a ideia de admitir um primo de Sami e contratou um motorista russo.

Paul começou a sofrer realmente quando assistiu às reportagens e percebeu o tamanho da devastação. Um americano não poderia ser considerado como tal se não se solidarizasse com os compatriotas pulverizados. E que tipos de cidadãos surgiriam dali? Vítimas traumatizadas? Vingadores furiosos? Observadores impassíveis? Paul suspeitava de que muitos americanos representassem tais personagens. O memorial pretendia acalmá-los.

Não um memorial qualquer, mas o Jardim. Paul iniciou suas considerações incentivando os membros da comissão a "saírem vendendo, vendendo furiosamente o memorial". Em seguida, porém, preferiu falar em "defender" a ideia. A secretária registrava o que se dizia na reunião, e os toques suaves no teclado preenchiam as breves pausas na fala de Paul. A perspectiva de ter suas palavras registradas para a posteridade levou-o a inconsistentes exageros de retórica. Ele chamou a atenção para um espelho de moldura dourada, tendo acima uma águia em liberdade.

– Tal como no nascimento da nossa nação, forças se opõem aos valores que defendemos, hoje ameaçados pelo nosso culto à liberdade.

Somente o representante da governadora fez que sim.

– Mas não fomos nem seremos subjugados. Como disse James Madison, "o despotismo só existe na escuridão." Todos os senhores, ao se empenharem para homenagear os mortos, mantiveram as luzes acesas no firmamento. Os senhores trataram com delicadeza e dignidade uma responsabilidade sagrada, e o país vai sentir os benefícios.

Chegava a hora de dar uma cara e um nome ao projeto. Paul foi tomado por outro sentimento pouco familiar: uma curiosidade intensa, quase infantil – um alvoroço, mesmo –, em relação àquela raridade, uma verdadeira surpresa. Era melhor que o autor do projeto fosse um completo desconhecido ou um artista famoso: ambas as possibilidades renderiam uma boa história para vender o empreendimento. Um tanto desajeitadamente, ele pegou o telefone celular que tinha sobre a mesa.

– Traga, por favor, a pasta de número 4.879.

Para que não houvesse dúvida, ele explicou devagar:

– Quatro, oito, sete, nove.

E, depois de esperar que a pessoa do outro lado da linha repetisse os números, desligou.

Em poucos minutos, o assessor da comissão entrou na sala, muito consciente da própria importância. Seus dedos longos seguravam um envelope fino, de 20 por 30 centímetros, lacrado, conforme mandava o protocolo.

– Estou morrendo de ansiedade – Lanny falou baixinho, ao entregar o envelope.

Paul não respondeu.

Os números e o código de barras do envelope conferiam com os do Jardim. Enquanto esperava que o assessor relutantemente deixasse a sala, Paul fez questão de mostrar à secretária e aos membros da comissão que o lacre estava intacto.

Assim que a porta se fechou, Paul pegou a espátula prateada deixada pelo jovem assessor e descolou a aba do envelope, com cuidado para não rasgar (Mais uma vez a perspectiva de fazer História). Esse cuidado o fez lembrar-se de uma festa de aniversário de Jacob, seu filho mais velho, quando o garoto tentava abrir os presentes sem rasgar a embalagem, deixando-o impaciente.

Impaciência. Era a mensagem transmitida pelo silêncio da sala. Todos pareciam respirar em uníssono. Sentindo dez pares de olhos pousados sobre ele, Paul pegou uma folha de papel dentro do envelope. O fato de ser o primeiro a conhecer a identidade do vencedor – antes mesmo da governadora e do presidente – representava um claro e envaidecedor indício de sua posição. Que medida poderia ser melhor do que aquela para avaliar o progresso de Paul Joseph Rubin, o neto de um camponês russo e judeu? No entanto, a leitura do nome do vencedor não lhe provocou satisfação. Apenas um doloroso aperto na garganta.

Um verdadeiro azarão.

2

O PEDAÇO DE PAPEL COM O NOME do vencedor passou de mão em mão, como um objeto muito frágil. Depois de alguns pigarros e "humms", um "interessante" e um "oh, meu Deus", ouviu-se: "Droga! É um maldito muçulmano!" O papel tinha chegado ao representante da governadora.

Paul suspirou. Bob Wilner não tinha culpa se estavam em situação difícil – se é que estavam. Paul, no entanto, ressentia-se pelo fato de o grupo ter sido forçado a reconhecer a possibilidade de ser aquela realmente uma situação especial. Até Wilner receber o papel, ninguém havia lido em voz alta o que estava escrito, como se o gesto materializasse o problema ou mesmo o dono daquele nome.

Paul dirigiu-se à secretária em tom quase distante, sem olhar diretamente para ela:

– Sra. Costello, isso será omitido, naturalmente. Gostaríamos de manter os registros livres de... blasfêmias.

Ele se sentia um tanto ridículo. A sociedade de Nova York se importaria com isso? A secretária transcreveria o que foi dito?

– Talvez a senhora pudesse sair por alguns minutos. Sirva-se de outra sobremesa.

A secretária ia saindo quando ele acrescentou, em voz de maciez tão intensa quanto a rigidez dos músculos de suas costas:

– Ah, sra. Costello, se for possível, cuide para que ninguém fique aí fora, junto à porta. E não vamos esquecer o nosso trato de confidencialidade, certo?

A porta se fechou. Depois de alguns segundos, ele falou:

– Que diabos vamos fazer?

– Não sabemos nada sobre ele, Bob.

– É americano?

– É o que diz aqui. Naturalidade: Estados Unidos.

– Assim as coisas ficam ainda mais difíceis.

– De que modo?

– Como isso aconteceu?

– Quais são as chances?

– Não acredito!

– É uma reedição de Maya Lin e do monumento aos veteranos do Vietnã, só que pior.

– Quais são as chances? Quais são as chances? – a assessora do prefeito repetia.

– Uma em 5 mil! – Wilner falou rispidamente. – É a chance.

– Talvez mais – o historiador ponderou. – Se houver mais de um muçulmano concorrendo.

– Não se sabe. Pode ser só o nome – Maria opinou. – E se ele for judeu?

– Não seja idiota – Wilner voltou à carga. – Quantos judeus você conhece com o nome de Mohammad?

– Mas é verdade – o crítico de arte emendou. – Talvez tenha se convertido a outra religião. Eu mesmo me tornei budista há três anos. Ou um judeu budista. Um "ju-bu", acho.

– E se for uma mulher? – Wilner perguntou com sarcasmo. – Se tiver mudado de sexo? Acordem! Está aqui, preto no branco!

– Acho que precisamos reconhecer o pior, quer dizer, que ele é muçulmano – a assessora do prefeito disse, logo parecendo confusa. – Não que seja pior por isso, de modo algum. Estou me referindo a este caso.

A moça se chamava Violet, uma pessimista compulsiva, sempre à procura de um machucado na fruta. A questão é que apertava demais a fruta, a ponto de machucá-la. Mas nem ela poderia imaginar uma situação como aquela.

– Pode ser um gesto de boa vontade – Leo observou.

Reitor de universidade aposentado, ele tinha a voz e o tipo físico dignos de um Pavarotti.

– Não estou pensando no gesto – Wilner explicou. – As famílias vão se ofender. Não é o momento para integração multicultural.

– Por favor, não esqueça que há um familiar aqui – Claire interveio.

– Certo, Claire. Desculpe. Muitos podem se ofender.

– Dirigi três universidades e em nenhuma servi aos multiculturalistas – Leo disse.

– Está havendo muita confusão – Maria disse. – Ainda não conhecemos a opinião da maioria dos muçulmanos...

– Sobre o quê?

– Sobre nós, a guerra santa ou...

– Não sabemos se ele é praticante...

– Isso não interessa – Wilner cortou. – Ninguém abandona a religião. Eles não deixam.

– Não sabia que você é formado em Teologia – Leo ironizou. – Seja ele quem for, tem o direito de entrar na disputa.

– Mas nós não temos a obrigação de escolher o projeto dele! – Wilner exclamou. – Seja ele quem for, não tem culpa, mas precisamos considerar as associações que as pessoas podem fazer. E se ele for um dos problemáticos? Alguém sustentaria que ele tem o direito de criar o memorial?

– Eu... preciso falar com o prefeito – Violet disse com um suspiro.

– Não há o que falar. A votação foi feita. Acabou. – Claire discordou.

As palavras, porém, eram mais firmes do que sua voz, que saiu trêmula.

– Nada acaba, a não ser quando dizemos que acabou, Claire.

– Bob, você é advogado. Devia evitar esse tipo de coisa e não incentivar. Nossos votos estão registrados.

– A ata não é intocável. Claire e você sabe disso. Paul fez aquela senhora... Como é o nome dela? Sra. Costello não registrar o que fosse impróprio.

– Bob, você votou pelo Jardim. É o seu projeto preferido.

– Olhem, eu vou ser honesto. Vou ser honesto.

O representante da governadora olhou para todos que estavam à mesa, como se desafiasse alguém a impedi-lo.

– Não sei se quero o nome Mohammad ligado ao memorial. Não interessa quem seja essa pessoa. Eles vão se sentir vitoriosos. Todo o mundo muçulmano vai pular de alegria com a nossa estupidez, com a nossa tolerância estúpida.

– Tolerância não é estupidez. Preconceito é – Claire argumentou.

Ela falava em tom conciliador, como uma professora que se dirigisse aos alunos pequenos.

A cabeça de Paul começou a latejar pelo efeito do vinho. Prenúncio de tempestade.

– Não vou fingir que não estou surpresa – Claire continuou. – Mas... Mas... Podemos transmitir uma mensagem, uma mensagem positiva, de que em nosso país o nome não impede... E aqui pouco temos além do nome... Que a pessoa participe de um concurso como este e vença.

Ao falar, ela torcia um guardanapo, como se estivesse molhado e fosse preciso retirar dele o excesso de água.

– Sim, claro – Maria concordou. – E todo cidadão tem o direito de criar. É nosso direito inato. Todos entendemos isso. Somos nova-iorquinos! Mas e o pessoal do interior? Eles não são tão abertos. Podem acreditar, eu sou de lá!

– Acho que estamos fugindo do assunto.

A voz de Ariana se destacou do burburinho. Alguns fizeram gestos de cabeça, concordando, embora ninguém soubesse o que a artista iria dizer.

– Negar a vitória seria uma atitude absolutamente irracional. Imaginem se o projeto de Maya fosse recusado.

Claire pareceu aliviada. Então, era aquilo. Mas Ariana não tinha terminado.

– No entanto, devo dizer que, aqui, as circunstâncias são drasticamente diferentes. Estabelecer algum tipo de conexão entre o fato de Maya ser uma americana de origem chinesa e o Vietnã um país asiático foi um absurdo, um despropósito, levantado por gente pretensiosa que não gostava do memorial criado por ela. Mas, agora, se esse moço for muçulmano, a situação fica muito mais delicada, e com razão, pelo menos até que se saiba mais sobre ele. Não tenho certeza se o projeto possui força suficiente para suportar esse tipo de oposição. O de Maya possuía. Não seria melhor reconsiderarmos nossa decisão?

– Espere aí! – Claire disse.

– É verdade – Violet interrompeu. – Tecnicamente, este... Este Mohammad ainda não venceu a competição. Quer dizer... O regulamento inclui restrições a... criminosos. Ou terroristas.

– Está dizendo que ele é um terrorista?

– Não estou dizendo nada disso. Nada mesmo. Só quero dizer que, se ele fosse terrorista, não deixaríamos que criasse o memorial. É ou não é?

– Assim como se, digamos, Charles Manson apresentasse o projeto de uma prisão – o crítico respondeu.

– Não cabe aqui a comparação com Charles Manson.

– Para alguns pode caber – o historiador argumentou. – Não para mim, é claro, mas para alguns.

– Segundo o regulamento, se o concorrente escolhido for considerado "inadequado", a comissão pode selecionar outro finalista – Paul lembrou.

Ele mesmo tinha insistido na inclusão dessa cláusula, como dispositivo de segurança, pois considerava o memorial importante demais para ser o resultado de uma competição entre anônimos, já que qualquer pessoa podia inscrever um projeto. Paul preferia solicitar trabalhos de artistas e arquitetos de renome. Memoriais e monumentos de importância histórica – da Capela Sistina, no Vaticano, ao Arco de St. Louis, no Missouri – foram decididos pela elite das artes, e não entregues a "apaixonados e inexperientes entusiastas", conforme as palavras do pensador Edmund Burke. Somente na América tais amadores predominavam, sob a complacência de políticos preocupados apenas em não transmitir uma imagem de antidemocráticos. Passando por cima dos protestos de Paul, a competição foi aberta a todos, satisfazendo às famílias das vítimas, ávidas por demonstrar cuidado e interesse. A julgar pelo número de inscrições, não faltou interesse, mas Paul gostaria de saber o que as famílias pensariam, naquele momento, de seu precioso processo democrático.

– Pensei que alguém fosse avaliar a adequação dos finalistas...

– Isso foi feito – Paul explicou. – Pelos consultores de segurança. Claro que não vi o relatório, mas conclui-se que não havia problema, nenhum motivo de preocupação.

– Como foi possível? – Wilner perguntou.

– Procuraram registros criminais, disputas legais, mandados de prisão, pedidos de falência, ligações com organizações terroristas conhecidas do governo. Ambos os finalistas foram considerados limpos. Adequados, se preferirem.

– Mas este é inadequado por definição! – Wilner exclamou.

– Não posso acreditar que o advogado, membro do grupo, esteja dizendo isso – Claire protestou.

– Claro que ele não é inadequado por definição – Ariana falou de modo quase apaziguador. – Claire, vamos pensar melhor para encontrar um modo prático de fazer as coisas. Objetivamente. Quando faço críticas, sempre incentivo meus alunos a se distanciarem, a olharem o trabalho como se fosse de outro. Assim, tudo fica mais nítido. Portanto, tente distanciar-se e esquecer qual foi o seu voto.

– Ariana, meu voto pelo Jardim não tem nada a ver com isso. Se o seu preferido vencesse, e o autor fosse muçulmano, eu diria a mesma coisa.

– Pois bem, ele não é muçulmano! – Ariana falou com firmeza.

Fez-se silêncio, como se as pessoas precisassem de tempo para absorver o que acabavam de ouvir. Ela pareceu recuar. Era a primeira vez que Paul a via perder o equilíbrio.

– Quero dizer... Quais são as chances de que ele seja...

A voz de Ariana sumiu, enquanto ela remexia na bolsa, à procura de um objeto imaginário.

Leo tomou a palavra, com a bela voz de sempre, e Paul notou três pontinhos brancos – seriam farelos de bolo? – em sua barba muito negra.

– Claire, concordo inteiramente com você. Seria inconcebível a ideia de anular a vitória deste homem. Mas as pessoas sentem medo. Dois anos se passaram, e ainda não sabemos se o ataque foi obra de um bando de fanáticos que tiveram sorte ou de uma conspiração global de 1 bilhão de muçulmanos que odeiam o Ocidente, embora vivam nesta parte do mundo. É difícil agir racionalmente diante de ameaças à nossa segurança pessoal, e muito menos à segurança nacional. Precisamos ser práticos. Nossa tarefa é concretizar o memorial. Vou liderar esta luta...

O ego de Paul se rebelou àquela usurpação da liderança. Estaria Leo querendo dizer que ele não estava à altura da missão? Talvez, sim, baseado em suas poucas manifestações durante a discussão. Mas ele estava pensando em outras questões. A governadora e o prefeito com certeza gostariam de ser informados imediatamente sobre a situação, e o simples fato de receberem um telefonema à meia-noite já indicaria que tinham surgido problemas. Ele precisava decidir o que fazer.

Leo continuou.

– Primeiro, devemos resolver se queremos entrar nesta luta. Temos de considerar a reação pública, a possibilidade de protestos. Sabemos melhor do que ninguém o quanto os familiares das vítimas se sentem, com direito, é claro, donos do projeto. Provavelmente vai ser mais difícil, muito mais difícil, levantar fundos. As controvérsias em torno do memorial podem estender-se por anos. Talvez se movam processos. Vale a pena pagar esse preço?

– E se o autor do projeto ficar sabendo que ganhou, mas não levou? Pode mover um processo também – Violet argumentou, preocupada.

– Deixe os aspectos legais comigo, Violet – Wilner disse. – Ele não vai saber de nada.

Claire interveio novamente. Desta vez, sua voz soou forte, quase áspera.

– É essa a sua proposta? Eliminar um projeto que a maioria considerou o melhor? Isso é a mais perfeita traição ao que este país significa, ao que representa. Meu marido deve estar se revirando...

Ela interrompeu a frase, para terminar com surpreendente tranquilidade.

– Ele ficaria horrorizado se estivesse vivo.

– O seu marido não está vivo, Claire, e é por isso que estamos aqui.

O historiador foi duro, embora tentasse falar com o máximo de delicadeza ao continuar.

– A História cria verdades próprias, verdades novas. Devemos reconhecer que não se pode apagar...

– Bobagem! – Claire interrompeu.

Seu tom de voz parecia significar "Cale a boca!". E ela prosseguiu.

– As coisas... Os ideais... só mudam quando deixamos. E, se deixarmos, eles terão vencido.

Elliott, o crítico, interveio.

– Neste caso, estou pensando nos muçulmanos. Sei que você vai entender, Bob. As coisas começam a se normalizar para eles. A reação ao caso pode provocar um retrocesso em sua busca pela aceitação. Portanto, embora este muçulmano, em especial, esteja interessado em vencer a competição, pode ser que todos os outros não estejam. Não podemos privilegiar o desejo de um em detrimento do bem de muitos. Não podemos reacender a revolta.

– É... – a assessora do prefeito falou. – Para o bem deles, talvez fosse melhor não... não mudar o resultado. Mas pensem bem... Não existe outro modo de chegar ao resultado? Que poderia ser diferente... ou o mesmo, é claro! Para o bem deles. Como eu disse, é só um assunto em que pensar. Qual é o melhor resultado para todos? Então, podemos encontrar um meio de chegar lá.

– Ela está certa – Wilner disse. – Claire, você sabe que a respeito, e respeito a sua dor. Mas está fora do seu juízo se pensa que podemos fingir que este é um vencedor como outro qualquer.

Claire tinha os lábios cerrados. Paul teve a certeza de que, naquela noite, ela não mudaria de ideia, e propôs alguns dias de adiamento para que a adequação de Khan fosse analisada com mais cuidado.

– Como eu faria com qualquer resultado – apressou-se a esclarecer.

O novo encontro seria no fim da semana.

– Não falem com a imprensa. Não comentem com ninguém. Nem com a família.

– Eu avisei, Paul, mas você não me ouviu – Wilner fez questão de dizer, na saída, em tom quase triunfante. – Eu disse para entrevistar os finalistas, em vez de manter o anonimato até o fim. Isso resolveria tudo. Ele podia ser finalista, mas não precisava *ganhar*. Pareceríamos liberais, e não estaríamos presos. Você nos deixou em uma situação difícil, Paul. Realmente.

Paul sempre aconselhava os funcionários do banco subordinados a ele a considerar as contingências remotas. Improbabilidade não é impossibilidade. E o improvável não custa menos. Aquela era a mais remota das contingências. Era? Por que não lhe tinha ocorrido tal possibilidade? Ele imaginara discussões acerca da manutenção do memorial, da ordem em que seriam inscritos os nomes das vítimas, da localização dos nomes do pessoal do resgate... Aquilo, nunca.

– Se você lembra, Bob, eu fui contra uma competição aberta a todos, e minha ideia era avaliar os finalistas.

– Grande ajuda – Wilner ironizou.

Abatidos, os membros da comissão reuniram seus pertences e saíram, deixando a Paul a liderança sobre guardanapos amarrotados e louça suja. Teriam os muçulmanos a capacidade de estragar tudo que tocavam? O próprio Paul se surpreendeu com a injustiça da pergunta, como se feita por outra pessoa.

Afinal, ele se levantou, encaminhando-se para o Lincoln preto (a "limusine de Satã", segundo seu filho Samuel). Vladimir, o motorista, passou devagar pelos portões da mansão e tomou a East End Avenue. A um quarteirão, onde poucos veículos ainda circulavam, Paul viu alguns membros da comissão em vários pontos, à espera de táxis, fingindo não ver uns aos outros. Se oferecesse carona a um, teria de oferecer a todos. Além disso, não queria companhia. Vladimir seguiu em frente. Mas a imagem dos companheiros espalhados como as pétalas de uma flor surgiu na mente de Paul, nas horas seguintes, quase tantas vezes quanto a lembrança de Mohammad Khan.

3

POR CAUSA DO NOME, ele teve de deixar o lugar que ocupava na fila, no Aeroporto Internacional de Los Angeles, quando ia viajar para Nova York. O ataque havia acontecido na semana anterior, e o aeroporto estava vazio, a não ser pelos homens da Guarda Nacional. A mala de Mo foi levada para uma "operação pente-fino", enquanto ele era isolado e interrogado em uma sala sem janelas. Os agentes mantiveram uma postura amistosa, sem insinuar que ele tivesse feito alguma coisa errada. Segundo explicaram, tratava-se apenas de uma "entrevista informativa".

– Então, o senhor é arquiteto?

– Sim, sou.

– Pode provar?

– Provar?

– Provar.

Mo pegou um cartão, lamentando ter usado tipos grandes, que pareciam gritar seu nome completo: MOHAMMAD KHAN. Claro que os agentes – quatro, àquela altura – já sabiam. Sobre a mesa de metal que o separava dos agentes, ele desenrolou e passou a folhear uma grande quantidade de plantas de construções.

– Estas são do novo teatro que eu... Que nós estamos construindo em Santa Mônica. *Los Angeles Times*, *The Architect's Newspaper* e *Metropolis* publicaram matérias sobre o assunto.

Mo apontou, no canto da folha, o nome da empresa – ROI –, certo de que era suficientemente conhecida para merecer alguma deferência. Os agentes deram de ombros e examinaram as plantas com certa suspeita, como se ele pudesse estar planejando bombardear um prédio que ainda nem existia.

– Onde estava na hora do ataque?

– Aqui. Em Los Angeles.

Nu entre os lençóis do quarto do hotel. Para ele, o ataque tomara a forma de uma mistura de sons que lhe chegaram pelo rádio-relógio: sirenes, vozes histéricas de locutores, helicópteros de resgate cortando o ar, o ruído surdo e os estalos da implosão. Somente quando os prédios já tinham caído, ele se lembrou de ligar a televisão.

– Aqui – Mo repetiu. – Trabalhando no teatro.

Trabalhando em Los Angeles, com a cabeça em Nova York. O sul da Califórnia era tão inadequado àquela tragédia nacional, quanto uma expressão de alegria durante um funeral: o ar festivo e o sol brilhavam sempre; corpos trabalhados exibiam-se, livres. Até o crepúsculo, glorioso, lembrava uma cópia efêmera do fogo aceso nos lares em locais frios.

A cada dia, surgiam mais provas de que os responsáveis pelo ataque eram muçulmanos em busca de um caminho direto para o paraíso, e Mo retornou à construção do teatro preparado para as suspeitas que poderiam surgir. Daí a alguns dias precisou consultar o contratante.

– Posso sugerir outra localização para a inserção destes fios na parede? Só se o senhor estiver de acordo...

Mo percebeu que a diferença não estava no tratamento que lhe era dispensado, mas em seu comportamento. Normalmente incisivo no ambiente de trabalho, passara a agir com cautela e polidez, preocupado em não causar alarme nem provocar críticas. Não conseguia livrar-se daquele novo personagem que não o agradava – um avatar –, mais cauteloso, cujos esforços pela conciliação pareciam indicar um sentimento de culpa.

Na sala sem janelas do aeroporto, ele se esforçou para manter o respeito próprio, enquanto o avatar pregava a subserviência. As perguntas dos agentes foram diretas e superficiais, para testar a veracidade das respostas. Mo foi lacônico. Quando perguntaram onde vivia, respondeu; quando perguntaram o que fazia em Los Angeles pela segunda vez, também respondeu. Ele se arrependeu imediatamente de sugerir que telefonassem ao presidente do conselho administrativo do teatro, para confirmar, mas os agentes não se interessaram pela ideia.

– É provável que haja muita gente a quem possamos telefonar, para perguntar a seu respeito – um dos agentes disse, sorrindo, como se quisesse sugerir, sem confirmar definitivamente, que estava brincando.

Mo tinha secretamente apelidado o homem de *Pinball*, pelo modo como suas mãos se agitavam sobre as coxas.

Em seguida, perguntaram sobre suas viagens nos meses anteriores e onde havia nascido.

– Na Virgínia. Que fica nos Estados Unidos. Sou cidadão americano, portanto.

– Ninguém disse o contrário – *Pinball* comentou, enquanto estourava a bola que fez com a goma de mascar.

– Ama o seu país, Mohammad?

– Tanto quanto os senhores.

A resposta não pareceu agradar.

– O que pensa da *jihad*?

– Não penso nada.

– Então, pelo menos podia nos dizer o que a palavra significa. Meu colega aqui não é muito bom com línguas estrangeiras.

– Não sei o que significa. Nunca tive motivos para empregar o termo.

– Não é um muçulmano praticante?

– Praticante? Não.

– Não?

– Sim.

– Sim? Sim ou não? Está me confundindo.

Parecia o diálogo de uma dupla de comediantes.

– Não. Eu disse não.

– Conhece algum muçulmano que queira prejudicar os Estados Unidos?

– Não. Nem conheço nenhum comunista.

– Ninguém falou em comunistas. Acredita que vai para o paraíso se provocar uma explosão e morrer?

– Eu nunca me explodiria.

– Mas, se explodisse...

Mo não respondeu.

– Já esteve no Afeganistão?

– Por que eu iria até lá?

Os guardas trocaram olhares, como se suspeitassem que a resposta fosse uma evasiva.

– Café? – *Pinball* ofereceu.

– Por favor – Mo respondeu secamente. – Com açúcar e um pouco de leite.

O agente que estava junto à porta saiu.

Mo consultou o relógio de pulso: faltava só meia hora para seu voo.

– Tenho de pegar o avião – falou de maneira geral.

Ninguém respondeu.

O café chegou puro e sem açúcar. Mo bebeu assim mesmo, em goles curtos entre uma e outra resposta, disfarçando o que pensava dos guardas: roupas mal cortadas, rostos inexpressivos; perguntas mal conduzidas.

– Conhece algum terrorista islamita? – *Pinball* perguntou diretamente.

Mo suspirou com impaciência.

– Isso quer dizer sim ou não? – *Pinball* insistiu.

– O que é que você acha? – Mo explodiu irritado.

– Se eu achasse alguma coisa, não teria perguntado.

Pinball manteve-se impassível ao responder, mas, em seguida, fincou os pés na mesa e empurrou a cadeira com força para trás. Então, inesperadamente, inclinou-se para a frente, aproximando-se outra vez. Chegou tão perto, que Mo via claramente a penugem que ele tinha entre as sobrancelhas e um pontinho de sangue no globo ocular, além de sentir seu hálito com cheiro de canela. O movimento, cuidadosamente medido, mas executado com aparente naturalidade, devia ter sido ensaiado muitas vezes. Mo teria ficado melhor sem aquela demonstração artística. Quando a goma de mascar fez *pop, pop, pop*, ele sentiu as pernas tremerem, como se o ruído fosse de três tiros. Então, respondeu com polidez forçada:

– Não. Não conheço.

– Pense bem, Mohammad.

– Eu não fiz nada. Não fiz nada – ele murmurou para si.

– Como disse?

Teria ele falado alto demais?

– Nada. Não disse nada.

Silêncio. Os guardas esperaram. Em arquitetura, o espaço era um material a ser moldado, criado mesmo. Para aqueles homens, o material era o silêncio. Silêncio, como água onde se pode mergulhar. A falta de fala é tão sufocante quanto a falta de ar. O silêncio suga a vontade, até que a pessoa busque precipitadamente a superfície e confesse ou invente seus pecados. Nada ali era por acaso. Ao oferecer-lhe um tablete de goma de mascar, *Pinball* praticava uma ação tão deliberada quanto Mo, quando decidiu trocar de lugar o corredor do teatro, para tornar o *lobby* mais agradável a quem chega. O guarda pareceu mudar de estratégia: gentilmente perguntou a Mo se ele "se importava" de esperar um pouco, enquanto chamava outro colega. Sozinho, Mo aproveitou para olhar em volta. O lugar onde estava era isolado por uma divisória antiga e mofada, de textura semelhante a um quadro de avisos, para reduzir o espaço e aumentar a opressão. Na verdade, a sala tinha janelas, mas a divisória bloqueava a luz natural, criando o ambiente de uma cela. Alguém ali entendia de manipulação do espaço.

Ao tirar da boca a goma de mascar, Mo procurou uma lata de lixo. Havia uma no outro canto da sala. Ele chegou a levantar-se para ir até lá, mas desistiu. Quem sabe havia alguém vigiando seus movimentos? Não queria despertar suspeitas. Ou talvez a goma de mascar fosse um truque para identificar seu DNA. Ele sabia de alguns casos de investigação de paternidade resolvidos assim, e tinha visto a situação em um episódio de *Law & Order*. Então, devolveu a goma de mascar à boca, estourou uma última bola e engoliu. Assim, eliminou a possível prova e o medo irracional, mas o pedaço de borracha fez crescer o embrulho que ele sentia no estômago.

Os esforços para evitar ser visto como criminoso faziam Mo agir e sentir-se como um. No entanto, salvo honrosas exceções, ele tinha sido um bom garoto e era um bom homem, em termos legais. O fato de uma vez ou outra dispensar namoradas e contratantes não contava. A lei, propriamente dita, ele havia infringido pouquíssimas vezes, ao ignorar limites de velocidade ou exagerar nas deduções de impostos, mas, por isso, seu contador era tão responsável quanto ele. Quando adolescente, roubara de uma loja um exemplar de *Os Três Mosqueteiros*, só para provar que era capaz. Essa era a relação completa de seus crimes, e ele estava preparado para confessá-los, mostrando assim o absurdo que seria acusá-lo de alguma coisa mais grave. O que mais queria dizer naquele momento era: "Que absurdo!" Os guardas tinham ali não apenas o homem errado, mas o tipo errado de homem. O tipo errado de muçulmano: em toda a vida, ele havia entrado pouquíssimas vezes em uma mesquita.

Os pais de Mo chegaram à América como imigrantes na década de 1960, fizeram da modernidade sua religião e tornaram-se quase puritanos no dia a dia. Mo não teve educação religiosa. Quando adulto, deixou de evitar a carne de porco. Saía com judias, para não mencionar católicas e ateístas. Se não podia ser considerado ateu, era certamente agnóstico, o que talvez fizesse dele um não muçulmano. Diria isso aos guardas, quando voltassem.

Quando eles voltaram, porém, arrastando os pés e contando piadas, Mo permaneceu calado. A declaração de não religiosidade ficou na garganta, ele não soube por quê. Assim como não soube por que lhe vieram à mente palavras que havia muito tempo não pronunciava: *La ilaha illa Allah, Muhammad rasulullah*. O *Kalima*, a Palavra de Pureza, a declaração de fé. Mo teve vontade de rir: no exato momento em que pretendia negar a identidade muçulmana, o subconsciente revelava sua essência.

A "entrevista" terminou tão estranhamente quanto começou. Sem explicações, pediram para fotografar Mo e tomar suas digitais. Em vez de recusar-se, exercendo um direito que acreditava ter, ele deixou que pegassem seus dedos como se estivessem inertes, em uma atitude de submissão que não caberia ao homem que havia entrado na sala. Ao sentir o toque da mão do guarda na sua, Mo sentiu um lampejo de fúria, um breve impulso violento, mas controlou-se imediatamente. Em casa, descobriu que lhe tinham revirado a mala, amarrotado as camisas meticulosamente dobradas, separado os pares de meias e aberto o xampu e a pasta de dentes, que vazaram, formando uma camada melosa sobre os outros produtos de higiene. Ele despejou o conteúdo da mala sobre a cama, jogou fora o estojo dos produtos de higiene e deu um chute na lata de lixo, que bateu na parede.

Sua mágoa, porém, foi superada pela intensidade da tristeza que o rodeava. A cidade parecia doente, coberta de cinza, com habitantes desanimados. O local do ataque era uma ferida aberta, cuja dor as pessoas sentiam, mesmo sem ver. Uma noite, logo depois de voltar a Nova York, Mo foi até lá. O luar realçava a estranha poeira grudada nas folhas e nos galhos das árvores, e um pedaço de papel com as bordas chamuscadas colou em seu sapato. As luzes dos edifícios de escritórios próximos, antes continuamente acesas, estavam apagadas, como se o apetite animal da cidade tivesse sido aplacado. Painéis com fotos dos desaparecidos – belas imagens de homens de terno e mulheres de batom – estavam presos aos tapumes. Pela primeira vez, na vida, ele ouviu o som dos próprios passos ecoarem nas ruas vazias de Nova York.

Mo não pôde evitar a visão das mãos trêmulas que tinham ajeitado aquelas fotos na copiadora, observando a rolagem da luz azul e fria, uma representação mecânica da esperança. Esperança vã. O centro de centenas e centenas de redes de parentes, amigos, colegas de trabalho, tinha se rompido. Mo sentia-se confuso e envergonhado. Aqueles homens, que deram vazão a uma religiosidade assassina e falsa nada tinham a ver com ele, e, no entanto, não estavam inteiramente distantes. Eles não representavam o Islã mais do que a família dele, mas representariam menos? Mo não compreendia suficientemente a própria religião para responder. Muçulmano de classe média, filho de engenheiro, seu perfil não era de todo diferente do perfil de alguns dos terroristas. Se crescesse em outra sociedade, ligado à religião, teria Mo se tornado um deles? A pergunta o fez estremecer, e deixou uma sensação desconfortável.

Atrás de um cavalete da polícia, um indiano com um casaco branco muito sujo e gravata-borboleta preta segurava um cartaz onde se lia: "ESTAMOS FUNCIONANDO". O homem apontou um pequeno restaurante no mesmo quarteirão. Embora sem fome, Mo foi até lá e pediu uma *chola*. O pedido foi repassado ao cozinheiro, que também servia a mesa. Sozinho, Mo se concentrou no grão-de-bico e no pão indiano *naan*. Ali, podia ouvir a própria mastigação.

O que ele queria? As construções não lhe despertavam admiração especial; preferia formas mais fluidas àquela rigidez bruta, à grandiosidade ostensiva. Mas, ao contrário do que sentia em relação ao edifício Verizon, na Pearl Street – que achava horroroso –, ele não se incomodava com os prédios. Naquele momento, porém, queria fixar sua imagem, sua importância, sua localização. Eles representavam a negação concreta da nostalgia, verdadeiros Golias que haviam esmagado sob os pés gigantescos pequenas lojas, ruas cheias de vida, propriedades que passavam de geração a geração e outras noções românticas. No entanto, o que Mo sentia naquele momento era nostalgia. A silhueta de uma cidade resulta, ainda que inadvertidamente, de uma soma de contribuições, tornando-se tão natural quanto uma cadeia de montanhas que tivesse brotado da terra. Aquele novo espaço aberto fazia o tempo recuar.

4

CLAIRE SALTOU NA ÁGUA, colou os braços ao corpo, bateu os pés até alcançar a superfície e começou a dar braçadas. Seus sentidos abriram-se para o azul dos ladrilhos, o reflexo do sol no fundo, o cheiro de cloro e o ar entrando e saindo de seus pulmões. Solidão. Cal no trabalho, William na escolinha, Penelope dormindo. A cada duas voltas, ela dava uma olhada no monitor colocado à beira da piscina e, ao ouvir apenas som de respiração, mergulhava de novo.

Um leão-marinho no aquário, que não atraía a atenção de ninguém: assim Claire se sentia. Para ela, estava resolvido que continuaria a trabalhar depois que tivesse filhos; para Cal, estava resolvido que ela não continuaria. Ao pensar no assunto, ela se espantava por não terem discutido o assunto antes do casamento. Ou talvez *não quisessem* discutir. Na teoria, ninguém gosta de ceder, mas, na prática – e no casamento, se for para durar – alguém tem de ceder.

– Não consigo imaginar uma babá melhor do que você.

Cal disse isso quando ela, aos cinco meses de gravidez de William, levantou o assunto.

– Não estudei Direito em Dartmouth e Harvard para ser babá.

– E não me casei com você para os nossos filhos terem uma boa advogada, embora isso possa ser bem conveniente, no caso de eles brigarem com alguém na escola.

Sério, ele continuou.

– Não digo que você esteja errada. Talvez eu seja mais tradicional do que imaginava.

Argumentar que ela precisava da independência, proporcionada pelos ganhos como advogada, implicaria certa desconfiança no casamento, o que não era o caso. Claire apenas não queria depender de ninguém. Aos 16 anos, com a morte do pai, ela havia visto a mãe herdar uma montanha de dívidas, até então desconhecida. Em resposta, esforçou-se como nunca: foi oradora oficial, capitã da equipe de tênis, representante de turma. Guardou todo o dinheiro ganho, inscreveu-se para todas as bolsas e todos os empréstimos possíveis e assim chegou a Dartmouth. Ao casar-se com Cal, que pertencia a uma família cujo enriquecimento começara com a Revolução Industrial, multiplicando-se a cada reviravolta da economia americana, poderia ter-se tornado uma pessoa mais tranquila, menos preocupada com a conquista da posição que julgava merecer. Mas o dinheiro era de Cal, e não dos dois. O poder implícito que esse fato conferia a ele, impedia Claire de perguntar: "Por que não fica você em casa?"

Eles concordaram em entrevistar candidatas a babá. Cal estava certo: nenhuma era melhor do que Claire – ou, pelo menos, ela racionalizou assim sua decisão de ficar em casa. A apenas uma semana do dia marcado para o nascimento do bebê, Cal foi, pela primeira vez, sozinho para o trabalho. Tal como faziam outras mulheres, Claire o deixou na estação de trem de Chappaqua e, ao tomar o caminho de volta para casa, teve a nítida impressão de estar andando para trás.

Eram decorridos quatro anos entre aulas de futebol para crianças e almoços de senhoras, sessões de música e de jogos, compras e atividades filantrópicas. Claire fingia ser aquela a vida que desejava. Mas, certa manhã, quando Cal, vestindo-se para ir ao trabalho, perguntou pela segunda vez se já havia encontrado um instrutor de tênis para William, ela explodiu:

– Por que você não experimenta ser secretário particular de uma criança de 4 anos?

Ao que ele, com uma simpatia irritante, respondeu:

– Quer que eu telefone? Faço com prazer.

Claire sentiu-se ainda pior. Um telefonema levaria dois minutos, muito menos do que o tempo necessário para expor seus sentimentos acerca de ver a vida restringir-se a ligações para cursos de tênis. Era mais fácil desculpar-se pela irritação e culpar as noites maldormidas cuidando de Penelope. Assim, quando se despediram junto à estação de trem, trocaram um beijo de paz. Uma falsa paz, talvez, já que, apesar do ar fresco, ela havia mergulhado na piscina, tentando esfriar a raiva que a deixava afogueada.

Depois de 45 minutos de exercício, mais calma, ela se esticou ao sol, à espera de que o coração desacelerasse. Os únicos sons audíveis eram os balbucios do bebê começando a acordar, que lhe chegavam pela babá eletrônica; a corrente do cachorro a tilintar quando ele se coçava; o leve ondular da água; as bicadas de um aplicado pica-pau nos troncos de pinheiros e plátanos que se erguiam além do gramado. De volta a casa, ela disparou, descalça, ao ouvir o toque do telefone.

– Mamãe está com cheiro de piscina – William comentou no dia seguinte.

Ou seriam dois dias depois? Desde o momento em que recebera as notícias, ela não tomava banho. Mais tarde, pensaria muitas vezes que estava sob a água, enquanto o fogo consumia o marido. O que aquilo queria dizer? Mais parecia uma fábula de significado misterioso.

Na noite anterior, na mansão Gracie, ao ler o nome de Mohammad Khan, Claire buscara a mão de Cal, representara a indignação de Cal, mas também pensara na especificidade de Cal. Dois anos tinham se passado. Ela o via em sonhos e referia-se a ele com adjetivos genéricos – positivo, agitado, inteligente, correto.

Assim, naquela manhã, em vez de nadar, foi para o escritório dele, um refúgio na casa de grandes espaços. Pequeno, com paredes forradas em madeira, Cal o considerava um verdadeiro santuário, e, depois da morte dele, Claire passou a nutrir o mesmo sentimento. Nos dias piores, quando a solidão se intensificava ou as crianças choravam, ela corria para lá. Saía fortalecida pela ilusão da presença dele. Melhor uma presença de mentira do que nada. O escritório permanecia intacto, um museu. Quando as crianças crescessem o suficiente, ela deixaria que tocassem e lessem os livros do pai, que mexessem em seus papéis e pastas. Ela mesma fizera isso com frequência, nos primeiros meses, mas já não lembrava quando estivera sentada àquela mesa pela última vez.

Claire observou o quadro que ocupava a parede oposta, uma pintura em vermelho, com o centro bem mais escuro.

– Isso me faz pensar em um parto – ela dissera, em tom de desagrado, quando viram o quadro em uma galeria de Chelsea.

– Você está errada – Cal contestou.

O tom de voz dele, sempre que discordava dela, era respeitoso, mas carregado de certeza. No dia seguinte, Cal comprou o quadro. Ao tomar conhecimento do preço, Claire fingiu indiferença. Errada como? Na ideia de semelhança com um parto? Ele achava que sabia mais do assunto do que ela? Ou errada por não gostar da pintura? Na época, eles não tinham filhos. Experimente perder alguém de repente, e terá todo o tempo do mundo para pensar nas conversas inacabadas. Pensar nos restos do passado.

Nos arquivos ao lado da mesa, Cal guardava pastas bem organizadas: Arte, Política, Filantropia, Viagens. A visão da pasta "Claire" provocou um sorriso. Ela remexeu no arquivo, sem saber bem o que procurava. Na pasta "Arte" – dossiês detalhados sobre as obras de arte que Cal possuía ou pretendia adquirir, ou sobre artistas que admirava –, encontrou, meio divertida, um artigo sobre *Tectonics*, um trabalho de Ariana Montagu, composto de duas enormes placas de granito apoiadas uma na outra, como se tivessem caído ali acidentalmente, instalado anos antes no Central Park.

Outras pastas continham informações sobre causas generosamente apoiadas por ele: ambientalistas, ativistas dos direitos humanos, democratas tentando reformular o partido, um programa em Bridgeport para ajudar mães adolescentes a continuarem os estudos – este então financiado por Claire, embora ela não visitasse o lugar com tanta frequência quanto o marido. Tudo isso sugeria um homem decente, um liberal sincero, um cidadão tentando fazer um país melhor. A mais clara visão de seus princípios podia ser encontrada em uma carta escrita por ele aos 20 anos, pedindo desligamento do clube de golfe frequentado por seus pais e avós. O estilo correto e amável, mas firme, era típico de um estudante universitário que acabava de tomar consciência do mundo que o cercava e acreditava possível adaptá-lo a seu recém-descoberto idealismo.

"Chamou-me a atenção" – assim a carta começava. Claire tinha implicado com Cal por causa desse trecho.

– Ainda não tinha notado?

"Chamou-me a atenção o fato de o clube não possuir um único membro negro ou judeu. Quer isso indique ou não uma política deliberada de exclusão, não quero associar-me a uma instituição que não valorize a diversidade."

O clube, pelo que Claire tinha conhecimento, continuava elitista como sempre, o que representava uma das razões pelas quais considerava aquelas pastas uma crônica da derrota. Cal quisera ser escultor, chegando mesmo a entrar para um curso, depois da faculdade. Quando Claire o conheceu, ele estudava Administração. Ao reconhecer que jamais seria um grande – nem mesmo bom – artista, resolveu tornar-se colecionador, adquirindo o que não conseguia criar. O talento da família Burwell era criar riqueza, mas Cal não queria ser reconhecido só por isso. O engajamento político e a filantropia constituíam tentativas de imprimir uma marca, mas ele não sabia qual. A descoberta daquele detalhe incompleto, em um homem aparentemente completo, a princípio perturbou Claire, ainda ocupada em moldar o próprio eu inacabado. No entanto, embora se sentisse atraída pela força e pelo encanto de Cal, ela acreditava amá-lo em especial por seus pontos fracos. Ele, ao contrário, amava Claire pelo que tinha de mais forte: a seriedade, que transmitia ao mesmo tempo equilíbrio e ousadia. E que o levava a esforçar-se constantemente para fazê-la soltar-se e rir.

O casamento significara, para Cal, um pequeno ato de rebelião. Claire tinha boa aparência. Ótima, mesmo. Mas dinheiro nenhum. E a família dele não conhecia a família dela. Na pasta "Claire" havia fotos, inclusive alguns nus, da época da lua de mel, que ela examinou atentamente, para identificar possíveis mudanças; trechos de poesias medíocres feitas para ela; ideias para seus presentes de aniversário; os recibos dos 100 mil dólares tomados por empréstimo para pagar a faculdade e o curso de Direito. De surpresa, sem comunicar a Claire, Cal tinha resgatado a dívida de uma só vez. Na ocasião, ela considerara aquela uma quantia monumental, mas, ao saber do tamanho da fortuna dele, quase sentiu diminuída a grandeza do gesto.

Aqueles documentos representavam tanto para a história da união dos dois quanto a certidão de casamento. Quando eles fizeram amor, na noite em que Cal contou haver resgatado a dívida, Claire sentiu que ele talvez esperasse um novo ardor, uma entrega mais profunda, alguma prova de gratidão. Isso só lhe provocou tensão, pois ela não se sentia inteiramente agradecida. Ao livrá-la das preocupações por causa do pagamento, ele lhe havia roubado uma autossuficiência conquistada a duras penas. Na manhã seguinte, porém, Claire concluiu que estava exagerando. A intenção de Cal tinha sido apenas eliminar um motivo de ansiedade.

– Quero desenhar o Jardim – William disse, segurando um bloco.

Ao ver o filho a seu lado, Claire rapidamente escondeu as fotografias na pasta e abriu espaço para ele na mesa. O garoto entregou à mãe os lápis de cor.

Havia semanas os dois vinham cumprindo aquele ritual – desde que ela contara a ele sobre o Jardim, convencida de que conversar sobre o assunto com uma criança de 6 anos não representava quebra de sigilo. Quanto mais tempo ela dedicava à escolha do memorial, mais difícil William se tornava. As crises de má-criação do garoto a faziam sentir-se culpada, mas, ao mesmo tempo, triste e irritada com a gritaria e a tentativa de manipulação. Sensação de asfixia. Os filhos precisavam dela mais do que nunca depois da morte do pai. Era preciso fazer mais com menos; uma perda emocional. Às vezes, a dor pelo sofrimento de William parecia de tal modo insuportável, que Claire perdia a paciência. Aquela tristeza tão grande em um ser tão pequeno era como a sombra que impede o crescimento da planta.

Claire explicou ao filho que o Jardim era um lugar especial onde ele poderia encontrar o pai, embora não o visse. Verdade. William não sabia, mas fragmentos de Cal, ou menos do que isso, provavelmente estavam naquele solo onde seria erguido o memorial. Como a ideia do Jardim pareceu servir de consolo para ele, os dois passaram a desenhar juntos as árvores e as flores, as veredas e os canais. Em todos os desenhos William incluía duas figuras pequenas: ele e o pai. E o sol, que brilhava sempre.

– De vez em quando, vai chover no Jardim – Claire disse naquele dia.

Sentindo uma leve e inexplicável vontade de criar uma cena diferente, ela desenhou uma nuvem cinzenta. William, então, acrescentou um guarda-chuva sobre as duas figuras.

Quase na hora do almoço, mãe e filho saíram juntos do escritório. Claire levava os desenhos. Ao dar uma olhada neles, percebeu que tinha apanhado também os recibos do pagamento de seu empréstimo. Instintivamente, ia voltar para guardá-los na pasta, mas desistiu e continuou a caminhar ao lado do filho.

Paul dormiu mal. Acordou com o corpo dolorido. A luz do sol ofuscou seus olhos quando abriu a cortinas, e então as fechou imediatamente. Demorou demais no banho, vestiu-se devagar demais. Assim que percebeu o movimento, Edith chamou:

– Paul! Os ovos estão prontos!

Para desapontamento da cozinheira, os ovos já estavam frios quando

Paul chegou à mesa. Como uma criança, ele arrumou os pedaços em círculo, tentando ignorar a saraivada de perguntas feitas por Edith.

– Quem venceu? Como é o projeto?

O silêncio de Paul deixou-a ainda mais curiosa.

– Você não me respondeu. Será que vou ter de marcar outra consulta com o médico?

– Estou ouvindo muito bem, Edith – ele disse, de olhos fixos nos ovos mexidos, que lembravam um sol derretendo.

Chegando ao escritório, Paul logo viu a foto no porta-retratos de couro preto sobre um móvel antigo, mas bem conservado: ele e a governadora Bitman sorriam e trocavam um aperto de mãos, selando a indicação para presidente da comissão que escolheria o projeto do memorial.

Assim que ele se sentou à mesa, o telefone celular tocou.

– Sr. Rubin, aqui é Alyssa Spier... do *Daily News*. Acho que o senhor lembra.

Paul lembrava. Ele fazia questão de conhecer os repórteres que cobriam o processo de seleção do projeto do memorial. Ela não era pior do que os outros – talvez até um pouco melhor: truncava suas declarações, mas não mudava o sentido. A imagem da moça lhe veio à memória: miúda, de óculos, séria, cabelos malcuidados, os lábios contraídos, como se tivesse sempre uma pergunta a fazer. O tipo que sonha com entrevistas.

– Em que posso ajudar?

– Uma das minhas fontes garantiu que um muçulmano venceu o concurso. O senhor confirma?

Paul agarrou-se à mesa como se fosse a ponta de um rochedo à beira do abismo. Quem teria sido o traidor? Alguém havia falado demais.

– Não confirmo coisa alguma – ele disse. – Ainda não temos um vencedor.

Aquilo seria tecnicamente verdadeiro? A última coisa de que necessitava naquele momento era ser apanhado em uma mentira.

– Não foi o que ouvi dizer. Soube que o vencedor é o senhor... o senhor... Um momentinho, vou consultar minhas anotações.

Pelo telefone, dava para sentir a respiração da moça. Ela não tinha o nome.

– Preciso procurar. Se o senhor confirmar, não vou mencionar o seu nome. É em *off*. Depois, pode ser que eu lhe peça uma declaração sobre o assunto. Só quero ter certeza de que a minha fonte está certa.

– E a sua fonte é...

Ele precisava saber. Teria sido um dos membros da comissão? Quem se interessaria em tornar público o resultado? A secretária estava livre de suspeita, por seu ar assustado, quando Paul enfatizou o compromisso de confidencialidade. E Claire? Teria ela tentado passar à frente dos outros?

– O senhor sabe que não posso revelar minhas fontes, assim como não revelaria o seu nome – Alyssa falou sugestivamente.

Paul preparou seu "tom de pai disciplinador", o que não lhe custava muito, infelizmente.

– Alyssa, não tenho nada a declarar, seja em *off* ou em *on*. Eu a ajudaria, se pudesse. Claro que teremos um vencedor em breve, mas, por enquanto, não temos.

Ele encerrou o telefonema. Pense, Paul, pense. Estranhamente, aquela crise dentro da crise lhe proporcionava certo alívio; aquela, ele sabia administrar. Bastava descobrir a quem pressionar, que "pauzinhos" mexer, quais favores negar e quais favores pedir. Ao sentir de volta a antiga habilidade, ele pensou no número de telefone para o qual precisava ligar.

– Fred? Paul Rubin. Que tal um drinque mais tarde?

Paul convidou o editor do *Daily News* a encontrá-lo no Four Seasons. Queria um ambiente de sobriedade, e bebidas de 20 dólares sempre ajudavam.

– Acho que sei por que estou aqui – Fred disse com um sorriso, assim que se acomodaram em um canto discreto.

A iluminação do bar tinha a mesma cor âmbar do uísque.

– O que quer beber? – Paul perguntou.

– Jameson – Fred respondeu.

– Por que não experimenta um GlenDronach Grandeur? Traga dois. Puros – Paul completou, dirigindo-se ao garçom.

Assim que ficaram sozinhos, voltou-se para Fred.

– Sei que nem preciso explicar como a situação é delicada.

– Então, Alyssa tem razão?

– Eu não disse isso. Se é verdade ou boato, não importa.

– Não é assim que pensamos no mundo do jornalismo.

– Mas você não confirmou?

– Confirmei agora *com você*.

Paul levou um susto.

– Estou brincando, Paul. Eu não faria isso. Mas Alyssa é teimosa. Ela vai acabar descobrindo. Entendo a sua posição, mas entenda a minha: trata-se de um furo explosivo!

– Explosivo com certeza, Fred. Este país não aguenta algo assim neste momento. Sei que você comanda um jornal e sente-se no... no dever de informar, mas há princípios mais importantes em jogo. Não chega a ser uma questão de segurança nacional, mas está muito perto disso. Tudo o que peço é tempo, a oportunidade de administrar mais um pouco a situação em particular.

Fred permaneceu calado por alguns instantes. Pelo canto do olho, Paul viu entrar o vaidoso Barry Diller, acompanhado de Diane Von Furstenberg. Ela parecia muito bem para a idade, com seus malares salientes como tangerinas. Com um gesto, Paul chamou o garçom, que trouxe outra dose de bebida e outra tigela de amêndoas salgadas, já que a primeira estava vazia.

– Em sua opinião, quais são as chances de Bitman? – Fred perguntou.

Paul percebeu que, por enquanto, estava a salvo.

5

DECORRIDO UM ANO DO ATAQUE, as histórias sobre muçulmanos suspeitos ou presos e as análises da "verdadeira" natureza do islamismo tinham ficado em segundo plano para Mohammad. Em primeiro plano, estava o trabalho, seguido da Geografia Política e de um romance sério. Até uma segunda poltrona e uma cama para o apartamento quase vazio ficaram para depois. Tudo podia esperar até que Mo "chegasse lá", embora ele soubesse que, para um arquiteto, o sucesso, às vezes, demora muito. Ou nem chega. "Você não pode continuar adiando a vida", a mãe dizia. Ela se preocupava com o fato de o filho, aos quase 40 anos, estar tão distante de formar uma família, quanto estivera aos 20. Pelo menos ele podia tranquilizá-la: seus sacrifícios estavam prestes a dar frutos.

Os boatos, repetidos com tanta insistência a ponto de se tornarem aparentemente inevitáveis, davam conta de que, naquele dia, Mo seria indicado para uma das diretorias de projetos da empresa. Às 16 horas, Emmanuel Roi, fundador da companhia, entrou no escritório como um furacão, derrubando tudo e todos que estivessem no caminho. A um arquiteto que trabalhava em um modelo, disse:

– Sabe o que isto parece? Merda. Como se um cachorrinho tivesse subido na sua mesa e feito cocô.

Em suas visitas à empresa, Roi gostava de impressionar logo na entrada.

Daí a uma hora, convocou Mo a sua sala envidraçada, ao estilo "mostre tudo, não esconda nada", como Roi sempre repetia. Veja tudo, também. Mo havia passado a meia hora anterior ensaiando como receberia a promoção. Assim, precisou de alguns momentos para absorver o comunicado de Roi: o promovido era Percy Storm, um magrelo que Mo e Thomas Kroll – seu melhor amigo na empresa – chamavam pelas costas de "Cavaleiro Storm", o Cavaleiro Tempestade.

– Storm...?

Mo começou a falar, mas calou-se. Mal podia respirar.

Roi passou a mão nos cabelos curtos e grisalhos. Mo não entendia. Teria Roi desconfiado de que ele e Thomas planejavam, um dia, abrir uma empresa própria? Thomas já havia até registrado o nome: K/K Architects. Como uma pergunta direta revelaria sua decepção, Mo perguntou apenas, de maneira aparentemente casual, se Roi estava satisfeito com seu trabalho. A resposta foi tranquilizadora, mas ambígua.

– A sua vez vai chegar.

– Alguma coisa comigo? Com a minha conduta?

– Claro que não, Mo. Não tenho problemas com você.

Mentira. Roi se sentia ameaçado por qualquer um com talento e personalidade. Por qualquer versão mais jovem dele mesmo. Mas essa característica jamais o impedira de confiar a Mo grandes projetos. À medida que crescia, destacando-se no setor, ele precisava cada vez mais cercar-se de talentos, para complementar o dele. Afinal, tinha sob sua supervisão 63 projetos em 11 países. Quem quer que fizesse as contas – embora somente os funcionários sentissem isso – perceberia que seu envolvimento genuíno nesses projetos era mínimo. Talvez a razão de Mo ter sido preterido estivesse em seus comentários sobre tal situação, mas uma pergunta direta seria inconveniente, pela possibilidade de trazer à tona questões polêmicas.

Roi desfiava uma lenga-lenga sobre o futuro brilhante de Mo e, para piorar, sobre a capacidade administrativa de Percy, quando Mo o interrompeu.

– Isso tem alguma coisa a ver com... com o fato de eu ser... Você sabe...

– Não, não sei – Roi disse, mais aborrecido pela interrupção do que pela insinuação.

– Muçulmano.

– Nem pensar.

Julgando suficiente aquela negativa sucinta, Roi percorreu com suas mãos enormes toda a vasta superfície da mesa, à procura de um objeto para ocupá-las. Como não encontrou – não havia folhas soltas e nem mesmo um clipe para papéis –, começou a digitar com os dois indicadores no teclado do computador. Todos sabiam que ele ditava os e-mails, sem falar nos projetos, que moldava em papel, papelão ou lata, para que os jovens arquitetos criassem imagens de computador. Então, aquela digitação era mero pretexto para encerrar a reunião.

– Claro – Mo falou baixinho. – Desculpe.

Sem se despedir, ele deixou a sala, rumo à saída do escritório. Os colegas lançaram em sua direção olhares carregados de inveja, já que todos estavam certos de que ele seria promovido. O equívoco da situação, que logo seria corrigido, só fez aumentar a sensação de vergonha e o aperto que Mo sentia na garganta. Do lado de fora, ele tremia como se sentisse frio. Nenhum avião passava no momento para justificar o ronco nos ouvidos.

A lembrança do interrogatório no aeroporto veio à tona e cresceu, como se revivesse. Nada indicava que Roi tivesse deixado de promover Mo por causa de sua origem islâmica, mas nada indicava o contrário. Se ele havia sido discriminado uma vez, por que não duas? A paranoia, tal como a massa plástica, pode ser moldada.

Uma hora depois, no período de maior movimento, Mo espremia-se no metrô lotado e viu entrarem no vagão quatro adolescentes negros. Por brincadeira, os jovens começaram a encher preservativos – sem uso, felizmente – de ar e atirar nos outros passageiros. As pessoas atingidas suportaram a brincadeira de cabeça baixa, até que um negro baixinho, de terno, protestou com veemência: "Parem com isso!" A resposta dos adolescentes foi uma nova saraivada de "balões". O homem saltou logo, mas Mo continuou a pensar nele. Tinha a impressão de que sua intervenção se devera ao fato de sentir-se incomodado com o comportamento de outros negros.

– Como você pode saber por que ele se envolveu?

Essa foi a pergunta feita por Yuki, namorada de Mo havia dois meses, ao ouvi-lo contar a história naquela noite. Sem interromper a tarefa de cortar uma pera em fatias finíssimas, ela argumentou.

– Talvez ele estivesse apenas agindo como bom cidadão.

Mo guardou sua má vontade, como se temesse que Yuki, com sua graça e ponderação, pudesse destruí-la.

De cabelos longos e franja muito bem cortada, a moça preferia as minissaias o ano inteiro, se necessário acompanhadas de casacões elegantíssimos. Formada em Arquitetura, optara por fazer carreira no mundo da moda, criando roupas infantis extremamente elaboradas e sofisticadas. Logo no primeiro encontro, porém, tinha confessado não gostar de crianças. Eles comiam, bebiam, faziam amor, conversavam sobre construções e assistiam à televisão. Era exatamente isso que estavam fazendo naquela noite, quando Yuki, tomando posse do controle remoto, sintonizou o canal de notícias *Fox News*.

No estúdio, um pequeno auditório assistia a um debate sobre – como informava a legenda – "Devem os muçulmanos ser submetidos a revista em aeroportos?"

– Como alguém pode defender uma coisa dessas? – Yuki perguntou.

Mo, ainda irritado, não respondeu. O debate era entre Issam Malik, diretor do Conselho Muçulmano Americano, e Lou Sarge, direitista, o mais popular radialista de Nova York. Nos meses que se seguiram ao ataque, ele havia acrescentado a seu programa de rádio o *slogan* "I Slam Islam", que pode ser adaptado para "Fora, Islã".

Malik, um homem de pele morena, barba benfeita e parecido com George Clooney, disse:

– Este critério é ilegal, imoral e inútil.

Sarge, o radialista de cabelos pretos muito brilhantes e pele muito branca, rebateu.

– Ridículo! Os muçulmanos devem ficar em fila separada e ser revistados.

– A Polícia costumava parar afro-americanos só por serem "negros dirigindo". Acha aceitável sofrermos discriminação por sermos "muçulmanos voando"? – Malik perguntou. – E como identificar os muçulmanos? Vamos ser tatuados? Sou um pacifista, um americano cumpridor das leis. Por que ser discriminado, quando não fiz absolutamente nada de errado?

– Você quer ver as senhoras na fila de espera serem revistadas só para não melindrar os muçulmanos? – Sarge argumentou. – Ridículo!

– Ridículo é você – Yuki falou, dirigindo-se à tela.

– Ele tem razão – Mo disse.

– O quê? – Yuki estava de boca aberta.

– Ele tem razão. Não se pode fingir que todo mundo é perigoso.

– Não acredito no que eu estou ouvindo! – Yuki despejou as palavras. – Você seria um dos revistados!

– Que seja. Não tenho o que esconder. Não vou fingir que todos os muçulmanos são confiáveis. Se os muçulmanos são a principal razão do cuidado, por que não serem revistados?

– Nós sabemos quem é o inimigo! – Sarge quase gritava. – Vamos deixar de rodeios! O imperador está nu! O islamismo radical é o inimigo!

Mo se levantou do sofá e desligou a televisão, sabendo que, no relacionamento tranquilo entre ele e Yuki, o gesto correspondia a uma declaração de guerra, e foi à cozinha pegar uma cerveja. Um muçulmano bebendo para enfrentar o estresse de ser muçulmano. Onde estava a graça?

– Acho que estamos do mesmo lado – Yuki disse, quando ele voltou da cozinha.

– E qual é o lado?

– O lado certo. Qual é o problema, Mo?

Qual era o problema? Ele sabia que estava sendo "do contra", mas alguma coisa no apoio transmitido pela indignação dela o deixava irritado.

– Para começar, você é hipócrita – ele disse. – Depois de me acusar de querer adivinhar como o homem do metrô se sentia, está querendo deduzir que, por ser muçulmano, tenho de pensar de determinada maneira a respeito do tratamento dispensado aos muçulmanos.

– Não estou deduzindo coisa alguma, a não ser que você não vai querer um agente de segurança passando a mão nas suas calças só porque se chama Mohammad. Estou errada?

Não estava, o que o fez argumentar com mais veemência.

– Isso é atitude paternalista. Não se pode fingir que o Islã não é uma ameaça!

– Se eu achasse os muçulmanos ameaçadores, não estaria namorando você.

– O que isso significa?

– Significa exatamente o que eu disse.

– Que o nosso namoro depende de você aprovar a minha religião?

– Eu não disse isso, mas, por acaso, acho o islamismo uma religião muito legal.

– E namorar um muçulmano a deixa excitada?

– Mo! O que há com você?

Eles brigaram. Ou melhor: Mo cometeu agressões verbais, e Yuki se defendeu.

– A mim, não me importa que você seja muçulmano, Mo, mas importa que seja babaca – ela disse.

Era o fim.

Os personagens de animação circulavam por uma praça junto a um edifício de escritórios. A câmera fechou em um homem de pele morena, barba e mochila nas costas. Então...

BUM! O som da explosão foi tão forte e repentino, que algumas pessoas se encolheram nos assentos. A tela escureceu. Quando clareou novamente, não havia mais movimento. Os personagens estavam mortos. As luzes se acenderam, revelando a faixa "A ARQUITETURA CONTRA O TERRORISMO" e a sala cheia de arquitetos. Mo estava lá.

– Como podemos reduzir o risco?

Quem perguntava era Henry Moore, o especialista britânico em antiterror, o líder do seminário. Sua pele tinha a textura da crosta de uma torta de carne, e seus dentes eram surpreendentemente perfeitos. A pergunta fez surgir, em alguns participantes, um sorriso triste nos cantos da boca.

– Parar de invadir outros países – um homem sussurrou.

– Revistar todo mundo. É assim que se faz em Israel.

– Proibir mochilas.

– Mas essas não são exatamente soluções arquitetônicas.

– Vidros blindados – um bajulador disse. – E barreiras de caminhões, naturalmente.

– Ótimo. Alguma sugestão um pouco mais... criativa?

Silêncio. Henry enveredou pela História: castelos de cruzados no alto de platôs; cidades cercadas por fossos. Em seguida, chegou aos tempos modernos: jardins e mobiliário urbano artisticamente dispostos; uma escultura de Richard Serra ("arte defensiva"); rodovias de acesso sinuosas, com discretos pontos de checagem; escolas com janelas fixas que lhes davam um aspecto de prisão; janelas falsas. Beleza e segurança não são incompatíveis, ele disse, embora oferecesse poucos exemplos para comprovar a tese, despertando em Mo a vontade de estudar o assunto. Ele trabalhava melhor sob certas condições. O projeto de um museu para deficientes físicos, contando sua experiência na América, que havia rendido à ROI vários prêmios, tinha sido quase todo criado por ele. Tal como outros arquitetos, Mo praticava a solidariedade seletiva. Se caminhasse por uma calçada, tendo à frente uma pessoa em cadeira de rodas, a obstrução o deixaria irritado; no entanto, se as necessidades de um paraplégico estivessem entre as exigências de um projeto, ele seria capaz de sentar-se na cadeira de rodas para sentir o problema na pele. Para o museu, buscara inspiração na silhueta das montanhas: criara uma série de rampas que se cruzavam no interior do prédio, oferecendo visões inesperadas de dentro e de fora.

Na época, ele estava às voltas com o problema da segurança urbana: o melhor seriam prédios que demonstrassem como são seguros ou que fizessem os ocupantes esquecerem as preocupações com esse aspecto? Era fácil ironizar o emprego de fossos e ameias; difícil era encontrar neles alguma coisa adaptável. Uma barreira de água era um obstáculo mais agradável do que uma barreira de concreto. Um caminho em zigue-zague, com paisagens emolduradas nas paredes internas, poderia transformar a chegada em uma verdadeira aventura visual. Essas ideias, ele guardou para si.

– Não acha que, se forem criados alvos mais difíceis, eles vão se voltar contra os alvos mais fáceis? Vamos ter de fortificar tudo? – Uma das poucas mulheres presentes perguntou.

– Não se trata de fortificar – Henry disse. – É uma construção inteligente.

Ele exibiu um *slide* no qual se via uma fileira de coníferas, em uma verdadeira barreira verde entre um espaço árido e um edifício de escritórios comum.

– Ciprestes – Henry explicou. – Ótimos para absorver a energia cinética de uma explosão. Troncos fortes, folhas em formato de escamas. São firmes. E não parecem... sinistros. Pense neles como uma linha de defesa.

– O governo vai pagar por tudo isso? – um arquiteto perguntou agressivamente. – Quer dizer, se tivermos de incluir barreiras, vidros blindados e ciprestes? Nenhum incorporador investiria em um projeto assim, a não ser que possa haver um ataque terrorista na semana que vem.

– Estamos tratando de arquitetura *preventiva* – Henry argumentou.

– Sim, criatividade preventiva.

Ouviram-se algumas risadas.

– Quando penso no dinheiro que joguei fora aprendendo a fazer prédios atraentes...

– As malditas câmeras estão por toda parte. Já não chega?

– Talvez seja o caso de acabarmos com os espaços públicos – o homem que tinha sugerido proibir as mochilas opinou.

– Ou mandar embora os muçulmanos.

– Ora! – Henry repreendeu.

Mo olhou pela janela. No céu cinzento, o sol parecia ter tomado um banho de água suja.

De Londres, Mo devia embarcar para Cabul, onde a ROI participaria da concorrência para o projeto de uma nova embaixada americana. Entre cervejas, ele e Thomas conversaram sobre o motivo pelo qual Roi havia incumbido Mo daquela tarefa, mas não chegaram à conclusão alguma. Conseguiram apenas uma bebedeira, perigosa para a harmonia matrimonial de Thomas. As teorias desenvolvidas foram as seguintes: Roi queria compensar Mo pela não promoção, e por isso arranjara a viagem internacional, que incluía uma breve estada em Londres, onde o seminário sobre antiterrorismo serviria para enriquecer as credenciais da firma; Roi enviara Mo a Cabul como castigo; Roi mandara um muçulmano a um país muçulmano para tentar aumentar suas chances de vencer a concorrência; ou fizera isso para perder a concorrência.

– Ele quer provar que não considera você uma desvantagem – Thomas argumentou. – Ou pode ser que considere você uma vantagem.

– Por causa da minha percepção especial da mente terrorista?

Depois de ficar em dúvida se devia ou não mandar Roi se ferrar, Mo decidiu aceitar a missão, em especial para ficar mais tempo longe do presunçoso Storm Trooper, mas, em parte, porque queria ver de perto o tipo de muçulmano que correspondia ao que haviam pensado dele no aeroporto de Los Angeles: religioso, primitivo, violento. Ao perguntarem "Já esteve no Afeganistão?", os guardas tinham previsto o futuro.

Mo dormiu durante o voo entre Dubai e Cabul. Ao acordar, viu uma mulher branca, no corredor do avião, vestindo uma túnica longa sobre a camiseta justa e enrolando um lenço na cabeça. Lá embaixo, estavam os altos e baixos da cordilheira Hindu Kush.

Como Cabul fica em um vale cercado de montanhas, o avião saltou sobre a pista do aeroporto como uma bola na quadra de basquete. Enquanto a neve cobria os picos, a poeira cobria a cidade. Logo ao desembarcar, Mo sentiu os pulmões invadidos pelo ar seco e pela poeira. Protegendo os olhos do brilho do sol, pôde ver aviões, helicópteros e soldados americanos na pista.

Depois de passar pelo setor de imigração e pelo setor de bagagens – onde homens grisalhos pediram uma "gorjetinha" para lhe entregar as malas –, Mo foi recolhido por um carro enviado pelo hotel e integrou-se à lentidão do tráfego. Cabul parece uma cidade minotauro: na parte de cima, vigorosa e jovem, é cheia de cartazes que anunciam cibercafés, e de horríveis prédios comerciais em vidro azul e verde; na parte de baixo, antiga e degradada, amontoam-se peças de carne crua, expostas em barracas precárias, e velhos curvados, de aspecto cansado, puxam carrinhos de mão.

No centro da cidade, operários trabalhavam na construção de uma mesquita enorme, cujos andaimes em torno da cúpula lembravam um ninho de pássaros feito de gravetos. Uma passarela de madeira partia da cúpula e enrolava-se no minarete como uma escada em caracol, pela qual operários subiam e desciam. A ausência de guindastes ou de qualquer outro equipamento mecânico dava a impressão de uma obra feita à moda de um passado distante.

O Hotel Inter Continental parecia de uma época mais recente. Ao fazer o *check-in,* Mo reparou no estilo do saguão, monótona e surpreendentemente soviético. O espaço fervilhava de turbantes e gravatas, de ocidentais e afegãos, todos iluminados pela luz natural, já que – não pela primeira vez no dia – faltava energia elétrica.

Mo jogou-se na cama de colchão duro e adormeceu profundamente. Foi acordado antes do amanhecer pelo chamado à oração. A voz do muezim inundou o quarto e cresceu dentro dele. *Allah-hu akbar,* Deus o altíssimo: as palavras de exaltação soavam estranhamente lamentosas. O canto desceu aos vales e subiu às montanhas. A intenção era despertar os homens para a oração, mas Mo se sentiu imobilizado. Modulada e profunda, solitária e imperiosa, a voz pareceu falsear e, afinal, firmou-se. Na escuridão, os homens se levantaram, lavaram-se e curvaram-se para orar. Ele os seguiu em pensamento e, em seguida, adormeceu novamente.

Para entrar na embaixada americana, Mo passou por três revistas, quatro verificações da identificação e por uma longa espera. Em frente ao prédio principal, havia *trailers* brancos que brilhavam ao sol como azulejos de banheiro: era lá que ficava o pessoal da embaixada. O funcionário encarregado de transmitir instruções aos arquitetos que representavam as 12 firmas participantes da concorrência, explicou que a nova embaixada faria a estrutura, então em uso, parecer pequena: ocuparia os dois lados da rua, fechando assim aquele trecho aos *"outsiders"* – como eram considerados os afegãos.

Antes de deixar Nova York, Mo havia recebido um chamado de Roi pelo rádio, de Paris. Durante a conversa, Roi discorrera solenemente sobre os dias gloriosos da arquitetura das embaixadas, quando grandes modernistas, entre eles Saarinen, Gropius e Breuer (todos imigrantes, Mo constatou mentalmente), eram chamados para projetar prédios que representassem valores americanos, tais como democracia e liberdade. Mas aqueles dias pertenciam a um passado distante, embora a encenação de promover uma concorrência entre arquitetos renomados tentasse demonstrar o contrário. Na verdade, o único valor que importava era a segurança: garantir que a embaixada não sofresse um ataque. A diplomacia seria conduzida de um posto atrás de muros reforçados de 3 metros de altura. A arquitetura, antes um representante diplomático, transformava-se em um agente de segurança privada, pronto para ameaçar quem chegasse perto demais.

Vidros blindados e construções artísticas – indícios, ou desperdícios, de uma era mais inocente – eram substituídos por um projeto padrão para as embaixadas: caixotes em tamanhos pequeno, médio e grande. Fortalezas a preço de banana. Diferentemente dos motivos que haviam proporcionado à ROI uma bela reputação, Mo sabia que não estava ali pelo desafio artístico. Mais de uma centena de embaixadas e consulados no mundo inteiro teriam novos prédios construídos, sobretudo por causa da segurança. Qualquer fatia desse trabalho seria lucrativa.

Mo, no entanto, logo concluiu que a firma não teria chance de vencer a concorrência. A especialidade da ROI eram prédios altamente inseguros, conhecidos pela transparência ("Mostre tudo, não esconda nada"), enquanto os outros concorrentes eram especializados em construções rápidas e comuns. Assim, ele deixou o pensamento viajar durante a falação monótona sobre "perímetros defensivos" e "soluções para projetos que obedeçam a determinadas condições". Imaginou desafiar as diretrizes impostas e apresentar para a embaixada um projeto copiado de um castelo medieval. O local era baixo, mas ele poderia sugerir a construção de uma colina, um promontório – um verdadeiro "projeto antiterror" bem no meio da cidade...

Ao fim do dia, os arquitetos foram embarcados em uma caravana de vans para um tour por Cabul, seu "contexto local". Pelo caminho, o motorista apontava pontos característicos, como um decadente centro cultural russo, verdadeira ruína que então servia de abrigo a refugiados e dependentes de drogas.

– O destino de todos os impérios – Mo murmurou. – É assim que a nossa embaixada vai acabar.

– Que tal um pouco de espírito de equipe? – um arquiteto gorducho de meia idade, sentado ao lado de Mo, perguntou.

O homem parecia experiente naquele tipo de passeio.

– Nós não estamos na mesma equipe, lembra? – Mo respondeu.

Depois de alguns minutos, a van pegou um desvio onde se viam por toda parte escombros de prédios bombardeados, como se tivesse havido um terremoto. Segundo o motorista, as crateras no solo eram o resultado de bombas lançadas durante a guerra civil na década de 1990. Para Mo, as ruínas guardavam uma importância eterna.

– É assim que eles tratam os países de terceiro mundo – o vizinho de assento de Mo comentou.

Os arquitetos foram levados a jantar em um restaurante francês escondido atrás de altos muros de tijolos. Havia também uma pequena plantação de maçãs, um terreno coberto de videiras e uma piscina, onde europeus e americanos mergulhavam, espalhando água. Cloro, manjerona, maconha e fritura formavam uma estranha mistura de cheiros.

– O que os afegãos pensam disto? – um arquiteto perguntou, com um gesto amplo, que incluía as mulheres de biquíni e os homens bebendo cerveja.

– Eles não podem vir aqui – informou o vizinho de assento de Mo. – Por que você acha que conferiram os nossos passaportes? É melhor eles não saberem o que estão perdendo.

– Garotas bonitas e árvores frutíferas. Estão perdendo o próprio paraíso – completou outro participante do passeio, cujo nome Mo não se dera ao trabalho de guardar. – Não entendo como não se matam para entrar aqui.

– Alguns não precisam – o vizinho voltou a falar, de olhos fixos em Mo.

6

A PEDIDO DE PAUL, os consultores de segurança tinham estendido o relatório inicial sobre Mohammad Khan para incluir mais detalhes sobre o que se poderia chamar de "sua identidade". Já estava escuro quando um mensageiro entregou o novo relatório. Paul agarrou o envelope e percorreu apressado a distância entre o *hall* de entrada, todo em mármore e espelhos, até o escritório elegantemente decorado. Lá, acomodou-se à mesa de trabalho em estilo Luís XV e começou a ler. Primeiro, o currículo de Khan: excelente; nada de especial, portanto. Formado pela University of Virginia e pela Yale School of Art and Architecture, ele tinha 37 anos. Trabalhara durante quatro anos na empresa de engenharia Skidmore, Owings and Merrill, e estava havia seis na ROI. Khan era autor dos projetos de um museu em Cleveland, de um edifício residencial em Dallas e de uma biblioteca em São Francisco, sobre os quais Paul havia lido matérias elogiosas. Era citado pela imprensa ao lado de Emmanuel Roi. Tratava-se de um profissional em ascensão, o que fez Paul lembrar o próprio início de carreira, quando sua vontade de vencer parecia ilimitada. A lembrança lhe deu a impressão de que a ansiedade e a disposição daquela época lhe eram tão caras quanto o sucesso que veio depois.

Segundo o relatório, Khan tinha crescido em Alexandria, Virgínia. Os pais, imigrantes indianos, haviam chegado ao país em 1966 – assim que os Estados Unidos elevaram as cotas de imigrantes asiáticos, conforme os cálculos de Paul. Essa decisão política possibilitaria ao descendente de um deles, quatro décadas mais tarde, administrar um banco de investimentos. Ainda segundo o relatório, o pai de Khan era um conceituado engenheiro da Verizon Communications, e, a mãe, uma artista que dava aulas na escola comunitária local. Tinham adquirido em 1973 a casa onde viviam, e ainda deviam 60 mil dólares da hipoteca. Khan não possuía propriedades.

Morava em Chinatown, o que surpreendeu Paul, morador da parte superior da cidade. Em sua opinião, aquele era um endereço incomum para um descendente de indianos. Não havia registros policiais, processos pendentes nem problemas com impostos.

O site de uma mesquita em Arlington, Virgínia, registrava duas doações feitas pelo pai de Khan, Salman, ambas depois do ataque. Esse fato, aliado a consultas à mesquita, além de entrevistas com vizinhos e amigos, confirmavam que a família era realmente muçulmana.

A mesquita, inaugurada em 1970 e transferida para o endereço atual em 1995, não possuía "ligações conhecidas com segmentos radicais", embora o primo do filho de um ex-membro da diretoria tivesse estudado com alguns jovens de Virgínia recentemente acusados de treinar atividades terroristas por meio de jogos de *paintball* ("Eu os via andando pelo estacionamento", esse primo afirmou a *The Washington Post*). Eram 16, e não 6 graus de separação.

Khan tinha viajado ao Afeganistão no início do ano, como representante da ROI, mas não se encontrara ligação alguma dele com organizações terroristas. Khan não contribuíra para campanhas eleitorais de partido algum. Estava filiado apenas ao American Institute of Architects. Nada sugeria que fosse um extremista. Ele parecia inteiramente americano, inclusive na ambição.

Paul pegou um bloco de folhas quadriculadas, sua ferramenta preferida quando precisava raciocinar, e colocou sobre a mesa, diante dele. No meio da folha, traçou uma linha vertical. À esquerda, escreveu "A favor"; à direita, "Contra". Na vida, são raras – se é que existem – as decisões "certas", perfeitas. O que há é a melhor decisão sob determinadas circunstâncias. Tudo se resume a pesar as consequências previsíveis de cada opção e a tentar prever o imprevisível – as contingências remotas.

A favor de Khan ele escreveu:
princípio – ele venceu!
afirmação de tolerância
apelo do projeto
julgadores – capacidade de resistir: Claire
repórter – vazamento?

Partindo da última entrada, Paul traçou uma linha até a mesma altura, na coluna "Contra", e escreveu "Fred", que era quem serviria para neutralizar a repórter, já que nos jornais ainda se respeitava a hierarquia. Não por muito tempo, ele suspeitava, com o avanço da democracia – ou melhor, da anarquia – favorecida pelos *blogs* e pela internet. Pelo menos por enquanto, porém, os repórteres atendiam às determinações dos editores, de quem dependiam seus empregos.

Paul sabia que aquele vazamento estava sanado, mas outros poderiam surgir, criando uma ameaça que exigiria ação rápida e decisiva. De nada adiantaria pensar muito. Riscando o papel com força, ele escreveu na coluna "Contra":

reação
transtorno
famílias divididas
dificuldade de levantar fundos
governadora/política

Era improvável que a governadora, cujas ambições em nível nacional estavam pendentes como a corrente de um relógio de bolso, tomasse naquele momento uma posição a favor de um muçulmano.

Paul prosseguiu. Na direção de "afirmação de tolerância", escreveu:
declaração de abrandamento/fraqueza

No meio, abaixo das duas colunas, sob o título "Imprevisível", ele anotou:
VIOLÊNCIA

Paul procurou ter uma visão geral do que havia escrito no papel quadriculado. Os argumentos a favor pareciam insignificantes, não apenas em número, mas porque a tinta estava mais fraca. Talvez a primeira linha ("princípio – ele venceu!") devesse desfazer a dúvida, mas a tarefa de Paul era construir o memorial. Ele não sacrificaria aquele objetivo por um homem chamado Mohammad.

Assim, a decisão estava clara; o mecanismo para eliminar o projeto vencedor, nem tanto. A única opção era declarar Khan "inadequado", mas com que fundamento? Paul foi ao dicionário procurar a palavra: "não apropriado". Ele procurou "apropriado": "próprio para condição, pessoa, ocasião ou lugar determinados; adequado". Então, procurou "adequado": "em harmonia com a situação; apropriado". Por isso ele era banqueiro, e não filólogo. Podia-se dizer que Khan não era "adequado"? A portas fechadas, a comissão podia dizer o que quisesse. Portanto, a resposta era eliminar Khan, considerando-o inadequado, antes que seu nome viesse a público. Claro que havia o problema de Claire, mas Paul acreditava que podia ser convencida, considerando-se os sentimentos das famílias que ela mesma representava. Não que Paul compartilhasse tais sentimentos; para ele, Khan era apenas um problema a resolver.

Conforme solicitado, o arquiteto tinha anexado uma fotografia à inscrição no concurso de projetos para o memorial. Ele parecia jovem e bonito, de pele amorenada, cabelos pretos, curtos e ondulados, sobrancelhas grossas e escuras, nariz largo e pronunciado. Os olhos esverdeados apareciam meio escondidos pelo reflexo das lentes dos óculos discretos e sem armação, bem ao gosto de Paul, que detestava os modelos retangulares e coloridos usados por muitos arquitetos famosos. Na foto, Khan não sorria, mas nem por isso parecia triste. A visão daquele rosto deu a Paul a exata dimensão da atitude que estava para tomar. Ele virou a página sobre a mesa.

– Você viu o *Post*?

Eram 6 horas, e Paul não tinha visto coisa alguma, exceto a luzinha do telefone celular piscando. Ele demorou a reconhecer a voz. Era Lanny, o assessor da comissão.

– O *Post*? – Paul se espantou.

– Isso. O *New York Post*. Estão dizendo que um muçulmano venceu o concurso para o memorial. Você me disse...

– O *Post*?

– Você me disse que o vencedor não estava escolhido – o assessor insistiu, magoado. – Passei a informação a todos os repórteres. Vão dizer que não sei de nada.

– Neste momento, os seus sentimentos estão por último na minha lista de prioridades, Lanny. Eu ligo daqui a pouco.

"Como o *Post* descobriu?", Paul pensava ao jogar um casacão sobre o pijama. Aquela repórter – Spier – não trabalhava para o *News*? Outro integrante da comissão devia ter falado... Ou então a mesma pessoa havia entrado em contato com dois jornais... Era como montar um quebra-cabeça pelo avesso. Quando ele perguntou a Edith se tinha visto seus óculos ela respondeu apenas com um resmungo sonolento. Paul perdia os óculos, e Edith encontrava; aquela era uma rotina de quarenta anos que, naquele momento, ela não sentia vontade de cumprir. Ele desistiu. Calçou os sapatos e encaminhou-se em passos rápidos à banca de jornais mais próxima. A imagem de Khan não saía de seu pensamento. Somente na metade do caminho lembrou que bastaria ter ligado o computador. Hábitos antigos custam muito a desaparecer, mas não foi só isso: Paul precisava sentir nas mãos a presença física de sua desgraça.

Lá estava ela, no *Post*. A foto de um homem de balaclava, assustador como um terrorista. Autora da matéria: Alyssa Spier. A manchete: CONFUSÃO NO MEMORIAL DO MUÇULMANO MISTERIOSO.

Como sempre, a banca de jornais na esquina, próxima ao endereço de Mo, estava decorada com os seios macios de uma dúzia de mulheres brancas e os traseiros de algumas mulheres negras, todos saltando das capas brilhantes de revistas. Quando Mo se aproximou, o jornaleiro, um paquistanês, espanava a poeira depositada sobre os pacotes de balas expostos na prateleira. Entre admirado e divertido, Mo sorria, quando deu com os olhos na pilha de exemplares do *New York Post*. Seu coração começou a bater tão forte, que ele teve a impressão de que todos podiam ouvir, e instintivamente pôs a mão no peito, para abafar o som. O jornaleiro, julgando ver no gesto uma saudação, também pôs a mão no peito e cumprimentou.

– *Assalamu alaikum*.

– *Alaikum assalam* – Mo respondeu.

As palavras lhe pareceram estranhas e pastosas. Ele pegou o jornal. Dentro, a legenda "MAIS SOFRIMENTO COM O ISLÃ?", acima de uma foto dos escombros no local do ataque, parecia gritar. Com mãos trêmulas, revistou o bolso à procura do dinheiro, até encontrar uma nota de 5 dólares, que entregou ao jornaleiro. Lendo enquanto caminhava, não se preocupou com outras pessoas ou obstáculos que pudesse haver na calçada. Quem o visse poderia perguntar-se que notícia tão importante trazia o jornal, a ponto de deixá-lo cego, surdo, mudo e louco o suficiente para atravessar a metade da rua e parar no meio, sem ver que os veículos passavam por ele como a água flui em torno de um pedregulho.

Um muçulmano tinha vencido, mas ninguém sabia quem era.

A buzina estridente de um táxi fez Mo procurar a calçada do outro lado. Ele sentia uma alegria imensa. Eram 5 mil concorrentes. A não ser pela confirmação do recebimento da inscrição, recebida meses atrás, não tivera notícia alguma do andamento da escolha do projeto. Mas um muçulmano era o vencedor. Tinha de ser ele.

Naquela noite, Mo prendeu a folha do jornal ao espelho do banheiro com fita adesiva. O homem de balaclava tinha o olhar frio e duro. Olhos de algoz. A questão era que Mo não se reconhecia nele. No dia seguinte, ampliou a foto que anexara ao pedido de inscrição e colou sobre a que o jornal apresentava. Ao esconder a feiura, podia fingir ter acabado com ela.

7

NÃO HAVIA PRÉDIOS NEM RUAS: apenas montanhas de escombros fumegantes. Patrick estava lá, em algum lugar, e Sean, seu irmão, procurava por ele. Sean tinha consciência da vontade que sentia de encontrá-lo, mas também do medo de não o reconhecer. Eles não se viam havia meses, e Sean ficava o tempo todo tentando lembrar-se do rosto do irmão. Mas cada corpo mutilado que surgia, fazia-o pensar que a cara da vida e a cara da morte nem sempre combinam.

Passaram-se as horas. Os dias. Sean não respirava nem ouvia bem, como se estivesse embaixo d'água. Refletores estavam acesos, mas a verdadeira iluminação vinha das outras pessoas que vasculhavam os escombros. Envoltas em fumaça, meio escondidas pelas pilhas de entulho, elas, às vezes não passavam de vozes, mas bastavam. Toda vez que ele estendia a mão, para dar ou receber, encontrava outra mão. Obedecendo a um comando, a área foi organizada: corpos aqui, objetos pessoais ali, carros destruídos além, recipientes vermelhos e amarelos, tendas, escalas de serviço, setores de alimentação e de atendimento médico, a linha de montagem – um mundo mais real para Sean do que a cidade lá fora. Ir para casa à noite era como voltar da guerra; só que a casa não parecia um lar. Ele se surpreendia ao ver as pessoas conversando normalmente, de unhas limpas, seguindo a rotina. Quando sua mulher disse que ele cheirava a morte, Sean mal acreditou no sentimento de repulsa que percebeu nela. Considerava santa a poeira que levava para casa, e até guardava em folhas de jornal o pó que retirava dos sapatos e da camisa.

Cerca de dois anos mais tarde, o local do ataque era uma planície vazia. Do outro lado do rio, no Brooklyn, a casa dos Gallagher tinha a movimentação de uma sede de campanha eleitoral. Em volta da mesa, acotovelavam-se dez membros da família de Sean e outros tantos do comitê de apoio ao memorial, que aproveitavam o feriado do Dia de Ação de Graças. Exemplares do *Post* se espalhavam, tendo sobre eles alguns blocos e dois *laptops*. Para facilitar o andamento da reunião, o quadro de fotos da família fora substituído por outro, onde era possível escrever. A mãe de Sean, Eileen, e as quatro filhas retiravam pratos usados e reabasteciam xícaras de café com a máxima eficiência.

Frank, o pai de Sean, falava ao telefone com um repórter.

– Sim, planejamos lutar até a última instância. O quê? Não, senhor, não se trata de islamofobia. Porque fobia significa medo, e eu não tenho medo deles. Pode publicar o endereço no seu jornal, para eles saberem onde me encontrar... Eles mataram meu filho. Basta para você? Não quero o nome de um deles sobre o túmulo do meu filho... O corpo dele foi encontrado, sim. Fizemos o sepultamento, sim. Ei, você está perguntando demais. É o lugar onde ele morreu, certo? O memorial é para ele, e não para os outros. Mais alguma coisa? Ainda tenho um monte de telefonemas para dar.

Uma voz veio de baixo.

– Soube de alguma coisa, Sean?

Era Mike Crandall, esticado no chão, para ver se melhorava da dor nas costas. Aposentado do Corpo de Bombeiros, não perdia uma reunião, embora, às vezes, Sean preferisse que ele tivesse faltado. A comissão era composta de ex-bombeiros e dos pais de alguns mortos.

– Nada – Sean respondeu.

Ele detestava ter de dizer aquilo, já que tinha acesso ao gabinete da governadora e a Claire Burwell. Por natureza desconfiado do poder, Sean acreditara na história, exatamente porque não viera de lá e, embora envergonhado, sentira certo alívio. Não poderia acontecer coisa pior do que um muçulmano ficar encarregado do memorial, e isso lhe apontava o caminho a seguir; orientação era exatamente o que lhe faltava. Ele sabia que se tornava melhor sob pressão.

Os dez anos que precederam o ataque foram uma sucessão de toscas improvisações: um homem vagando sem destino pelo espaço em branco da vida adulta. Cada escolha equivocada era o resultado da anterior. Mau aluno, desistiu de estudar. Por falta de opção, passou a prestar serviços gerais. Descontente por ter de meter-se embaixo da pia de colegas de infância, começou a beber. Mas também bebia porque gostava. Bêbado demais para raciocinar, acabou se casando, o que provocava discussões constantes com seus pais.

Uns cinco meses antes do ataque, em um jantar na casa de Patrick, Sean estava mais emotivo, mais "solto" do que o normal – ou talvez tenha chegado lá meio "alto" –, e começou a queixar-se de que os pais não gostavam de Irina, sua mulher. De tanto gesticular, acabou derramando uma tigela de sopa. Patrick agiu com firmeza: guardou as chaves do carro do irmão e levou-o para casa. Quando Sean voltou lá no dia seguinte para pegar o carro, Patrick falou com ele em particular, pedindo que não o visitasse por algum tempo.

– Você não se dá ao respeito – disse.

Desde então, os três filhos de Patrick passaram a tratar o tio com receio.

Naquela manhã escandalosamente bela, porém, o primeiro pensamento de Sean foi para Patrick, que servia em uma unidade do Corpo de Bombeiros próxima ao local do ataque. Sean correu à casa dos pais. Esforçando-se para fingir que não notava a surpresa causada por sua chegada, chamou o pai para ir com ele procurar o irmão. No entanto, nem depois que o corpo de Patrick foi encontrado, Sean se afastou. Continuou por lá naquele dia e nos sete meses seguintes. Quando afinal pediram seu desligamento do grupo de buscas, já que ele não era bombeiro, nem policial, nem especialista em edificações, passou a colaborar em tarefas ligadas à situação: a organização de protestos pela interrupção das buscas e a criação de um comitê para lutar por mais espaço para o memorial. Assim, a área destinada ao monumento dobrou de tamanho. O que os pais e professores de Sean chamavam de "problema com a autoridade" tornou-se uma vantagem oficial, e ele logo estava dando palestras por todo o país – em especial nas cidades pequenas que ninguém queria visitar –, convidado por organizações de policiais, bombeiros e veteranos, ávidos por notícias dos resgates. Sean passou a acreditar, e transmitia isso nas palestras, que até sua negligência era prova de devoção.

– Durante sete meses, eu fui lá todo santo dia. Perdi meu casamento...

Nesse ponto, sempre se ouviam murmúrios.

– ...Perdi minha carreira... Mas isso não importa... Meu irmão... Meu único irmão... Perdeu a vida.

A essa altura, algumas pessoas aplaudiam fora de hora, o que era desagradável. Sean aprendeu a abaixar os olhos até os aplausos cessarem.

Voltar a morar com os pais após separar-se de Irina pareceu certo. A modesta casa em estilo vitoriano, no Brooklyn, costumava ser cuidadosamente conservada – Eileen administrava muito bem os parcos recursos –, mas Sean encontrou pintura descascada, portas emperradas e cocô de rato à vontade. Sem pedir licença, refez a pintura, lubrificou as portas e montou ratoeiras. Pôs mãos à obra. Trocou as fotografias da família que ocupavam as paredes do *hall* por fotos de Patrick. Eileen, que jamais dedicara carinho especial a Sean, o caçula de seus seis filhos, ficou comovida.

Mas ele foi deixado de fora da comissão para a escolha do memorial. Os convites para palestras escassearam, como se o país avançasse sem ele. Nos filmes a que tinha assistido, a redenção era para sempre. Na vida real, porém, a redenção subia pela escada rolante de descida; uma paradinha significava voltar atrás. O antigo Sean reaparecia de vez em quando, em especial aos olhos de sua mãe. Nos últimos meses, ela retomara o jeito brusco de agir, inclusive exigindo que ele arrumasse a própria cama, o que o irritava profundamente, como uma repetição da infância. Quando o pai passou a chamá-lo de Patrick, ele deixou, mas Eileen reclamava asperamente. Sean tentou retomar a antiga ocupação, mas sentia-se desconfortável, como se vestisse uma roupa que não lhe cabia mais, e não tivesse dinheiro para comprar outra. Dois dias antes, desistira do emprego como montador de móveis, depois que a mulher que o contratou pediu que levasse o lixo para fora, ao terminar o trabalho. "Sabe quem sou eu?", sentiu vontade de gritar, mas a verdadeira resposta machucava demais. Ele era um faz-tudo que morava com os pais.

Alyssa Spier assistia encantada à trajetória de seu furo jornalístico sobre o Muçulmano Misterioso, que entrava com força no noticiário, destacando-se de todas as matérias anteriores. Ao meio-dia, ela já havia confirmado presença em três *talk shows* e dado quatro entrevistas a programas de rádio.

Ela se acomodara em uma poltrona, à espera da hora de ser maquiada. Bem perto, o âncora do programa reclamava da cor da base aplicada que segundo ele, deixava sua pele muito apagada. Enquanto o maquiador voltava as atenções para Alyssa, cuja pele não apresentava problemas de "apagamento", o âncora começou a praticar a entonação que daria à palavra "muçulmano", com o toque exato de surpresa irônica na primeira sílaba: "Segundo o *New York Post,* o escolhido foi um muçulmano. A comissão não se pronunciou, mas continuem atentos". Ele encerrou a fala em um tom de confidência que disfarçava o fato de nada haver a confidenciar. Os refletores realçavam o brilho do gel em seus cabelos ondulados, como o sol realça o brilho das águas do rio.

Todos os políticos estavam mobilizados pela notícia, fosse para falar ou não sobre ela. "Não vou comentar uma notícia sem confirmação", o prefeito declarou ao canal de notícias NY1. Quando mais jovem, ele tinha sido um político combativo, mas, com o passar do tempo, transformara-se em um inofensivo pai de família. "Neste momento estou mais preocupado com a liberação de informações não autorizadas – que podem nem ser verdadeiras – sobre um processo que deveria ser sigiloso. A última coisa de que precisamos é ter a imprensa assumindo o papel de membro da comissão".

Mesmo insistindo em que não se pronunciaria sobre hipóteses, ele não deixou de acrescentar: "Não existe nada inerentemente errado no fato de alguém ser muçulmano. Tudo depende do tipo de muçulmano a que nos referimos. O islamismo é uma religião de paz, como já afirmei muitas vezes. O problema é que algumas pessoas não captaram a mensagem..." Não ficou claro se, ao se referir a "algumas pessoas", o prefeito falava dos muçulmanos violentos ou de quem caluniava os muçulmanos pacíficos.

Ao retornar à redação, entre uma entrevista e outra, Alyssa se viu cercada de editores satisfeitos e de repórteres insatisfeitos. Chaz, o novo editor, percorria os canais de televisão. Ao propor um brinde em homenagem a ela, disse:

– Esta história tem mais pernas do que a companhia de dança Rockettes!

Alyssa mal podia acreditar naquela reviravolta do destino. Dois dias antes era repórter do *Daily News* e tinha nas mãos uma bomba que seu chefe não quis publicar. Em 48 horas, passara a ser a repórter do *New York Post,* cuja matéria mobilizava a opinião pública da cidade, e talvez do país!

Fred, editor do *News,* tinha barrado a publicação da história, dizendo a Alyssa que procurasse uma segunda fonte. Então, antes que ela fizesse isso, encarregou-a de investigar os gastos excessivos na recuperação da ponte George Washington. Aquela súbita honradez editorial deixou-a irritada. Fred nunca pedia uma segunda fonte, e talvez fosse esse o motivo do declínio da reputação do jornal, desde que ele assumiu a editoria. A primeira fonte era exigente, e telefonava insistentemente para perguntar quando a história viria a público.

– Eles vão achar outra pessoa, e aí vai ser tarde demais. Você vai ficar sem a história.

Ela se esquivava, temerosa de que a informação fosse oferecida a outro repórter, mas seu repertório de desculpas chegava ao fim. Incluiu até um convite para o restaurante Balthazar, onde o jantar completo à base de frutos do mar quase acabou com sua verba para despesas.

Alyssa pediu, adulou o chefe, sempre pensando: "O que ele quer?" Precisava conhecer os motivos dele, para saber o que investigar e conseguir o próximo furo. Teria ele recebido e publicado uma notícia falsa? Teria alguma coisa contra os muçulmanos? Estaria preocupado com as consequências? Ou simplesmente fora maltratado pelo diretor do jornal e queria vingança? Afinal, todo mundo gosta de contar as histórias a seu modo.

– Vou acabar perdendo a história – ela disse a Fred. – Nós vamos perder. A minha fonte está ficando irritada.

– Vá cozinhando – Fred respondeu, enquanto engolia um pedaço de banana. – Administrar as fontes é uma arte.

Parecia que a culpa era dela. Quando ligou para a fonte, tentando ganhar tempo, Alyssa ouviu.

– Isto é ridículo. Vou procurar o *Post*.

"Não", Alyssa pensou. "Quem vai sou eu".

Então, ligou para Sarah Lubella, uma conhecida que trabalhava lá, e pediu que marcasse um encontro com o editor do jornal.

– Tenho uma história espetacular. Garanto – Alyssa disse.

– E por que o seu jornal não publica? – Sarah perguntou, irritada por não conhecer a história que não tinha e por não ter a história que não conhecia.

– Estão com medo – Alyssa respondeu. – Sob pressão.

– Mas, se você fizer isso, não pode continuar no *News*. Vai querer trabalhar em um jornal mais modesto, como o *Post*?

A voz de cana rachada de Sarah resultava de trinta anos de cinzeiros cheios em redações movimentadas, antes que o fumo fosse proibido em Nova York.

Alyssa sempre olhara com superioridade para o *Post*, assim como os repórteres do *Times* olhavam com superioridade para ela. Mas aquela não era a primeira vez em que Fred lhe atrapalhava a vida, e, embora, ela achasse que o excesso de cuidado não combinava com o editor de um tabloide, o que mais a incomodava no episódio era o corporativismo. Fred e Paul eram amigos, Alyssa reconhecia. Ela, que viera de uma cidade pequena à beira de um rio, não tinha amigos assim.

Alyssa havia demorado bastante para chegar a Nova York, onde sempre pensara em viver. Durante o "exílio" em cidades menores muito parecidas com sua terra natal, tais como Brattleboro, Duluth e Syracuse, sentia a estranha e horrível impressão de que as coisas não corriam conforme o planejado, embora nunca confessasse isso. Quando chegou ao *Daily News*, onze anos e oito equipes mais tarde, tinha noção do próprio valor: não escrevia suficientemente bem para os jornais "de sangue azul" nem estava interessada em sua versão enfadonha e afetada das notícias. Uma perfeita mexeriqueira, isso sim, ela era. Sem ideologia, acreditava apenas em informações, que obtinha, negociava, esmiuçava, formatava e publicava, resistindo a todas as tentativas de alterar seu produto. A emoção de descobrir e revelar um fato noticioso era a mesma da primeira vez, quando ela contou ao diretor da escola de Ensino Médio o boato – tratado como fato – de que um professor estava sendo investigado por desvio do dinheiro da venda de produtos doados. Surpresa, medo e alívio passaram como nuvens pela expressão do diretor, e ela viu que podia exercer influência. O desonesto professor de Geometria foi transferido.

O editor, o diretor e toda a tribo de escolhidos só eram autênticos, fiéis à verdade, enquanto ninguém incomodava a "panelinha". Por isso, ela havia desertado, e as consequências de sua deserção estavam desabando sobre a cidade. O cerco aos parentes, um gênero jornalístico que evoluíra nos dois últimos anos, estava no auge. Todo repórter tinha um arquivo digital com nomes de viúvos e viúvas, pais e filhos dos mortos que podiam ser contatados para se pronunciarem sobre o assunto do dia: a situação do local da tragédia, a captura de um suspeito do ataque, a tortura do suspeito, indenizações, teorias conspiratórias, aniversários do ataque (todo mês, de seis em seis meses e, então, de ano em ano) ou a venda de bugigangas de mau gosto representando a destruição. De algum modo, os entrevistados sempre achavam o que dizer.

A governadora, misteriosamente ausente no início da controvérsia

– à espera do resultado das pesquisas de opinião, Alyssa tinha certeza –, apareceu para expressar "séria preocupação" com a possibilidade de um muçulmano ser autor do memorial, sem se importar com os sentimentos liberais e conciliatórios do prefeito. A governadora Bitman tinha o brilho de uma mulher apaixonada ou de alguém que acabava de descobrir um assunto capaz de catapultá-la à notoriedade nacional. Alyssa, cujas ambições estavam sintonizadas com as da governadora, começou a se imaginar seguindo uma campanha presidencial de estado em estado.

Paul Rubin varreu com os olhos o restaurante, um bistrô no Upper East Side, escolhido por não ser frequentado pelos conhecidos dele. Conforme esperava, o lugar estava quase vazio, a não ser por algumas senhoras que bebericavam no bar revestido de madeira escura. Confuso por causa da luz refletida pelos espelhos nas paredes amarelas, ele, de início, não identificou Mohammad Khan no espaço estreito e comprido. Acostumando-se ao ambiente, porém, viu um homem de barba escura a observá-lo de uma mesa no fundo, mas demorou a reconhecer nele a pessoa cuja foto acompanhava a inscrição do Jardim no concurso para escolha do memorial. Khan parecia – Paul buscou a palavra exata enquanto se aproximava da mesa – "sobressaltado". Os cabelos pretos e ondulados estavam mais compridos e penteados para trás; a linha do maxilar ficava pouco nítida pela barba bem aparada; e os olhos se disfarçavam atrás de óculos de armação retangular e lentes amareladas.

Khan levantou-se. Era quase 10 centímetros mais alto do que Paul. Tinha escolhido uma mesa de onde via a porta de entrada e todo o restaurante – exatamente o lugar preferido de Paul, que se sentia desconfortável quando de costas para um ambiente. Logo que se sentaram, Paul pediu água, na esperança de absorver ao mesmo tempo um pouco de equilíbrio. Então reparou que a pele de Khan e o café com creme que ele tomava tinham quase a mesma cor. A comparação foi imediatamente rejeitada, porém, para eliminar qualquer possibilidade de pensamento racista.

– Você parece diferente – Paul começou. – Diferente da fotografia.

Khan deu de ombros.

– É uma foto antiga.

Ele usava uma impecável camisa branca de tecido leve, com os punhos dobrados. Pela gola, escapava um tufo de pelos escuros. Era a perfeita representação da ideia que Paul fazia de um astro de Bollywood. De gravata-borboleta, ele se sentiu desconfortável, como se estivesse produzido demais para um bailinho no colégio.

Houve um momento de silêncio. E outro. Mesmo sob a iluminação discreta do restaurante e através das lentes, os olhos de Khan – Paul jamais havia confessado isso em relação a um homem, embora pensasse assim – eram bonitos. Tão bonitos quanto as bolas de gude lhe pareciam, na infância. Bonitos de um jeito que as mulheres costumam adorar.

– Obrigado por atender ao meu convite feito tão em cima da hora – Paul disse.

– Certo, mas fiquei curioso com o que li no *Post* – Khan respondeu.

Diante dele, havia uma folha de papel com algumas linhas traçadas. Paul hesitou.

– Nada está resolvido. Estamos fazendo a devida diligência, como se faz em qualquer seleção.

– Este encontro é parte do processo?

– É, sim – Paul respondeu.

A pergunta de Khan facilitou as coisas.

– Mas eu venci.

Ele pegou a caneta e começou a rabiscar. Não. Rabiscar era o que Paul fazia. Khan estava desenhando. Com muito desconforto, Paul viu um esboço do Jardim se materializar diante dele. Mesmo não olhando o desenho de frente, as linhas eram inconfundíveis: os quatro quadrantes, os canais, os muros, as árvores...

– Enquanto o processo não estiver encerrado, não há vencedor. E o processo só se encerra com a assinatura da governadora.

Khan examinou friamente o rosto de Paul.

– A comissão escolheu o meu projeto. Escolheu o Jardim.

Paul cedeu. Não tinha outro jeito.

– É verdade.

O lampejo de alegria nos olhos de Khan logo desapareceu, e ele perguntou:

– De que precisa para finalizar?

– Bem... Assim que a devida diligência estiver completa, o público vai opinar. Na verdade, como você deve ter percebido, já está opinando.

Khan não mordeu a isca.

– O público – Paul repetiu. – Veja... Estamos vivendo tempos difíceis... Tempos estranhos... Por que você se inscreveu no concurso?

Ele estava genuinamente curioso. Khan, ao responder, tinha o olhar de uma velhinha frágil.

– Porque sim.

– O público... – Paul insistiu, subitamente apegado àquela entidade vaga e oportuna. – O público vai querer um pouco mais de eloquência.

– Claro.

Paul percebeu o esforço de Mo para manter uma expressão de boa vontade ao continuar:

– Minha ideia foi equilibrar lembrança e superação. Eu quis contribuir.

Paul fez que sim.

– Conforme eu disse, o público já vem demonstrando certa... agitação. O que sugere futura dificuldade na coleta de contribuições financeiras para a construção do Jardim. Você ficaria com a vitória honorária, e eu, sem o memorial. Um resultado nada desejável para qualquer um de nós. Então, pensei se não deveríamos buscar um meio de contornar a situação. Você trabalha para Emmanuel Roi, correto?

– Sim.

– Talvez o projeto possa levar o nome dele. O que significa que a execução continuaria a seu cargo. Você estaria presente. Não é assim que a coisa funciona?

A primeira expressão de Khan foi de incredulidade, logo seguida pela raiva. Ele pousou a caneta, em um gesto de perturbadora determinação, e falou com calma:

– É exatamente assim que funciona. Foi por isso que eu quis entrar na droga do concurso.

– Então, tem a ver com a sua carreira – Paul sugeriu.

– Eu devo ter pulado a pergunta sobre os meus motivos, no formulário de inscrição. Quero para o meu projeto o mesmo crédito que seria dado a outro vencedor.

– Como eu já disse, não existe vencedor ainda. Não enquanto o público não opinar. Por enquanto, existe apenas a escolha da comissão.

– Certo. O mesmo crédito que seria dado a outro escolhido da comissão.

– Se o que vimos até agora for uma prévia da reação que está por vir, não sei se você vai querer o crédito. Talvez prefira continuar anônimo.

Khan levou os dedos longos às têmporas. Seu rosto pareceu inchar de irritação.

– O problema é comigo, não é? Ou trata-se de algum tipo de ameaça?

Paul não respondeu. Em vez disso, procurou lembrar a lista de perguntas que Lanny, depois de um curso intensivo sobre o islamismo, com a duração de uma noite, havia reunido para ele: É sunita ou xiita? Considera-se moderado? Teve namorada judia? Se tivessem de apresentar um muçulmano como autor do projeto, era importante saber que tipo de muçulmano era ele.

– A sua trajetória... parece pouco religiosa, certo?

– Que importância tem isso?

– Só estou querendo saber. Pode descrever-se como moderado?

Enquanto esperava pela resposta, Paul observou na colher o reflexo do ventilador de teto girando.

– Não me preocupo com rótulos – disse Mo.

– "Moderado" não é exatamente um rótulo. É mais um ponto de vista. Eu mesmo sou moderado.

– Parabéns.

A voz de Mo soou amarga, mas ele pareceu reconsiderar, e emendou:

– Sou um xiita wahabita, se quer saber.

– Entendo. Importa-se se eu escrever? – Paul perguntou, pegando a caneta.

Mo entregou ao outro uma folha de papel, esperou que ele escrevesse e avisou:

– Eu não repassaria isso à imprensa. Xiitas e wahabitas estão querendo se matar, pelo que sei. O que não é muito.

O rosto de Paul ardeu como havia muito não acontecia. Na idade em que estava e na posição que tinha alcançado, ele pensava estar livre de tal tipo de humilhação. Recordava-se de um incidente, tempos atrás. Aos 24 anos de idade, com inteligência e determinação, tinha conquistado um estágio em um escritório de advocacia. Apesar de sempre ser o melhor aluno da turma, ele era desajeitado e tímido quando longe dos livros, por medo de cometer um erro ou uma gafe. Um dos sócios do escritório convidou-o para almoçar em um restaurante caro e elegante, daqueles onde os garçons usam um guardanapo sobre o braço. Durante o almoço, Paul derrubou o copo de suco de frutas vermelhas – a propósito, um mau pedido. O anfitrião não ignorou o fato nem fez comentários engraçados ou gentis sobre o assunto: apenas observou a mancha se espalhar, como sangue menstrual. Então, olhou diretamente nos olhos de Paul. Para sua grande surpresa – na verdade, ainda se surpreendia ao recordar –, Paul sustentou o olhar sem corar, sem se alterar nem tentar conter a mancha. Manteve a calma, enquanto o garçom se apressava – desnecessariamente, em sua opinião – em trocar a toalha. Aquele momento de silêncio que pareceu interminável, ensinou a Paul o que ele não havia aprendido em duas décadas de estudo: a inteligência representa apenas a metade do sucesso, talvez menos. A outra metade é um jogo sem nome cujo trunfo é psicológico. Para vencer, é preciso intimidar ou blefar. Nos anos seguintes, essa revelação, aos poucos libertou-o dele mesmo e de uma vida enterrada em livros de Direito. Ele nem chegou a exercer a profissão: foi direto para um banco de investimentos como sócio minoritário, fechando pequenos negócios. Gostava do jogo do risco. A noção de que se pode sobreviver ao desastre, e até manipulá-lo, foi uma libertação. Khan parecia ter aprendido a mesma lição. Ou talvez Paul a estivesse ensinando a ele. Só não se sabe quem despertou as lembranças de quem.

– Parece pensar que isto é um jogo, sr. Khan.

– E é um jogo. Um jogo do qual você fez as regras. E agora quer mudar.

– Não estou mudando coisa alguma – Paul rebateu. – Estou fazendo a devida diligência, conforme já disse. O público pode querer saber, por exemplo, o que autor do projeto do memorial foi fazer no Afeganistão.

Paul não pretendia tocar no assunto, mas não se arrependeu. Seria interessante ver como Khan se comportava quando confrontado.

A resposta veio com a firmeza e o desembaraço de um profissional bem-preparado.

– Fui ao Afeganistão há seis meses, a serviço da ROI. Estávamos em uma concorrência para a construção da nova embaixada americana lá. Não ganhamos, o que não surpreende quem conhece o estilo da ROI. Mas gostei da oportunidade de ver um país que se tornou tão importante para os Estados Unidos.

As últimas palavras forma pronunciadas com especial delicadeza.

– Então compreende a importância desse memorial para o povo americano – Paul disse, aumentando a intensidade. – Você não vai querer dividir o seu país.

– Claro que não.
– Mas vai ser difícil evitar. Se você insistir.
– Você está dizendo o que eu acho que está dizendo?
– Não estou dizendo nada além do que disse. Não estou dizendo outra coisa senão que não entendo como uma pessoa que diz amar e desejar a recuperação do país, iria sujeitá-lo ao tipo de conflito que a escolha de um muçulmano causaria. Pense na sabedoria de Salomão.
– Não acha que deveria falar sobre isso às pessoas dispostas ao conflito? Eu só fiz desenhar um jardim.
– E aquelas pessoas só perderam marido, mulher, filhos, pais...
– E isso dá a elas mais base moral?
– Alguns dirão que sim – Paul respondeu, com um sorriso triste, voltando-se para chamar o garçom.
– Eu poderia mudar de nome – Khan disse, assim que Paul acabou de pedir café.
– Muitos arquitetos fazem isso. Judeus, a maioria.
– Estava brincando.
– Meu bisavô era Rubinsky, mas meu avô veio para a América e virou Rubin. O que há no nome? Nada e tudo. Todos mudamos, melhoramos com o tempo.
– É muito complicado escolher um nome que esconda as suas raízes, as suas origens, a sua etnia.
– Rubin não esconde praticamente nada.
– Revela menos do que Rubinsky. Nem todo mundo está preparado para se reinventar na América.

A fala de Khan teria alguma coisa implícita acerca dos judeus, de sua assimilação e suas aspirações? Paul lembrou o comentário feito por Edith naquela manhã.

– Um país muçulmano jamais deixaria um judeu construir um memorial. Por que devemos agir de modo diferente?

Edith tinha o hábito de traduzir todos os sentimentos que Paul nunca revelaria, como se fosse o lado mais mesquinho dele.

– Este não é um país muçulmano, Edith. Estamos acima disso. Não podemos rejeitar alguém só por ser muçulmano – ele dissera, embora fosse esse seu plano.

– Daniel Pearl, o jornalista sequestrado e morto por terroristas, pagou um preço muito mais alto por ser judeu – ela argumentou, irredutível.

Quando Khan levantou o braço, Paul recuou instintivamente, mas logo percebeu que ele apenas pedia a conta. Naquele momento, foi tomado pela inquietante sensação de que, sem querer, tinha despertado alguma coisa. Não importava que tipo de muçulmano Khan era; ao sair do restaurante, ele era um muçulmano aborrecido.

Paul chegou a casa sem vontade de enfrentar o compromisso seguinte – um encontro havia muito tempo marcado com Jacob, seu filho mais velho. Ele bem que tentara adiar, mas Edith se negou a admitir a possibilidade.

Os encontros eram planejados sob o pretexto de juntar pai e filho para colocar a conversa em dia. Na verdade, porém, Jacob, que jamais "pegara no pesado", aproveitava para pedir mais dinheiro. Paul sempre marcava um horário que não coincidisse com as refeições, já que detestava aquele arremedo de afeto familiar quando se discutiam questões financeiras.

Jacob se intitulava cineasta, mas seus filmes – um longa e três curtas-metragens que participaram de festivais alternativos, passando diretamente para o mercado de DVDs – nunca eram lançados no circuito frequentado por Paul ou seus amigos. O rótulo de artista não transforma ninguém em artista. Paul estava cansado de sustentar o filho, mas Edith insistia. Somente aqueles encontros garantiam o fluxo de cheques. Edith era uma pessoa rígida, exceto quando se tratava do filho.

As doações que Paul fazia a Jacob abriam buracos muito pequenos em sua fortuna, mas a ideia de que haveria novos pedidos prejudicava sua generosidade. Para piorar, o filho carregava sempre um ar ressentido, que Paul considerava inexplicável. Afinal, aos 40 anos Jacob era patrocinado pelo pai e empurrava seu potencial não realizado como quem empurra um carrinho de bebê. O que tinha a reclamar? Antes de investir no filho, Paul havia estudado a economia da indústria cinematográfica, descobrindo que filmes independentes raramente dão dinheiro. Jacob, sempre elegante em uma bem cortada jaqueta de couro preto – invariavelmente substituída por outra do mesmo nível assim que começava a desgastar-se pelo uso –, orgulhava-se de não fazer filmes de apelo comercial. Isso significava que, a não ser por um golpe de sorte, até então não favorecido por seu talento, ele dependeria do pai a vida toda. A paternidade proporcionava a Paul cada vez menos prazer com o passar dos anos, o que talvez explicasse a dedicação de seus amigos aos netos: a chance de recomeçar. Ele, que não tinha netos ainda, ficava entregue aos filhos adultos e à capacidade que tinham de desapontá-lo.

Pelo menos o filho mais novo de Paul, Samuel, era um empreendedor. Dirigia uma conceituada organização de defesa dos direitos dos *gays*, e tinha sido capa da revista *New York* como um dos 40 nova-iorquinos em quem valia a pena prestar atenção. Paul não se opunha à preferência sexual de Samuel. Quando o filho se revelou, buscou ler sobre o assunto, para convencer-se de que a homossexualidade é inalterável e que ele, como pai, não tinha culpa. Mas detestava alardear a situação, e aborrecia-se com o grande número de jovens que se reuniam ao filho nos feriados de Páscoa e Ação de Graças.

– O senhor quer que eu viva como se fosse heterossexual – Samuel acusou certa vez.

Exatamente. Paul não conseguia superar a perplexidade de constatar que Jacob era o fracassado.

Ao entrar no escritório e ver os cabelos ondulados de Jacob, que estava de costas para a porta, Paul sentiu uma involuntária e familiar frieza. Ao trocarem apertos de mãos, o pai notou um brilho rosado no rosto normalmente pálido do filho.

– Andou viajando? – Paul perguntou, fingindo examinar a correspondência.

– Umas férias curtinhas – Jacob respondeu, encolhendo levemente os ombros.

– Férias – Paul repetiu. – Deve ser bom.

Como Jacob não respondeu, Paul perguntou pela mulher dele, uma moça deslumbrante, descendente de uma família originária de Taiwan.

– Bea vai bem. E então, pai, o que vai fazer?

– A respeito de quê? – Paul fingiu não saber.

Ele ficou tocado pela pergunta, já que Jacob raramente se ocupava de suas preocupações. Em seguida, porém, sentiu um gosto amargo: se Jacob perguntava, era porque o assunto alcançava grande repercussão.

– Do memorial, é claro.

– O que faria no meu lugar, Jacob? Se fosse verdade...

– Dê a vitória ao vencedor. Ou vencedora. Falei com Bea: acho que é Zaha Hadid.

Como não houve resposta, ele continuou.

– Quem quer que seja, se venceu, venceu.

"Tal como o filho modesto na Páscoa", Paul pensou. Em seguida, iniciou a conversa para a qual estavam reunidos.

– E, então, o que temos para hoje?

Jacob começou a falar sobre seu novo filme – alguma coisa ligada a uma mulher que leva o filho de 9 anos para uma viagem ao Laos. Laos devia custar caro.

– Sabe, pai, a mulher que tinha um personagem pequeno em *Exilado*? E ficou grávida? É o filho dela!

O conteúdo do discurso não combinava com o tom exaltado. Segundo a conclusão de Paul, era isso que fazia de Jacob um mau vendedor: ele não sabia se adaptar, não prestava atenção ao efeito causado no ouvinte. Mas Paul sabia que esse raciocínio representava também um meio de fugir ao próprio sentimento de culpa, já que havia trocado a exibição de *Exilado* por um jantar em homenagem à governadora, na mansão Gracie, quando queria garantir a presidência da comissão. Mais tarde, tentara assistir ao filme em casa, mas achou monótono e confuso e acabou dormindo. Acordou apenas quando subiam os créditos, a tempo de ver o próprio nome como produtor executivo, em agradecimento pelo dinheiro gasto naquela loucura. Ele havia enviado a Jacob um bilhete ditado por Edith, no qual elogiava "a originalidade e a paixão" de *Exilado*. Naquele momento, porém, estava distraído, descuidou-se e falou sem pensar, até grosseiramente, como concluiu depois.

– Acho que dormi nessa parte.

O rosto de Jacob imediatamente ficou vermelho, e Paul o viu como um garoto assustado à procura de conforto, por ter sido insultado na escola. Só que o insulto partira do próprio pai. "Talvez", Paul pensou, "educar seja proteger os filhos até ficarem suficientemente fortes para suportar os sofrimentos causados pelos pais".

– Eu...

Não, Paul não se desculparia.

– Estou cansado. Tenho muito o que fazer.

Jacob abriu e fechou a boca, mas permaneceu calado. O silêncio, a falta de palavras, só diminuía o respeito de Paul.

– De quanto você precisa? – Paul perguntou, querendo acabar logo com aquilo.

– São 400 – Jacob falou baixo.

O complemento, "mil", não era necessário. A quantia era alta, e Paul quase desejou que Jacob recusasse. Ele não pôde evitar uma comparação do filho com Mohammad Khan. Jacob saiu perdendo.

8

COMO ALGUÉM PODE morrer sem ter existido? Dos 40 bengalis cujo desaparecimento foi comunicado ao consulado nos dias seguintes ao ataque, apenas 26 eram legais, e o marido de Asma Anwar não estava entre eles. As autoridades insistiam em não contabilizar quem não possuía documentos, afirmando que o contrário representaria um incentivo, ainda que póstumo, à ilegalidade. Intercalando as falas com vários *"Insh Allah"*, disseram que lamentavam por Inam, "se é que ele existiu", mas não poderiam repatriar o corpo, caso fosse encontrado, nem ajudar financeiramente a viúva.

O subempreiteiro que havia contratado Inam como zelador adotava a mesma argumentação: Inam Haque não existia, já que o contrato e o seguro social estavam em nome de outra pessoa. O subempreiteiro fizera questão dessa falsa legalidade, que então usava como desculpa para negar ajuda a Asma. "Os impostos que ele pagava eram de verdade", ela repetia para Nasruddin, o "prefeito" de Little Dhaka, como era chamada em homenagem à capital de Bangladesh a área do Brooklyn onde viviam, embora a maioria dos habitantes fosse originária de Sandwip, uma ilha na costa sudeste do país. "Isso não vale nada?"

Nasruddin só balançava a cabeça. Morava no Brooklyn havia mais tempo do que os 22 anos que Asma tinha de idade. As pessoas comentavam que ele pouco envelhecera, apesar de a barriga ter inchado aos poucos, como em uma lentíssima gestação. Seu trabalho era supervisionar um grupo de bengalis encarregados da reforma e manutenção de 12 prédios pertencentes a um açougueiro de ascendência irlandesa. Sua verdadeira energia, porém, voltava-se para o cuidado com a comunidade, facilitando questões relativas à obtenção do *green card*, licenciamento de empresas, acesso a escolas e hospitais públicos, compra e venda de imóveis, casamentos, divórcios, prisões e multas por despejo de lixo em calçadas ou estacionamento em fila dupla. Falava um excelente inglês, e sua integridade era inquestionável. Inam havia trabalhado para ele, sentindo-se seguro sob sua proteção. No entanto, deixando de lado seus conselhos e cedendo à insistência da mulher, aceitara trabalhar em Manhattan – para Nasruddin, outro país. Asma tinha a impressão de que as torres, muito mais altas do que as pequenas construções do Brooklyn, representariam a ascensão do casal. Com que orgulho tinha imaginado a notícia cruzando o oceano! Nasruddin nunca censurou Asma pelo engano cometido. Nem precisava.

Foi ele quem lhe deu a notícia, e talvez por isso tenha se tornado seu protetor. Grávida de oito meses, ela cochilava no quarto quando ouviu batidas frenéticas à porta dos Mahmouds, os proprietários da casa. A sra. Mahmoud, que havia passado a manhã inteira falando ao telefone, pousou o fone e caminhou pesadamente para atender. Era Nasruddin, ofegante, em roupas de trabalho.

Andando com dificuldade, Asma também se aproximou.

– Inam telefonou? – Nasruddin perguntou.

A sra. Mahmoud era dona do cômodo sem janelas que alugava e também do telefone de que os inquilinos dependiam.

– Não – ela respondeu, olhando por sobre o ombro para o armário, como se Inam pudesse estar escondido dentro dele.

Nasruddin se voltou para Asma e disse, em tom formal:

– Sente-se, por favor.

Somente depois que ela se acomodou no sofá, com os pés inchados sobre uma banqueta forrada de veludo, ao lado da sra. Mahmoud, ele continuou.

– Os prédios caíram.

Asma entendeu.

Na confusão que se seguiu, Asma forneceu informações sobre o trabalho de Inam, sua história, seus horários e hábitos a funcionários do consulado, a investigadores contratados pelo patrão de Inam, à polícia, ao FBI e à Cruz Vermelha. Essas visitas logo eram esquecidas, tão sintonizada estava Asma a um mundo interior de ritmos frágeis e imprevisíveis. Ela acariciava compulsivamente o ventre distendido, medindo a vida pelas emoções. Nunca havia rezado com tanto fervor nem sentido com tanta clareza o contraste entre a tranquilidade da oração e a inquietação exterior. O tamanho da barriga impedia que ela se curvasse, mas Deus a compreendia, com certeza.

Tal como Inam, Asma estava no país ilegalmente. Toda aquela atenção especial terminaria com sua deportação. Resignada, ela mantinha apenas duas esperanças: ser deportada só depois do parto, de modo que o bebê fosse cidadão americano; e que encontrassem o corpo de Inam, para que os três viajassem juntos para casa. Enquanto isso, ela sobrevivia do dinheiro de um fundo para órfãos e viúvas, mantido pela mesquita, que sempre recebera contribuições de Inam, e da generosidade dos Mahmouds. "Fique pelo tempo que for preciso, sem pagar", eles disseram, certos de que Asma logo retornaria a Bangladesh.

Quando o bebê nasceu, Asma observou-o longamente, à procura dos traços do marido. Todos diziam que o menino era o próprio Inam, "uma cópia perfeita", segundo a sra. Mahmoud, como se descrevesse uma roupa. Mas o rosto de Inam, embora delicado, era longo e pálido. O bebê tinha a vitalidade do pai de Asma: olhos grandes, sobrancelhas escuras, rosto redondo, pele morena. Até os movimentos instintivos dos braços lembravam a Asma os gestos do pai. Ela insistia na observação, procurando encontrar Inam no filho. Uma cópia perfeita.

Asma deu ao filho o nome de Abdul Karim, Servo do Mais Generoso, na esperança de que Deus o protegesse. À noite, ela o envolvia em cobertores finos, no apartamento mal aquecido, e lhe contava histórias. Contou como havia sugerido aos pais que gostaria de casar-se com Inam, depois que seu mau hábito de falar demais no primeiro encontro tinha afugentado três outros pretendentes. Inam era seis anos mais velho, de família pobre, mas Asma não podia ser exigente demais. Ela se lembrava vagamente do rosto bondoso dele, já que o conhecera na infância. Inam vivia nos Estados Unidos, para onde ela queria ir. Asma disse ao pai que não ficaria em Sandwip, como a maioria das mulheres, grávida, sob o domínio dos sogros, esperando pela visita anual do marido. Para surpresa sua, Inam concordou.

Quando se falavam por telefone – Inam no Brooklyn, Asma ainda em Sandwip –, ele falava tão pouco que ela precisava preencher os silêncios. No casamento, a situação era praticamente a mesma. Ela sentia muita falta da tranquilidade dele. Não tinha noção do conforto que aquela tranquilidade representava.

Selo dourado, letras pretas: chegou o atestado de óbito. O consulado de Bangladesh reconheceu Inam como um de seus cidadãos e concedeu a Asma uma pequena remuneração mensal. Com a ajuda de um advogado judeu que havia assumido a causa dos parentes dos mortos sem documentos, Nasruddin conseguiu do subempreiteiro que havia empregado Inam, o pagamento de uma pequena quantia à viúva. Passaram-se três, quatro, cinco, seis meses, e nada de encontrarem o corpo. Nem um pedacinho. Enquanto Abdul se desenvolvia, a dúvida se intensificava: quando Asma voltaria para casa? Certo dia, a sra. Mahmoud falou bruscamente:

– Dizem que talvez alguns corpos nunca sejam encontrados. Foram cremados.

Por que ela dizia aquilo? Para atormentar? A cremação é condenada pelos muçulmanos. Asma havia aprendido que Deus proibiu o uso de fogo em sua criação. Então, por que Deus permitira que aqueles homens cremassem seu marido? Para onde iria a alma de Inam? Estaria excluída do paraíso? Na manhã seguinte, logo que percebeu os Mahmouds saírem de casa, ela ligou para o imã, o líder religioso local. Pelo telefone era mais fácil elaborar as perguntas. Ela praticamente via os olhos do imã, piscando atrás dos óculos, e sua barba rala que a fazia pensar em uma chama quase apagada.

– Por que meu marido passou por isso? – ela perguntou.

– Estava escrito.

Asma esperava por aquela resposta.

– O sofrimento de Inam não foi nada comparado ao tormento do fogo do inferno, que é para sempre – o religioso continuou. – Se Inam era um crente, ela podia ficar sossegada; ele estava no jardim. Sua dor tinha sido momentânea, mas a suprema felicidade seria para sempre.

Asma acreditou que Inam estivesse no paraíso. Ele oferecia o *zakat*, um tributo religioso; sempre jejuava durante o Ramadã; e orava, se não cinco vezes por dia, com a máxima frequência possível. Na manhã do dia da morte de Inam, ela havia ficado na cama até mais tarde, por preguiça e por causa do peso da barriga. De olhos fechados, fingindo dormir, em vez de preparar o desjejum, deixou que ele comesse frio um prato à base de cereais – o *dal* – preparado na véspera. Em seguida, ela o ouviu prostrar-se para orar. Ele acreditava.

A certeza de que Inam alcançara o paraíso não proporcionou a Asma a paz e a alegria que representariam a submissão aos desígnios de Deus. Temerosa do que poderia significar o aperto que sentia no peito, ela orou pedindo paz.

Asma sabia não ter o direito de questionar a morte do marido, mas sentia necessidade de manter o imã ao telefone e esticou a conversa. O imã recitou um dos capítulos do Alcorão, uma *sura*.

– A alma só morre com a permissão de Deus, em um tempo predestinado. Deus está em toda parte e tudo sabe, é o criador, o dono e o mestre do universo. Não podemos questionar Seus desígnios. Somos Sua criação e devemos aceitar Suas escolhas.

Aquelas palavras – palavras que, de uma forma ou de outra, ela ouvira durante toda a vida – faziam Deus parecer um homem rico decidido a recompensar ou punir os servos. Esses pensamentos a envergonhavam, deixando-a arrependida. No entanto, ela insistiu nas perguntas. Dizia-se que os homens que mataram Inam acreditavam estar praticando um ato de devoção que os levaria ao paraíso. Acreditavam lutar por Deus, e o Corão prometia uma grande recompensa a quem fizesse isso. Como poderia o mesmo paraíso receber Inam e seus assassinos?

– Deus sabe o que faz – o imã disse.

"Eu também gostaria de saber", Asma pensou. Para ela, a fé sempre tinha sido como uma construção indestrutível. Naquele momento, ela encontrou um tijolo solto cuja retirada comprometeria toda a estrutura. Sua mão parou no ar, indecisa, tentada, mas com medo.

No entanto, Asma acreditava que caberia a Deus, o maior de todos os projetistas, decidir seu destino. Ou talvez Ele já tivesse decidido. Ela esperava ser deportada; não foi. Planejava partir quando o corpo de Inam fosse encontrado; não foi. Certo dia, ela se deu conta de que a espera se transformara em um pretexto. Agarrar-se ao tênue fio de esperança no resgate do corpo do marido era um meio de manter vivo o futuro americano imaginado por ele para o filho que ia nascer. Mesmo tendo estudado por seis anos na Chittagong University, Inam só conseguiria um emprego em Bangladesh se estivesse disposto a pagar por ele. Com centenas de candidatos para cada vaga no serviço público ou na iniciativa privada, quem pagasse mais conquistava o cargo. Ele não queria entrar nesse jogo e, ainda que quisesse, como iria pagar pelo emprego, se não tinha como ganhar dinheiro? Inam sempre dissera que com o filho seria diferente, e Asma estava determinada a realizar esse sonho. Em Kensington, na área central do Brooklyn, havia tal concentração de pessoas originárias de Bangladesh, que era possível comprar alimentos, produtos de limpeza, remédios e roupas sem falar uma só palavra de inglês. Por outro lado, todo e qualquer movimento era comentado em bengali. Mas Asma não poderia permanecer lá sem dinheiro, e as doações recebidas não seriam suficientes para que ela e Abdul se sustentassem por muito tempo.

Deus é o maior dos projetistas. Certo dia, Nasruddin levou Asma ao encontro de uma advogada disposta a ajudá-la a pleitear do governo uma indenização pela morte de Inam. Todos os parentes legais dos mortos estavam sendo indenizados. Então, por que Asma não teria o mesmo direito? Segundo Nasruddin, ela deveria lutar por isso se realmente quisesse ficar nos Estados Unidos e criar lá seu filho.

Nasruddin explicou que a advogada era descendente de iranianos. Muçulmana, mas diferente de todas as outras que Asma conhecia. A moça trazia os cabelos escuros descobertos e vestia um *tailleur* azul-turquesa, com saia justa acima do joelho, deixando à mostra as pernas de pele clara. Os sapatos de salto combinavam com a roupa. Os lábios estavam pintados com um batom cor de ameixa. Asma gostaria de passar horas fazendo perguntas – a maioria em nada relacionadas ao ataque –, mas Laila Fathi não tinha tempo. O telefone tocava constantemente, e a agenda, que a advogada manteve o tempo todo aberta, estava cheia.

Asma jamais tivera nem sentira necessidade de uma agenda. Mesmo depois do ataque, ela confiava em Nasruddin, que sempre telefonava na véspera ou no próprio dia de manhã para lembrar algum compromisso. Em Sandwip, a passagem do tempo era marcada por eventos, e não por datas. O mesmo acontecia com suas lembranças: a colheita do arroz no verão, outono e inverno; as primeiras mangas; as férias escolares e os feriados religiosos; a lua crescente no início e no fim do Ramadã; os *eids* – a celebração do encerramento do Ramadã; as eleições, um tempo de violência. Em casa, as agendas eram móveis. Nem sempre se realizavam os encontros marcados. As pessoas se atrasavam por causa das estradas ruins, dos pneus de riquixá furados, do racionamento de gasolina ou simplesmente das conversas que se estendiam demais. Na América, o tempo era ouro; em Bangladesh, era zinco.

Asma via em Laila um sonho perturbador, e sentia dificuldade em concentrar-se na tradução que Nasruddin fazia de suas palavras. Depois de meses de discussões, os políticos haviam concordado em indenizar os estrangeiros ilegais que tinham perdido parentes no ataque. Nasruddin e Laila queriam que ela fosse ao encontro do representante do governo encarregado de distribuir os fundos. Seria um modo de garantir a Abdul o futuro que o pai queria.

Cair diretamente nos braços do governo? Eles estavam loucos? Asma não acreditava em um país tão generoso.

– Deve ser uma armadilha – ela protestou. – Um jeito de encontrar e deportar os ilegais.

Laila argumentou que, segundo o governo, nenhuma informação obtida por meio do processo seria repassada ao pessoal da imigração.

– Pode acreditar. Eu jamais a exporia a qualquer tipo de perigo. Mas isso não quer dizer que, caso você chame a atenção do governo de outra maneira... Sendo presa, por exemplo, não seja deportada. Portanto, evite contato com a polícia.

– Eles vão me dar um documento garantindo que não é uma cilada? – Asma perguntou, impressionada com a própria esperteza.

Laila sorriu, sugerindo também certo espanto.

Afinal, Asma se deixou convencer, pela confiança que tinha em Nasruddin. Os três elaboraram a petição, tentando calcular quanto Inam ganharia, se cumprisse a expectativa de vida. Asma tremia de medo ao chegar para a reunião com o representante do governo, cujo semblante estudou atentamente à procura de algum sinal de falsidade. Ela saiu de lá com 1 milhão e 50 mil dólares de indenização pelos ganhos de Inam pela vida toda. Não esperava que fosse tão simples. De repente, tinha ficado milionária. No entanto, depois que Nasruddin fez os cálculos, mostrando que teria de sustentar Abdul até a vida adulta e sustentar-se com aquele dinheiro, percebeu como precisaria de cuidado com as finanças.

E cuidado com ela mesma, pois não era uma milionária comum: era uma milionária secreta. A generosidade do governo tinha feito dela uma mulher rica; as leis do governo a mantinham ilegal. Ela possuía dinheiro suficiente para ir a Bangladesh e voltar uma centena de vezes, mas, se saísse dos Estados Unidos, talvez não conseguisse voltar. Alguém podia entregá-la às autoridades da imigração. Os parentes que haviam ficado na terra natal, podiam ser sequestrados, para obrigá-la a pagar resgate. Asma precisava esconder o dinheiro com o mesmo cuidado que usava para disfarçar a gordura sob a roupa. Assim, apesar de os consultores financeiros indicados por Laila terem investido o milhão de dólares de Asma, ela ainda vivia como se fosse pobre.

O menor aumento nas despesas atraía a atenção da sra. Mahmoud.

– Comprou *brinjal*? – ela perguntou, de nariz torcido, quando o preço da berinjela subiu.

– Temos festa? – provocou, ao ganhar de Asma um pacote de chocolates de 2,20 dólares.

Asma tentava apenas retribuir a hospitalidade da sra. Mahmoud. Justificou-se dizendo que havia recebido outra pequena quantia do subempreiteiro, e pretendia ficar no país. O evidente desagrado da proprietária da casa transformou-se em pena. Segundo ela, Asma precisava fazer o dinheiro durar ao máximo. Assim, podia continuar morando com eles, pagando apenas 50 dólares por mês de aluguel. Asma se sentiu desonesta por aceitar, quando poderia pagar mais. Não tinha escolha, porém. Talvez ouvir a conversa da sra. Mahmoud fosse uma forma de pagamento.

A situação do marido morto era tão instável quanto a de Asma. Nasruddin comentou que seria construído um memorial para as vítimas. No entanto, um grupo contrário aos imigrantes queria que Inam e outros ilegais ficassem de fora. Segundo o grupo, incluir os nomes dos imigrantes ilegais mortos seria fechar os olhos a seu "crime", tornando-os equivalentes a cidadãos. A perspectiva de ver o nome de Inam excluído foi um choque. Seria o não reconhecimento final de sua existência, como se ele só tivesse vivido na imaginação de Asma. O nome de Inam tinha de ser incluído. Naquele nome, havia uma vida.

Uma pequena manifestação de protesto feita pelo grupo de anti-imigrantes, perto da prefeitura, foi transmitida pela televisão. Os Mahmouds e Asma assistiram juntos à transmissão, cujos comentários o sr. Mahmoud traduziu. Ele explicou que o sujeito furioso aclamado pelo grupo era Lou Sarge, um radialista que tinha ficado ainda mais popular por causa de seus ataques ao Islã. Asma achou assustador aquele homem de pele muito branca e cabelos muito pretos.

– Os Estados Unidos só são os Estados Unidos por causa do respeito às leis – o homem bradava. – Se incluirmos os ilegais no memorial, estaremos cuspindo no rosto dos americanos cumpridores das leis, inclusive dos imigrantes legais que morreram. Os imigrantes ilegais mortos chegaram aqui em busca de oportunidades. Se tivessem ficado em casa, estariam vivos. Não teria sido essa a maior oportunidade de todas?

Asma socou as almofadas do sofá, furiosa por não haver quem falasse por seu marido, pelo exército de trabalhadores oprimidos que batalhava, limpando e cozinhando, até um dia morrer como se aquele fosse apenas mais um modo de tentar agradar. No dia seguinte, porém, o prefeito disse que todos os mortos, legais ou ilegais, deviam fazer parte da lista. A governadora e o presidente da comissão concordaram imediatamente. Inam assumiria seu lugar de morador definitivo no memorial. Ainda assim, tal como ficara trêmula por muito tempo, depois de um quase acidente de ônibus na cidade de Chittagong, Asma não se livrou da sensação de que por pouco Inam não tivera negado seu lugar na História.

9

MO PAROU NO SAGUÃO do God Box, um edifício cujo nome, "caixa de Deus", refletia o formato da construção e a incrível variedade de organizações religiosas lá instaladas. O Conselho Muçulmano Americano era um dos três grupos islâmicos listados na portaria, além de cinco comissões judaicas e uma dúzia de comissões cristãs que iam de protestantes a missionários evangélicos, como uma fita cortada em tiras cada vez mais finas.

A primeira vez em que Mo ouviu falar do Conselho Muçulmano Americano e de seu diretor executivo, Issam Malik, foi quando assistiu, ao lado de Yuki, ao debate transmitido pela televisão. Na ocasião, Malik lhe parecera um inteligente defensor de determinados interesses – que, por acaso, combinavam com os do próprio Mo. Depois do encontro com Paul, porém, ele reconsiderou. Talvez Malik fosse a pessoa indicada para provar que ele tinha tanto direito de vencer o concurso quanto qualquer outro americano. Naquele encontro no restaurante francês, havia resolvido não ceder a pressões para renunciar. Nem se declarar "moderado", "inofensivo", "sufi", ou o que quer que fosse, só para garantir que os americanos dormissem tranquilamente, sem medo de que ele tivesse colocado bombas embaixo de seus travesseiros. Era exatamente porque nada havia a temer em relação a ele que Mo queria provocar preocupação.

As paredes do conjunto de salas do terceiro andar ocupadas pelo Conselho Muçulmano Americano eram cobertas por cartazes emoldurados da campanha publicitária lançada no metrô e nos jornais, logo depois do ataque. Neles, via-se o aperto de duas mãos enormes, com a legenda "Protejam-nos e protegeremos vocês". Ao ver o cartaz pela primeira vez, Mo achou a campanha mal orientada – ameaçadora, embora sem intenção, com certeza; e ingênua, ao propor um acordo a que os americanos não estavam dispostos. Ele atravessou o *hall* do elevador pensando nas fotos que tinha visto de Issam Malik, trocando apertos de mão com governadores, prefeitos, astros do cinema e até com o presidente, como que forçando uma aliança.

Mo encontrou Malik ao telefone, atrás do vértice de uma enorme mesa em "V", no meio do amplo escritório.

– *Assalamu alaikum* – Malik cumprimentou, pousando o fone.

Havia três televisões ligadas, sem som, cada uma em um canal: CNN, MSNBC e Fox News. Os aparelhos de controle remoto estavam cuidadosamente alinhados.

– Como vai? – Mo perguntou em voz baixa.

Malik contornou a mesa para apertar com firmeza a mão do recém-chegado. Era tão elegante e bem constituído fisicamente quanto parecia na televisão, só um pouco mais baixo.

Mo chegou de surpresa, sentindo-se como um fugitivo disposto a se entregar.

– Sou o muçulmano.

E, como Malik não entendesse, acrescentou:

– O muçulmano misterioso. O memorial.

– Ah... Uau!

O brilho que transparecia na voz chegou aos olhos de Malik. Ele conduziu Mo à sala de reuniões do comitê executivo. O Conselho, uma organização "guarda-chuva", englobava vários grupos muçulmanos – alguns políticos, alguns religiosos, outros legais. A diversidade era impressionante: asiáticos do sul, afro-americanos, árabes; homens de barba e sem barba, de terno ou *djellaba*; uma mulher de lenço na cabeça e outra – de belos cabelos negros e usando um conjunto cor de berinjela – com a cabeça descoberta. Mo deteve o olhar nessa última. Observou os olhos escuros, os lábios cheios e o nariz um pouco grande, mas atraente, e registrou um leve aceno de cabeça que sugeria possível aprovação.

A pedido de Malik, Mo contou sua história.

– Entendo – um homem mais velho, que se apresentara como Rashid, falou imediatamente. – Você quis fazer a coisa certa. Um gesto de reconciliação. Depois do ataque, fui até lá. Trabalhei como voluntário. Outros imãs também. Então, o FBI plantou um informante na minha mesquita.

– Alá há de recompensá-lo – outro disse. – O que você fez é bom para a *ummah*, para a nossa comunidade. Mostra que os muçulmanos querem viver em paz na América.

– Mas a América quer viver em paz com os muçulmanos?

Quem perguntou, em tom desafiador, foi um homem chamado Ansar, lobista para políticas estrangeiras. E continuou.

– Já que estamos falando de memoriais, onde fica o memorial do meio milhão de crianças iraquianas mortas em consequência das sanções dos Estados Unidos? Dos milhares de afegãos inocentes assassinados ou dos iraquianos mortos a pretexto de responder a esse ataque? Ou de todos os muçulmanos massacrados na Chechênia, na Caxemira ou na Palestina, enquanto os Estados Unidos assistiam? Vivem nos dizendo que são necessárias duas horas para ler os nomes de todos os mortos no ataque. Sabem quanto tempo se leva para ler os nomes de meio milhão de crianças iraquianas mortas? São 21 *dias*!

– Estamos fugindo ao assunto – Malik observou. – O fato de reconhecermos essas outras tragédias e exigirmos igual atenção a elas não torna o ataque menos trágico. Dizem que, quando assistimos ao filme, torcemos pelos caubóis, mas, quando lemos a história verdadeira, torcemos pelos índios. Neste momento, os americanos estão trancados em um cinema, assistindo a *westerns*. Precisamos derrubar as paredes.

– Sou arquiteto, e não político – Mo interveio, tentando redirecionar a conversa. – E sou americano. Portanto, foi o ataque à América que quis lembrar. Os afegãos, os iraquianos e os outros que o senhor mencionou são livres para criar seus próprios memoriais.

– É difícil pensar em memoriais quando se está sob ocupação ou bombardeio – Ansar argumentou.

– Não podemos pedir a Mohammad que levante bandeiras para todas as causas ou todos os países muçulmanos.

A intervenção foi de Laila Fathi, a mulher de cabeça descoberta. Sua voz cadenciada fez Mo suspeitar de que talvez as pessoas a subestimassem.

– Neste momento, a causa é ele – Laila continuou. – Se ele for despojado de sua vitória, que é claramente o que estão tentando fazer, ou se for pressionado a desistir, a mensagem é que somos americanos menores.

– Nós somos americanos menores – um homem vestido de *djellaba* disse. – *Eid* não é um feriado escolar.

Malik voltou-se para o homem.

– Você tem de levantar este assunto em todas as reuniões?

– Na verdade, sim, até que as coisas mudem. Acredito que Mohammad também não queira falar sobre isso.

– Sou basicamente neutro – disse Mo.

Uma mulher com um lenço bege enrolado na cabeça olhou curiosamente para ele e levantou a mão. Era Jamilah Maqboul, vice-presidente do Conselho Muçulmano Americano, que falou:

– Não deveríamos considerar se a batalha do sr. Khan é produtiva, ou construtiva, para a comunidade muçulmana? Pelo menos aqui ele não demonstrou interesse em assumir questões de interesse dos muçulmanos. Tudo que fez foi nos dizer que não está particularmente ligado ao Islã. Que ele não é político. É neutro.

– Exatamente – Ansar concordou. – Vamos usar nosso capital limitado para lutar pelo direito que ele tem de projetar um memorial que, ao ignorar as perdas infligidas ao mundo muçulmano pelas ações americanas, disfarça a cumplicidade dos Estados Unidos na própria tragédia.

– Além disso, provocando uma disputa desnecessária com as famílias das vítimas. Ofender esse grupo não nos traria vantagem alguma – Jamilah acrescentou.

– Trata-se de aumentar, e não de desperdiçar capital – Malik opinou. – Estamos começando a ver a polarização criada pelo caso. Para falar objetivamente, é nessas situações que precisamos convocar as bases, angariar fundos, fazer a maioria apolítica de nossos irmãos e irmãs perceberem que seus direitos estão em perigo. Que devem se organizar e precisam de nós para defendê-los. A atenção da mídia nos permite falar sobre outras questões que afetam os muçulmanos. E como ignorar a islamofobia que se desencadeou?

– Ele venceu – Laila Fathi disse. – E esta organização vai ficar de braços cruzados, deixando-o receber golpes de todos os lados, até estar em pedaços, como... na brincadeira de quebra-pote?

Mo viu a troca de olhares entre os homens.

– É assim que a história funciona – Malik opinou. – Casos, batalhas, surgem em situações inesperadas. Rosa Parks estava cansada e negou-se a ceder o lugar no ônibus a um branco. Mohammad Khan estava inspirado... O cansaço inspira... Não é um mau *slogan*.

– Mas essa história sobre ela estar cansada não é verdadeira. Ela foi escolhida como símbolo do movimento – Aisha, uma afro-americana de cabeça coberta, falou.

– Cada um que procure conhecer as verdades históricas – Malik cortou. Tendo consultado o relógio e o BlackBerry, ele parecia apressado.

– Como pode ver, Mohammad, aqui favorecemos o debate saudável. Quem estiver a favor de assumirmos ao caso de Mohammad, levante a mão, por favor.

Das 12 pessoas, 7 ergueram a mão. Jamilah hesitou, mas, por fim, ergueu a sua.

– Excelente – Malik disse. – Alcançamos a maioria de dois terços. Agora, precisamos traçar uma estratégia. Laila, pode nos mostrar as opções?

Laila foi direto ao ponto. Segundo ela, a melhor opção seria despertar o medo de uma ação legal, sem movê-la realmente. Mo devia identificar-se publicamente como o vencedor, o que pressionaria a comissão.

– Quando falar com a imprensa, apresente-me, para deixar implícita uma ameaça legal. Posso também responder às perguntas...

– Não acho que seja essa a abordagem correta – Ansar interrompeu.

O imã Rashid também opinou.

– Devíamos ter alguém da liderança à frente. Issam, Jamilah... Senão, vão pensar que a sra. Fathi é representante da nossa comissão.

Criou-se na sala um clima estranho, desagradável. Mo olhou para Laila, mas a advogada estudava atentamente suas anotações. Então, ele falou:

– Acho ótima a ideia da sra. Fathi. Ela vai responder às perguntas por mim.

Laila comprimiu os lábios, e Mo não descobriu se ela estava satisfeita ou não.

– Mas a comissão deve estar representada – o imã Rashid determinou. – Issam?

A reunião terminou em seguida, e Mo conseguiu sair ao lado de Laila, embora isso exigisse um grande esforço, já que as pernas dele eram muito mais compridas do que as dela.

– O que se passou entre você e os outros? – ele perguntou.

– São situações diferentes.

– Não entendi.

– Não reparou que eu era a única lá dentro com a cabeça descoberta? Estar naquela sala já foi um grande feito. Para participar do conselho, as outras mulheres têm de vestir *hijab*. Eu cheguei há pouco tempo. Malik me admitiu porque atuei em casos rumorosos envolvendo muçulmanos. E porque sou boa. Mas a relação é tensa, como você percebeu.

– Então, por que se liga a eles? Não parecem focados... Aquele sujeito divagando sobre os iraquianos...

– Sou uma profissional independente. Eles me mandam alguns casos. Dão publicidade ao meu trabalho. Fazem *lobby* para as minhas questões. A lei é política, sobretudo agora. Se o governo quiser, vai achar um meio de deixar de lado a Constituição e prender as pessoas sem acusação formal. Do mesmo modo, pode acabar com o seu memorial, se quiser.

– Não se você estiver ao meu lado.

Ignorando a intervenção, ela continuou.

– Quanto a Ansar, ele é irritante, mas não está errado. Pelo menos no que se refere à nossa política externa e ao número de civis muçulmanos mortos desde o ataque, por causa do que foi ou *poderia* ser feito a nós. Já nem fingimos mais que estamos tentando espalhar o bem pelo mundo. Trata-se apenas de nos protegermos porque *somos* bons.

– Acho que tropecei em alguma coisa maior do que eu imaginava.

– Você não me parece do tipo que anda tropeçando por aí... – Laila concluiu.

Talvez tenha sido coincidência, mas, na semana em que a comissão ficou conhecendo o nome de Mohammad Khan, o filho de Claire, William, sonhou que o pai não conseguia encontrar o caminho de casa. O pesadelo repetia-se noite após noite, em perversa harmonia com a tensão da mãe por causa do memorial. Depois de acalmar William e esperar que dormisse novamente, serviu-se de uma taça de vinho e tentou imaginar o que Cal teria feito para confortar o filho.

Na manhã seguinte, o ar estava frio e a grama coberta de orvalho quando Claire saiu com as crianças. Apontando as bordas dos canteiros, da grama aparada rente, da quadra de tênis e do caminho que levava à piscina, explicou que iriam recolher pedras. Todas as pedras que ali estavam eram lembranças de viagens, que ela e Cal recolheram em praias, florestas e montanhas. Arroxeadas, pretas como carvão, esverdeadas, polidas, marmoreadas, com pontos brilhantes, estriadas, opacas como barro, redondas, ásperas, pontudas.

– Lembra o que papai ensinou, quando vocês saíram andando a pé? – Claire perguntou ao filho. – Como fazer para não se perder e encontrar o caminho de casa?

William fez que não. Ela se conteve para não reclamar da memória fraca do garoto. Mas ele nem tinha 4 anos quando foi com Cal às montanhas Catskill. Claire abaixou-se e amontoou algumas pedras.

– Você deixa uma pilha de pedras no caminho para marcar por onde passou. Adiante, faz outra pilha, e outra, e outra... Foi assim que João e Maria fizeram, só que usaram pedacinhos de pão, e os passarinhos comeram.

William fez que sim e repetiu a explicação para Penelope.

– Bichinhos não comem pedras – ele disse. – O gosto é ruim.

Penelope colocou uma pedra na boca, para provar.

– Ninguém vai à escola hoje! – Claire anunciou. – Vamos fazer um passeio em homenagem ao papai.

A ideia era típica de Cal: impulsiva, criativa. Antes de saírem, Claire ficou em dúvida sobre a palavra correspondente à pilha de pedras, e consultou o dicionário. "Marco: monte de pedras erigido como referência ou sobre um túmulo, como memorial". Só não mencionou a parte relativa ao túmulo. Preferiu deixar que o filho brincasse de trazer o pai para casa, enquanto ela mesma fingia que a cidade inteira não estava preocupada com outro memorial, mais grandioso.

Já de saída, deu uma olhada no canal de notícias, em que um repórter entrevistava mais uma vez Sean Gallagher, fundador do comitê de apoio ao memorial. O queixo do entrevistado projetava-se como a ponta de uma flecha indígena quando ele falou:

– Saber que um muçulmano pode ser o responsável pelo projeto é como levar uma punhalada no coração. Queremos que a mensagem chegue à comissão em alto e bom som.

Claire sabia que Sean julgava ter direito a um lugar na comissão, e tinha dito isso pessoalmente à governadora. Mas seu jeito explosivo – agressivo, mesmo – conspirava contra. As famílias o consideravam porque havia prometido gritar em nome delas. Esse estilo representava a razão pela qual ele não pertencia às esferas do real poder: os ocupantes das altas esferas sabem falar baixo. Claire e Sean não se falavam desde o surgimento de rumores sobre a vitória de um muçulmano. Isso a deixava inquieta, mas

Paul tinha pedido que ela não se comunicasse com os familiares, enquanto ele não apresentasse um plano.

No centro da cidade, Claire pediu à babá para esperar no carro e saiu a pé com as crianças. Da primeira parada, embora perto, não se via o local do ataque. Ela só ia até lá com os filhos em datas especiais, quando o grande número de pessoas e a solenidade camuflavam a tristeza. O jardim vivamente imaginado por William precisava de proteção.

Eles arrumaram três pedras sob um poste de iluminação e afastaram-se, para apreciar o efeito. William começou a chorar. Sem saber por quê, Penelope chorou também.

Claire abaixou-se, para perguntar:

– O que foi? O que foi?

– Está pequeno demais – William soluçou. – Ele não vai ver!

A humilde pilha parecia mesmo desapontadora, muito pequena em relação aos prédios da cidade. Eles também pareciam pequenos.

– Então, vamos aumentar – Claire disse, equilibrando outras três pedras sobre as primeiras.

Ela levou os filhos em direção ao norte, instalando marcos: SoHo, Fourteenth Street, Sixth Avenue, Madison Square, Times Square (William inexplicavelmente insistiu no posto de recrutamento militar localizado ali), Central Park (Turtle Pond, Sheep Meadow, Strawberry Fields). Havia algo de divertidamente ilícito naquelas pequenas intervenções que facilmente passariam despercebidas. As poucas pessoas que diminuíram o passo para observar o trio, sorriram, pensando tratar-se de um jogo. Quando William e Penelope começaram a disputar as pedras, Claire pensou em dizer "Se vocês brigarem, não vai funcionar", mas calou-se.

Durante o almoço, as crianças riram ao arrumar as batatas fritas em montinhos. Claire não gostaria de sentir-se assim, mas estava entediada e ansiosa. Mensagens sucessivas chegavam pelo seu telefone celular. Quase todas davam conta da oposição das famílias das vítimas ao "muçulmano", como o chamavam. Quando o telefone tocou mais uma vez, ela atendeu por impulso.

– Claire, quero lhe dizer, é como uma punhalada no coração – falou uma voz masculina.

Ela não sabia quem estava ligando, nem se importava com isso, mas a linguagem repetitiva era a mesma de Gallagher.

– Está me ouvindo, Claire? Responda.

– Estou ouvindo – ela falou baixo, para as crianças não participarem.

Ansiosa por chegar em casa, espaçou mais as paradas, para apressar o fim da excursão. Quando voltaram a Chappaqua, o sol de fim de tarde já alongava as sombras e alterava o brilho das folhas. Em uma cerimônia improvisada, montaram a última pilha de pedras embaixo de uma faia de folhas avermelhadas e tronco retorcido que ficava junto à casa. Sob o olhar triste de William, Claire desligou o telefone e ajoelhou-se para testemunhar a cena. As crianças tornaram a arrumar as pedras, como se aperfeiçoassem um haicai.

Sean conferia a lista de parentes e associações representadas no auditório do colégio quando a plateia explodiu em aplausos. Era a governadora Bitman, que atravessava o palco em direção a ele, com os cabelos ainda mais brilhantes por causa da iluminação dos refletores.

– Que surpresa!

Foi só o que ele teve tempo de dizer, antes que a governadora pousasse uma das mãos de unhas pintadas em suas costas e com a outra lhe tomasse o microfone.

– Estou aqui hoje para que saibam que têm o meu apoio – ela disse, com simpatia estudada.

Deslizando de maneira aparentemente casual a mão pelas costas de Sean, a governadora agarrou melhor o microfone. Um pequeno broche com a bandeira americana brilhava na lapela de seu terninho verde.

– Meu objetivo é e sempre foi um memorial que as famílias, em especial, possam aceitar. Isso é tudo.

Sean sabia que, ali, a maioria não tinha votado em Bitman, uma democrata. Mas, pelos aplausos, votariam nela na próxima eleição. Tendo assumido o cargo menos de um ano antes do ataque, ela demonstrara firmeza ao visitar o local da tragédia e ao distribuir cumprimentos durante o funeral de centenas de bombeiros. E, então, estava ali, no palco.

– Não podemos passar à frente da comissão. Precisamos respeitar o processo. Mas o processo abrange a opinião pública, o que permite ampliar o número de integrantes da comissão, incluindo todos vocês. Incluindo todos os americanos, se necessário. Vamos ter uma audiência pública para tratar do projeto. Portanto, se não gostarem, compareçam à audiência e digam isso.

– E se não gostarmos do autor do projeto? – Sean perguntou. – Desculpe a interrupção, governadora, mas é por isso que estamos aqui hoje.

– Talvez não gostar do autor do projeto não seja uma objeção legítima.

Sean ia dizer mais alguma coisa, mas Bitman levantou a mão, em um gesto que significava "me deixe terminar".

– Mas considero justo afirmar que, quem não gosta do autor, provavelmente não vai gostar do projeto.

A multidão aplaudiu entusiasticamente. Ela sorriu.

– Antes de me retirar, quero ainda agradecer a Sean Gallagher por liderar a luta por esse memorial. Ele vem demonstrando a mesma bravura daqueles que perderam a vida naquele dia fatídico.

Sean enrubesceu. Ele não precisava olhar o rosto de seus pais para perceber sua expressão de incredulidade. Não conseguiria sequer fingir a mesma coragem de Patrick, caso tivesse oportunidade. Diante de um prédio cuspindo fogo e fumaça, ele sairia correndo o mais depressa possível, e nem tinha certeza de que essa fosse uma atitude errada. Patrick havia entrado em um edifício que, quase imediatamente, caíra de uma só vez sobre ele, entristecendo três crianças.

A governadora ergueu a mão de Sean, e, de algum lugar, surgiu uma versão *rock'n'roll de America the Beautiful*. Então, como se deixasse um rastro no ar, ela se foi.

Tendo recuperado o microfone, Sean tentou recuperar também a atenção da plateia. Andando de um lado para outro no palco, começou a falar:

– Todos sabem que, na noite em que o memorial foi escolhido, os membros da comissão estavam reunidos na mansão Gracie, bebendo champanhe Dom Pérignon. "Uau, que ótimo! Que bela mensagem enviaremos aos muçulmanos! Que somos seus amigos, que nada temos contra o islamismo!"

Risinhos nervosos elevaram-se da plateia.

– E as famílias? Que se conformem. Nem Claire Burwell, nossa representante na comissão, tem feito contato!

Ele só não mencionou como isso o deixava decepcionado. Claire havia procurado sua amizade porque o apoio de Sean seria de importância crucial para o memorial escolhido, qualquer que fosse ele. Ele sabia disso, mas sentia-se amargurado mesmo assim. Depois de uma reunião entre participantes da comissão e vários familiares de vítimas – Sean tinha falado muito, como sempre –, ela o convidara para uma cerveja. Quando ele disse que não bebia, ela pareceu meio perdida, como se contasse com a bebida para facilitar a comunicação. De todo modo, Claire pediu uma cerveja, que bebeu como se fosse vinho, e cumulou-o de perguntas. Ele estava encantado com a beleza, a inteligência e a riqueza dela; jamais havia conhecido uma mulher com tantas qualidades. Ao fim da noite – duas cervejas para ela, três refrigerantes para ele –, Sean curvou-se e deu-lhe um beijo, só para provar que era capaz. Ela não resistiu. Aceitou, apenas, tensa, como se não quisesse perder o aliado. Ele se sentiria melhor se tivesse levado um empurrão. Claire argumentou que era dez anos mais velha, que Sean estaria desperdiçando a juventude, mas ele respondeu que usava sua juventude com quem quisesse.

Não houve mais contato físico algum; apenas imaginação. Nos meses seguintes, ele projetou a imagem de Claire no teto do quarto, tal como havia, em outra ocasião, colado ali fotos de modelos da Victoria's Secret, na esperança de que a mãe não olhasse para cima. Sean a despia e trocava-lhe as roupas, em uma imitação da brincadeira das sobrinhas com bonecas de papel. Quando se encontravam, ela não demonstrava o interesse com que ele sonhava, o que o fazia sentir-se rejeitado. A ausência de telefonemas de Claire confirmava isso.

– Estou aqui... – uma voz partiu do fundo do auditório. – Sou eu, Claire Burwell.

Sean localizou-a junto à porta. Outra mulher roubando seu brilho. Claire, visivelmente utilizando o fator surpresa, não havia respondido à mensagem deixada por ele antes da reunião. Ressentido, ele a observou caminhar pelo corredor entre as poltronas, com andar estudado.

– Diga que não é verdade! – uma voz ressoou no escuro.
Seguiu-se um bombardeio de perguntas.
– É verdade?
– É verdade?
– Diga!
– O que aconteceu?

– Diga que não vai permitir!

Metade do que ela ouviu nada tinha a ver com o memorial, como se dois anos de frustração, tristeza e revolta tivessem encontrado uma válvula de escape.

– Três semanas, a Cruz Vermelha...
– O que nos fizeram...
– Um muçulmano...
– Proteger as empresas aéreas que não nos protegeram...
– Reunião toda maldita sexta-feira...
– Eles nos odeiam...
– Um tremendo impostor...
– Uma religião violenta...

Claire tentou falar, mas tantas vezes teve de calar-se, que desistiu. Apesar de sentir o corpo formigar, esforçou-se por mostrar serenidade. Sean continuou a andar pelo palco, com um jeito saltitante que a fez pensar em um homem jovem tentando parecer mais velho, um homem baixo tentando parecer mais alto ou talvez um pobre tentando parecer rico. À distância, as bolsas sob os olhos lhe davam um ar cansado, mas, de perto, seu olhar era bem vivo. Desconfiado. Por isso, desde que tinha sido convidada para integrar a comissão do memorial, Claire procurara ser gentil com ele, pelo menos para mantê-lo calmo. Os telefonemas solícitos, com informações sobre o trabalho do grupo. Os sorrisos lamentavelmente sedutores – sedutores demais, haja vista o beijo inesperado – sugerindo que, se as coisas fossem diferentes, se eles se tivessem encontrado em outras circunstâncias, se, se, se... Naquele momento, ela percebeu que havia cometido um engano ao não telefonar para Sean, logo que as notícias começaram a circular. Enquanto subia ao palco, lançou-lhe um olhar provocador, sugerindo que ele não seria capaz de controlar a plateia. O efeito foi o esperado: ele se sentiu desafiado a provar que era.

– Muito bem, muito bem – Sean fez, mantendo a mão erguida até conseguir silêncio. – Claire está aqui. Vamos deixá-la falar.

– Obrigada, Sean. Desculpem o atraso. Só fiquei sabendo do encontro em cima da hora.

"Tinha acabado de chegar em casa depois de uma caminhada em homenagem ao meu marido. Tive de acomodar as crianças, trocar de roupa... Vim dirigindo feito louca pela cidade para chegar aqui e ser recebida com essa gritaria". Isso ela não disse.

– Agradeço a todos por terem vindo. A sua preocupação com o memorial é muito poderosa, e só reforça a sagrada missão que nós, da comissão, temos. Não posso acrescentar muitos detalhes, mas deixem-me perguntar: quem gosta de jardins?

Olhares desconfiados cruzaram a plateia.

– Não se preocupem, não é "pegadinha". Levante a mão quem gosta de jardins. Os homens também. Meu marido sempre admitiu que gostava.

Lentamente, mãos ergueram-se. Primeiro as mulheres, depois os homens. Quando se sentiu satisfeita, Claire continuou.

– É o que o memorial vai ser. Um jardim. Perfeito. Um jardim.

– E quanto ao muçulmano? – Sean provocou.

– Não posso discutir rumores. E, para ser honesta, pouco sei a respeito do autor, já que os concorrentes não são identificados. Só sei da beleza, da força do projeto, do modo como evoca os prédios e os nossos entes queridos. Portanto, espero que mantenham a mente aberta.

– Minha mente se fechou para os muçulmanos no dia em que eles mataram meu irmão – Sean disse.

– Compreendo – Claire respondeu. – Todos nos debatemos com esse sentimento. Mas, se vocês se deixarem atingir, a vitória será deles.

– O banheiro... Sabe onde fica?

Claire fez a pergunta à primeira pessoa que encontrou, uma mulher de cabelos curtos e grisalhos que parecia estar à espera dela. Descera do palco meio tonta, por causa dos aplausos, mas certa de ter plantado a ideia de um memorial em forma de jardim.

– Espero que não esteja tentando nos enganar – a mulher disse.

Um arrepio percorreu o corpo de Claire.

Com o ar mais neutro possível, ela respondeu:

– Claro que não. Quero que saibam tudo sobre o memorial. Presumo que tenha perdido...

– Meu filho – a mulher completou. – Meu filho mais velho.

– Sinto muito – Claire disse, como se não tivesse ela mesma perdido o marido.

– Não preciso da sua simpatia.

Claire empalideceu, enquanto a mulher continuava.

– Preciso da sua vigilância. Não queremos o memorial de um muçulmano, mas acho que você sabe disso.

– Se foi uma vitória justa, não podemos fazer nada.

Claire arrependeu-se imediatamente de ter falado. Tinha confirmado a escolha de Khan, contrariando o pedido de Paul. Havia alguma coisa naquela mulher... Uma força moral que levava à confissão e ao desafio.

– Então, ele venceu.

– O Jardim venceu – Claire disse. – É o que importa. O que o memorial vai ser. É o que importa.

Os lábios da mulher moveram-se em um sorriso muito leve.

– Às vezes, penso que seria melhor Patrick ter morrido em um incêndio comum. Nenhum bombeiro tem uma morte particular em serviço. Mas esses políticos todos metidos no assunto. Não gosto... da confusão. O luto deve ser calmo. Um memorial deve ter o silêncio de um convento. Talvez perder o marido seja diferente...

– Eu amava meu marido – Claire afirmou, com altivez.

– Eu não falei o contrário.

O sorriso triste, mecânico, surgiu novamente no rosto da mulher.

Antes que Claire respondesse, Sean chegou. A reunião havia acabado.

– Mãe... – ele disse, dirigindo-se à mulher que falava com Claire.

– Tudo bem – a sra. Gallagher respondeu.

Ela não tirava os olhos de Claire que, ingenuamente, não pensara estar falando com a mãe de Sean. Isso aumentava de maneira considerável a importância do erro cometido segundos antes. No palco, ela não havia exatamente mentido, mas a sra. Gallagher provavelmente lhe cobraria isso, tal como devia fazer com Sean. Satisfazer uma mãe implacável. Preencher o lugar do irmão morto. Duas tarefas perigosas e impossíveis. A terrível pressão que sofria tornava-o assustador, e Claire sentiu medo.

– Eu estava procurando o banheiro – ela disse, buscando uma saída elegante.

– O nome do muçulmano... Pode me dizer?

Quem perguntava era uma repórter que se aproximara: Alyssa Spier, que cobria todos os eventos ligados ao memorial e não parecia especialmente tocada pela história de vida de Claire.

– As deliberações da comissão são confidenciais.

– Mas lá no palco você falou sobre o projeto – Sean argumentou.

– Só para acalmar os ânimos. E o que eu disse lá é verdade: não sei quase nada sobre o autor do projeto.

– Quase nada. Então sabe o nome dele – Alyssa insistiu.

– Talvez eu não tenha sido clara. A comissão vai falar à imprensa quando estiver pronta.

Claire sentiu-se transpassada pelo olhar da sra. Gallagher. Tentando livrar-se, disse:

– Preciso ir para casa. Meus filhos. Sean, a gente se fala. Sra. Gallagher, foi um prazer conhecê-la.

Ia estender a mão, mas conteve-se. Caso o cumprimento fosse recusado, seria muito desagradável.

– Mente aberta – ela encerrou. – Não podemos deixar que tomem isso de nós.

Ao encaminhar-se para a saída, evitando equipamentos do teatro e elementos dos cenários, reparou que Alyssa Spier a seguia. Apressou o passo, mas a repórter fez o mesmo: atravessou corredores, dobrou esquinas, alcançou a saída e chegou ao estacionamento. O tempo todo ouviu os passos da repórter, que arfava – tinha pernas curtas – e perguntava:

– Sra. Burwell, qual é o nome? É homem ou mulher? O que a comissão vai fazer? Qual é a sua resposta à comoção daquele auditório? Sra. Burwell! Sra. Burwell!

Perto do carro, Claire apressou ainda mais o passo, enfiou a mão na bolsa para localizar as chaves, pressionou o botão para destravar as portas, jogou-se no assento do motorista e bateu a porta, torcendo para não ter imprensado os dedos da repórter. Spier continuou a gritar perguntas do lado de fora. Ao partir, Claire ainda a viu pelo retrovisor, gritando, mas já não dava para ouvir o que dizia.

Claire atravessou Manhattan no escuro. O vento encrespava a superfície do rio de águas escuras, bem de acordo com os pensamentos dela.

Ao ligar o rádio e ouvir a gravação das declarações da governadora Bitman, cuja campanha tinha recebido doações de Cal e dela mesma, Claire entendeu por que a plateia estava tão mobilizada. O que a governadora queria sugerir? O combinado era que ela confirmasse a decisão da comissão, qualquer que fosse. Claire sentiu-se lutando sozinha.

Passava das 22 horas quando ela finalmente voltou a Chappaqua. Ao saltar do carro, percebeu, embaixo da árvore, o que parecia um acampamento de sem tetos. Aproximando-se, viu, iluminados pelo luar e pela luz opaca que vinha da casa, uma caixa de cereais para o café da manhã ("Os preferidos do papai", segundo ela, só para fazer as crianças comerem), uma pilha de livros do escritório, uma raquete de tênis, e o *smoking* de 2 mil dólares – tudo arrumado em volta do marco erigido horas antes. Magia infantil. William acreditava que conseguiria dar vida às pedras ou trazer o pai de volta para casa.

"Pelo que sabemos, trata-se de um assassino barbado, com um olho só, vestindo pijamas. Isso é que é assustador", Alyssa tinha dito de manhã, no programa de rádio de Lou Sarge.

O chamado assassino estava diante dela, prestes a identificar-se para os repórteres que aguardavam, e não se parecia com a descrição. Usava barba, mas cuidadosamente aparada, e sua postura, ao contrário do jeito subserviente, ávido por agradar, de alguns indianos, era altiva. Ao lado dele, sentava-se uma mulher com aparência de estrangeira, de cabelos escuros, vestida de vermelho vivo. A cor da roupa sugeria não apenas que ela estava à vontade naquela situação, mas que procurava chamar atenção. Os homens, alguns em roupas usadas por muçulmanos, e algumas mulheres, com as cabeças cobertas mantinham-se de pé junto à parede, como se fossem suspeitos de terrorismo formados em linha para serem revistados pela polícia. Alyssa mordeu as cutículas até sentir gosto de metal. Sangue.

Ela estava na sede do Conselho Muçulmano Americano, uma organização de que ouvira falar pela primeira vez naquela manhã. Todos os profissionais de imprensa de Nova York pareciam estar espremidos lá. Eles aguentaram a apresentação dos 12 membros do Conselho que, em seguida, tomaram seus lugares.

Somente quando cessou toda a movimentação, a atração principal pegou o exemplar do *Post* com a foto do homem com máscara de esqui e falou:

– Meu nome é Mohammad Khan, e acredito que este aqui seja eu.

Por um momento, os cliques de câmeras e o espocar de *flashes* foram os únicos sons audíveis.

– Sou arquiteto e sou americano – ele disse. – Por acaso, também sou muçulmano. Nasci na Virgínia e passei a maior parte da minha vida adulta em Nova York. Em Manhattan. Entrei no concurso para o memorial porque acreditei que a minha ideia proporcionaria às famílias, à nação, a possibilidade de lembrar o que foi perdido naquele dia, e de curar a perda. Ao que parece, a comissão entendeu isso: todo mundo sabe agora que meu projeto foi o escolhido.

Ele apontou um cavalete à direita, onde estavam as ilustrações de um jardim.

– Parece que o problema é com o autor do projeto.

Não querendo perder uma só palavra, Alyssa escrevia depressa, embora o gravador estivesse ligado, e ela soubesse que a fala de Khan seria repetida dezenas de vezes na televisão. Em um verdadeiro exercício de redundância, havia ali uns 50 repórteres, todos competindo pelas mesmas notícias, pelas mesmas palavras.

Depois de uma pausa, Khan continuou:

– Pediram para que eu desistisse da competição, permanecesse anônimo ou me associasse a alguém que assumisse a autoria do projeto. Mas não vou desistir nem aceitar nenhum outro arranjo. Fazer isso seria trair, não apenas a mim mesmo, mas a filosofia deste país, de que a importância está no mérito e não no nome, na religião ou nas origens. A comissão escolheu o projeto. O autor vem junto. Agora, se não quiserem o projeto...

Khan elevou a voz. O tom era de discurso.

– Ele está procurando briga – alguém ao lado de Alyssa sussurrou.

A mulher, perto de Khan, aproximou-se do microfone e, com uma olhada na direção dele, falou:

– O processo tem de seguir seu curso, como está determinado nas instruções para a escolha do memorial.

– Quem é você? – alguém perguntou.

– Minha advogada, Laila Fathi – Khan respondeu, já mais calmo.

Ele passou algum tempo descrevendo o projeto, uma espécie de jardim cercado por muros, onde estariam inscritos os nomes dos mortos. As anotações ficaram menos rápidas, a sala ficou menos cheia, e os repórteres remexiam-se no lugar. "Ninguém está preocupado com o projeto", Alyssa pensou. "Será que ele não sabe disso?"

– Qualquer pergunta deve ser feita diretamente à dra. Fathi – Khan avisou, levantando-se e dirigindo-se a uma porta lateral.

A confusão se estabeleceu. Alyssa levou um encontrão nas costas que a desequilibrou. Era um *cameraman* gordo, que gritava:

– Anda!

Antes que ela pudesse responder, foi empurrada novamente por uma sucessão de repórteres que empreendiam uma verdadeira caçada a Khan, pisoteando quem estivesse no caminho.

– Droga!

– Lá vai ele!

– Pega!

– Sai da frente!

– Filho da mãe! Minha perna machucada! Filho da mãe!

Khan escapou. Na debandada, o cavalete foi derrubado, espalhando as ilustrações pelo chão. Uma delas tinha a marca de uma sola de borracha.

– Tire uma foto disto – Alyssa disse ao fotógrafo.

Mais dramático do que as ilustrações do cavalete pisoteadas, era o sonho de Khan pisoteado. "Bem feito", ela pensou. Mas não tinha certeza se pensava isso ou se imaginava o que passaria pela cabeça dos leitores.

Às voltas com o *notebook* e o gravador, Alyssa esfregou o braço na testa, tentando enxugar o suor que escorria, fazendo seus olhos arderem. Era sempre a mesma coisa naqueles eventos que atraíam a mídia: ar quente e pesado, e contato físico.

– Quer dizer que o caso era seu, e lhe passaram a perna – Jeannie Sciorfello, repórter do *Daily News*, disse.

Alyssa teve vontade de dar-lhe um soco.

De volta à redação, ela encheu um saco de gelo, que tentou aplicar nas costas doloridas. Gostaria de ter algum remédio que lhe acalmasse o ego. Não identificado, Khan pertencia a ela. Identificado, pertencia a todo o mundo. Claro que ele se revelara para tomar a iniciativa. Alyssa chegou a rir. Revelar. Tirar o véu. Seria uma boa manchete de primeira página: "Muçulmano sem véu". A foto do homem com máscara de esqui e a foto de Khan, lado a lado. Ela enviou um e-mail ao editor, esperando que a criatividade compensasse a falta de um furo.

Depois de arquivar a matéria, Alyssa começou a investigar Khan. O jornal já havia mandado repórteres para a firma de arquitetura onde ele trabalhava e para seu endereço. Ela, então, foi para o computador. Digitou o nome dele no Google e obteve 134 mil respostas. "Mohammad Khan": o "John Smith" do mundo muçulmano. As menções elogiosas à correta arquitetura de Mohammad Khan renderiam, no máximo, um texto morno.

As outras entradas referiam-se a governantes, médicos, homens de negócios, aldeões, heróis e criminosos de guerra – uma comunidade global que, em comum, só tinha o nome. Leu rapidamente histórias interessantes ("O motorista de táxi Mohammad Khan atendeu aos apelos de sua consciência e decidiu devolver ao dono uma bolsa contendo joias em ouro") e trechos instigantes ("Mohammad Khan, filho de Firoz, devotava todo o seu tempo aos prazeres"). Havia uma ordem dentro da ordem, uma hierarquia oculta que só o Google ou seus algoritmos conheciam.

Alyssa iniciou uma busca em arquivos públicos. Fichas criminais nada revelaram, mas uma pesquisa nas empresas apontou que a K/K Architects estava registrada em nome de um Mohammad Khan e de um Thomas Kroll. Este, conforme ela descobriu em outra busca rápida, também trabalhava na ROI; portanto, o Khan devia ser o dela. A primeira sensação foi de alívio – existia alguma coisa. Em seguida, veio o pânico: outros repórteres estariam seguindo o mesmo caminho? Como não poderia encontrar Kroll na ROI, pesquisou seu endereço residencial: no Brooklyn, o mesmo informado pela K/K Architects. Então, pegou o telefone para ligar, mas pensou melhor. E se ele desligasse? Com o coração disparado, pegou o metrô, rezando para que ninguém chegasse na frente.

Thomas Kroll vivia em um prédio decadente, antes imponente e belo, na Eastern Parkway. O *hall* era mal iluminado. O porteiro, um indiano ou coisa parecida, foi taxativo.

– Não, senhora, não pode subir sem ser anunciada.

– Ele está me esperando – Alyssa insistiu. – Quero chegar de surpresa.

Ela pensou em oferecer ao homem uma nota de 20, mas teve medo de ofendê-lo. Enquanto ele se preparava para chamar Kroll pelo interfone, Alyssa conseguiu identificar, na relação consultada por ele, o número do apartamento: 8D. Com passos rápidos, ela se encaminhou para o elevador. Conforme esperava, o porteiro desligou o interfone para ir atrás dela.

– Madame, desculpe, mas não pode subir. Madame...

O fechamento da porta do elevador cortou-lhe as palavras.

Quando Alyssa chegou ao apartamento, encontrou uma mulher – que ela imaginou fosse a mulher de Kroll – à espera, de braços cruzados.

– Quem é você?

A voz da mulher era ríspida, e ela parecia perturbada. Tinha os cabelos presos em um coque meio torto e segurava na mão direita um carrinho vermelho, como se fosse uma arma.

– Alyssa Spier, *New York Post*.

Alyssa falou com a autoridade de um fiscal do Ministério da Fazenda, como se tivesse o direito de estar ali.

– Beleza, Thomas, a coisa começou – a mulher gritou para dentro do apartamento. – Os jornais estão aqui. Na nossa casa – completou, dirigindo a Alyssa um olhar mortal.

Um homem de cabelos castanhos caídos sobre os olhos cansados surgiu na porta.

– É melhor você ir embora – ele disse. – Não temos nada a ver com a história.

– Encontrei uma empresa registrada no seu nome e no de Mohammad Khan – ela explicou, consultando o *notepad*. – K/K Architects.

O homem, que já era claro, ficou ainda mais pálido.

– Você não vai publicar isso, vai?

– Por quê? – ela perguntou com ar inocente. – O patrão não sabe?

– Droga – Thomas disse à mulher.

Os dois abriram espaço para Alyssa passar.

A sala de estar, depois de um *hall* de entrada comprido e claustrofóbico, estava coalhada de brinquedos: trens, blocos de construção, quebra-cabeças. As crianças – eram três – pareciam saídas das paredes rabiscadas. Alyssa pensava que arquitetos, sendo profissionais do nível dos médicos e advogados, ganhassem muito dinheiro. O ambiente apertado e desorganizado surpreendeu. Seria aquele também o estilo de vida de Khan? Provavelmente não, já que, conforme revelara sua pesquisa, era solteiro, igual a ela. Pelo jeito dele, porém, provavelmente sua vida era diferente da vida dela.

A garotinha sorriu, revelando a falta dos dentes da frente. Alyssa forçou um sorriso, enquanto procurava onde sentar-se.

– Alice – Thomas chamou. – Talvez seja melhor levar as crianças lá para dentro.

Depois de um olhar fatal, a *troupe* estava reunida.

– Ela está aborrecida. Preocupada com algum perigo que as crianças possam correr.

Ele falou baixinho, mas nem precisava desse cuidado, pois a mulher já havia se afastado.

Alyssa procurou palavras tranquilizadoras: de nada adiantaria colocar a imagem dele no jornal. Isso a fez lembrar que precisava de um fotógrafo. Depois de enviar um texto curto, aceitou a água oferecida por ele em um copo sujo.

– Quanto ao meu vínculo com a empresa – Thomas começou. – Preferiria que você não mencionasse.

– Não haverá necessidade – ela disse, notando nele uma imediata expressão agradecida. – Se eu tiver coisa melhor para minha história.

Ele fez que sim. Mas, quando ela tentou saber mais sobre o motivo de Khan haver decidido entrar no concurso, ou se Thomas tinha colaborado no projeto, não obteve resposta. Com os olhos fixos nela, como duas bolachas azuis, manteve-se calado. Então, Alyssa soube.

– Ele não falou com você, não foi? Ele não avisou que isso podia acontecer.

Na mosca. Kroll olhou para baixo. A porção calva no alto da cabeça, em meio aos cabelos cheios, remetia a uma visão aérea do espaço aberto em Manhattan. Alyssa sentiu uma vontade momentânea de tocar a cabeça dele.

– Deve ser difícil – disse, surpreendendo-se com a própria compaixão.

– Meu amigo – ele falou finalmente, com voz rouca. – Não é só meu sócio. É meu melhor amigo.

Alyssa não descobriu se Kroll pretendia enfatizar a gravidade da traição ou adverti-la de que se manteria fiel, apesar de tudo. Ela fez um esforço mental, tentando planejar o próximo movimento. A traição não interessaria ao editor do jornal, mas representava um elemento importante para que ela conhecesse Khan um pouco melhor. Ele era egoísta. Mas era também ambicioso e competitivo, e nisso se parecia com ela.

– Por que não me fala da amizade entre vocês? Ajude-nos a conhecer este homem.

Meio desconfiado, ele começou a falar:

– Até agora não entendi.

Depois de pedir autorização a Kroll, Alyssa passou a usar o *notebook*.

– Mo tem uma personalidade forte – ele disse.

– Mo?

– Todo mundo o chama assim.

Todo mundo menos ela. "Mo" não tinha a aura teológica, histórica, histérica, de Mohammad.

– Eu não gostei de que ele não me contasse sobre a inscrição no concurso.

Um bom avanço.

— Mas, pelo que sei, venceu com absoluta justiça.

Nem tanto.

— Não existe justificativa para anularem a vitória dele.

— Ele é religioso?

— Mo? Praticamente nada.

A ideia fez Thomas rir.

— Ele é muito mais desligado do que eu — completou, sublinhando "desligado".

— Desligado em que sentido? — ela perguntou, como se rissem da mesma piada.

— Normal — ele respondeu, coçando a cabeça para examinar Alyssa por outro ângulo. — Normal é uma palavra melhor.

— Gosta de garotas? Drogas? Álcool?

— Ele não é religioso. Ponto final — Kroll falou com os olhos semicerrados. — Não é um muçulmano radical. E tem um talento incrível. Não deixe de anotar isso.

De algum modo, ela inspirava Kroll a assumir a defesa de Khan. Alyssa queria saber do desapontamento, da traição, do modo como Khan comprometera uma longa amizade e uma família tipicamente americana. Ela queria ouvir a mulher, que provavelmente adoraria a oportunidade de partilhar seus sentimentos com ela.

— Então ele não comentou que iria entrar no concurso? Não é estranho? Quer dizer, são bons amigos, pretendem abrir uma empresa juntos...

Ouviam-se gritos vindos do quarto.

— Pensei que colaborassem um com o outro sempre — ela completou.

Thomas enrubesceu um pouco e começou a girar a aliança no dedo. O ego masculino exigia cuidados especiais. Alyssa não podia ir longe demais com aquela história humilhante do homem tapeado pelo melhor amigo.

— Com certeza ele teve suas razões. Tem ideia de quais sejam?

— Não sei. E gostaria de saber.

Alice havia ignorado o toque do interfone durante a conversa, mas Thomas finalmente foi atender.

— Quantos? Sei. Não, não deixe subir.

A concorrência tinha chegado. A entrevista estava encerrada. Alyssa ensinou Thomas a se defender dos outros repórteres, dizendo que sugerisse ao síndico do prédio a contratação temporária de agentes de segurança e um treinamento para o porteiro, que deveria ser mais vigilante. Era como se ele fosse culpado pela presença dela.

– As suas melhores amigas são estas três palavras: "Nada a declarar". Você tem todo o direito de usá-las. Falar não vai lhe trazer vantagem alguma. Quer dizer, falar com os outros.

Na saída, Alyssa afagou a cabeça do menininho mais velho, que tinha voltado à sala. O garoto se esquivou, desconfiado, os olhos azuis em uma repreensão tática. Ela jamais fora muito boa com crianças.

No *hall*, os repórteres pressionavam o porteiro que, todo atrapalhado, trocava "senhor" por "madame" e ameaçava chamar a polícia. Todos correram em direção a Alyssa, ao reconhecê-la.

– Qual é o apartamento? Qual é o apartamento?

Ela encolheu os ombros, como se não soubesse.

– Nem se deem ao trabalho. Ele não acrescenta nada.

Alyssa saiu para a rua, e a claridade a fez piscar os olhos. Do outro lado, viu verde: Prospect Park, o pulmão do Brooklyn. Ela inspirou com força, enchendo os pulmões.

10

NO MERCADO DO SR. CHOWDHURY, Asma encheu o carrinho com farinha de trigo, arroz, tomates, leite, óleo de cozinha, quatro tipos de vegetais e jornais em idioma bengali. Toda semana parecia surgir um novo jornal para os bengalis, o que deixava Asma orgulhosa – seu povo apreciava a leitura –, a não ser quando se sentia desanimada, o que só demonstrava como estava dividida. Ela pagou pelas compras, satisfeita por não estar entre os que se encostavam ao balcão para ler os jornais expostos. Antes de seu golpe de sorte, porém, tinha feito isso muitas vezes.

Boa parte das notícias era sobre Bangladesh, e a maioria, preocupante: disputas políticas, alguém preso ou acusado de corrupção, violência, duas mulheres em posição de liderança se agredindo em todas as oportunidades; inundações, pessoas perdendo e reconstruindo suas casas; embarcações afundando como pedras; uma cidade paralisada por greves. Incrível como as coisas podem parecer caóticas e impossíveis quando concentradas em poucas páginas em preto e branco, e não diluídas em longos dias de pimentas secando ao sol, de luz dançando sobre a água, de histórias de casamentos arranjados e fracassados, de canções na voz de Runa Laila, do riso doce da sobrinha, do peixe temperado pela mãe, das histórias engraçadas do moinho de arroz contadas pelo pai, da paz limitada dos sonhos. Lá, as coisas se equilibravam, acomodavam-se.

As notícias locais, tal como a vida local, tendiam a ser mais amenas: mudanças nas regras de imigração; novas empresas ou associações na área de Nova York; bengalis vítimas de crimes ou, com menos destaque, presos por violar a lei; cumprimentos de políticos locais por dias festivos. Claro que, depois do ataque, durante algum tempo o conteúdo incluía histórias sobre novas dificuldades impostas à imigração, ameaças a mesquitas, prisões de muçulmanos. No último ano, porém, aquele tipo de notícia começou a rarear, como se, aos poucos, tudo voltasse ao normal.

E, então, aquele Mohammad Khan vencia o concurso para o projeto do memorial de Inam e dos outros mortos. No mercado do sr. Chowdhury, ela colocou o saco de arroz no fundo do carrinho de compras. O dono do mercado discutia com o dr. Chowdhury – nenhuma relação de parentesco – sobre se a tentativa de anular a vitória de Khan repetia a história de Bangladesh. Já que eles, como sempre, não incluíram Asma na conversa, ela escutou disfarçadamente.

– É como em 1970 – o dr. Chowdhury disse, cumprimentando Asma com um sorriso. – O que o Paquistão fez conosco, não querendo reconhecer a eleição porque não gostou do resultado. Exatamente a mesma coisa. Os Estados Unidos deviam ser melhores.

– Não se trata de uma eleição – o sr. Chowdhury discordou.

Asma achava o dono do mercado um homem arrogante e antidemocrático.

– Trata-se de um grupo pequeno tomando uma decisão. Se fosse uma eleição, acha que os americanos votariam em um muçulmano? Portanto, é o contrário. Tentaram entregar o memorial a ele sem eleição. Agora, os americanos dizem que não querem. Nós tínhamos maioria; agora, eles têm.

– Nós queríamos liberdade. Eles querem discriminar.

– Talvez, mas não é um parlamento. É só um memorial. Não os culpo por não quererem um nome muçulmano nele.

– De todo modo, vai haver nomes muçulmanos – o dr. Chowdhury disse, fazendo um movimento de cabeça na direção de Asma, que fingia escolher um melão.

– Só sei que, em Dhaka, 5 mil pessoas estariam vivendo em um espaço que era delas.

Asma enrijeceu-se ao ouvir o comentário. Seu marido não tinha sepultura. Somente no memorial o nome dele se perpetuaria. Somente lá seu filho poderia ver, tocar talvez o nome do pai. Um parlamento de mortos também merecia respeito.

No caminho de casa, puxando o carrinho de compras, ela repetia mentalmente a conversa dos dois homens. Conhecia bem a história a que se referiam, porque seu pai fizera parte dela. Quando os observadores militares do Paquistão recusaram-se a permitir que o partido vencedor em Bangladesh – então Paquistão Oriental – formasse um governo, ele deixou de lado os livros, largou a universidade e foi lutar. Centenas de milhares, milhões de mortes mais tarde, Bangladesh tornou-se independente. Os relatos da época impressionaram fortemente a pequena Asma. Ela resolveu ser tão corajosa quanto o pai, mas logo descobriu: não era isso que se esperava de uma mulher.

Chegando ao prédio onde morava, Asma iniciou a árdua tarefa de carregar as compras até o quarto andar e depois descer para pegar mais. O saco de arroz de 10 quilos pesava menos do que seu filho, mas era mais difícil de carregar, e ficou por último. Como alguns grãos se espalharam, ela examinou o saco e encontrou um furo pequeno no cantinho. Em seguida, descobriu um rastro de pontos brancos que chegava à porta, e do lado de fora mais arroz, que os pássaros já bicavam. Com um suspiro, virou o saco ao contrário, para que os grãos não mais saíssem, colocou de volta no carrinho e seguiu o próprio rastro de volta ao mercado.

Coragem, Asma pensou enquanto caminhava, não se resumia a força; era preciso oportunidade. As guerras são raras. Ela procurava lembrar isso ao pensar se Inam era tão corajoso quanto o pai dela. O marido tinha nascido em uma época diferente, menos conturbada. Ficava difícil encontrar uma causa justa na vida diária. Ela descobriu isso por experiência própria.

Depois de casada, já morando em Kensington, Asma decidiu trabalhar fora. A ideia, nada convencional, deixou Inam hesitante – apreensivo, mesmo –, e era de difícil realização: ela havia estudado apenas até o Ensino Médio e falava mal o inglês. Ainda assim, ele procurou o dono de uma farmácia na Church Avenue, um indiano chamado Sanjeev, cuja filha e ajudante tinha ido cursar a universidade, o que era orgulhosamente informado a quem quer que lá chegasse. Sanjeev concordou em dar uma oportunidade a Asma. Ele não oferecia perigo, já que a mulher e a cunhada também trabalhavam na farmácia. Asma ajudaria a mulher dele, conferindo os comprimidos de acordo com as receitas. O trabalho era monótono, mas relaxante, e ela se orgulhava de nunca ter sido flagrada em erro pela mulher de Sanjeev. Ao mesmo tempo, Asma participava das outras atividades da farmácia e, com o tempo, sabia mais sobre as doenças da vizinhança do que a sra. Mahmoud. Certa noite, ela disse a Inam que Sanjeev era como um médico. Todo mundo lhe pedia conselhos, não apenas bengalis, mas também negros e hispânicos.

Na opinião de Asma, o único defeito de Sanjeev era a mesquinhez. Ele só concedia crédito a poucos indianos conhecidos. Quem precisasse de remédios tinha de esperar o dia do pagamento ou a ajuda do governo. Ela resolveu interferir. Afinal, seu pai muitas vezes emprestara dinheiro a quem precisava, sem cobrar juros, e com certeza não aprovaria a conduta de Sanjeev.

– Tio Sanjeev – Asma começou, tentando ser o mais delicada possível. – Não entendo por que o senhor não vende fiado. O senhor conhece essas pessoas. Sabe onde moram.

Ele a olhou como se ela fosse uma filha rebelde.

– Se você pensa assim, por que não empresta dinheiro a eles?

Sanjeev sabia que Asma não tinha dinheiro. Ela passou o resto do dia contando comprimidos com as mãos trêmulas. No fim do expediente, agradeceu pelo emprego, saiu e não voltou mais. Inam, surpreso com a impetuosidade da mulher, procurou Sanjeev para desculpar-se. Ela nunca quis fazer o mesmo.

De volta ao mercado, Asma mostrou ao sr. Chowdhury o furo no saco de arroz.

– Esse truque é velho – ele falou asperamente. – Você tira uma xícara e volta aqui, querendo levar um saco novo. Não vai funcionar. Eu conheço todos os truques.

Quase sem fala de tão revoltada, ela o puxou pelo braço até a rua e mostrou os grãos de arroz, já espalhados por pisadas, pelo vento e pelos pássaros. Tinham caminhado juntos por meio quarteirão, quando ele perguntou:

– Este rastro vai até o prédio onde você mora?

Ela confirmou com um gesto vigoroso de cabeça, aliviada por se fazer entender.

– Idiota! – ele disse. – Distraída! Como não reparou antes?

O sr. Chowdhury repreendeu-a severamente, acusando-a de ler os jornais enquanto andava, em vez de prestar atenção às compras.

– Não achei que as compras fossem fugir.

O homem recusou-se a substituir o saco de arroz, e Asma voltou para casa, frustrada. Desejava que Inam estivesse vivo para defendê-la, embora não tivesse certeza de que ele o faria. Não seria tão ruim, se o homem tivesse sugerido a possibilidade de um acidente, ao ser colocada a mercadoria no carrinho de compras, como pode acontecer a qualquer um, em vez de acusá-la de má-fé. Para ele, uma xícara de arroz não valia uma briga. Para ela, cada grão era importante.

No entanto, como se esperava de uma mulher, Asma se conformou.

– Paul! – a governadora cumprimentou, quase sem fôlego.

Vestida com um agasalho preto de tecido aveludado, a governadora exercitava-se na máquina elíptica. Eram 7h15, horário em que Paul preferiria estar contemplando as pequenas elevações do traseiro de Edith, adormecida. Convocado para o café da manhã na residência, em Nova York, do governo do estado, ele vestira terno e gravata-borboleta. Depois de lhe oferecer suco de laranja, um assistente indicou uma poltrona.

A governadora assistia à própria entrevista, concedida à CNN no dia anterior. "Ainda que o sr. Khan não represente uma ameaça à segurança – e não há razão para pensarmos que represente –, o fato de ter alcançado a vitória nesse concurso anônimo nos mostra que muçulmanos radicais podem utilizar nossas instituições democráticas e nosso espírito de liberdade para avançar em sua agenda". Ao lado de Paul, a governadora concordava com o que tinha dito. O sobe e desce das pernas dela sugeria o movimento de uma embarcação fluvial. "Como mulher, não posso me calar diante do perigo, já que, caso os muçulmanos assumissem o poder aqui, caberia às mulheres a parte mais difícil da perda das liberdades. Como você sabe, Wolf, eu integrei a delegação feminina que visitou o Afeganistão no ano passado..."

Paul não conseguiu se conter.

– Geraldine, estou surpreso com você.

Fazia mais de vinte anos que ele conhecia a governadora, e antes já conhecia o marido dela, então falecido. Quando Joseph Bitman morreu, deixando para a mulher sua fortuna e suas ambições políticas não realizadas, ela havia encontrado em Paul um dos primeiros e mais ardentes incentivadores. Ele a apoiou em todas as candidaturas, desde o legislativo até o governo do estado, e não somente por amizade. A coragem e a clareza de raciocínio dela o impressionavam, bem como a não esperada habilidade de costurar alianças políticas. Ela era a primeira governadora do estado de Nova York, e não pretendia parar por aí. Queria chegar à presidência.

– Leia a minha tese sênior de Smith College, Paul, e vai ficar menos surpreso – ela disse, um tanto ofegante, já que a máquina havia alcançado o ciclo de ritmo mais vigoroso. – "Hierarquias Hegemônicas no Movimento Feminino". Eu estava preocupada com a opressão da mulher pela mulher. Minha preocupação com o islamismo tem total coerência com isso.

"Coerente também", Paul pensou pela primeira vez, "com o apoio a Bob Wilner". Quando indicou o advogado, seu ex-assistente, para integrar a comissão, Geraldine Bitman não sabia que um muçulmano iria vencer, mas, com certeza, sabia da repercussão do assunto.

Um brilho rosado: uma pequena pérola de suor sobre a testa. Paul estudou o perfil de Geraldine. Os cabelos bem cuidados, cheios e brilhantes, de um ruivo artificial, eram um dos motivos de seu apelido, "Raposa". Um belo perfil aquilino, que ficaria bem em uma moeda.

– Para ser honesta, *eu* estou surpresa com você – ela disse.

– Como assim?

– Você não tem controle sobre o processo.

A intenção era clara. A declaração de Khan, afirmando que tinha sido solicitado a retirar-se do concurso, surpreendera Paul, já que ele nunca fizera tal pedido. Apenas insinuara que não seria má ideia. Paul imediatamente emitiu uma nota dizendo que não havia solicitado coisa alguma. Esse foi o erro número um. O erro número dois foi uma nota de esclarecimento na qual dizia não ter chamado Khan de mentiroso, interpretação esta dada pelos repórteres à nota anterior. As duas notas resultaram na certeza de que a comissão tinha escolhido o projeto de Khan. Assim, Paul precisaria encontrar um meio de apresentar Khan, que já havia se apresentado. E precisava também rebater as acusações de que a comissão tentara impedir a escolha de Khan, enquanto algumas famílias argumentavam que a comissão deveria ter impedido aquele resultado.

– É uma situação complicada, Geraldine. Por isso, eu acho que de nada adianta alimentar o medo...

– O medo já se instalou, Paul. O medo é real. E a opinião da classe média americana, um grupo cujos sentimentos, não me importo de dizer, me interessam muito atualmente, é de que a comissão não entende o medo. E deveria, já que a maioria dos participantes é de Manhattan e viu o que aconteceu.

Ela reduzia a intensidade do exercício, mas continuava corada.

– O erro não foi da comissão. O concurso era anônimo, você sabe.

– Sei, mas as pesquisas demonstram que 70% dos americanos não sabem. Em ocasiões como esta, as pessoas precisam de alguém para acusar. Informações abstratas sobre o processo não consolam ninguém.

Paul percebeu que o convite não incluía o café da manhã, já que não havia o que comer. Geraldine o tinha convidado por amizade, para avisar que suas baterias estariam voltadas tanto contra a ameaça islâmica quanto contra a comissão – um grupo de artistas de Manhattan: a elite. Ele tinha protestado de todas as maneiras contra o anonimato das inscrições. A maior parte dos artistas nem queria o Jardim. Mas a governadora, com seu representante na comissão a lhe contar tudo que se passava, provavelmente sabia disso.

– E não esqueça que a palavra final é minha, Paul.

Ele não respondeu. Ao convidá-lo para presidir a comissão, Geraldine Bitman fez questão de que a maioria dos participantes fosse de artistas, profissionais.

– Não queremos um bando de bombeiros decidindo instalar um capacete gigante em Manhattan – ela disse.

Em particular, é claro. Ela havia vetado a campanha, liderada por Sean Gallagher, para que a comissão fosse composta por familiares das vítimas. Eles brigariam entre si o tempo todo, e ela nada ganharia. Claire Burwell era a única nessa situação, mas tinha sido escolhida por seu diploma de uma das universidades da Ivy League e pela coleção de arte, elogiada pelos outros componentes. A noção de apreço pela opinião pública – a audiência, o período em que seriam recebidas sugestões, a aprovação da governadora – só foi incluída no processo para dar às pessoas comuns a impressão de que seriam ouvidas, quando, na verdade, seriam conduzidas. Poderia haver pequenas modificações no projeto vencedor, mas sem alterar a escolha da comissão, confirmada pela governadora.

No entanto, a discórdia se instalara em proporções imprevistas, e Bitman estava claramente determinada a tirar vantagem da situação. Não se tratava de mudar as regras, mas de interpretá-las literalmente, com um cinismo inédito.

Encerrado o período de relaxamento, ela saltou do aparelho e pegou a toalha dobrada nas costas da poltrona onde Paul estava sentado, aproveitando para dar-lhe um rápido beijinho de despedida.

Ao admirar sua primeira coluna, Alyssa Spier imaginava-se como Carrie Bradshaw, a personagem de Sarah Jessica Parker em *Sex and the City*: cabelos louros desarrumados, vestida com uma blusinha, cigarro na mão, encarapitada sobre a cama, a tela do *laptop* cheia de mensagens. Mas o quarto e sala de Alyssa cheirava, como sempre, à gordura expelida pelos exaustores dos restaurantes indianos próximos. A vizinhança chamava o local de "Caminho das Índias"; ela chamava de "Cominho das Índias". Mais do que o cheiro do ambiente, uma olhada no espelho destruiu a fantasia. Ela usava uma calça de moletom toda encaroçada e uma camiseta tamanho GG de um concerto de Bruce Springsteen em 1992 (Tão velha assim? E ela?). Alyssa tinha poucos quilos – vá lá, mais do que poucos – a mais do que Carrie, talvez por ter substituído o cigarro por biscoitos recheados; os cabelos não eram coloridos em mechas, além de precisarem de uma lavagem. E havia, ainda, a ressaca. Os drinques na companhia de Chaz, o novo editor, estiveram mais para farra do que para comemoração. Ele bebeu quatro martinis, em copos que foi enfileirando cuidadosamente sobre a mesa, como bailarinos de uma companhia de dança. Ela parou no segundo, apesar do incentivo dele, mas dois representam uma grande quantidade quando se está de estômago vazio. Chaz parecia alimentar-se de gim, apenas. Os *pretzels* devorados, sem que ele visse, tinham sido uma refeição frugal demais. Ela havia vomitado três vezes durante a noite. E precisava cuidar das matérias – dela e de Carrie. O desejo se manifesta quando o assunto é sexo e mulher solteira. Reflexões sobre o terrorismo – ou sobre o "problema muçulmano", como Chaz dizia – não representam a melhor maneira de tornar sedutor um jornalista. Nada a fazer, senão insistir. Ela era o que era. Embora, naquele momento, não soubesse exatamente quem era.

Menos de uma semana antes, Alyssa não passava de uma simples repórter à procura de furos jornalísticos. Com obstinação, tinha chegado ao caso do muçulmano, mas era uma na multidão, sem ilusões a esse respeito. Com bajulação e esperteza, perseguia advogados, assessores, políticos, motoristas de limusines e quem quer que pudesse fornecer alguma informação. Mesmo quando não havia novidades, ela entrava em contato com as fontes, conversando e fazendo brincadeiras. Assim, era vista como amiga e, talvez equivocadamente, como igual.

Mas, então, Alyssa passara a ter uma coluna de jornal sob sua responsabilidade. Com o ego inflado, era Colunista – sempre imaginara assim, com letra maiúscula. Chaz havia lançado a ideia em meio ao frenesi causado pela história do muçulmano. Era um modo de aproveitar ao máximo o furo e a popularidade dela. Felizmente, a fotografia para ilustrar a coluna favorecia Alyssa mais do que a imagem do espelho naquela manhã. Faltavam apenas as palavras.

Na noite anterior, Alyssa recebera de Chaz algumas instruções. Segundo ele, a qualidade mais importante em um bom colunista é a certeza: "Nunca *ele disse, ela disse*, mas *eu digo*". Ela devia dar a impressão de ter as respostas.

– As pessoas querem que alguém lhes diga o que pensar – ele ensinou, bebendo seu Martini em grandes goles. – Ou querem que lhes digam o que já sabem ser o certo.

No caso de Alyssa, porém, a intenção não era dizer às pessoas o que pensar, mas revelar o que elas não sabiam. Seu pensamento voltava repetidamente àquela reunião de famílias no colégio e à sua abordagem frustrada a Claire. Alyssa reconhecia que, às vezes, sem querer, tornava-se insistente demais, e acabava assustando. Ela nunca percebia isso antes de agir. Só depois via os estragos.

Tal linha de pensamento levou-a, como acontecia com frequência, a Oscar. Ele era o melhor repórter policial do *News*, ou talvez da cidade. Dificilmente alguém suspeitaria de tanta esperteza em um homem de aparência comum: baixinho, atarracado, óculos de armação preta e quadrada, apenas alguns tufos de cabelo. Oscar se produzia: camisa bem passada, paletó preto ou xadrezinho, gravata elegante, camisa de bom corte com bainha virada e sapatos tipo Oxford, sempre brilhantes. Frequentava academias de ginástica. Apesar do nariz grande e do estrabismo, portava-se como se fosse muito atraente. Oscar e Alyssa falavam a mesma língua, um jargão exclusivo, peculiar aos repórteres: o desabamento de um prédio era "uma grande história"; um incêndio que espalhava cinzas e afugentava as pessoas era "o maior divertimento". Quem não fosse da área poderia chocar-se com tal "insensibilidade". Mas as histórias representavam para eles material de trabalho, e não tragédias. Alyssa havia confundido esse sentimento quase tribal com alguma coisa a mais, e, por um breve período, Oscar se deixou levar. Quando, porém, ele esclareceu a situação, a rejeição magoou-a demais. Outra redação, o recomeço. Seria mais fácil longe dele.

Tal como um disco arranhado – ela se sentia deprimida por ter idade bastante para buscar no disco de vinil a comparação –, sua mente voltava aos bastidores do auditório daquele colégio. Uma animosidade carregada de energia vibrava entre Claire Burwell e Eileen Gallagher. Ela não havia percebido isso quando saiu perseguindo Claire. Somente naquele momento entendeu que devia procurar a mãe de Sean. "Eileen" – escreveu e traçou um quadrado em volta, em um envelope que estava à mão. Qual seria a igreja frequentada pela sra. Gallagher?

De volta à coluna. "O problema..." Ela digitou e parou. "...com o Islã..." Ela retomou e parou novamente, desta vez pegando um biscoito recheado. A importância da missão e a magnitude do desafio – a primeira história na primeira pessoa! – representavam razões suficientes para quebrar sua regra de "nada de açúcar antes do meio-dia". Além disso, não havia na casa outra coisa comestível.

Mastigou e engoliu. Sentiu o estômago revirar violentamente. O Islã era violento. Considerava aceitável matar inocentes. Não gostava de mulheres. Tão detestável quanto a náusea que sentia. Ela ia vomitar novamente.

"O problema do Islã é o Islã."

Já criara a primeira frase.

Tentando fingir que nada de diferente viera a público, Mo foi trabalhar no dia seguinte à entrevista coletiva. Antes de subir ao escritório, demorou junto ao elevador, ao mesmo tempo esperando e temendo encontrar Thomas. O amigo devia estar furioso por Mo não haver confiado nele, falado da inscrição ou, talvez o pior de tudo, por não tê-lo chamado para colaborar no projeto. A situação era-lhe desfavorável; Mo sabia disso. A família Kroll considerava-o o quarto filho, adotado para todos os feriados e todas as comemorações de aniversário. Petey, o menino mais velho, de 5 anos, nutria carinho especial por Mo, que ainda lembrava a primeira vez em que o menino o havia chamado pelo nome – a sensação de ser reconhecido e valorizado por uma criança como uma entidade à parte de todas as outras coisas de seu mundo. Caminhão. Helicóptero. Mo. Traidor. Os telefonemas e e-mails com pedidos de desculpa tinham ficado sem resposta. O sentimento de culpa só foi um pouco amenizado pela manchete do *Post*: "Amigo Diz que Muçulmano Vencedor é Desligado".

Por força do hábito, Thomas animou-se ao ver Mo, mas logo se conteve. Mo ainda organizava suas desculpas quando foi empurrado contra a parede pelo amigo, em um gesto pateticamente infantil. Era como se o coração de Thomas não quisesse violência. Mo livrou-se e, incapaz de falar, começou a rir, sobretudo de alívio.

– Eu mereci – ele disse.

– Se Alice estivesse aqui, ia correr sangue.

– Não duvido.

– Você é o maior panaca do mundo. Apresentou o projeto há quatro, cinco meses, e nem pensou em me contar?

– Não pensei que fosse vencer. Achei que nem valia a pena comentar.

– Conversa fiada! Você é convencido demais para admitir a possibilidade de não escolherem o seu projeto.

– Não falei nem com meus pais. Isso melhora as coisas?

– Pensei que quiséssemos ser sócios. Que fosse esse o nosso objetivo.

– E era. E é. Eu ainda quero. A questão é só comigo. Eu reconheço. Tinha de fazer sozinho. E veja o que aconteceu. Bem feito para mim.

– Então, eu deveria lamentar por você? Os repórteres foram à nossa casa. Alice está assustada. Eu estou assustado. As crianças... Seu panaca – Thomas repetiu, com mais ênfase.

– Não sabia que eles tinham ido à sua casa, Thomas. Droga. Sinto muito. Nunca me ocorreu que pudessem envolvê-lo.

– Claro que não ocorreu. Para isso seria preciso pensar em alguém que não fosse você mesmo.

Mo começava a perder a paciência. De quantas maneiras ele teria de se desculpar?

– Tudo bem, eu sou o maior panaca do mundo, mas você me chamou de desligado. Desligado!

Thomas começou a rir.

– Eu disse que você era mais desligado do que eu, o que não é difícil. Ela cortou as minhas palavras. Mesmo fulo da vida, eu quis ajudar, deixando claro que você não é um extremista. Eu vi que ela se animou quando a palavra saiu da minha boca.

– E eu estava tentando ganhar o concurso para ajudar você. Pense como vai ser bom para a nossa empresa.

– Não vai haver empresa alguma, Mo! A K/K Architects morreu. Você matou. Alice nunca concordaria. Ela guarda rancor pela vida toda.

– Eu a convenço – disse Mo.

Ele sentia certo alívio com a mudança do foco para Alice, mas não se livrava da culpa; sabia que deixara Thomas de fora do projeto porque ele, ao contrário da mulher ou do próprio Mo, não guardava rancor.

Roi guardava, ao que parece. Estava no escritório, mas não dirigiu a palavra a Mo, nem naquele dia, nem no dia seguinte. Afinal, chamado à sala de Roi, Mo se preparou para ouvir uma severa repreensão.

Roi foi direto ao ponto.

– Talvez você goste de saber que eu pensei em entrar no concurso. Tive uma ideia. Uma boa ideia. Um dia, mostro os esboços. Mas, então, raciocinei assim: e quando souberem que o vencedor foi um francês? Um francês que, na juventude, foi membro dedicado do Partido Comunista em Paris? Nunca iriam permitir. Eu desisti. Você foi mais corajoso.

Mo ficou tão surpreso, que não conseguiu falar. "Melhor um francês comunista do que um americano muçulmano", pensou. Paul tinha sugerido que ele usasse o nome de Roi no projeto.

Roi prosseguiu.

– Nenhuma competição é inteiramente isenta. Não se iluda. Sempre há alguém que conhece um membro do júri. Ou alguém que domina as deliberações. Todos se influenciam. Na verdade, detesto concursos. Só tolero porque, na Europa, a maioria dos trabalhos é distribuída por meio deles. Mas este caso é diferente. O que as pessoas estão falando de você... Não gosto de todos os muçulmanos. Quer dizer, não gosto dos que não se integram. A França recebeu muçulmanos demais. Mas aqui o caso é outro. Você venceu, e devemos garantir que vá em frente.

Mostrando uma lista com os maiores nomes da arquitetura no mundo, ele continuou.

– Estou falando com alguns conhecidos. Vamos fazer uma declaração de apoio a você.

– Obrigado – Mo falou baixo.

– Mas você tem de manter a perspectiva.

Um auxiliar entrou para colocar uma xícara de café a precisamente 20 centímetros e 45 graus da mão direita de Roi e retirou-se.

– O seu memorial com certeza será ótimo, mas não se descuide da carreira. Lembre que se trata apenas de um jardim. É a cereja do bolo. Você pode fazer história com ele, mas não vai mudar a história da arquitetura.

Assim, Mo foi dispensado. Sua gratidão só não era maior porque acreditava na possibilidade de Roi haver participado do concurso, mas estar escondendo isso por não ter sido vencedor.

"NYPost amanhã". O texto de Lanny chegou quando Claire estava pronta para dormir. Relutantemente, ela telefonou para ele, tentando descobrir por que aquela criatura com alma de lobo tinha se tornado seu principal correspondente.

– Paul quer que você leia uma coluna. Está *online*.

A estudada neutralidade de Lanny indicava más notícias. Com um arrepio, Claire vestiu o robe e sentou-se ao computador.

"O problema do Islã é o Islã". Assim começava a coluna de Alyssa Spier, para, em seguida, descrever, em palavras batidas, as tendências violentas da religião, a opressão das mulheres, a incompatibilidade com a democracia e com o estilo de vida americano. Lá pela metade, porém, a prosa mudava de rumo de repente, como se a colunista tivesse recebido um boletim de última hora ou tivesse trocado o estilo de Fouad Ajami, professor e estudioso de questões do Oriente Médio, pelo estilo de Cindy Adams, escritora e responsável por uma coluna de amenidades. "Outro familiar me contou que a encantadora viúva que faz parte da comissão tem uma queda por Mohammad Khan. Se, metaforicamente falando, ela vem "dormindo com o inimigo", de que lado está?" O choque deixou Claire de boca aberta. Como um frenético bater de asas, seu dedo indicador pressionou delicada, mas compulsivamente, a tela, como que tentando impedir que as palavras saltassem. Inimigo.

Para não ficar sozinha na cama, ela se enroscou na poltrona do quarto. Disse para si mesma que era uma honra ser citada pelo *Post*. Qualquer atitude sua se tornaria pública, embora ela preferisse que ninguém conhecesse sua opinião. Seu apoio a ele se traduziria no memorial a Cal. Que covardia era aquela, que medo era aquele, que a impedia de assumir as próprias crenças? Perdida em dúvidas, adormeceu na poltrona.

Claire e as crianças foram acordadas pelo toque do telefone. Ela não atendeu, nem aquela ligação, nem as seguintes.

– Quem está telefonando? – William perguntou.

Nos últimos tempos, era ele quem atendia.

– Não atenda, querido. Está com defeito. A companhia telefônica vai consertar.

Com as crianças despachadas para a escola, Claire dedicou-se a seus afazeres. Na metade da manhã, ouviu um carro chegando. O Pontiac Grand Am estacionou junto à casa, e Sean Gallagher e outros quatro homens saltaram. Claire escondeu-se no quarto com a empregada. A campainha da porta soou, soou novamente e, então, silenciou.

Atrás da cortina, com o coração aos pulos, Claire observou Sean caminhar em círculos, olhando para cima, de vez em quando. Então, abaixou-se e apanhou uma pedra, depois outra, do marco montado embaixo da árvore. Ela virou o rosto, preparada para ouvir o ruído de vidros se estilhaçando. Mas não houve barulho. Lá embaixo, Sean aproximava-se silenciosamente do Mercedes de Claire. Por um momento, ela pensou que ele fosse urinar no carro. Um dos homens disse alguma coisa a Sean, e os dois pareceram discutir. Em seguida, os cinco entraram no Pontiac e partiram. Depois de uma espera segura, Claire saiu para inspecionar o marco. As pedras tinham sumido.

11

CLAIRE BURWELL PEGOU a mão de Mo. Depois de uma pausa breve, mas inconfundível, ela enrubesceu e falou:

– Obrigada pelo Jardim. É adorável.

Ela também era adorável, tal como a residência em estilo neo georgiano onde estavam. Perfeita, de proporções clássicas, com detalhes refinados, mas sem aquele elemento inesperado que o faria perder o fôlego, de inveja ou de admiração.

A pausa foi carregada de expectativa. Mo tinha certeza: Claire esperava que ele agradecesse o apoio. Ele tinha lido a coluna do *New York Post* que falava dela, tinha visto os parentes das vítimas fazendo críticas a ela, em declarações teatrais. Naquele momento, porém, um agradecimento sugeriria, de algum modo, um feito extraordinário. Ele não a cumprimentaria por ter agido com decência. Aquela expectativa deu-lhe vontade de não fazer.

A decoração pretensamente aristocrática da sala de estar da casa de Paul Rubin, onde seria feito o anúncio oficial do vencedor, provocava coceira em Mo. O momento não fazia jus às emoções anteriores; a localização e o ambiente eram impróprios, reservados demais. Não havia representantes da imprensa nem parentes dos mortos homenageados – à exceção de Claire. Nada indicava o peso histórico da situação nem a importância da comissão. Tratava-se apenas de um encontro para que fosse feita a fotografia do grupo, que acompanharia o folheto com explicações sobre o projeto. Mo estava certo de que outro candidato seria apresentado com mais alarde. Depois de cumprimentarem o vencedor, os integrantes da comissão se dividiram em pequenos grupos, deixando-o entregue a Claire.

Em torno de Paul, desenvolveu-se uma discussão, que Mo tentou escutar disfarçadamente, sem deixar de dar atenção a Claire.

– A fala da governadora é confusa, Paul – Leo, o reitor de universidade aposentado, disse.

– Como você soube que um memorial sem tristeza seria perfeito para nós, para a personalidade do meu marido? – Claire perguntou a Mo.

– Isso reforça a importância da audiência pública – ele ouviu.

– Senti como se você tivesse entrado na minha mente – Claire disse, parecendo tão desconfortável quanto ele.

– Parada de gala ou campo de batalha...

– Disse ao meu filho que o pai dele vai viver lá – Claire continuou.

– Relaxe – Paul Rubin falou. – Vai ficar tudo bem.

Mo fez que sim, inexpressivamente. Demorou a compreender as palavras de Claire. Os nomes nos muros do Jardim, até então, significavam para ele apenas mais um elemento do projeto. No entanto, representavam os mortos; representavam os rostos impressos em todas as superfícies depois do ataque. Eram os primeiros traços do memorial. Seu distanciamento de arquiteto titubeou diante da imagem de um garotinho procurando pelo pai no Jardim. Mo e Claire eram quase da mesma altura. Ele a olhou nos olhos e limpou a garganta, antes de perguntar:

– Que idade tem ele? Espero que o memorial o ajude.

– Se 90% dos que vierem à audiência disserem que não querem um jardim, ela não vai empurrar o projeto pela goela das pessoas – Mo ouviu o representante da governadora dizer.

– Seis – Claire respondeu. – E vai ajudar, se conseguirmos...

Ela interrompeu o que dizia e afastou-se, ao perceber a aproximação de Ariana Montagu.

Mo conhecera Ariana três anos antes, em uma festa promovida por Roi para comemorar o fato de ter recebido o prêmio Pritzker, às vezes chamado "o Nobel da arquitetura". Ela, no entanto, não pareceu reconhecê-lo. Os membros da comissão, em sua maioria, tinham se mostrado neutros, mas gentis. Ariana claramente considerava a combinação de neutralidade e gentileza uma forma de alienação.

– Não foi a minha primeira escolha – ela começou, como se quisesse livrar-se da responsabilidade. – Você fez coisas interessantes, mas um jardim? Tão... – a palavra se estendeu languidamente – elaborado. Não parece de acordo com os seus outros trabalhos.

Mo ficou pensando: Qual teria sido o projeto preferido dela? Quem mais não queria o Jardim? Embora tivesse criado o projeto sem uma pessoa em mente, ele achava que, dos componentes da comissão, ela estava entre os que apreciariam as influências modernistas e alguns detalhes, como as árvores de aço, cuja frugalidade não atrapalharia a visão do pavilhão ao muro. Ele ia falar sobre isso, quando Rubin chamou para a foto do grupo.

– Sorriam! – o fotógrafo mandou.

Em um reflexo, Mo sorriu.

Assim que saiu da casa de Paul Rubin, Mo telefonou para Laila Fathi.

– Tem tempo para um drinque?

A pergunta foi feita com o máximo possível de naturalidade, por um homem com a respiração suspensa. Por que, ele não saberia dizer. Ela nem de longe fazia o tipo dele. Mo costumava se relacionar com arquitetas ou designers esguias, de feições delicadas, bem vestidas, discretas no estilo e nos sentimentos. Laila não era discreta em aspecto algum. Baixinha e cheia de curvas, tinha um rosto marcante, tal como suas cores de batom preferidas. Usava roupas de tons vivos, e as paixões eram muitas, conforme ele havia observado nas poucas reuniões de trabalho: comida de todos os tipos; poesia persa e filmes iranianos; sua numerosa família. Ela nunca se mostrava *blasé* – muito menos em relação aos casos dos clientes. Portanto, achava a luta pelo memorial uma causa nobre. Esse, Mo insistia, era o motivo de sentir-se leve como um balão que escapasse da mão de uma criança ao pensar nela. E ele vinha pensando nela muito mais do que deveria, desde o encontro no Conselho Muçulmano Americano.

Mo sugeriu um barzinho escuro em West Village. Laila optou por um restaurante, mais conveniente para ela, perto do Madison Square Park. Ele aproveitou a espera para admirar o interior em *art déco*, o teto pomposamente alto e as linhas simples. Eles ocuparam uma mesa redonda, pequena, sobre a qual brilhava uma vela. Os banquinhos estofados, muito próximos, faziam os joelhos dos dois se tocarem sob a mesa.

As frases ouvidas por Mo aqui e ali na casa de Paul sugeriam que a audiência pública seria usada para afastar o projeto. Ele repetiu os trechos de conversas e falou de sua impressão acerca de Ariana.

– Não tinha me ocorrido...

Ele fez uma pausa e passou a língua nos lábios, embaraçado pelo amor-próprio ferido. Enfim, continuou.

– Que a escolha do Jardim não fosse unânime, e que ela ou algum membro da comissão utilizasse o fato de eu ser muçulmano para impor outro projeto.

– Uma coisa de cada vez – Laila disse. – Pelo menos reconheceram a sua vitória.

– Mas foi tudo muito estranho. Parecia um coquetel a que as pessoas compareceram sem se importar com a recente explosão de uma bomba atômica. Se o vencedor fosse outro, não teria sido tratado daquele jeito.

– Tem razão. Mas não há como provar. Portanto, legalmente, é irrelevante.

– Eu sei. Mas não é o aspecto legal.

Ele parou. Não conseguia explicar.

– É como você se sente – ela disse. – Entendo.

Uma ligação se estabeleceu entre os dois. Mo não tinha com quem comentar o assunto, já que seus pais, preocupados demais, telefonavam duas ou três vezes por dia, e com Thomas não poderia reclamar. Ainda assim, ele transmitia uma impressão de segurança. Como o único moreno em uma escola de brancos, havia muito aprendera a fingir desinteresse pela opinião alheia. Mas não era um robô.

– Sou tomado por sentimentos contraditórios – ele prosseguiu.

Mo sentia-se magoado com as famílias que o acusavam e ridicularizavam.

– Fiz tudo por causa deles, e não dão valor.

– Por causa deles ou por sua causa? – Laila perguntou.

A expressão de Mo a fez sorrir. Ela continuou.

– Tenho certeza de que você se preocupa em ajudá-los a encontrar alívio. Meu pai é cartunista político. Ele quer provocar e formar opiniões, mas também adora desenhar. A propósito, o seu projeto é lindo. Tocante, eu diria. O pavilhão é brilhante, como meio de estimular a contemplação. Um conceito muito oriental, ou persa, pelo menos, de que os jardins não são para caminhadas, para ação, mas para as pessoas se sentarem, ficarem paradas. O que é perfeito em um memorial. Eu me imagino olhando sobre a água para todos aqueles nomes.

Sem coragem de revelar os tais sentimentos contraditórios, que eram também em relação a Laila, Mo se ofereceu para levá-la em casa. Eles subiram a Third Avenue e passaram pelo Empire State Building, iluminando o caminho com uma lanterna. Corada pelo vinho e pelo ar noturno, ela mostrava viver uma liberdade que fazia parecerem infrutíferos, ridículos mesmo, os esforços dele para afirmar sua individualidade, para compor uma identidade. Na volta de Cabul, havia deixado a barba crescer, apenas para afirmar o direito de usar barba, para brincar com as suposições que poderia provocar sobre sua religiosidade. Pela mesma razão, ela não usava o lenço. Ele se imaginava indiferente à opinião alheia. Ela realmente era.

Mo sentiu por Laila uma atração ao mesmo tempo fortemente física e estranhamente ingênua, como se buscasse apoio. Quando tentou pegar-lhe a mão, ela recuou.

– Não, Mo – falou baixinho. – Nada em público. Eu seria expulsa do conselho. Já lhe expliquei. Eles prezam o recato.

– Eles que tomem conta das mulheres deles.

– Não é tão simples. Se quero trabalhar com eles, preciso respeitar as crenças deles.

Era tarde quando chegaram ao prédio, mas Laila convidou Mo para um chá.

– Devemos entrar separados? – ele perguntou, rindo.

– Na verdade, sim – ela respondeu. – Daqui a cinco minutos, toque no 8D.

No dia seguinte, ao observar no jornal a fotografia em que Mo aparecia com os membros da comissão, Claire viu 13 rostos sérios, sombrios mesmo, e um sorridente. O sorriso de Khan deixou-a irritada, sugerindo insensibilidade em relação ao rancor e à aflição que o rodeavam. Ela chegou a pensar se o memorial não seria para ele apenas um marco na carreira.

Somente depois que Khan não agradeceu pela posição adotada por ela, Claire se deu conta de que esperava pelo agradecimento. Ele devia ter lido a coluna do *Post*, devia ter noção da coragem necessária para defendê-lo. Então, por que não agradecer por isso? Ela tornou a olhar a fotografia. Um pedaço da história cuja importância ainda não era reconhecida. Até sedimentar-se, parecendo nunca ter sido diferente, a história é mutável, incerta.

Claire pegou a seção de artes do *Times* para ver se alguém comentava o projeto. Com tanto a noticiar depois da entrevista coletiva de Khan, os jornais só haviam feito referências ao jardim em termos gerais. Naquele dia, porém, o título da matéria na seção de artes dizia: "Um Jardim Maravilhoso... e Islâmico?" Um buraco abriu-se dentro dela. De acordo com a crítica de arquitetura do jornal, os elementos mais encantadores do jardim de Khan– a geometria, os muros, os quatro quadrantes, a água, o pavilhão – igualavam jardins construídos no mundo islâmico, da Espanha ao Irã, à Índia e ao Afeganistão, durante doze ou mais séculos. Havia fotos do Alhambra, na Espanha, e do túmulo de Humayun, na Índia, além de um diagrama do típico *chahar bagh*, ou jardim quadrangular, ao lado do diagrama do projeto de Khan que aparecia no material distribuído à imprensa. Os dois eram notavelmente semelhantes. A crítica referia-se aos jardins como uma das muitas ricas formas de arte produzidas pelo mundo islâmico. Ela escreveu: "Não se sabe, é claro, se essas semelhanças são reais, ou mesmo intencionais. Somente o sr. Khan pode responder a isso, e talvez ele nem tenha consciência das influências que recebeu. Mas as eventuais alusões podem gerar controvérsias. É possível que venham a dizer que o autor do projeto está zombando de nós ou brincando com a própria herança religiosa. Ou estaria ele tentando nos dizer algo maior sobre a relação entre o Islã e o Ocidente? Seriam essas dúvidas, essa possível influência, mencionadas, se ele não fosse muçulmano?"

Claire pensou que nenhum dos membros da comissão – nem artistas, nem especialistas – tinha levantado questões, enquanto a identidade de Khan era desconhecida. E o texto de apresentação dele, elegante e neutro, nada revelara.

Ela decidiu rapidamente que ele merecia o benefício da dúvida. O benefício da falta de dúvida. As semelhanças podiam ser coincidências. Ou talvez ele tivesse buscado inspiração naquelas belas formas. Tinha todo o direito. Sentir medo de um jardim com elementos islâmicos – e ela devia admitir que sua primeira reação tinha sido, se não medo, ansiedade – não era diferente de opor-se a um muçulmano autor do projeto. Ela se obrigou a prosseguir na leitura.

Segundo o artigo, as características dos jardins provavelmente se originaram de exigências da agricultura, e não da religião, em especial pela necessidade de irrigar grandes extensões de terra. Nos primeiros séculos do islamismo, os jardins proporcionavam prazeres sensoriais: o cheiro das flores de laranjeira; a água corrente esfriando o ar abafado; a sombra – para as autoridades. Depois que os jardins tornaram-se locais de descanso para algumas delas, passaram a abrigar também seus túmulos. Aqueles ambientes verdejantes representavam o paraíso do Corão – "os jardins sob os quais correm os rios".

Claire ligou a televisão. Queria saber como reagiam os descontentes. "Em um desenvolvimento potencialmente explosivo, o projeto do memorial pode representar um paraíso de mártires", um âncora da Fox News falou solenemente, antes de chamar um painel de especialistas em islamismo radical.

Um deles opinou: "Como todos agora sabemos, os terroristas que fizeram isso acreditavam que seu ato os levaria ao paraíso de sedas e vinhos, de belos rapazes e virgens de olhos negros. Parece que conseguiram".

Um segundo afirmou: "Os restos deles também estão lá. Ele criou uma sepultura, um túmulo, para eles, e não para as vítimas. Ele devia saber que a palavra árabe para 'túmulo' é a mesma para 'jardim'".

"Ele quer estimular novos mártires. 'Veja, basta você se explodir, e vai alcançar um lugar como este'", um terceiro concordou.

Claire desligou a televisão. Não queria ouvir mais. Passou o dia agitada, dormiu mal naquela noite e abriu ansiosa os jornais na manhã seguinte. "JARDIM VITORIOSO!", exclamava o *Post*. A coluna de opinião do *Wall Street Journal* considerava o projeto de Khan "uma violação da herança judaico-cristã da América, uma tentativa de alterar o panorama cultural, um meio de facilitar disfarçadamente a islamização. Duas décadas de integração multicultural levaram a isso. Convidamos o inimigo para cuidar da decoração da nossa casa". Na televisão a cabo, a líder do grupo *Salvem a América do Islã*, Debbie Dawson, dizia: "Os muçulmanos acham válido mentir para converter as pessoas à verdade deles. Historicamente, os muçulmanos constroem mesquitas nos locais conquistados. Como não poderiam instalar uma mesquita no local do ataque, inventaram um jeito mais furtivo: um jardim islâmico, o paraíso dos mártires. É como um código para os *jihadis*. Eles entraram clandestinamente no nosso memorial. É o cavalo de Troia".

Claire sentiu uma queimação na garganta que a impedia de engolir ou falar. Ela tanto insistira em manter o foco no projeto, e não no autor, mesmo quando a governadora disse às famílias que, se não gostassem do autor, provavelmente não gostariam do projeto. Khan teria feito o jogo de Bitman? Ou a comissão teria feito o jogo dele, ao escolher seu projeto? Ou Claire teria feito o jogo dele, ao defendê-lo?

Ao acreditar nas reportagens, Khan tinha dado vida e forma a uma ideia tão poderosa, que deixava os muçulmanos dispostos a morrer e a matar por ela. Ela e outros familiares das vítimas em busca de consolo compartilhariam as trilhas e as árvores com extremistas islâmicos que fortaleciam suas fantasias de eternidade. A possibilidade de aquele ser um jardim projetado para transmitir com eloquência uma mensagem religiosa sem palavras voltaria com enorme insistência à mente de Claire.

Então, ela caiu em si. Aquelas pessoas se opunham a Khan porque ele era muçulmano. Fariam qualquer coisa para afastá-lo. Tinham apenas encontrado um pretexto mais aceitável, para os americanos mais sensatos, do que a questão puramente religiosa. Assim que Khan explicasse o projeto, respondesse às acusações, as atitudes alarmistas perderiam a força.

O radialista Lou Sarge, às vezes, contava com a ajuda de um assistente, Otto Toner, cuja função era bancar o idiota profissional.

– Eu estive pensando... – Otto disse no ar. – Lembra quando os russos grampearam a nossa embaixada em Moscou? Nós descobríamos, eles grampeavam... E foi um desperdício. Os equipamentos não puderam ser usados. Lembra?

– Que maluquice é essa? – Sarge cortou.

– Talvez isto também seja assim. A mesma coisa. Talvez queiram fazer espionagem.

– Ah, isso é claro, Otto. É um jardim. Você planta. Vêm os "grilos".

Um efeito especial acompanhou as últimas palavras.

– Mas vocês sabem... – Sarge continuou, com voz distorcida. – Até o Otto acerta uma vez ou outra. Talvez haja algo por trás disso. Quem sabe eles planejam fazer túneis subterrâneos? Ou plantar... implantar alguma coisa perigosa no memorial? Quer dizer... Como vamos saber se o perigo é apenas simbólico? Pode ser que eles estabeleçam lá uma espécie de base. Alguém investigou direito esse Mohammad Khan? Seria ele o candidato manchu do Islã, à espera de ser convocado para o serviço ativo?

A família Gallagher estava reunida na sala, escutando o rádio. Frank e

Eileen. As filhas Hannah, Megan, Lucy e Maeve, essas duas com os bebês sobre os joelhos. Os genros Brendan, Ellis e Jim. E Sean.

– Diabos! – Jim falou.

– Qual é a merda? – Brendan perguntou.

– Qual é a merda? – Megan estranhou, pousando a mão sobre o joelho de Brendan, como se quisesse moderar fisicamente a linguagem dele.

Frank observou Eileen. Ela olhava fixamente para um ponto invisível na parede em frente. Em seguida, traçou com o dedo, repetidas vezes, um pequeno círculo sobre a coxa, como se quisesse atravessar o tecido. Gritos vieram de fora, onde a geração mais jovem jogava queimado. Os adultos pareciam paralisados. Sean, depois de algum tempo encostado à parede, foi até a janela. Lá fora, comemorava-se um ponto. Tara, sua sobrinha de 4 anos, estava de posse da bola. A brincadeira sempre começava assim, aberta a todos. Depois, as garotas e os pequenos eram afastados, para começar o jogo de verdade. Ele, o mais jovem adulto dentro de casa, por um momento, teve saudade da atmosfera das partidas de futebol. Pelo menos, todo mundo conhecia as regras.

Sean lutava contra a sensação de ter estragado tudo; de que, ao pleitear mais espaço para o memorial, tinha conseguido apenas mais espaço para aquele muçulmano zombar deles. Se ele nem fazia parte da comissão, como iria controlar os componentes? Por hábito, levantou e abaixou a janela, verificando se não estava empenada.

– Agora é a governadora.

Jim desligou o rádio e ligou a televisão. Ela saía do National Press Club, onde acabara de falar sobre política de defesa.

– É perturbador o fato de uma comissão formada por pessoas que se dizem especialistas, não ter percebido que se trata de um jardim islâmico – ela disse.

– *Você* escolheu a comissão! – Sean protestou. – Pensa que somos idiotas?

– Se o que se comenta for verdade, é inconstitucional permitir que uma religião se instale em área pública – a governadora continuou. – Vou consultar um advogado. Ainda que a reportagem não seja verdadeira, talvez haja um projeto melhor. Mas quero que o público se pronuncie na audiência.

– Uma audiência não vai resolver – Ellis comentou. – A coisa já foi longe demais.

– Demais – Eileen sussurrou. – Demais.

Frank inclinou-se em direção a ela, mas sentou-se novamente. Megan, ao lado dela no sofá, tomou-lhe a mão esquerda; Lucy pegou a mão direita. Eileen recolheu as mãos e recomeçou a alisar a coxa.

– Já não bastava terem matado, ainda querem humilhar? – Brendan disse.

Ele havia liderado um breve protesto na estação do metrô, perto de casa, depois que lá foi afixada a foto de um homem sorridente com o nome Talib Islam e a frase "Olá, sou o administrador da sua estação".

– Vão querer que a gente leia aquele nome todo dia? – ele perguntou, na época.

O Departamento de Trânsito destacou alguns guardas para proteger o administrador, o que deixou Brendan ainda mais furioso. Um dia, o administrador não foi visto na estação, e Brendan considerou-se vitorioso. Somente depois soube que Talib Islam tinha sido promovido.

E, então, apareceram o nome de Khan e seu paraíso, para atormentá-los em um lugar muito mais sagrado que o metrô. Sean estava arrasado. A raiva o dominava. Às vezes, pensava que a mãe preferia vê-lo morto no lugar de Patrick, mas nem isso amenizava a pena que sentia dela. Mais pena do que amor. Lutar pelo memorial era um modo de exercer vigilância, para não perder Patrick de novo. Eileen estava limpando o sótão, quando os aviões passaram. Sean gostaria de trancar a mãe e Khan em uma sala, para ver se ele suportaria ver a dor que ela sentia.

– Por favor, Sean, não deixe isso acontecer – ela pediu.

A expressão de seus olhos... O que era aquilo? Sean nunca havia visto. Não nos olhos dela. Súplica. Sua mãe, sempre tão firme, admitia fragilidade. Naquele momento, se ela lhe pedisse para amarrar uma bomba ao corpo e explodir alguém ou alguma coisa, ele provavelmente atenderia. Mas Eileen não pediu. Um plano começou a se desenvolver na cabeça dele.

A imagem de Claire Burwell, de óculos escuros, surgiu na televisão.

– Qual é o sangue que corre nas veias dessa mulher? – Eileen perguntou.

"Talvez o dinheiro deixe as pessoas menos sensíveis", Sean pensou, imaginando Claire em sua mansão, que era muito maior do que qualquer mansão imaginada ou vista por ele. Aliás, ele vinha pensando muito nela ultimamente. A mansão era bem diferente do que ele esperava. Tinha vidro demais. Ele desejava que ela tivesse olhado, que tivesse sentido medo. Pena ele não ter atirado a pedra.

12

AS AMEAÇAS COMEÇARAM logo depois da apresentação oficial de Mo. Por telefone, carta ou e-mail, seus compatriotas ameaçavam queimá-lo, como os terroristas haviam feito às vítimas, espetar-lhe um punhal no coração, como ele estava fazendo com o país. O FBI mantinha vigilância constante. Agentes parecidos com aqueles que o tinham interrogado em Los Angeles apresentavam-se absurdamente como seus assessores. Emmanuel Roi portava-se diante dele como um brâmane obrigado a receber um intocável.

Em seguida, surgiram os manifestantes. Dois, três, dez – mulheres, em maioria – reuniam-se em círculo na praça em frente à casa de Mo. Seguravam cartazes com *slogans* que ele já sabia de cor: "NÃO À MECA EM MANHATTAN" ou "FORA *JIHAD* DISFARÇADA". Quando o viam, começavam as vaias, a gritaria, a barulheira. Um policial apareceu, para verificar se não havia constrangimento ilegal. Mo, com prazer, abriria mão da deferência. Atraídos pelo espetáculo e pela perspectiva de confronto, chegaram os fotógrafos e os curiosos, que atraíram outros curiosos. Não demorou muito, a praça estava transformada em um acampamento que deixou Mo praticamente sitiado.

Ele encontrou refúgio na casa de Laila. Na companhia de Laila. O relacionamento dos dois solidificava-se – a princípio, como experiência: ela era advogada dele, não ficava bem; podiam ser descobertos pelo Conselho. Com o tempo, porém, entregaram-se, como que unidos pela controvérsia. O estúdio que ela ocupava, em Murray Hill, era "herdado", bem como o aluguel baratinho, de uma amiga. A disposição dos cômodos sugeria um quarto de hotel ou um apartamento corporativo, mas havia estantes de livros embutidas e uma longa sucessão de janelas. Laila tinha espalhado tapetes persas aveludados e, como mobília, um sofá em vermelho vivo, uma pequena mesa de nogueira com duas cadeiras de espaldar alto para as refeições e o guarda-louças elegante de sua avó. O toca-discos antigo da família, com um amplificador gigantesco, produzia um som com o efeito maravilhoso de uma orquestra tocando ao vivo uma valsa vienense em um consultório dentário. Para esconder a cama, ela instalara um biombo incrustado de madrepérola. De manhã, porém, fechava o biombo. A primeira coisa que Mo viu, ao olhar pela janela, foi o Chrysler Building, que ele adorava quando criança, e um círculo que não sabia ser incompleto.

Na única ocasião em que passou a noite no apartamento de Mo, Laila ficou o dia seguinte trancada lá, com medo de que algum fotógrafo expusesse seu relacionamento. Quando afinal saiu, protegida pela escuridão da noite, avisou a Mo que, daquele dia em diante, fosse ao apartamento dela, se quisesse vê-la.

– E também não sei se o seu apartamento é seguro para você.

Ele chegou ao estúdio dela carregando uma mala de roupas e recebeu permissão para ocupar um cantinho do armário, com a recomendação para não avançar. Seu tempo de permanência lá foi se estendendo: três dias, cinco dias... até desistir de voltar para casa e ter de enfrentar os protestos. Surpreendentemente, ele passava mais tempo em casa do que Laila. Ela sempre tinha reuniões, jantares de trabalho, casos, causas. Mo, fora de sincronismo com o ritmo da ROI, ficava à toa entre um projeto e outro. Às vezes, ela avisava se estaria ou não em casa, mas, às vezes, esquecia. E nem notava, ao chegar, que o estúdio estava impecável. Como um pequeno sol, aquecia tudo em volta. Sem ela, Mo parecia sem vida.

"Absoluta e inequivocamente, Mohammad Khan possui todo o direito de levar adiante seu memorial", afirmava o editor da revista *The New Yorker*, em sua coluna semanal de opinião. "A questão é se ele deve fazer isso". Mo sentiu um aperto no estômago. Ele havia alcançado certa tranquilidade, pois previa de onde viriam os ataques: familiares hostis; publicações conservadoras; e políticos oportunistas, como a governadora Bitman que, na prévia das eleições primárias e em convenções, andara falando em *"jihad secreta"*. *The New Yorker* não se encaixava em nenhuma dessas categorias.

"Khan é julgado pelos oponentes com base em seus colegas muçulmanos – não somente os que derrubaram as torres, como os que acreditam terem os Estados Unidos provocado o ataque ou ter o governo americano sido cúmplice dele. Isso é injusto, reprovável mesmo. Devemos julgá-lo com base em seu projeto. Mas é então que as coisas se complicam. Quem se aventura no espaço público para servir à nação deve ajustar a imaginação, abandonando crenças e ideologias. O memorial em questão não é um exercício de autoexpressão, nem pode ser uma demonstração de simbolismo religioso, ainda que disfarçado. Os memoriais que margeiam a alameda, em Washington, refletem apenas nossa admiração pela arquitetura clássica, além da justiça e da harmonia que, tal como nossa democracia, devem representar. Com base na suposição de que tal pergunta não seria feita a um não muçulmano, Khan se recusa a responder se criou um paraíso para os mártires. No entanto, sua insistência em considerar ofensivo qualquer questionamento acerca de seus motivos e influências corresponde a tratar com indiferença a angústia das famílias das vítimas."

E continuava.

"Os oponentes de Khan afirmam, absurdamente, que não se pode confiar nos muçulmanos porque sua religião admite a mentira. Vê-se aí claramente uma interpretação equivocada do conceito de *taqiyya*, segundo o qual os xiitas que vivem em regiões dominadas por sunitas, podem disfarçar suas convicções como medida de proteção. Mas será que Mohammad Khan não percebe que, recusando-se a discutir os possíveis significados de seu memorial, está alimentando estereótipos?"

Mo interrompeu a leitura e deu uma olhada na pilha de revistas não lidas. Ser alvo daquele tipo de comentário nas páginas da *New Yorker* era o mesmo que ser chamado de desonesto por um grupo de pessoas que ele pensava serem amigas. Os rodeios retóricos não escondiam a pressão para que se pronunciasse sobre as suspeitas que despertava. Quando outras publicações mais liberais comentaram o equívoco da matéria, e quando Susan Sarandon e Tim Robbins usaram fitas verdes – verde jardim, verde islâmico – no lançamento de um filme, para demonstrar solidariedade a ele, sentiu certo consolo. O comentário da revista tinha tornado a ambivalência aceitável, e a polêmica se espalhava.

Habitantes de Manhattan, orgulhosos de seu liberalismo, confessavam ter procurado terapeutas para conversar sobre o desconforto em relação a Mohammad Khan como autor do memorial. Um executivo da área musical, de 32 anos, que não quis se identificar, assim falou ao *The New York Observer*, em matéria acompanhada de uma ilustração, na qual Khan aparecia como um gigante ameaçador sobre uma versão reduzida de Manhattan.

– Estranho. Existe em mim um sentimento primal que diz "Não", embora minha mente diga "Sim". É mais ou menos como quando você acha que quer fazer sexo com alguém, e o corpo não coopera; ou quando você acha que não quer, e o corpo coopera *demais*. Não sei de onde vem isso. É como ser invadido. O que posso dizer? Não tenho explicação. Só me sinto desconfortável, e, estando desconfortável, fico ainda mais desconfortável.

Mo começou a estabelecer uma distância psicológica entre ele e o Mohammad Khan sobre quem se escrevia e se falava, como se fosse outra pessoa. E, às vezes, era. Fatos não eram descobertos, mas criados, e, depois de criados, tornava-se impossível saber se eram verdadeiros ou não. Desconhecidos o analisavam, julgavam e inventavam. Ele leu que tinha nascido no Paquistão, na Arábia Saudita e no Catar; que não era cidadão americano; que havia feito doações a organizações de apoio ao terrorismo; que tinha namorado metade das arquitetas de Nova York; que, como muçulmano, não namorava; que seu pai mantinha uma instituição de caridade islâmica clandestina; que seu irmão – ah, como ele, filho único, tinha desejado um irmão! – havia criado na universidade uma associação estudantil muçulmana radical. Foi chamado, além de desligado, de abstinente, fora dos padrões, violento, insolente, reacionário, extravagante e previsível. A neutralização de sua infelicidade permitiu a Mo ler, com o vago interesse que sentiria por uma broca de dentista penetrando em um molar anestesiado, que "fitas verdes brotavam, como mudas de plantas, da lapela daqueles que defendiam o direito de Khan projetar o memorial"; e que, em resposta, "um membro da organização *Salvem a América do Islã* criou um adesivo antijardim – um quadrado cortado por uma barra diagonal vermelha que começou a aparecer em para-choques de carros, bonés e camisetas"; que "ambos os lados usavam broches com a bandeira dos Estados Unidos, para demonstrar patriotismo"; e que "discussões surgiram no metrô e nas ruas, entre o pessoal das fitas e o pessoal dos adesivos, e pelo menos uma delas acabou em violência. Um homem que usava fita teve o queixo atingido por um soco. Mais tarde, soube-se que a confusão começou por causa de uma vaga no estacionamento". Esforçando-se para não deixar transparecer as emoções, Mo era parado em lugares públicos por desconhecidos que lhe pediam para retirar-se ou não do concurso. O mais comum, porém, era as pessoas o reconhecerem sem saber de onde, julgando que fosse um ator de pouca fama.

– E então – Paul Rubin falou. – O que posso fazer por você?
Eram 8h15 em uma cafeteria da Madison Avenue. Sean tinha levado duas semanas para conseguir um encontro com Rubin. Queria dizer a ele que seu grupo e sua família eram contra o Jardim. Por frustração, e talvez para competir com os antimuçulmanos que protestavam diante do prédio de Khan – foi deles que tirou a ideia –, mandou o grupo para o quarteirão onde Rubin morava. "SALVEM O MEMORIAL" e "NÃO AO JARDIM DA VITÓRIA", diziam os cartazes levados por eles. Além de pressionar Rubin, o protesto era uma boa válvula de escape para a crescente agitação do grupo de descontentes, que já somavam 250, entre familiares de vítimas e bombeiros aposentados. Toda essa gente dirigia-se à casa dos pais dele, ansiosa por uma oportunidade de agir e telefonar para políticos não representava exatamente um exemplo de "ação". A mobilização perto da casa de Rubin era permanente, com um pequeno intervalo entre meia-noite e 6 horas. Alguns participantes disseram que tinham a mesma sensação de quando trabalhavam como voluntários no local do ataque. Sean, no entanto, não entendia. Na opinião dele, ajudar no resgate de vítimas não se comparava a segurar cartazes em uma calçada do Upper East Side.
Afinal, o assistente bajulador de Rubin ligou para dizer que o chefe receberia rapidamente Sean durante o café da manhã, mas que ele não se atrasasse. Sean chegou na hora marcada e acomodou-se em um reservado. Rubin chegou daí a 15 minutos e, autoritariamente, escolheu uma mesa perto
Sean achou inferior o lugar, mas não os preços. Meio *grapefruit* custava 5 dólares, e um pão com queijo cremoso, 12. A cafeteria estava repleta de homens em elegantes agasalhos esportivos e de mulheres que pareciam sobreviver comendo apenas metades de *grapefruits*.
– Aquele não é...

– É, sim – Rubin cortou. – Políticos adoram este lugar. Então, o que posso fazer por você?

– O que pode fazer por mim...

O garçom chegou para pegar os pedidos.

– O de sempre – Rubin disse.

– Ah... Três ovos, *bacon,* café, suco – Sean disse. – Torrada de pão branco. Então, o que pode fazer por mim...

Outra interrupção. Era o ajudante de garçom trazendo água.

– O que pode fazer por mim...

– Vamos reformular a pergunta – Rubin disse, enquanto o café era servido. – Estou sempre interessado no que as famílias têm a dizer, mas, como sabe, existe um processo formal em andamento, e vai haver uma audiência pública na qual você vai poder expressar seus sentimentos acerca do projeto. Existe alguma coisa que não possa ser dita...

Um homem de cabelos brancos parou ao lado da mesa para apertar a mão de Paul e dizer:

– Confio no resultado porque você está no comando, Paul. Não confiaria em outro.

– Obrigado, Bruce. Fico feliz.

Sean não foi apresentado, e sentiu-se no campo do inimigo. Não os muçulmanos, mas os nascidos em berço de ouro que fizeram de Manhattan uma mulher que jamais daria a ele o número de seu telefone.

Bruce foi embora. Sean inclinou-se por sobre a mesa, para perguntar:

– Como, diabos, isto aconteceu?

– Você está se referindo a que, exatamente?

– Vamos lá... Mohammad Khan... O jardim islâmico!

– Não foi esse o nome que ele deu ao projeto.

– Não, quem se refere assim ao projeto *sou eu*. Não queira me enganar. Não queira *nos* enganar.

– Como aconteceu? Foi isso o que você perguntou? Pelo que me lembro, as pessoas como você... Vocês, as famílias... queriam um concurso, um exercício democrático de que todo mundo pudesse participar. Quem quis participar, participou.

– Não era isso que nós chamávamos de "todo mundo".

– Mas não é assim que a coisa funciona.

– Pois deveria ser. Acha que vamos aceitar um memorial muçulmano?

Se eu estivesse naquela comissão, isso nunca teria acontecido.

– Há uma representante das famílias de vítimas na comissão, você sabe, Sean, e, no momento, não estamos aceitando novos membros.

O modo como Paul Rubin falou fez parecer que se referia a um clube de campo.

– Claire não nos representa – Sean disse.

– Quer dizer que ela não está recebendo ordens suas. Não é esse o papel dela. O seu representante no Congresso faz tudo que você quer? Ela está na comissão para comunicar aos outros membros os seus desejos e os desejos de muitos outros parentes, que podem estar ou não de acordo com os seus. Não como um fantoche. Ela é gente.

– A governadora nos representa.

– Então, não tem com que se preocupar. Mas política não costuma ser tão simples quanto parece, e as exigências deste processo são muito complicadas. A governadora não pode decidir que não gosta de um projeto e pronto. Tem de haver razões sustentáveis para que um projeto seja declarado inadequado. O ponto principal é respeitar o trabalho da comissão.

– Tremenda babaquice, isso sim.

– A comissão não sabia quem era o autor do projeto escolhido. Não está certo você falar assim. E modere a linguagem, Sean. Há crianças aqui.

Como se toda a cafeteria estivesse de acordo com a repreenda, um jovem, com um garotinho gorducho no colo, se aproximou. Rubin acariciou distraidamente o rosto da criança.

– Parece que você tem uma sujeira nas mãos – o jovem comentou.

– Provavelmente menos do que você, Phil – Paul respondeu, ao ver que garoto acabava de cuspir uma cascata de farelos de biscoito.

Phil sorriu e disse:

– Se existe alguém que sabe limpar sujeiras, é você.

E, voltando-se para Sean, continuou, abanando a cabeça, para enfatizar.

– Se visse como Paul lidou com a crise na Ásia! Estava todo mundo perdendo a calma, mas o chefe Rubin aqui se manteve firme, não tinha um fio de cabelo fora do lugar.

Ao perceber que Paul emendava amenidades com questões financeiras, Sean viu-se muito claramente: um joão-ninguém com quem se podia falar, mas não valia a pena conhecer. Era plateia, e não protagonista. E mais: com a barba por fazer e vestindo um simples blusão impermeável, só porque não quis chegar atrasado.

Rubin tamborilou na mesa, impaciente, e livrou-se da interrupção.

– Obrigado, Phil, gostei de ver você.

Assim que o importuno e a criança se foram, ele falou em voz baixa e grave.

– Vai haver uma audiência pública. Lá, você poderá dizer o que pensa, Sean. Mas pode tornar a sua oposição um pouco menos dura.

– Está falando sério? Precisamos endurecer, isso sim! De que vale uma audiência, se não se pode falar livremente?

– Pode falar, mas de modo civilizado, condizente com o fato de que Khan é tão americano quanto você. Ele tem direitos, inclusive o direito de não ser desacreditado por seguir determinada religião.

Sean elevou a voz ao responder.

– E quanto aos meus direitos? E os direitos das famílias? E os direitos das vítimas? Não contam?

Os clientes se voltaram. Era bom que houvesse testemunhas.

– E os direitos dos meus pais? Sabe o que isso tudo vem causando a eles?

– Emoções não são direitos legais.

– Eu digo que isto está destruindo meus pais, e você me vem com essa conversa de direitos legais?

Sean explodiu. Em um gesto que tanto poderia significar "Chame a polícia" ou "Traga a conta", Paul levantou um dedo em direção ao homem da caixa registradora.

– E quanto a certo e errado? – Sean continuou, ainda falando alto. – O que aconteceu ao que é certo e o que é errado? Se vai nos policiar na audiência pública, vamos encontrar outro meio de dizer o que queremos.

– Fique à vontade.

O tom de voz inalterável de Paul tornava ridícula aquela gritaria. Seu olhar firme fazia Sean parecer um garotinho rebelde.

– Vá lá, deite-se no local do ataque, se isso o fizer sentir-se melhor. Mas a audiência vai transcorrer dentro dos limites apropriados.

Sean levantou-se e jogou em cima da mesa uma nota de 20 dólares. O sorrisinho de Rubin, cujo patrimônio líquido excedia o dele aproximadamente umas 400 mil vezes, deixou-o cego de raiva, e ele tropeçou ao sair do restaurante. Ao descer a Madison Avenue, uma olhada no vidro de uma loja confirmou que seu aspecto desleixado era um convite à desconsideração. O cabelo, penteado cuidadosamente quando Sean saiu de casa, estava uma bagunça: ele e o pai tinham o hábito de passar as mãos nos cabelos, quando nervosos. Se ele tentasse entrar na loja, o vendedor que, empertigado e atento observava-o através do vidro, provavelmente impediria.

As luvas cuidadosamente dispostas na vitrine lembravam corpos inclinados, o que fez voltar à mente de Sean a ironia de Rubin: "Vá lá, deite-se no local do ataque, se isso o fizer sentir-se melhor". Então, teve uma ideia. Pôs no rosto o sorriso mais louco que conseguiu e pressionou o alarme, até ver o pânico instalado na cara de coruja do vendedor presunçoso. E foi embora.

A primeira reunião conjunta do *Salvem a América do Islã* e do recentemente renomeado Comitê de Defesa do Memorial aconteceu poucos dias depois, em uma igreja do Brooklyn cedida para a ocasião. Os SADIs, como passaram a chamar-se – parecia o nome de alguma tribo judaica perdida –, eram, em maioria, mulheres, e vinham de Staten Island, Queens e Long Island. Pelo que Sean sabia, a maior parte não tinha parentes mortos no ataque: os muçulmanos radicais eram sua obsessão. A raiva que Eileen, mãe de Sean, sentia era quase sempre tão silenciosa, que poderia passar despercebida. Aqueles, porém, eram ativistas profissionais.

A líder, Debbie Dawson, beirava os 50 anos, e parecia uma cópia desbotada de Angelina Jolie. Em seu *blog*, *The American Way*, ela aparecia de burca transparente, usando apenas um biquíni por baixo. Naquele dia, usava uma camiseta que trazia bordada a inscrição "Infiel" e, no pescoço, um cordão com a palavra "PAZ", coberta de pedrinhas brilhantes.

Tinha partido de Debbie a proposta para que o grupo de Sean se unisse ao dela, argumentando:

– Estão tentando colonizar este solo santificado. Foi assim que sempre fizeram no mundo inteiro. Destroem alguma coisa e constroem um símbolo islâmico de conquista no mesmo lugar. O imperador Babur destruiu o templo muçulmano do deus Ram, na Índia, e ergueu uma mesquita. Os otomanos conquistaram Constantinopla e fizeram Hagia Sophia... O que mais? Uma mesquita. Aqui, um grupo de muçulmanos derruba um edifício, e vem outro criar lá um paraíso para seus irmãos mortos. Vê-se que tudo faz parte do mesmo plano.

Sean não a entendia bem e não queria estar ao lado dela; já tinha problemas suficientes com o próprio grupo. Mas o número de partidários dela também estava aumentando. Havia 500 SADIs, contadas as divisões satélites, espalhadas por 13 estados, e Sean sentia-se inspirado depois do encontro com Paul. Aqueles números tinham apelo. Ele achou interessante unirem as forças.

Depois de 15 minutos de reunião, porém, Sean estava profundamente arrependido. Ele se imaginara liderando uma cruzada ainda mais ampla contra o memorial de Khan, mas nada naquelas mulheres – cristãs, judias, donas de casa, aposentadas, corretoras de imóveis – sugeria que aceitassem com facilidade qualquer tipo de liderança. Para começar, falavam todas ao mesmo tempo. O conhecimento que tinham da ameaça islâmica superava de longe o dele. Comentavam os trechos do Corão em que era descrito o tempo de Maomé em Meca, quando a exaltação do "Povo do Livro" dava a ilusão de tolerância, enquanto os capítulos relativos a Medina revelavam a verdadeira e cruel natureza do islamismo: "Matem-nos onde os encontrarem". Algumas delas carregavam cópias dos livros em que algumas passagens eram destacadas com marcadores cor de laranja. Outras sabiam de cor as partes que consideravam ofensivas. Havia quem aplicasse determinados termos – "dimitude", por exemplo – a gritos de guerra semelhantes aos das torcidas de estudantes, como faziam três mulheres que se esgoelavam nos bancos da igreja: "Ê, ê, ê, dimitude é pra valer!"

Quando Sean perguntou o que era dimitude, Debbie, decepcionada, chamou uma companheira, dizendo:

– Shirley, por favor, explique a Sean e a todos eles o que é dimitude.

Os cachinhos grisalhos, os óculos e os pelinhos nas maçãs do rosto de Shirley lembraram a Sean a bibliotecária dos primeiros anos de escola. Ele chegou a pensar se ela teria cheiro de mentol e de livro antigo.

– É a submissão voluntária à Lei de Charia – ela explicou.

Não se tratava de uma explicação esclarecedora, mas Sean ficou calado.

– É ser idiota – ela acrescentou. – Deixar nosso estilo de vida ser destruído por liberais estúpidos ou por muçulmanos.

Debbie e Sean estavam diante do altar. Os seguidores de ambos tomavam quase todos os bancos. O vozeirão de Debbie alcançava sem esforço toda a nave.

– Pode não parecer, mas o que temos aqui é um inimaginável golpe de sorte – ela disse. – Dois anos depois do ataque, os americanos estão ficando complacentes. Essa tentativa de tomar o nosso espaço mais sagrado representa um grito de alerta. É o que venho me esforçando para dizer às pessoas: Acham que os muçulmanos violentos são perigosos? Esperem para ver o que os não violentos fazem! O que virá a seguir? O Crescente sobre o Capitólio? Estão querendo fazer deste pedaço de terra *dar al-islam*!

– A casa do islamismo – ela explicou, impaciente, ao ver a expressão perdida de Sean. – Dê uma estudada, Sean! Você não pode combater essa ameaça sem conhecer o vocabulário!

– Não se vence essa luta com palavras – ele rebateu, sob aplausos dos companheiros, visivelmente cansados das repreensões de Debbie. – Querem policiar o que vamos falar sobre Khan na audiência pública. Dizem que não somos americanos, pretendem impedir nossa liberdade de expressão. Vamos retomar o local, literalmente. Deitar no chão e ficar lá até concordarem em fazer novo concurso. Vamos usar contra eles as técnicas de Martin Luther King. E daí, se formos presos?

Mãos ergueram-se como uma onda. Seguiram-se palmas e gritos de "Ocupação! Ocupação!" Sean passou uma folha com um abaixo-assinado e marcou uma sessão prática.

– Não se esqueça de manter a pressão sobre Claire Burwell. Ela é a mais importante defensora de Khan – Debbie recomendou.

A PAZ brilhava em seu pescoço. Já com a igreja vazia, ela falava com as mãos sobre os quadris estreitos, de olhos fixos na Virgem Maria, como quem avalia uma potencial aliada.

– Asma! – a sra. Mahmoud chamou, batendo palmas. – Venha tomar chá! Comprei *gulab jamum*!

Asma se sentou à beira da cama, pensando se conseguiria fingir que não estava em casa. Desde a gravidez, sentia náuseas só de pensar em *gulab jamum*, um doce com calda de água de rosas que achava grudento e enjoativo. Queria mesmo era ficar enroscada na cama, lendo os últimos jornais, enquanto Abdul brincava quietinho. Estava no meio de uma coluna traduzida do inglês: "Islamismo significa submissão. O islamismo transforma os fiéis em escravos e exige que os seguidores de outras religiões também se submetam. Seu objetivo é impor a Charia, a lei islâmica, a todos os lugares possíveis, inclusive aos Estados Unidos. Eles vão dizer que isso não é verdade, mas o problema é que o Islã aceita a mentira – o termo é *taqiya* – para ajudar a propagar a fé ou promover a *jihad*. O muçulmano que entrou no concurso para o memorial praticou *taqiya* ao ocultar sua identidade..."

Asma parou para pensar. Como não lia nem falava árabe, conhecia apenas pedaços do Corão, em preces memorizadas, sermões das orações das sextas-feiras, trechos recitados e discutidos por seu avô, por seu pai, pelos imãs. Nenhuma daquelas pessoas lhe tinha dito para empreender uma guerra contra os muçulmanos ou tentar impor a Charia, embora talvez não confiassem em mulheres para tal tarefa. Mas certamente nenhum deles a ensinou a mentir – o que não significa que jamais tivesse mentido. Ao preencher o pedido de visto para entrar nos Estados Unidos, escreveu "lua de mel" como objetivo da visita, embora pretendesse ficar. Mas gente do mundo inteiro e de todas as religiões aplicava a mesma mentira. Tinha mentido para Inam, dizendo não haver sentido dor na primeira vez em que fizeram amor. Mas, depois da dor, viera o prazer, intenso e indescritível. Portanto, não era uma mentira má, provavelmente usada por muitas mulheres, muçulmanas ou não. Ela mentira, e mentia ainda, aos Mahmouds, não contando sobre o dinheiro...

– *Gulab jamum*! – Abdul cantarolou.

Pronto, não havia como fingir.

– Já estamos indo! – Asma respondeu, com um suspiro que esperava pusesse para fora sua resistência ao doce.

Ao abrir a porta do quarto, deu com a sra. Mahmoud ajeitando o traseiro no sofá, como que se preparando para uma longa conversa. Deixando Abdul livre para correr pela sala, Asma sentou-se ao lado dela. A sra. Mahmoud segurava uma bandeja de *gulab jamum*, de que Asma conseguiu servir-se de uma pequena porção.

Chá com a sra. Mahmoud nunca era apenas chá. Servia de acompanhamento para a troca de informações sobre a vida dos outros e da própria dona da casa.

– Parece que este ano as chuvas vão ser terríveis em Sandwip – ela começou. – Mas os pais do meu marido não precisam se preocupar. Reformaram o telhado, com o dinheiro que ele mandou. Dizem que é o melhor telhado das redondezas.

A sra. Mahmoud bebeu o chá ruidosamente e arrotou discretamente. Tinha 20 anos, 20 quilos e centenas de cabelos brancos a mais do que Asma. Sua fala parecia um objeto sólido que enchia a sala, deixando a outra confinada em um pequeno espaço.

– Salima Ahmed anda se achando muito importante só porque conseguiu uma noiva para o filho – a sra. Mahmoud comentou sobre aquela que era, às vezes, sua inimiga declarada, e, às vezes, sua melhor amiga. – Ela furou a fila bem na minha frente, no açougue. Pensou que eu não estava vendo, mas eu vi. E pegou o corte de cabrito que eu queria, sem ao menos um pedido de desculpas, só um *salaam*.

Aqueles pequenos dramas, reveladores de como os sentimentos e o orgulho da sra. Mahmoud se feriam facilmente, de maneira quase infantil, faziam brotar o afeto que Asma sentia por ela. Apesar do jeito implicante, a sra. Mahmoud tinha sido muito boa. O casal Mahmoud ocupava um lugar que seria dos pais de Asma. Naquele dia, porém, ela não estava disposta; o autoelogio e a inveja disfarçada fizeram-na sentir-se prisioneira de uma mulher mesquinha, às vezes desonesta com os outros e com ela mesma. Em momentos como aquele, a história do telefonema em espera voltava a sua memória, causando amargura.

Algum tempo depois do nascimento de Abdul – Duas semanas? Um mês? –, a sra. Mahmoud procurou Asma para fazer uma confissão. Antes, ela havia afirmado que Inam não tinha ligado no dia do ataque. A verdade, no entanto, era que não podia dizer com certeza. Passara a manhã inteira conversando com a sobrinha ao telefone, e o sinal de telefonema em espera havia piscado repetidamente. Apesar de tanto ter-se gabado de possuir um telefone com tal recurso, ela não sabia usá-lo. Era possível que fosse Nasruddin, querendo falar com Asma, mas também era possível que fosse Inam, e isso a perturbava, desde então. Ela não quis confessar antes que o bebê nascesse, mas não suportava mais o tormento. A sra. Mahmoud pronunciou as últimas palavras de olhos baixos, fixos nos dedos prematuramente deformados pela artrose.

Compartilhar um segredo era como transferir um fardo. Naquele dia Asma desejou, como desejaria muitas outras vezes, que a sra. Mahmoud nunca tivesse falado. Não suportava a ideia de que Inam tivesse tentado inúmeras vezes a ligação e que o toque do telefone talvez fosse o último som ouvido por ele. Durante muito tempo esse som lhe causou arrepios, como se visse os derradeiros momentos do marido através de um vidro. No momento da confissão, ela fingiu perdoar. Em situações como aquela, porém, convencia-se de que jamais perdoaria.

Sob o pretexto de tomar o controle remoto das mãos de Abdul, Asma foi até o filho, mas queria realmente respirar um pouco. Pegou as mãozinhas meladas de açúcar, com um leve aroma de água de rosas, e tentou ver-se nos olhinhos negros, curiosos e travessos. Abdul deu uma risada e jogou a cabeça para trás, quase a atingindo com o queixo.

Asma só voltou a prestar atenção ao que a sra. Mahmoud dizia, quando ouviu o nome de Nasruddin.

– Ele prometeu arranjar um emprego para o sobrinho do meu marido, e até agora nada. Acho que se esqueceu de quem o ajudou a se tornar um figurão do Brooklyn.

O termo em inglês não foi tão surpreendente para Asma quanto o que a mulher dizia, e ela voltou ao sofá.

– Ajudou? Ele é que ajuda todo mundo! Nem tem tempo para si mesmo! A senhora não devia falar essas coisas.

"Cale a boca, sua búfala gorda, fica se metendo na vida dos outros", era o que Asma queria dizer, mas conteve-se, lembrando como a sra. Mahmoud lhe havia segurado a mão até Abdul nascer. Se tivera força para expulsar o bebê, teria força também para guardar comentários cruéis – embora naquele momento isso lhe parecesse mais difícil.

Apesar de não dizer tudo que sentia vontade, Asma percebeu que sua veemência surpreendeu a sra. Mahmoud. Aquilo também provavelmente seria mastigado e engolido, para ser regurgitado em outras reuniões familiares. Por um momento, as duas permaneceram caladas. Até que a sra. Mahmoud quebrou o silêncio.

– Na verdade, nenhuma de nós está aqui para ajudar quem quer que seja.

– De que a senhora está falando? – Asma perguntou, ainda bruscamente.

– Agora o rádio, os jornais em inglês dizem que os muçulmanos não pertencem a este lugar!

A sra. Mahmoud tinha retomado seu jeito, balançando-se ligeiramente, enquanto falava, como costumava fazer quando estava nervosa.

– Quero saber quem vai consertar as casas e dirigir os táxis! E quem vai fornecer carne *halal*?

– Ninguém vai precisar de carne *halal* se não houver muçulmanos –

Asma falou, com severidade.

Sentindo um súbito calor, ela tirou o casaco.

– Dizem... – a sra. Mahmoud continuou como quem conta um segredo, enquanto tentava retirar com a língua um pedaço de comida preso entre os dentes. – Dizem que, para demonstrar lealdade, devemos dizer ao tal de Mohammad Khan para retirar o projeto do concurso. Acho que eles têm razão. Eu diria, se encontrasse com ele.

– Não!

Desta vez, Asma surpreendeu-se com a própria veemência. Talvez ela estivesse contra tudo que a sra. Mahmoud dissesse naquele dia.

– Ele não tem de fazer nada disso! Não podem tomar a vitória dele! É como o Paquistão, negando a nossa eleição!

– Você andou ouvindo aqueles homens de novo – a sra. Mahmoud disse, com um muxoxo de desaprovação.

Asma ficou tão furiosa com aquele jeito condescendente, que se afastou um pouco para falar.

– De que adianta não darmos apoio a ele? Ninguém vai acreditar em nós porque acham que mentimos.

– E se dermos apoio a ele, o que ganhamos? O que esse Mohammad Khan fez por nós? Que fiquem com o memorial deles!

Asma trincou os dentes.

– O memorial é meu também, tia.

– Eu sei, eu sei – a sra Mahmoud falou, dando tapinhas no joelho de Asma. – Mas não vale a pena tanta confusão.

– Vale, sim!

Asma ia argumentar, mas, antes que encontrasse as palavras, a sra. Mahmoud se levantou. Nem ela ficava imune às exigências impostas pela natureza depois de três xícaras de chá. Assim, como um caminhão carregado, atravessou o corredor.

– Se tivermos de ir embora, Salima Ahmed que não tente passar à minha frente na fila! – ainda teve tempo de gritar por sobre o ombro.

Paul queria que Khan desistisse. Teve certeza disso depois de mais um telefonema de um membro da comissão, furioso com os ataques da governadora a seu elitismo. Geraldine Bitman aproveitava todas as oportunidades para destacar a importância da audiência pública e seu direito de veto à escolha da comissão. Paul, que se sentia o patriarca de uma prole crescida e irritadiça, não queria ver a comissão desautorizada. Mas também não queria passar por cima da autoridade de Geraldine, a quem devia a posição que ocupava. O melhor resultado para a comissão, para o país, para ele mesmo, para todos, se não necessariamente para o próprio Khan, era a desistência.

Ele descobriu, por acaso, em um coquetel beneficente da organização em defesa dos direitos dos homossexuais, mantida por Samuel, a estratégia ideal. Na opinião dele, preencher o cheque era suficiente, mas Edith insistiu, e, depois de dois uísques e três minissanduíches de lagosta, começou a achar razoável a ideia de comparecer à festa. O local era um daqueles *lofts* enormes no centro da cidade, onde o estilo e a coleção de arte o faziam sentir-se um ou dois séculos antes. Os anfitriões, um par de conhecidos filantropos gays que se sentavam à mesa de Samuel, eram grandes doadores, e, por isso, aproximaram-se de Paul. Ele foi levado até o quarto de dormir, para ver um quadro pelo qual tinham pago um preço recorde no leilão da Sotheby's. Paul estudou a pintura – um cavaleiro montado, tendo ao fundo o céu carregado de nuvens – por longo tempo, sem saber se o preço fazia a obra parecer mais ordinária ou mais extraordinária.

Ao voltar da incursão particular, ele se juntou a um grupo que ouvia com atenção um longo relato sobre um funcionário incompetente. Para não despedir o folgado, cujo pai fazia polpudas doações – essas palavras deixaram Paul, como pai de Samuel, em alerta –, o sujeito delegou a ele tarefas insignificantes e repetitivas: examinar relatórios, atualizar a lista de telefones, e assim por diante.

– Faça exigências pouco razoáveis, e a pessoa desiste e vai embora – ele disse, provocando risadas.

Quem não tinha usado o mesmo tipo de tática com um subalterno incompetente ou uma empregada irritante? Demitir era complicado e custava caro. Ferir o orgulho era mais simples.

Edith interpretou o silêncio de Paul, na volta para casa, como mau humor.

– Às vezes, eu gostaria que você fosse mais liberal – ela disse. – Seria muito importante para os rapazes. Foi uma reunião adorável, e eles fizeram tantos elogios a Samuel...

– Edith, a festa foi ótima! – ele disse, apertando as bochechas da mu-

lher, sem se importar que Vladimir, o motorista, olhasse pelo retrovisor.
– Sério. Gostei de ter ido.

No dia seguinte, Paul informou a Khan que ele teria de formar parceria com um arquiteto paisagista, pois era inexperiente demais para tocar um projeto de tal magnitude. O parceiro teria de ser escolhido em uma pequena lista que lhe seria apresentada. Khan ficou desconfiado.

– Isso é alguma tática para incluir outro nome no projeto?

Ao ver a lista, porém, não conteve a frieza.

– Você, ou seja lá quem for, escolheu as firmas mais convencionais do mercado. Não temos linguagem visual alguma em comum.

– Encontre uma.

A próxima providência de Paul foi pedir aos consultores de segurança participantes da comissão que elaborassem relatórios sobre o projeto e convocar Khan para uma reunião. Eles se sentaram à mesa oval onde a comissão se reunira durante meses. Os consultores desaconselharam os muros em toda a volta, pois o jardim se tornaria um alvo fechado. Melhor usar paredes baixas, como parapeitos. Os canais também representavam um risco à segurança, e deviam ser descartados.

– Se uma criança cair lá dentro, fecham o memorial.

– Não pode ser verdade – Khan disse, quando os consultores saíram.

Ele e Paul estavam separados por várias cadeiras. Khan recostou-se elegantemente e cruzou as pernas. Apesar das discussões, havia certa intimidade entre eles.

– Se ler o regulamento, vai ver que podemos impor... Solicitar mudanças – Paul disse.

– E eu posso recusar... Negar permissão.

– Sim, mas, se concordar, aumentam as suas chances de obter a aprovação da governadora.

Um sorriso cético passou rapidamente pelos lábios de Khan.

– Acredita mesmo?

– Minha missão é tentar alcançar uma confluência de ideias – Paul disse, preferindo não revelar qual era a dele. – Se não conseguir...

– E daí? Se for uma ameaça, fale claramente.

– Não existe ameaça. Só realidade. Precisamos dialogar para aperfeiçoar. Se a governadora e os membros da comissão não estiverem satisfeitos, não há como prosseguir. Nenhum projeto é definitivo. Toda visão pode evoluir. Afinal, somos os clientes. Ninguém está livre de uma negociação. Acha que Maya Lin queria aquela estátua dos soldados perto do memorial dela?

– Mas se a sua preocupação é a segurança, os muros são um ótimo recurso para espreitar quem entra e quem sai. Podem ser usados materiais fortes... Reforçados, à prova de bombas... Os seus argumentos me parecem... artificiais, à falta de palavra melhor. Posso apresentar contra-argumentos tão fortes quanto os seus argumentos. Ou mais fortes.

– Temos embasamento técnico ou financeiro para todas as mudanças que propusemos.

– As suas mudanças alterariam a essência do meu projeto.

– Uma essência agora amplamente comparada a um paraíso de mártires. Ainda que não tenha sido essa a sua intenção, ela é vista assim... Pelos seus oponentes... Pelos que são contrários aos Estados Unidos. Tenho certeza de que viu o pronunciamento do presidente iraniano. Ele está encantado! Encantado com a possibilidade de um paraíso islâmico em Manhattan.

– É um fanfarrão.

– De todo modo, não existe nada de intocável no seu projeto. Já leu Edmund Burke?

– Não.

– Eu estava justamente lendo o tratado *On the Sublime and Beautiful* (Investigação filosófica sobre a origem dos nossos conceitos de sublime e belo). Ele defende as vantagens do acaso sobre a geometria: o número e a desordem das estrelas, o modo como sua confusão constitui uma espécie de espaço infinito...

– Uma grade subdividida continuamente também pode ser uma forma de infinito.

– Burke afirma que o homem tentou ensinar a natureza a se organizar segundo linhas retas e formas matemáticas, mas a natureza não quis aprender. Ele escrevia na época em que os jardins ingleses começavam a surgir, na época do arquiteto paisagista inglês Capability Brown.

A menção que Paul fez a fatos históricos era o resultado de cerca de uma hora de pesquisa – ou melhor, de uma olhada na pesquisa encomendada a Lanny sobre "surgimento e proliferação de jardins ingleses". Assim, ele continuou.

– Aqueles jardins demonstraram que ideias matemáticas não representam a verdadeira medida da beleza.

– Não sabia que estávamos em busca do belo – Khan argumentou.

Paul decidiu ignorá-lo até terminar o discurso.

– A importância da variação está nas partes não angulares, mas integradas entre si, como ele diz. "Nenhuma obra de arte é grande se não enganar..."

– Mas se é de enganar que estão me acusando!

– Não é a esse tipo que ele se refere. É a enganar o olho.

– Trata-se de um memorial, e não da propriedade de um nobre inglês. O jardim tem ordem, que se manifesta pela geometria, para responder à desordem, que nos foi imposta. Não é para imitar a natureza. Nem a confusão provocada pelo ataque. Se pretende evocar alguma coisa, é o formato da cidade onde se situa.

A obstinação de Khan seria sua ruína, pelo que Paul esperava. Ao mesmo tempo, no entanto, sentia cada vez mais respeito e afeto por ele. A situação servia ainda para aliviar-lhe um pouco a consciência. Khan tinha determinação, a mesma determinação que ele possuía. Se Mohammad Khan não fosse promovido por aquele concurso, seria promovido de outra maneira. Ele era o dono do próprio caminho.

13

AS FAMÍLIAS DAS VÍTIMAS participaram de um passeio de barco em volta da ilha de Manhattan. Uma parte de Claire revoltava-se contra essas reuniões. Como soava falso fingir que aquelas pessoas tinham entre si alguma coisa em comum além da perda! Quanta morbidez em ter apenas a perda para compartilhar! Ela não escolhera entrar no país do luto, mas podia escolher o momento de sair dele, mesmo que a diáspora recebesse a pecha da traição. Os mortos ainda eram lembrados, embora com menos sentimento. Isso havia muito vinha acontecendo com Claire e com todos os outros. Eles pensavam que não poderiam seguir em frente. Mas seguiam.

Instruções tinham sido transmitidas antecipadamente à imprensa: nada de questionar o memorial. E às viúvas: preservem as crianças, nada de fitas nem adesivos. Mesmo assim, Claire preparou-se para possíveis hostilidades, em dúvida sobre se seria capaz de suportá-las. O barco avançou pelo rio. Sem se importar com o balanço, logo as crianças começaram a correria em volta das mães, que disfarçavam a alegria, já que os repórteres persistiam em sua busca incansável por novos ângulos, diferentes daqueles já explorados, da tristeza e da resistência admirável.

A imprensa parecia ainda mais interessada em Claire.

– Isto não é lugar para política! – ela repreendeu um jovem repórter que se aproximou.

Animada por um pouco de vodca, iniciou uma conversa com Nell Monroe, uma das viúvas com quem mais se identificava. A bebida tornava mais irônico o humor de Nell.

– Ainda bem que é você quem tem de lidar com essa história toda, e não eu – Nell disse. – Por mim, tanto faz se deixarem um marciano desenhar o memorial. Não vai mudar minha vida. A menos, é claro, que o marciano esteja a fim de namorar. Por falar nisso, você tem...

– Tenho o quê?

– Namorado.

A vida sexual de Claire – ou a falta de sexo – era assunto de grande interesse para as outras viúvas. Ela sabia disso porque algumas, assim como Nell, não se envergonhavam de dizer. Ela podia namorar à vontade, podia casar-se com quem quisesse, já que provocava a admiração de metade dos homens conhecidos delas. Por que, então, o voto de castidade? Marido algum era insubstituível, nem mesmo o santo Calder.

Não seria inteiramente verdadeiro afirmar não ter havido ninguém. Claire apenas guardara segredo. No verão anterior, um vizinho tinha promovido uma reunião beneficente, à qual um jovem chegou esbaforido, desculpando-se pelo atraso. Ela analisou o homem alto, de físico trabalhado sob o *short* e o agasalho preto, o belo rosto barbado, e pensou simplesmente: é ele. Jesse, primo dos donos da casa, ficaria lá por alguns meses, ajudando a cuidar dos cachorros e das crianças, até começar um curso de fotografia em Nova York. Era doze anos mais novo do que Claire. Antes do fim da festa, ela conseguira um jeito de convidá-lo a conhecer a coleção de fotografias de Cal. Assim, eles começaram a "ficar", sempre que as crianças iam brincar na casa de coleguinhas ou visitar a família de Cal nos fins de semana.

Jesse confirmou a primeira impressão. Era afável, generoso e confiante. O sexo com ele era intenso e estimulante, e as pessoas comentavam que Claire nunca estivera tão bem, tão viva ("Termo mal escolhido", ela pensou), desde a tragédia. Mesmo com as crianças em casa, ela o recebeu algumas vezes. Ao vê-lo correr com William em volta da piscina e deixar Penelope usar seu corpo bronzeado como passarela de bonecas, chegou a admitir a possibilidade de que aquele não fosse apenas um namorico de verão. Mas estava tão presa à noção de dignidade – dignidade de viúva, de mulher de quase 40 anos, de pessoa rica –, que mal se despediu quando chegou o outono, e ele foi embora.

A mesma rigidez impediu-a de contar a história a Nell. Um rapaz mais novo, o que iriam pensar?

– Não ultimamente – respondeu com um sorriso vago. – E você?

– Já contei do cirurgião?

– Só três vezes – Claire provocou, delicadamente.

As duas riam quando William apareceu, debulhado em lágrimas.

– Mamãe, não querem me deixar brincar de bombeiro...

Claire passou a mão nos cabelos do filho, dizendo:
– Ele é louco por bombeiros. Lençol, pijama, fantasia... Tento inventar outra coisa, mas nada.

Nell sorriu para William com uma simpatia que Claire acreditava nunca haver demonstrado. Então, despediu-se, para ver onde andavam os filhos:
– Provavelmente são eles a razão de precisarmos de um bombeiro.

Claire se ajoelhou junto a William.
– O que aconteceu? Não quer brincar de outra coisa? Por que eles disseram que você não pode ser bombeiro?

O garoto não sustentava o olhar da mãe, o que não era comum. Quando ela o tocou, ele começou a chorar. Em volta, a festa para os "filhos dos heróis" estava animada, e câmeras e microfones registravam tudo. Um repórter quase parou perto dela, mas teve sensibilidade bastante para afastar-se, deixando a criança chorar em paz.

– O que foi, William? – ela insistiu.

Ainda de olhos baixos, ele respondeu:
– Disseram que eu não posso ser bombeiro por sua causa.
– Quem disse?
– Timmy e Jimmy.

Os gêmeos Hansen. Gorduchos, rosados e ruivos. Claire considerava-os encrenqueiros. Em uma festa de aniversário, ela os tinha visto perguntar ao palhaço Bozo quanto ele ganhava. O palhaço apenas esticou os lábios, como quem faz beicinho, enquanto a mãe fingia não ter ouvido. Mas os garotos tinham só 8 anos. Ela sabia que as crianças vivem entre a imitação e a imaginação. Provavelmente estavam reproduzindo uma conversa dos pais. Ainda bem que não tinham escalado William para ser o terrorista.

– E eles falaram o quê, exatamente?
– Que você é amiga dos homens maus. Por isso, eu não posso ser bom. É mesmo? Você gosta dos homens maus?
– Claro que não – ela disse, dando-lhe um beijo na cabeça. – Eles confundiram as coisas.

Claire pediu que ele desse uma olhada na irmã que, com mais uma dúzia de garotas, esperava a hora de cortar o bolo, e saiu no encalço de Jane Hansen. Moradora de Nova Jersey, a mulher ainda guardava a aparência de presidente do grêmio feminino, que tinha sido. Seus traços, inclusive o penteado, pareciam esculpidos em pedra.

– Os seus meninos estão perturbando William por causa das ideias que têm de mim – Claire começou, sem nem ao menos um cumprimento. – Onde será que aprenderam isso?

– Como vou saber? – Jane disse. – Eles pensam com a cabeça deles, infelizmente.

– Vamos lá! Ele só tem 6 anos e perdeu o pai!

– E não foi o que aconteceu a todos? – Jane perguntou, com voz suave e os olhos fixos nas raízes dos cabelos de Claire, como se quisesse descobrir sua verdadeira cor.

"Deixe para lá", uma voz falou dentro da cabeça de Claire, mas sua fala foi outra.

– Se tiver alguma coisa a dizer, diga para mim. Os seus filhos precisam aprender a se comportar.

– Já lhe ocorreu que os meus filhos são assim por causa do que aconteceu? Não vou fingir que eram anjinhos, mas pioraram muito. São crianças diferentes.

Claire sentiu uma incômoda pontada de reconhecimento. Muitas vezes se perguntara como William seria se não tivesse perdido o pai. Talvez menos petulante e mais alegre.

– Centenas de horas de terapia – Jane continuou. – E agora tenho de fazê-los engolirem essa história de que os Estados Unidos são um país tão bom, que deixa as mesmas pessoas que mataram o pai deles construírem um memorial para ele? Um jardim islâmico!

– Mas não são as mesmas pessoas! Esse é o ponto! E não está provado que seja um jardim islâmico! E se for? Pode representar um gesto de paz!

– Tente você explicar isso a uma criança de 8 anos. Ou já tentou? Já deu a sua aulinha de civismo a William?

De repente, William estava atrás de Claire. Ou talvez já estivesse. O que teria escutado?

– Onde está a sua irmã? – Claire perguntou.

– No bolo com as garotas – ele atropelou as palavras.

E, embora a mãe não perguntasse, completou.

– Ela está bem.

William permanecia imóvel. Ele ora olhava para Jane, ora para Claire. Parecia o olhar do pequeno cervo em Chappaqua, ao mesmo tempo sério, curioso e assustado, antes de fugir. Mas William não fugiu. Parecia paralisado pela visão da mãe discutindo.

– O que há de errado com o Jardim? – ele perguntou.

– Nada – Claire respondeu.

– Conte para ele.

– Não há o que contar.

– Deixe que ele julgue.

– Você quer deixar isso nas mãos de uma criança de 6 anos?

– Ele provavelmente vai entender melhor do que a sua comissão.

Nell chegou com uma bebida para Claire, e falou, com voz meio pastosa.

– Senhoras, talvez seja melhor continuarem em outra ocasião.

Claire viu os gêmeos Hansen ao lado de William. Os três pareciam igualmente confusos.

– Tem razão, Nell – ela disse. – Jane, lamento por... por tudo. Conversamos outro dia. Vamos, William, ver a sua irmã.

Caminhando de mãos dadas com o filho, Claire tinha os joelhos trêmulos. Talvez aquele tipo de evento atraísse conformistas. Os não conformistas não se dão bem em grupo.

– O que há de errado com o Jardim, mamãe?

– Algumas pessoas querem um projeto diferente.

– Por quê?

– Porque não gostam do homem que fez aquele.

– Por quê?

– Por bobagem, William. Por isso nós estávamos discutindo.

A voz de Cal mandava que se afastasse, mas se as posições fossem inversas, o que ele faria? As crenças dele eram simples. Defender ideias em reuniões, fazer doações, consultar pesquisas. Dinheiro para as despesas. *Noblesse oblige.* Essa foi a expressão que a mãe de Cal usou para descrever o programa de Bridgeport para mães adolescentes. A atitude mais ousada dele tinha sido pedir desligamento do clube de golfe, o que não representou um grande sacrifício. Ele não era mesmo muito bom em golfe.

Como não era possível abandonar o passeio antes do fim, como desejava, Claire disse a um membro da tripulação que estava se sentindo mal. Ele a encaminhou a uma pequena cama, em uma cabine abafada. Prontas para desembarcar, ela e as crianças ficaram lá por uma longa hora, até o barco atracar.

Certa noite, pesquisando o que havia na televisão, Asma deu com uma reportagem sobre um passeio para as famílias das vítimas. Os rostos das mulheres – elas eram maioria – lhe pareceram familiares, e não somente porque já tinha visto algumas em entrevistas e enterros. Em todas havia um jeito vago e cauteloso, uma preocupação com os filhos, que ela às vezes surpreendia em si mesma.

Asma conhecia aquele passeio porque era um dos poucos luxos que ela e Inam tinham se permitido nos dois anos de vida em comum. Asma ainda lembrava o preço do *ticket*: 24 dólares – que correspondia a 16 dólares a hora para os dois, ou seja, 7 dólares a mais do que Inam ganhava por hora. Ela ficou em dúvida, porque a sra. Ahmed avisara que, em outra empresa, a Staten Island Ferry, o passeio era de graça, e via-se a mesma água, a mesma estátua, a mesma cidade. Mas Inam insistiu, e, como ele raramente insistia em alguma coisa, ela concordou.

Isso foi em um domingo, o único dia de folga de Inam, seis meses depois que ela chegou à América. Os outros passageiros – americanos, suecos, japoneses e italianos – já bebiam de manhã cedo. Alguns se recostavam na amurada e trocavam beijos. Asma e Inam não beberam nem se beijaram. De mãos dadas, apreciaram a água e a cidade, como se, de longe, pudessem afinal entendê-la. Observaram os botes e os coletes salva-vidas cor de laranja, para o caso de um acidente. De volta a casa, não tocaram no assunto, mas cada um sabia que o outro pensava o mesmo: Bangladesh é um país de rios perigosos, onde circulam embarcações superlotadas que oscilam, afundam ou colidem, atirando corpos na água, tal como tinham visto naquele dia os passageiros fazerem com os copos de plástico.

Como em uma televisão sem som, os ruídos de Manhattan não chegavam ao barco. Ouviam-se apenas as risadas dos turistas, os gritos das gaivotas em seus mergulhos e o vento a soprar sobre a água, que açoitava o casco da embarcação. A brisa indiscreta tinha levantado a ponta do lenço de Asma, como se quisesse descobri-la, mas Inam se apressara a segurar, lutando contra a brisa em honra da amada.

Inam fotografou Asma com uma câmera descartável e depois pediu a um sueco que fotografasse o casal. Um japonês pediu a Inam que tirasse uma fotografia dele com a mulher. Assim, todos faziam parte de tudo. Eram todos nova-iorquinos. Naquela época, as preocupações com dinheiro, trabalho, idioma e família não passavam de uma gota no oceano.

Na televisão, as viúvas sorriam forçadamente para os repórteres, que quase lhes espetavam o microfone na boca, como médicos que quisessem fazer um exame de garganta. Lá estava a loura participante da comissão, com o filho chorando no colo. Mecanicamente, Asma despejou mais pudim de arroz na tigelinha de Abdul. Sua atenção estava concentrada nas crianças, com as camisetas e as carinhas lambuzadas de *ketchup*. Os sorrisos delas, ao contrário dos sorrisos das mães, eram vivos, verdadeiros. Abdul olhou para Asma. Sempre que ela se perdia em sentimentos de tristeza, raiva ou inveja, ele a trazia de volta. Aqueles olhos castanho-claros eram a melhor orientação. Abdul não sabia que crescia sem pai. Não chegara ao mundo esperando coisa alguma – nem pai, nem passeio grátis de barco. Talvez fosse esse o segredo da paz: não querer nada além do que se tem.

Na manhã seguinte, Asma acordou com o barulho dos vizinhos. Ela pensava que, na América, as construções fossem mais fortes, de paredes mais grossas, mas aquilo era o mesmo que estar de volta à antiga casa: saber – *ter* de saber – o que se passa na vida dos outros de tal maneira, que fica difícil perceber onde terminam os próprios pensamentos e começam os pensamentos alheios. O casal vizinho, Hasina e Kabir, tinha chegado de Bangladesh havia seis meses e não tinha filhos. Asma não se surpreendia com isso, já que os sons vindos do apartamento deles eram sempre de briga, nunca de amor. Mesmo com seu conhecimento limitado, ela sabia que brigas não geram filhos.

Hasina vivia em *purdah* total: nunca saía de casa sem o marido. Quando precisava, pedia à vizinha que lhe comprasse alguma coisa do mercado – um ingrediente para a comida, absorventes ou, uma vez, roupa de baixo, tendo informado o tamanho. Asma e a sra. Mahmoud chegaram a convidá-la para o chá, mas o marido não deixou, por desaprovar o fato de Asma viver sozinha com o filho nos Estados Unidos, em vez de voltar para junto da família. Hasina revelou isso, mas nem precisava: Asma sabia, pelo modo como Kabir evitava seu olhar quando se cruzavam no corredor, cumprimentando-a apenas com um abafado "*Assalamu alaikum*", para não passar por mal-educado. Claro que o casal era um dos assuntos preferidos da sra. Mahmoud. Asma, porém, não suportava mais falar nem ouvir falar da vida dos vizinhos. Por duas vezes tinha escutado Kabir bater em

Hasina; pelo menos, foi o que concluiu, pelo grito agudo seguido de um choro abafado. No entanto, todo mundo fingia que as brigas não existiam. Quando Asma tentou ver se Hasina estava bem, o marido explicou, pela porta entreaberta, que a mulher estava "ocupada".

A briga dos vizinhos era como um rádio impossível de ser desligado, que obrigava Asma a ligar o dela. Tendo sintonizado a BBC no volume máximo, ela demorou a ouvir a sra. Mahmoud chamar para atender um telefonema que informava a morte de seu pai.

O pai de Asma estava doente havia duas semanas. "Água nos pulmões", o médico explicou, como se ele tivesse bebido um rio inteiro. Nos dias em que conseguia falar, sua voz ao telefone era fraca e rouca; em nada lembrava o antigo vozeirão. A insistência da mãe para que voltasse deixava Asma dividida. Se não voltasse, Abdul jamais conheceria o avô, assim como não conheceria o pai. Não saberia que pai e avô podem ser mais do que um pedaço de papel acetinado. No entanto, se deixasse a América, talvez nunca mais retornasse. Sua mãe não entendia. Para ela, Nova York era tão inatingível, inimaginável e desnecessária quanto as estrelas, cuja única utilidade era representar a grandeza de Deus.

Asma também sentia medo de ver o pai enfraquecido, já que sua determinação vinha da força dele. Sabê-lo doente fazia com que se sentisse mais fraca. Essa união entre os dois também contribuía para seu afastamento. O apego à América e a suas possibilidades era sua pequena guerra pela libertação, ainda que solitária.

Asma nutria a fantasia secreta de um novo casamento. Nada muito próximo. Não enquanto o sofrimento pela perda do marido fosse tão intenso, mas gostaria que Abdul tivesse mais do que um pai de papel. Caso se casasse em Bangladesh, porém, teria de entregar Abdul à família de Inam, e isso ela jamais faria. Casar-se no Brooklyn também não seria fácil, mas quem, um dia, deixou Sandwip poderia mudar-se de Kensington. Como seria viver naqueles lugares que via na televisão, com muitas pessoas brancas e casas grandes com entrada para carros? E os irrigadores de jardim? Isso não significava que quisesse viver assim: só estava imaginando.

– Você vem? – o tio perguntou.

Ela teve vontade de dizer "Para quê?" Quando chegasse lá, o pai estaria mais do que enterrado. Então, respondeu apenas:

– *Insh'Allah.*

Asma encerrou o telefonema triste e irritada. Às gargalhadas, Abdul andava pela sala com um pote na cabeça, tropeçando nos móveis. A discussão dos vizinhos continuava. Embora eles não soubessem da morte de seu pai, ela percebia ali um desrespeito tão grave, quanto lançar bombas durante o Ramadã. Ressentia-se tanto por eles terem um ao outro, como por odiarem um ao outro. Ou por estarem juntos para se odiar.

Houve um momento de silêncio. Talvez a briga tivesse acabado. Então, ouviu-se novamente a voz de Kabir, mais alta e raivosa, e, em seguida, um grito e choro. Asma perdeu a paciência. Pensou no marido, o homem mais bondoso que conhecia, e no pai, o mais corajoso. Pegou Abdul, tirou-lhe o pote da cabeça, foi até a porta vizinha e bateu.

Quando o choro de Hasina cessou, deixou um vazio mais agudo que o silêncio, como se uma ventania parasse de repente. Até Abdul ficou quieto, parecendo perceber a mudança. Um ruído denunciou que havia alguém espiando pelo olho mágico. Quando Kabir abriu a porta, foi empurrado por Asma, que avançou em direção a Hasina, então jogada no sofá, com o rosto vermelho e o olho direito começando a inchar.

– Venha comigo – Asma chamou, tentando pegá-la pelo braço sem largar Abdul.

Hasina resistiu, grudando as pernas ao sofá. Abdul, tentando descer do colo, também não ajudava.

– Venha comigo – Asma falou mais alto, como se Hasina não tivesse ouvido. – Vou arranjar um lugar para você ficar. Saia deste casamento!

Ela havia lido em algum jornal sobre um abrigo para mulheres muçulmanas maltratadas. Ali estava uma candidata perfeita, como uma personagem de um seriado de televisão.

– Sair? De onde você tirou isso? Eu não quero sair! – Hasina falou, indignada.

Asma recuou. O rosto da outra continuava a inchar. Logo o olho desapareceria, como uma pedra que afundasse na água.

– Que vergonha! Que vergonha!

Cada vez mais histérica, Hasina mandou que Asma cuidasse da própria vida. Kabir juntou-se a ela. Embora Asma tapasse os ouvidos de

Abdul, ele começou a gritar também. Ao sair do apartamento, encontrou o *hall* cheio de vizinhos, inclusive a sra. Mahmoud, que tinha aparecido para ver o que estava acontecendo. Antes que alguém perguntasse ou dissesse alguma coisa, ela se trancou no quarto e chorou abraçada a Abdul.

Duas horas mais tarde, bateram à porta da sra. Mahmoud. Três homens, que Asma sabia serem moradores do prédio, diziam-se preocupados com sua interferência. A reação dela, como em qualquer situação difícil, foi chamar Nasruddin. Ele chegou rapidamente, em um pijama elegante, o que a fez pensar, sentindo-se culpada, se havia interrompido alguma ocasião familiar. Primeiro, ela contou a história, e só em seguida falou da morte do pai e chorou.

– Eu agi certo ao não viajar para Bangladesh? Diga que fiz a coisa certa.

– Você fez o que eu teria feito – ele disse.

Quando parou de chorar, ela sentia alívio, além de um enorme cansaço; seria capaz de dormir durante dias. Nasruddin deixou-a e foi promover a paz no prédio. Voltou uma hora mais tarde e advertiu-a de que, para continuar ali, não deveria interferir na vida dos vizinhos.

– Você deve aprender o modo certo de lidar com os problemas.

– Mas como vou morar ao lado de um homem daqueles?

– Vou conversar com ele. Mas deixe que Deus o julgue.

– Obrigada – ela sussurrou.

Além de embaraçada, estava aborrecida, mas guardou esse sentimento. A ideia de que tinha sido derrotada por forças malévolas lhe martelava a cabeça. Seu pai teria sido mais corajoso.

– O que o senhor fez? O que disse? – Asma perguntou.

– A verdade – Nasruddin respondeu.

Que o pai dela havia morrido, e ela estava muito triste.

A manifestação pela proteção do solo sagrado começou em uma manhã de sábado, na praça em frente ao local da tragédia. Os membros do Comitê de Defesa do Memorial e do *Salvem a América do Islã* juntaram-se em uma área isolada, em frente ao palco. Atrás deles, apertavam-se milhares de pessoas, algumas com cartazes que diziam: "NÃO À TOLE-

RÂNCIA COM OS INTOLERANTES", "O ISLÃ MATA", "NÃO À VITÓRIA DO JARDIM" ou "KHAN É TRAPACEIRO". Na multidão, havia pais carregando os filhos nos ombros e homens com roupas de camuflagem, sem que se soubesse se eram veteranos. Centenas de parentes das vítimas estavam lá – o próprio Sean tinha convidado muitos deles. Não cabendo na praça, a multidão espalhava-se pela rua, inclusive entre os ônibus estacionados, que haviam transportado gente do país inteiro. Helicópteros sobrevoavam o local.

Debbie Dawson vestia uma calça preta apertada e camiseta bordada. Desta vez, a inscrição era "*Kafir* e orgulhosa", afirmando seu orgulho por não ser muçulmana. Dois fortões de óculos escuros, paletó azul e calças cáqui seguiam atrás dela no meio do povo. Quando Debbie parava para dar entrevistas ou cumprimentar simpatizantes, eles se postavam um de cada lado, atentos, prontos para agir em qualquer eventualidade. Guarda-costas. Ela parecia estar vivendo um grande momento.

Subindo ao palco para falar, Sean examinou a multidão. Talvez todos os mais furiosos estivessem reunidos na parte da frente. E não eram poucos. Um homem de suspensórios segurava um cartaz com a imagem de um porco devorando o Corão. Três mulheres esticavam uma faixa onde se lia: "Lancem a bomba e deixem Alá cuidar deles". Um adolescente cheio de espinhas, de roupas pretas e óculos à Harry Potter, carregava um cartaz dizendo: "O PRIMEIRO FOI DELES, O SEGUNDO É NOSSO", com o desenho grosseiro de uma arma apontada para o rosto de um homem de turbante. Desocupados: um exército irregular que Sean tinha convocado e não podia dispensar.

A ideia de apagar uma parte do rosto de Claire Burwell, substituindo-a por um ponto de interrogação, que parecera tão criativa, mostrou-se horrível quando 150 pôsteres iguais foram agitados ao mesmo tempo. Os pôsteres de Khan levados pelo SADI – uma tarja atravessada sobre seu rosto – não ficaram muito melhores. Os policiais cercaram um homem que, com a aplicação cuidadosa de fluido de isqueiro ao pôster, tinha conseguido incendiar a barba de Khan.

Pela experiência adquirida nas palestras que dera desde o ataque – umas 90 ao todo –, Sean se convencera de que perder um ente querido naquelas circunstâncias representava, ao mesmo tempo, um privilégio e um castigo. As caras ansiosas que via nas plateias queriam alguma coisa que não podia ser comprada. Ele sentia pena daquela gente que buscava ir mais fundo, fazer parte de algo maior. Era como se todos quisessem pegar um pouquinho das cinzas daquele ataque terrível.

Mas a plateia – a maior a que já se dirigira – não transmitia reverência nem saudade. Patrick certa vez lhe explicara que, se o bombeiro abrisse depressa demais o bocal da mangueira de incêndio, podia ser atirado da escada. Ele não confiava naquela multidão.

Sua fala e seu tempo foram curtos.

– Khan não se satisfez em exigir seus direitos como muçulmano. Agora, seu jardim também tem direitos...

Os aplausos eram irregulares, esparsos, como se as pessoas não ouvissem bem. O retorno do microfone não era bom.

– Todos damos importância à Constituição, não é?

Gritos hesitantes, algumas vaias.

– Apenas não acreditamos que seja a única coisa importante.

Terminado. Afinal, alguns aplausos, mas mornos.

Quando Debbie subiu ao palco, uma voluntária do SADI ficou atrás dela com uma bandeira, enquanto outra, agitadíssima, balançava os cabelos.

– Quero deixar bem claro que lutamos pela alma deste país – ela bradou.

A multidão, com a audição subitamente restabelecida, explodiu.

– Gerações de imigrantes chegaram aqui e se integraram, aceitando nossos valores. Mas os muçulmanos querem mudar a América. Não, eles querem conquistar a América. Nossa Constituição protege a liberdade religiosa, mas o Islã não é uma religião! É uma ideologia política totalitária!

Mais aplausos. Sean estava decepcionado com a reação a seu discurso. Debbie então liderou um estrondoso e catártico grito de "Salvem a América do Islã! Salvem a América do Islã!"

Em meio às palavras de ordem, destinadas a chamar os indecisos, Sean levantou a mão direita e soprou um apito. Era importante novamente. O pessoal do SADI e os membros de seu comitê reuniram-se em torno dele, como estudantes alvoroçados. Então, com a formação de uma banda marcial, saíram pela rua.

A ideia inicial de Sean havia sofrido uma série de restrições. A governadora afirmara não possuir autoridade para permitir o protesto dentro da área do ataque.

– Então, os portões estão abertos para Khan, mas não para nós –

Debbie comentou, triunfante, com seu jeito especial de transformar cada negativa em confirmação de sua visão do mundo e em evidência de dimitude.

– Pois bem, vamos bloquear a rua – ela decidiu, como se fosse dona da ideia.

No entanto, também era preciso permissão para uma reunião nas proximidades de um local tão delicado: a Polícia quis saber antecipadamente quem pretendia ser preso. Sean, que se concentrara em observar a multidão, percebeu afinal que as autoridades já haviam interditado a rua, tão vazia de carros quanto o estacionamento, em dia de semana, da igreja que ele frequentava. Não havia o que bloquear.

Ele apitou novamente – desta vez com menos gosto –, e os cerca de 500 componentes da banda marcial ajoelharam-se ao mesmo tempo, em um movimento de imitação e deboche dos muçulmanos rezando. A diferença era que, em vez de tocarem o chão com a cabeça, eles deitaram de costas, para "mostrar o umbigo a Alá", segundo as palavras de Debbie.

– Protejam o solo sagrado! – gritavam os integrantes do comitê.

– Salvem a América do Islã! – explodia o pessoal do SADI.

Sean, depois de admirar o tapete de corpos, deitou-se também, mergulhando em uma nuvem de cheiros que misturava o perfume das mulheres em volta e o próprio suor. Sentia embaixo do corpo a rigidez do solo e acima o azul intenso do céu, que parecia macio como sorvete recém-preparado. Era um dia tão bonito quanto o dia do ataque, uma verdadeira dádiva. Mas uma ponta de irritação incomodava-o como uma pedra no sapato.

– Os senhores estão bloqueando uma via pública! – o policial falou pelo megafone. – Vou contar de 1 a 100. Quando eu terminar, dispersem-se, ou começarão as prisões.

As ordens severas (...43, 44, 45...) reduziam aquela atitude desafiadora a um ato de submissão orquestrado. A esperança secreta de Sean era que os policiais se recusassem a cumprir ordens, preferindo o patriotismo ao cumprimento do dever (...69, 70, 71...). Mas o único som que ouvia era o das pisadas das botas (...98, 99, 100).

– Senhoras e senhores, o tempo se esgotou. Por favor, não vamos dificultar as coisas. Mãos para a frente. Estas são de plástico, não machucam. Obrigado.

– Amante de terrorista!

Quem gritou foi uma mulher, para um policial, que respondeu:

– Madame, eu tenho quatro filhos. A única coisa que amo é o pagamento no fim do mês.

Sean não sabia o que lhe doía mais, as costas ou a gentileza dos policiais. Ao levantar a cabeça para ver melhor o que se passava em volta, percebeu na calçada um grupo silencioso contrário aos manifestantes. A maioria – não a totalidade – parecia de muçulmanos: pele morena, mulheres de lenço, homens de barba. Alguns seguravam cartazes do tipo "TAMBÉM SOMOS AMERICANOS", "O ISLÃ NÃO É AMEAÇA", "MUÇULMANOS TAMBÉM MORRERAM NAQUELE DIA" e "INTOLERÂNCIA = INSENSATEZ". Este último deixou Sean vermelho de raiva. Vermelho também era a cor do lenço da mulher que empunhava o cartaz. E Rubin queria que *ele* fosse menos duro? Sean levantou-se de um salto, aproximando-se silenciosamente da mulher.

Ao falar, sua voz falseou e a saliva espirrou, mas ele não deu importância:

– Está me chamando de insensato? Está chamando meus pais de intolerantes? Um bando de muçulmanos matou meu irmão. Por que não protesta contra eles? Por que não traz um cartaz dizendo que é errado matar em nome da religião?

– Claro que é errado – a mulher respondeu calmamente. – Mas discriminar com base na religião também é errado.

Aquela calma, para ele tão provocadora, despertou em Sean a vontade de provocar, de tirar a mulher do sério. Assim, o ato mais provocador em que conseguiu pensar foi arrancar-lhe o lenço. Além disso, uma parte dele queria saber o que havia de tão valioso sob o lenço que precisava ser escondido. Então, passando do pensamento à ação, agarrou a ponta do lenço. A mulher recuou, assustada, e o tecido veio à frente por um momento, impedindo-a de ver. Sean não teve certeza se havia tocado o rosto da mulher, mas foi imediatamente contido por um policial que o algemou, leu seus direitos e meteu-o em um ônibus onde já estavam membros do comitê e do SADI, ainda gritando "Não ao memorial muçulmano!" Os ocupantes do ônibus receberam Sean com largos sorrisos e sinais de "positivo". No posto policial, todos foram identificados e liberados, menos ele, que ficou detido sob a acusação de tentativa de agressão, na companhia de ladrões de lojas, infratores e homens flagrados urinando em público. Sean só pôde ir para casa depois de assinar uma confissão.

Debbie classificou a atitude dele como "golpe de gênio"; para os liberais ofendidos, não passou de exibição. Nenhum deles acreditou que não se tratasse de uma ação planejada. A determinação de Sean em desviar-se do roteiro só serviu para confirmar isso.

Ele chegou em casa com o corpo dolorido, e a mãe o recebeu de lábios cerrados, abanando silenciosamente a cabeça.

– Não foi nada bom – sua irmã Hannah comentou baixinho, com os olhos cheios de lágrimas.

– Ora, dane-se! – Sean respondeu, encaminhando-se para o chuveiro.

No banheiro, porém, evitou olhar-se no espelho. Havia superado a própria Debbie, e não se sentia nada bem.

14

COMITÊ DE DEFESA de Mohammad Khan, Fundo de Defesa de Mohammad Khan e Liga de Proteção a Mohammad Khan. Em todas essas entidades faltava um elemento: Mohammad Khan. Ele não queria comprometer sua independência, não queria apoiar associações de doadores, não queria ser um brinquedinho *radical-chic* nem um Pantera Negra de barba, em lugar de um afro. Ainda assim, entrevistas coletivas, peças, reuniões beneficentes e seminários eram organizados a favor dele. E havia as festas, inclusive uma à qual Roi pediu – seria melhor dizer mandou – que Mo comparecesse. O anfitrião era um produtor de filmes cuja casa em Hamptons, perto da praia, tinha sido projetada por Roi.

– As pessoas querem estar perto de você.

Então, depois que Mo concordou em ir, enviou mensagem, desculpando-se por não poder comparecer.

A festa, em um apartamento enorme do edifício Dakota, com iluminação indireta, pé-direito alto e portas internas em série, estava concorrida. Os convidados entravam, carregando com eles Mo e Laila – esta usando um vestido em camadas que a fazia parecer uma flor rosa. Desconhecidos puxavam-no para apresentá-lo a outros desconhecidos, e, em seguida, devolviam-no à procissão, como quem joga uma pedra de volta ao rio. Champanhe circulava, para brindes que ninguém ouvia.

– Conhece Bobby, não?

Robert De Niro fez que sim, que Mo o conhecia.

– Fui uma grande defensora da causa palestina – uma baronesa inglesa falou, com olhar significativo.

– Isto não tem nada a ver com os palestinos – alguém corrigiu.

– Sempre querem tirar o corpo fora – comentou a ativista Mariam Said.

Rosie O'Donnell ria atrás dele. Sean Penn tinha bebido demais.

"Estou sonhando", Mo pensou. Isso não está acontecendo. Era mais ou menos assim que ele imaginava a vida dos arquitetos Frank Gehry e Richard Meier, bem como a dele, quando alcançasse o mesmo sucesso. E Meier ali, esperando pacientemente para trocarem algumas palavras. O mundo estava virado. Ele era meio deus, meio monstro. Ia procurar a mão de Laila, mas lembrou que não devia. O produtor musical Russell Simmons, com um abraço apertado, jogou-o contra ela. Laila sorriu, sem olhar para Mo. Ele se imaginou em casa, de mãos dadas com ela.

Fitas verdes destacavam-se em vestidos e lapelas. Mo aceitou mais uma taça de champanhe e foi até a janela. Admiradores procuravam-no com elogios vãos e simpatia exagerada. Uma mulher com bíceps que rivalizavam com os de Madonna, perguntou se já haviam comprado os direitos sobre a vida dele.

– Não sabia que estavam à venda – ele tentou fazer graça, já um pouco "alto".

– Algumas pessoas me falaram de Shah Rukh Khan – o acompanhante da mulher disse. – É seu primo?

– Irmão – Mo respondeu.

– Ele está brincando – Laila interrompeu. – Khan é um nome muito comum na Índia. E em qualquer lugar.

No táxi, durante a volta para casa, Laila olhou para ele e falou:

– Sem gracinhas, Mo. Aquelas pessoas estão do seu lado, mesmo que você não goste delas. E não pode reclamar que estão deturpando a sua imagem para, em seguida, fazer o mesmo.

Aos poucos, ele recuperava a sobriedade, e respondeu com cautela:

– Agora vejo que aquele não era eu. É que estou mudando a cada dia. Eu estava me divertindo. Não sou mais a pessoa que você conheceu há três semanas, Laila. Se continuar assim, daqui a duas semanas não vou ser a pessoa que você conhece hoje. Como se pode deturpar um objeto em movimento?

O olhar de Laila passeou da boca para os olhos dele.

– Você está subestimando a própria integridade. Percebi isso naquele primeiro encontro. Foi o que me atraiu, e provavelmente vai acabar me deixando furiosa. O seu jeito pode mudar, mas Mohammad Khan continua intacto. Você se parece com as suas árvores de aço.

Ele teve vontade de dizer que o aço quebra, derrete, hoje se sabe disso. Mas segurou a mão dela, apenas.

Ao encaminhar-se para sua baia na redação, Alyssa Spier resolveu passar na mesa do editor. Chaz chegaria às 10 horas, de mangas enroladas, berrando ordens, repreendendo repórteres, debochando dos jornais concorrentes e encharcando-se de café, em sua imunidade à ressaca, tão lendária quanto suas farras.

Ele a vinha evitando ultimamente, e, pelo olhar dele, Alyssa percebia que logo perderia o posto. A primeira coluna tinha sido suficientemente provocadora para render outras duas, mas faltavam notícias exclusivas: faltavam bombas. A última escrita por ela era tão chata que Chaz literalmente bocejou e devolveu. A moeda de Alyssa se desvalorizava. Com o sucesso da primeira, tinha sido convidada para participar do programa de televisão de Bill O'Reilly, cujo clipe ela viu tantas vezes, que chegou a decorar as falas.

– Considera os muçulmanos uma quinta coluna, Alyssa? – O'Reilly perguntou.

– Acho que quinta é demais, Bill...

Ela fez o primeiro nome do apresentador demorar-se em sua boca, como uma bala que derretesse.

– Talvez quarta e meia.

Ele deu uma boa risada, e mais tarde disse que a convidaria novamente para o programa. Mas não convidou.

Chaz passara a abaixar a cabeça e pegar o telefone sempre que via Alyssa se aproximar, e só largava o disfarce quando ela estava longe. Alyssa era dependente da profissão. Seu vício começara pela leitura das notícias, passara ao relato, à divulgação e, no último estágio, à concepção. A perspectiva de ter o fornecimento cortado a fazia perder o brilho e suar frio.

Ela percorreu a redação sem receber um só cumprimento, o que não a surpreendeu. Não havia estabelecido vínculos com os novos colegas. Eles resistiam a ela, como provavelmente ela resistiria a eles, caso as posições se invertessem. Muito raramente a promoção de alguém, em especial de um recém-chegado, era comemorada na redação. No caso de Alyssa, a energia voltava-se para especulações acerca do sucesso gratuito, o que sua subsequente queda só confirmava. Ela jamais sentira tanta falta de um amigo.

Alyssa remexeu a bolsa e de lá tirou seu único fio de esperança, que acariciou como se fosse a mais pura seda: o número do telefone celular de Claire Burwell, obtido durante outro jantar caríssimo com o boboca assessor da comissão. O poder de Lanny estava em alta. Ele era responsável pelos contatos com a imprensa na questão do memorial, e sua estratégia, por acaso, incluía contar a ela o que se passava. Por incrível que pareça, ninguém ainda tinha descoberto ser ele o culpado pelo vazamento de informações. Lanny havia até convencido Paul Rubin a encarregá-lo de investigar o vazamento, para, em seguida, lançar suspeitas vagas sobre vários membros da comissão e vários empregados.

Nervosa, Alyssa ligou para Claire, e quase deixou cair o aparelho quando a própria atendeu.

– Sra. Burwell?

– Sim.

– Aqui é Alyssa Spier, do *Post*.

Naquele momento, ela detestou ter um nome tão sibilante e trabalhar em um jornal cujo nome tinha pronúncia também com chiado.

Silêncio.

– Como conseguiu o meu número?

– Com uma amiga. Eu...

– Nenhuma amiga daria o meu número.

– Eu não disse amiga sua. É amiga minha. Desculpe incomodar.

– O que você quer?

– Quero falar sobre o memorial. A audiência. O que está pensando...

– Você escreveu uma coluna horrorosa sobre o que eu penso e agora quer conversar?

Alyssa afastou um pouco o fone do ouvido e pensou: "Dane-se, esnobe moralista. Recebeu tudo fácil... Vá lá, a não ser a morte do marido... E quer me julgar?"

– Talvez possamos nos encontrar e conversar informalmente. Sabe como é, em *off* – ela disse.

– Não ligue mais para este número.

– Espere! – Alyssa praticamente implorou. – Tenho uma informação de que vai gostar. Sobre Khan.

Depois de uma torturante hesitação do outro lado da linha, Claire falou friamente:

– Por que a sua informação teria interesse para mim?

– Porque... Porque pode ser explosiva quando chegar às famílias, e você deve estar preparada.

– Ótimo – Claire disse, depois de outra pausa.

Com todo o alívio, Alyssa não se livrava da surpresa pelo fato de Claire aceitar o encontro. Ao mesmo tempo, suspeitava de ter, por acaso, pisado em uma tábua podre do impecável assoalho de madeira. Havia ali um quê de surpresa, de vulnerabilidade. O único problema era que Alyssa não dispunha da ferramenta para arrancar aquela tábua: ela mentira ao dizer possuir uma informação importantíssima sobre Khan. "Faça uma promessa velada e, então, surpreenda", tinha sido sempre o conselho de Oscar. Ela só tinha até a manhã seguinte para descobrir algo surpreendente.

Alyssa falou ao telefone inúmeras vezes e digitou, até os tendões do antebraço doerem. Tinha de haver alguma coisa sobre Mohammad Khan que pudesse usar: há alguma coisa sobre todo mundo. Ela recorreu aos contatos que mantinha na Polícia, no FBI. Constaria ele da lista de terroristas vigiados? Da lista dos que não podiam deixar o país? De muçulmanos suspeitos? Nada, nada que valesse a pena. Sobre a advogada, ainda se encontrava alguma coisa, mas os blogs já se ocupavam de sua variada lista de clientes – suspeitos de terrorismo, imãs que se excederam na defesa da causa palestina, parentes de vítimas sem documentos nem identificação –, para os quais havia conseguido vitórias inesperadas. De todo modo, a ligação profissional entre os dois provavelmente não interessaria a Claire.

A redação foi ficando vazia. Ao olhar para fora, Alyssa reparou que estava escuro. Na máquina de vendas, ela pegou um *ramen*. A textura do macarrão sugeria algumas recombinações moleculares a partir do isopor da embalagem. Quando o faxineiro apareceu, empurrando melancolicamente o carrinho com produtos de limpeza, ela sentiu alguma coisa mais forte do que pânico apertar-lhe o coração.

Às 22 horas, Alyssa deixou o prédio e caminhou pela cidade que era, por temperamento, indiferente ao desespero das pessoas. Ia repetindo mentalmente as palavras: "Oscar, preciso de ajuda. Oscar, preciso de ajuda". Ninguém possuía fontes mais confiáveis do que ele nos órgãos de justiça. Só não sabia por que faria revelações a ela, então uma espécie de ex-amante trabalhando para a concorrência. Restava a esperança.

Quando ele afinal aceitou a chamada com imagem, Alyssa, debulhada em lágrimas, mal conseguia falar:

– Seu *bonstro*, eu *breciso* de ajuda!

Jamais ocorreria a ela que ele não estivesse sozinho.

– Alyssa, esta é Desiree.

Oscar conseguiu parecer à vontade, apesar de vestir apenas camiseta e cuecas boxer, enquanto Desiree estava apenas de camiseta e calcinha.

– Ela está com um problema de trabalho – ele explicou à companheira. – Dá um minutinho?

Oscar estava sem óculos, o que fez Alyssa lembrar a primeira vez em que o viu assim – para ela uma visão mais significativa do que seu corpo nu. Daria tudo para estar de volta à redação, mas era tarde demais. Com Desiree a caminho do banheiro, contou o que havia acontecido.

– O que é que eu sempre digo? – ele perguntou, em tom tão firme e impenetrável quanto uma parede.

– Eu sei, eu sei, mas agora estou enrascada. Por favor. Qualquer coisa. Fico devendo essa. Não preciso de nada para publicar: só para fazê-la falar.

– Nesse caso, pode inventar.

Oscar colocou os óculos e ficou olhando através deles.

– Mas seria fraude. Isso não é brincadeira, você sabe. E de que adiantaria? – ela respondeu, afinal.

Por um momento, Oscar levantou um dos cantos da boca. Boa garota. Ela havia passado no teste. Ignorando o som da televisão do quarto e a mulher que acabava de ligar, permitiu-se imaginar brevemente uma retomada da relação. E o fato de ele lhe repassar uma informação só alimentava o sonho. No mundo deles, a atitude correspondia a um gesto romântico.

– Foi o que eu consegui – ele disse. – Um colega meu lá do departamento, que passou um tempo em Cabul, me contou, mas é *Plutão*.

O termo significava que a fonte não deveria ser revelada de jeito nenhum: seu nome deveria ser mantido à mesma distância que existe entre Plutão e a Terra. O olhar de Oscar já havia recuperado a habitual firmeza quando ele falou:

– Você vai ver por que não revelo. E não revele, também. Você me dá a sua palavra?

"Minha palavra e o que mais você quiser". Ela fez que sim.

Alyssa e Claire encontraram-se perto da Arthur Avenue, no Bronx – terreno neutro entre Chappaqua e Manhattan. E quem iria vê-las em uma cafeteria albanesa? Paredes espelhadas, mesas com tampo de mármore, café expresso fortíssimo, doces passados. Sem trocar palavra alguma entre si, velhos de rosto marcado jogavam dominó; o único ruído que provocavam vinha do choque das peças contra a mesa. Adiante, três rapazes não desgrudavam os olhos das duas recém-chegadas. Nas paredes, viam-se pôsteres de guerrilheiras empunhando fuzis AK-47. Por um momento, o olhar de Alyssa deteve-se nelas. Albaneses eram... muçulmanos. Talvez, afinal, o terreno não fosse tão neutro.

Com a visão turva pela noite mal dormida, Alyssa estudou a estrutura óssea e os olhos azuis de Claire, que pareciam demonstrar suspeita.

– Por que estamos aqui? – Claire perguntou friamente.

– Tenho informações, mas só posso lhe passar se você me der uma entrevista – Alyssa falou rapidamente, movida pelo cansaço, pela cafeína e pelo nervoso.

– Não posso. É contra as regras. Já lhe expliquei.

Havia um jeito, Alyssa insistiu. Bastava mencionar "fontes bem informadas" ou "uma amiga de Claire Burwell".

– Como vou saber se a sua informação é importante? – Claire argumentou.

– Confie em mim.

As duas pareciam embaraçadas.

Claire dobrou e desdobrou um guardanapo de papel antes de voltar a falar.

– Esse é um negócio sujo, não?

Uma afirmativa, e não uma pergunta. Alyssa não sabia exatamente a que negócio a outra se referia. Jornalismo? Escolha do memorial? A cafeteria albanesa, que cheirava a disfarce para o crime organizado? Por um momento, sentiu pena de Claire, tendo de misturar seus valores mais caros à sujeira onde viviam as outras pessoas.

– Gosto de pensar na praticidade – Alyssa disse, tentando imprimir um tom tranquilizador.

Afinal, Claire praticamente sussurrou:

– Ah, tudo bem.

Somente então Alyssa pegou o *notebook* e falou:

– Ele esteve no Afeganistão. Em Cabul.

– Então é isso... – Claire começou a dizer.

– E fez uma ameaça à embaixada de lá.

– O quê? Não pode ser verdade! – Claire exclamou, incrédula.

Estava pálida. Alyssa empurrou um copo de água na direção dela. Depois de beber a água, Claire falou, ainda trêmula.

– Como isso não veio a público? Como ele não foi preso?

– Não acredito que tenha sido uma ameaça concreta – Alyssa explicou. – Foi mais o jeito de falar. Uma defesa das ameaças feitas pelos outros. Esses casos são difíceis. Se fossem prender todo muçulmano que fizesse um comentário antiamericano, as prisões estariam cheias. Mais cheias. Muito mais cheias. Só estou tentando dar uma noção de como ele pensa.

Durante o longo silêncio que se seguiu, Alyssa começou a devorar a torta de carne que tinha pedido para ver se absorvia o ácido que se acumulava em seu estômago, embora, em seguida, tenha pedido ao garçom carrancudo para lhe trazer outro café expresso. Ela ainda estava mastigando quando Claire quebrou o silêncio.

– É realmente desprezível de sua parte tentar manchar o nome dele.

Diante do tom reprovador de Claire, Alyssa deu de ombros.

– Eu não quis manchar o nome dele. Acho que nem vou publicar...

Ela só não mencionou que, segundo as condições estabelecidas por Oscar, não poderia fazer isso. Nem que a matéria tinha sido recusada, já que a informação viera de um arquiteto que concorria com a ROI pelo projeto da nova embaixada e claramente pretendia obter vantagens. A "ameaça" era um comentário feito informalmente por Mo. Alyssa não sabia nem que comentário era esse. Segundo o amigo de Oscar, era comum os afegãos trocarem acusações entre si para obter vantagens pessoais. No caso, porém, um americano tentava desmerecer o outro, usando o fato de Mo ser muçulmano. Alyssa não se sentiu nem um pouco culpada por partilhar a história com Claire. Fabricar a realidade era crime; editá-la era comum.

– Achei que você iria querer saber, para pesar as coisas. Além disso, foi um meio de me aproximar. E agora...

Depois de uma pausa para pegar o gravador, ela completou:

– Vai cumprir a promessa?

– Se não pretende me identificar, para que gravar?

– Para minha proteção. E sua – Alyssa respondeu com o máximo de sinceridade que conseguiu imprimir às palavras.

A entrevista transcorreu irregular, como costuma acontecer às que são feitas sob a mira de uma arma. Claire parecia preferir confiar nos matadores albaneses. Sua postura era tão rígida, suas respostas tão curtas, que a repórter resolver apelar à provocação para ver se conseguia material para um artigo.

– Você confia em Mohammad Khan?

– E por que não deveria? – Claire devolveu.

– Em outras palavras: quanto sabe sobre as ideias dele? Deixando de lado se o jardim é ou não o paraíso dos mártires, já que todos sabemos que ele não vai revelar isso, embora eu não entenda por quê, qual é a posição dele a respeito da *jihad*? Ou sobre o direito de os Estados Unidos entrarem no Afeganistão? Ou sobre a derrubada dos prédios... Ele concorda com as teorias conspiratórias, que afirmam terem os terroristas recebido ajuda de autoridades americanas? Ele acha que nosso país teve o que mereceu?

– Nada disso é relevante – Claire disse.

– Verdade? Você acredita mesmo nisso? Não é relevante saber se ele ficaria satisfeito com uma eventual explosão da embaixada americana? Ou se ele acredita que o Mossad ou a CIA podem ter sido responsáveis pelo ataque? Se as respostas a essas perguntas fossem positivas, você ainda iria querer que ele construísse o seu memorial?

– Por que não faz as perguntas a ele? – Claire falou, rispidamente.

– Não é para o meu marido que ele vai construir o memorial.

Imediatamente Alyssa se perguntou se teria dado a impressão de ser casada.

Lágrimas brotaram nos olhos de Claire, mas, como se soubessem onde era seu lugar, não lhe desceram pelo rosto quando ela falou em voz contida:

– Não podemos perguntar. Não seria justo com ele.

– E é justo com você?

Alyssa sentiu um desejo intenso de golpear aquela geleira em forma de mulher que ali estava, de pressioná-la até ela reconhecer a própria hipocrisia, a insustentabilidade – o ridículo – de sua posição. Alyssa queria ver os princípios de Claire Burwell desabarem e suspeitava de que aquilo revelasse mais sobre ela mesma do que sobre a outra. O papel de colunista, de formadora de opinião de massas invisíveis, não lhe assentava bem. Mas utilizar a informação, a insinuação e a linha interrogativa apropriada para revelar uma mulher diante de seus olhos – aí estava uma emoção maravilhosa e assustadora.

– Vai conseguir passar o resto da vida sem as respostas a essas perguntas?

– Tenho de passar – Claire se justificou, com as mãos abandonadas sobre o colo e a cabeça ligeiramente inclinada.

Ela respondeu quase com docilidade à investida de Alyssa, como se merecesse a repreensão.

– Ou tem medo de saber? E se ele sentir ódio pelo seu marido ou por outras pessoas semelhantes? E se ele odiar você, a viúva infiel? Será que existem condições sob as quais se pode considerá-lo inadequado?

Recuperando o brilho do olhar, Claire endireitou-se na cadeira.

– Legal ou moralmente, não é justo roubar-lhe a vitória só por causa do que ele pensa.

– Mais uma razão para saber o que ele pensa! – Alyssa protestou. – Por que não pergunta? Ele não responderia a mim nem a outros repórteres, mas você faz parte da comissão e da família de uma vítima. Acho que ele teria de responder.

– Você não me escutou?

Claire praticamente cuspiu as palavras. De dentes cerrados e punhos fechados, a animosidade a transformou em uma figura que, se não era feia, também não era nada bonita.

– Não é justo perguntar!

– Essa é a sua linha de conduta, sra. Burwell, e ele com certeza está satisfeito de que a tenha adotado. Mas o seu pensamento é esse mesmo?

Claire tentou responder com movimentos de cabeça: fez que sim, fez que não, fez que sim novamente. Com os lábios apertados, típicos de uma criança que se recusa a comer, olhou fixamente o pôster das mulheres armadas com fuzis, como se só agora o notasse na parede.

"O arrancador de lenços pode ter uma história de violência contra mulheres: veja a reportagem às 11."

A chamada, no canal de notícias local, foi repetida tantas vezes, que a reportagem, veiculada no horário determinado, pareceu quase um anticlímax. A ex-mulher de Sean dizia que ele a havia agredido uma vez.

– Ele me empurrou contra a parede, e tive de usar uma tipoia por três dias... Não, não sei por quê. Ele simplesmente perdeu a cabeça. Agora todo mundo já viu como ele é temperamental.

O cabelo dela estava diferente: curto, espetado, pintado de loiro. Ela não parecia inteiramente confiável, mas passava entusiasmo. "O Corpo", era como Patrick a chamava. Devia ter recebido dinheiro pela entrevista. Irina não dava nada de graça.

– Ela sempre foi mentirosa – Eileen comentou.

Sean e a mãe se acomodavam no sofá. Frank, o pai, ocupava a espreguiçadeira onde cochilava havia horas. Naquele momento, porém, estava perfeitamente acordado.

Sean respirou fundo.

– Não é mentira.

Em sua mãe, os sinais físicos de descontentamento eram tão sutis, que dificilmente seriam notados por quem não estivesse prevenido. Mas Sean os conhecia muito bem: os lábios apertados e as orelhas ligeiramente deslocadas para trás, alterando a linha dos cabelos.

– Quer dizer, não é mentira total. Ela está exagerando. Não precisava usar tipoia: só usou para faltar ao trabalho e me fazer sentir remorso. Mas não é mentira.

Irina era uma sombra que, como um fantasma, não desaparecia nem à noite. Quando ela se casou com Sean, os dois meio bêbados, conheciam-se havia poucos meses. A cerimônia foi rápida, no Borough Hall, o mais antigo prédio público do Brooklyn.

– Sem igreja?

Esse foi o único comentário da mãe dele, também um questionamento, como se, em suas irritantes e constantes previsões, ela quisesse descobrir se o rompimento seria difícil. Os cinco meses seguintes foram de bebedeiras, até o dia do ataque. Enquanto ele saía em busca de corpos, ela acumulava ressentimentos. Ao chegar a casa, ele era banido para o sofá, sob a desculpa de que sua tosse persistente não deixava a mulher dormir. Irina prendia-se ao blá-blá-blá das reclamações contra as grosserias do dono do bar onde ela trabalhava, contra as gorjetas que diminuíam e contra a mãe, que detestava. Através dos olhos cansados, Sean viu claramente a mulher: sobrevivente de uma infância difícil, cujos instintos de autopreservação levaram ao egoísmo e à bebida. Ele, sem dúvida, só entendeu isso porque, pela primeira vez desde que se conheceram, estava sóbrio. O desejo insondável que sentira pelas linhas de seu traseiro e pela maciez de sua pele se transformara em uma espécie de repugnância. Assim, quando, em uma das muitas vezes nas quais ela reclamou haver um morto na cama entre eles, seu peito se apertou, e ele a jogou contra a parede. Os corações dos dois se encheram de raiva. Eles se divorciaram, assim que a lei permitiu, e ela ficou com o apartamento que antes era dele.

– Está feito – Eileen comentou.

Naquele dia, Sean tentou explicar as razões de haver agredido a mulher:
– Ela desrespeitou Patrick.

Ele esperava que a defesa da honra do irmão justificasse a torpeza do ato. Mas, assim que viu a mãe repuxar as orelhas levemente para trás, soube que não conseguira.

– Patrick jamais bateria em uma mulher – Eileen disse.
– Nem naquela! – Frank completou.

O segundo episódio de lenço puxado ocorreu menos de uma semana depois da manifestação. Em um centro comercial do Queens, um homem se aproximou de uma muçulmana que empurrava um carrinho de bebê, puxou-lhe o lenço para trás e saiu correndo. Em seguida, aconteceu em Boston. Desta vez, o agressor não fugiu: esperou ser preso pela Polícia, para que suas palavras fossem registradas pela imprensa:

– Eu vi no noticiário o que aquele sujeito fez. Aí, pensei que todos precisamos tomar coragem, assumir uma posição.

Outros homens o imitaram, e surgiram imitadores dos imitadores. Em uma semana, houve mais de uma dúzia de incidentes pelo país. Algumas mulheres não muçulmanas passaram a usar véu, em solidariedade, mas nenhuma foi atacada.

Em editorial, The *New York Times* referiu-se a Sean como representante de "uma nova e detestável tendência à intolerância". Repórteres telefonavam, perguntando como ele se sentia representando a "nova tendência". Em casa, o ambiente esfriou. Certa noite, ao entrar na cozinha, ele ouviu de Eileen, que acabava de preparar o jantar:

– Não dizem que os muçulmanos é que maltratam as mulheres?

Em seguida, embora carregasse uma bandeja com um frango assado, ela virou de costas e empurrou com o corpo a porta que dava para a sala, só para não aceitar a ajuda de Sean.

Quando o FBI ligou para avisar que tinham sido localizadas referências hostis a Sean em salas de bate-papo online das quais participavam jihadistas, ele não se impressionou, mas aproveitou a oportunidade para deixar a casa dos pais por um tempo.

– Não quero expor os meus pais a perigo – explicou a Debbie Dawson. Sean sabia que Debbie encontraria um lugar para ele ficar. Só não esperava que o lugar fosse o mesmo onde ela morava.

Debbie ocupava dois apartamentos num andar alto de um prédio no Upper East Side. O espaço era bastante amplo, já que seu ex-marido unira as duas unidades, enquanto eram casados. Com ela viviam as três filhas: Trisha, de 18 anos, extrovertida, que costumava deixar à mostra as alças do sutiã, quando usava; Alison, de 16, agitada; e Orly, de 13, a caçulinha mimada. Na porta do quarto de cada uma, estava afixado um cartaz onde se lia "ZONA VEDADA AO ISLÃ". Debbie era proibida de falar sobre "a causa", como desdenhosamente chamavam, em seus quartos. Quando a mãe se negava a atender aos seus pedidos, elas ameaçavam casar-se com muçulmanos.

De roupão de banho, Sean se sentia saído do *Mágico de Oz*, mas era assim que Debbie se vestia o dia inteiro. Logo que as garotas saíam para a escola, ela mergulhava no mundo virtual: atualizava obsessivamente o *blog*, convocava simpatizantes e voluntários (dois deles tinham atuado como guarda-costas dela) e atacava oponentes pela web. Debbie sempre se preocupava em tomar banho e vestir-se antes que as filhas voltassem.

De início, Sean sentira-se muito importante vivendo nas alturas, no 18º andar, em plena Manhattan. Como havia incumbido Joe Mullaney de substituí-lo temporariamente na direção do comitê, tinha o dia inteiro para fazer o que quisesse. Então, passou a caminhar pelo quarteirão, tentando parecer "local". Mas não conseguia: era a única pessoa que não tinha pressa. Lá, nem as crianças andavam devagar. Uma tarde, seguiu um homem que, com jeito e aparência dos nascidos no Oriente Médio, lembrou-lhe Mohammad Khan. O homem entrou em um museu cuja parte externa em concreto bruto natural o confundiu, não somente porque achou feia, mas também porque suspeitou estar diante de um tipo de beleza que não compreendia. Isso não aconteceria com o arquiteto Khan.

De volta ao apartamento, Sean não encontrou Debbie, e resolveu dar uma olhada no *blog*. A foto de biquíni e burca, que ele ficara sabendo ter sido feita com focagem suave, para diminuir a visibilidade das imperfeições, tinha encolhido, abrindo, assim, espaço para um novo item, cujo título vinha em letras maiúsculas.

AMERICANOS OFERECEM ASILO A REFUGIADO DA VIOLÊNCIA POLÍTICA ISLÂMICA – COLABORE!

Pela coragem de afirmar-se contra a ameaça islâmica e contra Mohammad Khan, este homem foi perseguido e teve de deixar sua casa. Nós lhe estamos garantindo casa e comida. DOE AGORA!

– Este aqui sou eu? – Sean perguntou, quando Debbie chegou com as meninas.

– Estou abrigando você – ela respondeu. – E essas garotas têm de ir para a faculdade.

– Papai vai pagar a nossa faculdade – Trisha interferiu.

Debbie lançou um olhar fulminante à filha mais velha, dizendo:

– As mulheres precisam ser financeiramente independentes.

– *Aquele blog* – Trisha falou franzindo o nariz – não vai tornar você independente.

Em um dia agradável de outono, Paul chamou Claire a Manhattan para almoçar e ouvir uma reprimenda. A capa do *Post* – VIÚVA INDECISA – pegara-o desprevenido. A matéria de Alyssa Spier não citava o nome dela, é claro, mas os frágeis rodeios ("Amigas dizem que Claire Burwell se preocupa com as evasivas de Mohammad Khan") cheiravam a falsidade. A irritação de Paul devia-se à desconfiança de que, contra todas as regras da comissão, ela tivesse falado com a imprensa. Essa possibilidade o deixara chocado. E se a fonte não era ela, precisava tomar mais cuidado ao pensar alto, quando em companhia das amigas.

– Fiz bobagem – ela disse, enquanto o garçom puxava a cadeira para que se acomodasse. – Desculpe, Paul.

– Eu pensei em ajudar você a descobrir a verdade – ele falou secamente. – E você falou demais.

– Eu não estou indecisa. Ela é que não transmitiu direito o que eu disse. Ficou me forçando a dizer que achava que Khan devia confessar tudo.

– Quer dizer que foi você quem falou com ela? Não foram as suas amigas? E por que o *Post*, Claire?

– Ela me disse que tinha informações sobre Khan.

Paul ergueu as sobrancelhas, surpreso.

– E então?

– Ele esteve no Afeganistão e...

– Sim, eu sei.

– Sabe? Por que não contou?

– Porque não tem importância. Foi a serviço da firma de arquitetura. É perfeitamente legítimo. Não levantou bandeira alguma.

– Não foi o que ela... Alyssa Spier disse.

– Então talvez seja melhor contratá-la para substituir nossos consultores de segurança. O que ela disse, exatamente?

– Que... Que ele... Não houve muitos detalhes...

Claire enrubesceu, e pareceu enrubescer por ter enrubescido. Acabou ficando lindamente corada.

Depois de esperar em vão que ela completasse a frase, Paul falou:

– Cuidado, Claire. Você é peça importante de tudo isso. Das mais importantes. As pessoas vão tentar manipular você. Ainda mais agora, com essa história de que você é manipulável. Fica visada.

– Eu não sou manipulável. Não mudei de opinião. Só quis descobrir se havia alguma coisa a saber.

– Você não pode ficar em cima do muro.

Um prato de melão com presunto surgiu entre eles, e Claire só voltou a falar depois que o garçom se afastou.

– O que quer dizer com isso?

– Você não pode afirmar que as pessoas não têm o direito de desconfiar dele só porque é muçulmano, e alimentar desconfianças próprias.

– Eu não tenho desconfianças! Só quero saber o que estou defendendo. Não foi fácil ter minha opinião revelada. William vem sendo perseguido. É horrível!

As pupilas dilatadas denunciavam a agitação de Claire.

– Eu ainda gostaria de saber como o seu apoio a Khan veio a público – Paul disse. – Foi Alyssa Spier?

– Você não pensa que eu...

– Já não sei o que pensar.

– Não fui eu. Não me importo de ter minha opinião revelada, mas, cá entre nós, preferiria que não fosse assim. Meu espaço de manobra ficou reduzido. Acho que você inocentou Lanny pelo vazamento depressa demais... – ela acrescentou, provocativa.

Paul ignorou a última observação, pegou um pedaço de melão e empurrou o prato.

– Sem apetite? – ela perguntou, com uma ponta de surpresa.

Ele tentou deixar a conversa mais leve.

– Estou um alvo muito avantajado.

Ele mesmo, porém, não se sentia leve. O líder da minoria na Câmara, também aspirante à presidência, chamou os membros da comissão de simpatizantes islâmicos e apresentou projeto para impedir a construção do memorial de Khan. A resposta de Geraldine Bitman não foi muito tranquilizadora: "O perigo não vem apenas dos jihadistas. Vem do impulso ingênuo de privilegiar a tolerância sobre todos os outros valores, inclusive a segurança nacional. Mohammad Khan nos deixou face a face com nossa vulnerabilidade". Paul achava cada vez mais difícil falar com a velha amiga ao telefone.

A controvérsia abafou suas repetidas e racionais tentativas de afirmar que a comissão tinha feito a escolha com base em projetos não identificados. Paul orgulhava-se de proteger os membros da comissão dos ataques da artilharia pesada, tomando a pressão sobre ele como prova de sua capacidade de liderança. Mas era cansativo. Um extravagante magnata da construção civil, que usava um enorme topete e possuía uma fortuna incalculável, prometia promover o próprio concurso para a escolha do memorial e patrocinar a construção, embora não se tivesse certeza se ele poderia dispor do dinheiro. Ao saber disso, um amigo de Paul, um bilionário que atuava no mercado financeiro, telefonou para dizer que assumiria os custos de boa parte do projeto do Jardim.

Paul teve vontade de responder:

– Você acha que isso resolve o problema? Acha que seria justo com os americanos fugir do processo democrático?

Em lugar disso, porém, disse apenas:

– Vamos aguardar o fim da seleção. Então, aceito o seu oferecimento.

Como se não bastasse o fluxo incessante de notícias – parecia o alarme disparado de um carro –, Paul não podia ligar a televisão sem dar com comentários sombrios contra o Jardim, acompanhados das mais variadas imagens: manifestantes iranianos gritando "morte aos Estados Unidos", palestinos atirando pedras, mulheres de burca, lançadores de granadas, líderes terroristas barbudos, explosões nucleares, multidões de muçulmanos em oração e, é claro, a figura séria de Mohammad Khan sob a frase "Salvem o memorial". Ninguém sabia quem pagava pelos anúncios. Investigações levadas a efeito por alguns repórteres não foram além de uma caixa de correio em Delaware.

Outra peça publicitária começava com a pergunta "Já esquecemos?", em letras brancas sobre fundo preto, seguindo-se uma montagem dos momentos e sons mais angustiantes do ataque: mensagens desesperadas em secretárias eletrônicas, gritos de pânico do pessoal do resgate, a primeira queda, a segunda queda, a onda gigantesca de fumaça a perseguir pelas ruas estreitas os nova-iorquinos apavorados, os rostos aterrorizados das testemunhas, a tristeza dos órfãos. Surgia, então, a frase "A comissão esqueceu...", com a imagem muito desmaiada, quase uma holografia, mas inconfundível de Mohammad Khan. Para encerrar, vinha o trecho "mas nós não".

Embora Paul detestasse admitir, o pior de tudo era ser alvo de ataques pessoais. *The Weekly Standard* tinha censurado "o antes respeitado diretor da comissão para escolha do memorial", por não se pronunciar contra o "paraíso dos mártires de Khan".

"A atitude de Paul Rubin sugere falta de empenho na luta contra a ameaça islamofascista. Significa, então, simpatia pelos objetivos do movimento? Em resumo: ele está conosco ou com eles? Seria bom lembrar o que 1938 nos ensinou, que a neutralidade diante de uma ameaça existencial não passa de omissão. Gostaríamos de obter do sr. Rubin alguma indicação sobre sua posição. Este é um momento para transparência Churchilliana."

Ao ler o que dizia a revista, Paul afundou na poltrona. A cabeça caída para a frente criou-lhe uma papada Churchilliana.

– Com certeza não foi fácil ler a coluna da *Weekly Standard* – Claire comentou.

Surpreso, ao perceber que ela havia lido – Claire não tinha o perfil do leitor de uma revista conservadora –, ele lhe lançou um olhar curioso.

– O que mais tenho eu a fazer à noite senão ler? – ela perguntou, rindo de si mesma.

Se Claire pretendia despertar piedade, conseguiu. Paul frequentemente a imaginava sozinha em casa. As crianças não contavam, não naquele sentido. Ele chegou a estremecer. Tal como muitos homens que viviam casamentos longos, não suportava a ideia de ficar sozinho, quanto mais enfrentar a verdadeira solidão! Vez por outra seu pensamento o levava a uma mulher mais jovem, mais bonita, quase idêntica à que se sentava diante dele naquele momento. Mas logo corria de volta para local seguro, para Edith. Se Edith – Deus o livre – morresse antes dele, a solidão seria necessariamente breve. Ele se casaria novamente. No entanto, ali estava Claire, sozinha havia dois longos anos. Paul não sabia se considerava tal resistência admirável ou suspeita.

– A situação não é nada divertida – ela disse. – Às vezes, desejo que acabe logo.

Outra surpresa.

– Mas, Claire, se conseguir o que quer... Se o Jardim for o memorial, não vai acabar nunca, em parte porque alguns podem manter para sempre os protestos contra Khan. Além do mais, trata-se de um memorial. Não é um exercício hipotético no qual você declara a vitória da tolerância e vai para casa. O Jardim, o projeto de Khan, será construído. Você tem de querer.

– Eu sei – Claire falou com certa irritação. – Quero o Jardim mais do que nunca.

Paul não acreditou, mas não quis pressioná-la.

15

OS ESQUADRÕES DE DEFESA começaram a aparecer depois do terceiro ou quarto episódio de puxada de lenço. Por todo o país, jovens muçulmanos percorriam as ruas próximas ao local onde moravam, carregando tacos de beisebol, para ameaçar e, às vezes, atacar estranhos que se aproximassem de mulheres usando *hijab*. Até os judeus ortodoxos que viviam perto de Kensington deixaram de passar por lá, embora o fato de manterem suas mulheres bem protegidas sob perucas e batas os deixasse fora do rol dos possíveis puxadores de lenços.

Certa noite, Asma e os Mahmouds assistiam na televisão a uma reportagem especial sobre "A Crise do Lenço". A tradução, como sempre, estava a cargo do sr. Mahmoud. Uma mulher chamada Debbie, do movimento *Salvem a América do Islã* ("Começo a pensar que nós é que precisamos nos salvar da América", o sr. Mahmoud comentou, com rara sagacidade), criticava os esquadrões de defesa, mas defendia os ataques para arrancar os lenços das mulheres.

– Isto é dimitude. Não muçulmanos não podem mais frequentar áreas onde vivem muçulmanos. Que país é este? No Irã, na Arábia Saudita, as mulheres são forçadas a se submeter, a usar lenço na cabeça. Estamos nos Estados Unidos. O que esses homens praticam é um ato de libertação.

O sr. Mahmoud suspirou e disse:

– É... Nossas mulheres sentem-se tão livres, que nem saem mais de casa.

Naquela noite, Asma foi se deitar pensando nas palavras do sr. Mahmoud. Ele havia exagerado só um pouquinho. Realmente, as mulheres de Kensington que costumavam andar com a cabeça coberta não se afastavam da vizinhança, e algumas não saíam mais de casa. O medo da exposição e da violência era forte demais. Elas se tornavam tão invisíveis quanto Hasina, a vizinha, obrigada a agradar aos "Kabires" do mundo.

Na manhã seguinte, ela vestiu o *salwar kameez* – calça larga e bata – verde e enrolou na cabeça, ainda com mais força, um *chunni* – lenço comprido – combinando. Quando pediu à sra. Mahmoud que tomasse conta de Abdul, a dona da casa deu um pequeno sorriso involuntário, como fazia sempre que previa a chegada de novidades.

– Vou à farmácia – Asma explicou.

Na verdade, ela queria sair dos limites de Kensington para ver o que aconteceria. Ou talvez pegar o metrô e dar uma volta em Manhattan. Então, desceu os quatro lances de escada e, confiante, ganhou a rua.

No outro quarteirão, Asma percebeu alguém atrás dela, bem perto. Apreensiva, retesou o corpo inteiro. Mas logo viu que se tratava de alguns jovens da vizinhança, e suspirou aliviada. Então, fez uma parada, pretendendo deixar que eles passassem à frente. Só então entendeu que os jovens andavam com ela, como sombras.

– *Assalamu alaikum* – ela cumprimentou.

– *Alaikum assalam* – eles responderam em coro.

Nenhuma outra palavra foi dita. Eles simplesmente caminharam juntos, os rapazes – uns seis ou sete – um passo atrás de Asma. Ela os viu melhor pelo reflexo em uma vitrine de loja: faixa verde na cabeça, dois carregando bastões. Eram bons garotos. Alguns frequentavam escolas especiais, que exigiam um teste para admissão. Seus pais saberiam que eles estavam faltando às aulas? Ela dobrava uma esquina, eles dobravam também. Se Asma fosse a pé até Manhattan, eles a seguiriam. Ela já não sabia quem era prisioneiro de quem. Só sabia que a prisão estava bem trancada. Afinal, ela decidiu voltar para casa. Os rapazes só se decidiram a ir embora quando a viram entrar no prédio.

– Obrigada – ela agradeceu em voz baixa, sem levantar os olhos.

Na sede do Conselho Muçulmano Americano, Issam Malik, com um gesto exagerado, estendeu sobre a mesa a prova do cartaz da nova campanha publicitária.

– *Et voilà!* – ele exclamou. – Fizeram um trabalho espetacular. Vamos publicar em 16 jornais e em 6 ou 7 revistas. Estamos preparando a *press release*, e talvez uma entrevista coletiva. Se os anúncios derem retorno, vai ser o mesmo que receber 10 dólares de bônus para cada dólar investido. Notícias, notícias...

— Consegue publicar no *Post*? — Laila perguntou. — Sei que é absurdo termos de pagar para responder ao veneno lançado por eles, mas precisamos alcançar todos os leitores, e não apenas os liberais.

— Você quer dizer que não é preciso *da'wah* com os convertidos... Não é preciso convencer quem já está convencido.

Mo se desligou da conversa, concentrado em observar a própria imagem na prova. O anúncio de página inteira vinha em tamanho jornal, tabloide ou revista, fazendo-o, por algum motivo, lembrar-se de quando seus pais espalhavam na mesa de jantar as fotografias em tamanho 20 por 25, 10 por 15 e 3 por 4 tiradas quando ele cursava o ensino fundamental. Na foto que observava, ele aparecia curvado sobre a prancheta, vestindo uma camisa imaculadamente branca, de mangas enroladas. Tentava transmitir um ar de seriedade, como se anunciasse um relógio caro ou um cartão de crédito, e desenhava — ou fingia desenhar — em uma folha em branco. Atrás dele, via-se o modelo da sede de um banco de investimentos projetada pela ROI. Para Mo, era o mesmo que se apropriar dos créditos de um trabalho coletivo.

A fotografia tinha sido feita de manhã cedo, em um fim de semana, quando não havia ninguém na ROI. O diretor de arte e o fotógrafo pediram que Mo tirasse os óculos que, segundo eles, refletiam a luz e o faziam parecer sério demais. Mo obedeceu contra a vontade, já que, sem óculos, além de não enxergar direito, sentia-se nu. Em seguida, eles o fizeram sentar-se diante da prancheta, sem dar atenção a suas tentativas de explicar a importância da computação gráfica para a arquitetura moderna. Mo não queria provocar o descontentamento dos aficionados do CAD — *computer-aided design* —, que ele mesmo utilizava bastante, embora com reservas. Nada do que Mo dizia, porém, era levado em consideração: eles queriam o clichê, ou, conforme as palavras do diretor de arte, "a imagem típica do arquiteto".

O desconforto daquele dia era pouco comparado ao momento da análise do material de propaganda. Acima da foto, em letras maiúsculas, para chamar a atenção, lia-se "ARQUITETO, E NÃO TERRORISTA". Abaixo da foto, em letras menores, vinha o seguinte texto: "Muçulmanos como Mohammad Khan se orgulham de ser americanos. Vamos fazer jus a esse orgulho. Apresentado pelo Conselho Muçulmano Americano".

Sem descrever em detalhes a campanha, Malik havia comentado vagamente que seria um meio de "humanizar" a imagem de Mo. O retratado, porém, sofria o efeito oposto: sentia-se como um novo produto lançado no mercado, um produto que lhe despertava fortes suspeitas da possibilidade de ser utilizado na captação de recursos para o Conselho. No entanto, a transformação em objeto não era sua maior preocupação. Não estava provado que as pessoas, ao lerem, passavam por cima de palavras pequenas, como "e" ou "não"? Muitos anos antes, em uma festa oferecida pelos pais de uma namorada, um excêntrico e conceituado professor lhe havia mostrado um cartão onde se lia "FINISHED FILES ARE THE RESULT OF YEARS OF SCIENTIFIC STUDY COMBINED WITH THE EXPERIENCE OF YEARS", pedindo-lhe para contar quantas vezes aparecia a letra "f". Ele deixou escapar três, todas na palavra "of". O professor pareceu muito satisfeito com o resultado, como se tivesse destruído sozinho o estereótipo do indiano esperto. Mo, embora não gostasse de ficar em evidência, guardou o cartão durante muito tempo, em parte para aplicar a experiência a outras pessoas e observar a repetição do erro, e em parte para lembrar-se de ser mais atento.

A história do cartão lhe veio à memória porque, se fossem eliminadas as palavras pequenas da legenda superior da peça publicitária – o conectivo e a negativa –, sobrariam apenas dois substantivos: arquiteto e terrorista. Arquiteto terrorista. Mo podia até mandar imprimir novos cartões. E pensar que ele sentira medo de que os outros arquitetos o considerassem avesso a novas tecnologias...

– O que você acha? – Mo perguntou, em tom aborrecido, tentando sinalizar a Laila como se sentia desconfortável.

Encostada à borda da janela, de braços cruzados, ela o observava.

– Acho que vai chamar um bocado de atenção. E acho que descreve você com exatidão: um americano, um orgulhoso americano.

Naquele momento, Mo lamentou ter procurado a ajuda do Conselho. Issam Malik nunca lhe parecera tão falso, e ele culpava Laila por não perceber ou por ignorar isso. No entanto, disse apenas:

– Acho que ainda não me acostumei a ser uma figura pública.

Malik deu de ombros.

– Nunca soube que houvesse muito a que se acostumar.

Laila teve uma tarde movimentada e um jantar de negócios, e demorou a chegar em casa. Muito cansada, pegou no sono antes que Mo pudesse tocar no assunto da peça publicitária.

Ele pouco dormiu. Passou a noite pensando em Laila: no movimento dos cabelos escuros, no volume da boca, na sensualidade que chegava até os ossos. Sabia que não conseguiria levar adiante a história do anúncio, e sabia que ela não compreenderia. Enquanto amanhecia lá fora, ele a observava melhor. A cada momento, ela lhe parecia um pouco menos extraordinária e um pouco mais inacessível.

Como o apartamento ficava no oitavo andar, os telhados das construções vizinhas davam a impressão de flutuar. Da rua chegavam os ruídos de sirenes, motores e buzinas, em um som difuso que lembrava um rio caudaloso a correr no fundo de um *canyon*. O barulho acordou Laila, que sorriu. Mo tentou retribuir, mas conseguiu apenas forçar um leve movimento dos lábios. No chuveiro, ele lhe esfregou as costas e puxou-a para si, enchendo as mãos com os seios dela. A água correndo era o único som, e eles estavam a salvo. Mas Laila se livrou do abraço.

– Vou me atrasar para o trabalho, Mo.

Somente quando ela, já vestida, bebericava um café e lia um processo, ele tomou coragem.

– Laila, podemos falar da campanha?

– Hein? – ela fez, sem interromper a leitura.

– Eu não quero fazer – ele falou bruscamente.

Somente então Laila prestou atenção.

– A linguagem não me agrada. Afirmar que "não sou terrorista" me liga definitivamente ao terrorismo.

– Você já está ligado ao terrorismo. Os montes de anúncios da televisão fazem isso. Não sabemos nem quem paga por eles. Estamos impotentes. As redes riem da nossa ameaça de boicote porque sabem que não temos força para isso. Você precisa reagir. Pelo menos a peça do Conselho mostra você como arquiteto, e é essa imagem visual que vai permanecer nas pessoas.

– O estrago causado por aqueles comerciais já está feito. Não vai ser apagado se o Conselho me puser em alguns jornais. Mais que isso, aquele não sou eu. Tenho meu jeito de fazer as coisas. A razão de haver participado do concurso não tem nada a ver com bandeiras políticas. Eu sei que deveria ter pensado antes de concordar com as fotos, mas ser apresentado como parte de uma campanha do Conselho identifica-me completamente como muçulmano, quando eu sempre disse que não queria ser definido assim. Parece que quero agradar aos dois lados ao mesmo tempo!

– E não quer?

Ela deixou a mesa, ajoelhou-se junto dele e perguntou, olhos nos olhos:

– Está confuso?

Mo teve dificuldade em sustentar o olhar.

– Claro que não. Mas não quero ser usado como arma em uma guerra de propagandas.

– O que quer dizer com isso? A propaganda vem daqueles que querem fazer de você um bicho-papão. Estão criando um clima que pode ser perigoso. A retórica é a primeira etapa. Depois, vêm as atitudes agressivas. Veja a história da Alemanha nazista. Os judeus pensaram ser alemães, até descobrirem que não eram. Aqui, já nos classificam como americanos menores. Daqui a pouco, vão dizer que precisamos de restrições; depois, vem o confinamento.

Por um momento a imaginação de Mo viajou para fotografias que tinha visto dos jardins em Manzanar, o campo de concentração para japoneses americanos, durante a Segunda Guerra Mundial. Os internos construíram abrigos e reservatórios, esculpiram galhos e toras em concreto. Teria ele a mesma tenacidade de espírito? Mo imaginou-se em um campo cercado por arame farpado, demarcando as bordas de um pequeno jardim, abrindo canais, plantando árvores...

– Mo!

Apesar de estar com ele havia pouco tempo, Laila sabia quando ele partia para o que ela chamava de "seu espaço de sonho".

– Acho que você está exagerando. Não me agrada o que essas pessoas falam, mas não é justo sugerir que vão nos prender em campos de concentração.

– Não é justo com eles?

Laila levantou-se e começou a andar para lá e para cá, no estúdio. Os saltos do sapato estalavam no piso e silenciavam no carpete, como se ela entrasse em um túnel e saísse do outro lado.

– A mente opera como um caleidoscópio. Mude a posição, e tudo parece diferente. Você é desanimadoramente racional, Mo! Onde está a sua paixão?

– Tenho paixão por você – ele falou, com certa indecisão.

Tinha um bolo na garganta, que só deixava passarem palavras curtas e inadequadas.

Depois de olhar para Mo, Laila pegou a cafeteira e a xícara, levou-as para a pia e começou a lavá-las, enquanto falava. Como estava de costas, e a torneira, aberta, ele teve de esforçar-se para ouvir.

– Pouco depois que minha família chegou aqui, americanos foram feitos reféns no Irã. Minha mãe disse para não contarmos a ninguém de onde éramos. E ainda precisamos mudar de escola, porque meu irmão sofreu *bullying*. Eu mal havia completado 8 anos, mas já entendia: gente que nem me conhecia, não gostava de mim só por causa da minha origem. O único jeito de fugir a isso era ficando invisível. Por algum tempo, parei de comer, para ver se desaparecia. Portanto, não posso ser julgada nem punida por alguma coisa que não depende de mim.

Mo imaginava Laila como a brigona do *playground*, sempre disposta a cerrar os punhos e defender os mais fracos, e não como vítima.

– Pare de lavar isso aí. Nossa conversa é muito mais importante! – ele chamou.

Ela enxugou as mãos, saiu da pequena cozinha e, enquanto falava, começou a procurar as argolas de ouro que havia deixado sobre a mesa na noite anterior.

– O que está acontecendo não é novidade para mim. Mas, desta vez, decidi que não vou ficar invisível. E com certeza não ia deixar que pessoas fossem presas ou deportadas só por serem muçulmanas. Eu ganhava muito mais dinheiro no escritório de advocacia, obviamente. Mas a carreira não é tão importante... Espero não ter perdido... Eram da minha avó...

Mo entregou os brincos, que tinha guardado na caixinha de joias. O modo como Laila virou a cabeça para a esquerda e depois para a direita, afastando os cabelos para alcançar as orelhas, fez Mo lembrar-se da mãe.

– De certo modo, a sua carreira melhorou – ele disse. – Antes, você era apenas sócia do escritório. Hoje é muito mais conhecida.

Ela disparou-lhe um olhar desgostoso.

– É, conhecida o suficiente para ser chamada de traidora. Você não está entendendo, Mo.

Ela começou a guardar papéis na pasta e continuou.

– Eu me dispus a abrir mão de alguma coisa. Talvez a campanha não ajude a sua carreira, mas existem coisas mais importantes. Você se define. Afirma que não vai permitir que façam de você e de outros muçulmanos uma caricatura, sejam eles médicos, motoristas de táxi ou contadores.

– Advogada, e não terrorista...

O gracejo só lhe rendeu um olhar furioso.

– Desculpe, Laila, mas por que não chamam um desses médicos ou motoristas de táxi para fazer o anúncio?

– Quer que outro faça o que você tem medo de fazer?

– Não estou com medo! – ele protestou.

– Então, faça a campanha. Como americano, porque não gosta do que está acontecendo no seu país.

Em uma espécie de transmissão de pensamento, Mo percebeu, pela expressão de Laila, que ela ia mudar de assunto.

– Diga-me uma coisa. Você começou a deixar a barba crescer quando voltou do exterior?

– Foi.

– Então passou algumas semanas trabalhando no projeto?

– Mais ou menos isso, mas não estou entendendo...

– E quando ia fazer a inscrição, a barba estava bem comprida, assim como está agora.

Ele adivinhou a pergunta seguinte.

– Na fotografia que anexou ao pedido de inscrição, estava com ou sem barba?

Silêncio. Embaraço. Mentir ou dizer a verdade?

– Sem barba.

Ele poderia alegar que não tinha uma fotografia mais recente, mas Laila estava certa: o motivo era outro.

– Isso me entristece – ela disse.

Sem grande esforço, Laila havia demonstrado que Mo se guardava ou se expunha conforme as circunstâncias, ainda que às vezes se enganasse.

– Agora, você vai tirar a barba por causa deles.

Ele se sentiu pressionado, e sua mente se rebelou. Quem sabe ela dormia com ele só para garantir que não desistisse? Quem sabe estava aliada a Issam Malik, e os dois conspiravam contra ele?

– Com quem você jantou a noite passada? – Mo perguntou.

– O quê?

– Nada. Desculpe.

A suspeita desapareceu. Seu coração, de algum modo, acalmou-se. O ciúme apega-se ao lado obscuro do amor tal como os morcegos agarram-

-se à parte de baixo da ponte. Ao imaginar-se sem Laila, Mo entendeu o que sentia por ela.

Ela vestia uma jaqueta acolchoada em estilo marinheiro e ajeitava no pescoço um lenço branco de seda.

– Talvez se eu pudesse escrever o texto... – ele sugeriu.

– Para dizer o quê?

– Dá para você parar de se arrumar? – ele perguntou, em vez de responder. – Precisamos acabar esta conversa.

– Tenho um encontro com uma mulher cujo marido ficou preso sem julgamento por sete meses, Mo. Quer que eu falte ao encontro para continuarmos falando de como os seus princípios o impedem de fazer uma coisa realmente imbuída de princípios morais?

– Laila, isso é injusto. Se o que existe entre nós continuar, você tem de me aceitar como eu sou.

– Como posso, se nem sei direito quem é você?

Ela parou diante da janela e olhou para fora, como se visse aquele cenário pela primeira vez. Quando se voltou, seus olhos tinham um brilho de fúria, e não a centelha de vivacidade do primeiro encontro.

– Quando você se apresentou diante do país inteiro, eu o achei tão corajoso... Jamais havia visto um homem tão seguro. Você se arriscou. Mas agora vejo que foi por si mesmo: o *seu* projeto, a *sua* reputação, o *seu* lugar na História. Você se arrisca pelo seu interesse, e não pelo interesse dos outros.

– Laila, trata-se apenas de uma campanha publicitária! Não destrua por causa dela seja lá o que for que existe entre nós.

– Mas não é a campanha! São as coisas que valorizamos! Preciso ir. Preciso pensar.

Ela pegou a pasta e saiu batendo a porta.

A mágoa cresceu dentro dele, pressionando-lhe os pulmões. Mo sabia que não poderia mudar para adaptar-se a Laila. Mas não sabia como viver com um vazio no lugar dela.

Em outro episódio de lenço arrancado, a vítima foi hospitalizada com crise nervosa, e o noticiário mostrou o choro do filho pequeno que ela levava pela mão. O presidente dos Estados Unidos, que até então evitara emitir uma opinião sobre o memorial, apareceu na televisão clamando por civilidade e respeito, dizendo que se envergonhava do que acontecia no país. Chegou a afirmar que Sean tinha lançado "uma praga".

– Uma praga de bom senso! – Debbie falou para a tela.

Ela estava ocupada em ler e corrigir a redação que Trisha apresentaria para solicitar a matrícula na universidade. O título era "Minha Mãe, a Ativista". Segundo havia comentado com Sean, Trisha tinha medo de ser recusada pelas universidades mais liberais. Então, resolvera contar como, ao mesmo tempo, respeitava a mãe ("Dois anos atrás, ela não passava de uma dona de casa que dedicava a maior parte do tempo a assistir às novelas. O ataque mudou tudo. Ela foi chamada a lutar por seu país. Aprendeu...") e discordava dela ("Às vezes, acho que ela exagera nas provocações. Eu acredito no diálogo."). Debbie estava totalmente de acordo com a estratégia, mas tinha substituído "assistir às novelas" por "cuidar de mim e das minhas irmãs".

Novamente o choro da criança. Os canais de tevê a cabo não se cansavam de repetir a cena. Sean fechou a mão direita e deu um soco na palma da mão esquerda, com uma olhadela na direção do armário de bebidas de Debbie, do qual sabia que as meninas tinham tirado cópia da chave. Ele não bebia absolutamente nada desde o dia do ataque, mas o problema de estar sóbrio é que não podia usar isso como desculpa para as bobagens que fizesse. A investida contra a mulher de lenço, além de não atrapalhar em nada o memorial muçulmano, tinha desviado a atenção que o protesto pretendia conseguir.

– Ela ligou... – ele falou para Debbie, que se voltou, interessada.

– A mulher do dia do protesto. Zahira Hussain. Bem, não foi ela que ligou. Foi Issam Malik, do Conselho Muçulmano Americano. Disse que, se eu for ao encontro dela e pedir desculpas, ela retira a queixa contra mim.

Sean só não contou que Malik tinha falado em promover um "momento educativo". Ele sabia qual seria a reação de Debbie.

– Nada de pedido de desculpas – ela disse. – Não àquela gente. Pedir desculpas à sua ex, tudo bem.

Sean enrubesceu, enquanto Debbie continuava.

– Mas isso tem um valor simbólico. Eles querem fazer propaganda. Um bom garoto cristão, um americano, submetendo-se a eles. Mais um triunfo do Islã sobre o Ocidente. Já posso ouvir. Jerusalém, Constantinopla, Córdoba, um bairro como Morningside Heights. É onde eles atuam. É a *jihad* legal. Usando o sistema judiciário para perseguir você. Vamos arranjar dinheiro para contratar um bom advogado.

– Eu só estava pensando em conversar com ela – ele disse.

– Não ouse pedir desculpas!

– É assim que ela nos trata – Trisha falou, com um risinho.

– Para ela, temos menos direitos. Somos *dhimmi* – Alison suspirou.

– Não há mal algum em conversar – Sean argumentou.

– Mal algum – Debbie repetiu, com um olhar pensativo e cauteloso.

Na manhã seguinte, quando Sean chegou à sede do Conselho Muçulmano Americano, encontrou o pessoal do SADI à espera. Sob a liderança de Debbie, começaram os gritos: "Não às desculpas! Não à submissão!" Com câmeras e microfones, os repórteres faziam perguntas ao mesmo tempo. Feministas empunhavam cartazes onde se lia: "SEM ANISTIA PARA AGRESSORES DE MULHERES".

Seu primeiro impulso foi fugir, mas ele cerrou os punhos e avançou.

Alyssa Spier grudou nele e falou baixinho:

– Ponha-me lá dentro. Vai precisar de uma testemunha para garantir que eles não distorçam os fatos.

Lá dentro, porém, Issam Malik reconheceu Alyssa e disse:

– Não, não, não. Primeiro, vamos conversar em particular. E quando a imprensa entrar, ela não vem junto.

– Você chamou a imprensa? – Sean perguntou, assim que Alyssa se afastou aborrecida. – Pensei que fosse um encontro privado.

– Não se dá aula para uma classe vazia – Malik respondeu.

Sean sentiu imediata antipatia por ele. Eles entraram em uma sala de reuniões onde já havia muita gente: homens, na maioria, e algumas mulheres, todas com a cabeça coberta. Sean sentiu falta de Alyssa. Pela primeira vez na vida, era o único cristão e, aparentemente, o mais claro, entre morenos de vários tons de pele. Ele analisava o local para ver se havia algum perigo, quando uma voz assustada veio de um dos cantos.

– O que há na bolsa?

Os olhares voltaram-se para a mochila que Sean carregava no ombro. Ao sair da casa de Debbie, pela manhã, ele havia guardado na mochila todas as suas coisas. Deixara de fora apenas o terno que estava usando, para não amarrotar. Sabia que, depois da visita ao Conselho, ela não o receberia de volta.

– O quê? – ele estranhou.

– O... que... há... na... bolsa – Malik falou devagar, como se Sean não entendesse bem o inglês.

Dois homens se aproximaram.

– Droga! – Sean exclamou, passando a mão pelos cabelos.

Ele se abaixou, abriu a mochila e começou a despejar no chão o conteúdo: *jeans*, tênis, *kit* de barbear, um exemplar da *Sports Illustrated*, cuecas e, misturada às meias usadas, uma calcinha de algodão cor-de-rosa – de Trisha, que ele tinha trazido. Desculpas lhe cruzaram a mente. As roupas se misturaram na secadora. Tudo bem. Não aconteceu nada. Ninguém sabia de onde ele vinha.

Silêncio. Os homens se entreolharam. As mulheres abaixaram a cabeça. Melhor não olhar para Sean nem para sua bagagem.

Com os olhos ardendo e fixos no teto, ele falou:

– Estou carregando as minhas roupas porque não posso voltar para o lugar onde estava. Acharam que eu não devia vir aqui. Virei um sem-teto porque vim.

E, exagerando um pouco na entonação, acrescentou.

– Para vocês acharem que eu trago uma bomba!

– Uma arma – alguém corrigiu em voz baixa. – Pensei que podia estar com uma arma.

– As pessoas estão nervosas... Nós estamos – Malik explicou. – O ambiente está muito tenso. Há violência no ar, e você tem alguma responsabilidade nisso. Nós não o conhecemos. Você organizou uma manifestação na qual as pessoas fizeram ameaças de morte. Você tentou arrancar o lenço de uma mulher. Como vamos saber do que mais é capaz?

"Não sou capaz de coisa alguma", Sean pensou, pegando a carteira no bolso. Notas de compra se espalharam pelo chão, mas da carteira saiu uma pequena fotografia de Patrick uniformizado, que Sean mostrou. Todo mundo se esticou para ver.

– Meu irmão. Meu irmão que morreu. Assassinado. Por muçulmanos. Céus! Por que é tão difícil fazer a coisa certa?

– Lamento – uma mulher disse.

Sean não a reconheceu, mas conhecia aquele lenço vermelho, tantas vezes tinha visto sua mão avançar para ele. Ela não o estaria usando por acaso.

– Você só tem um lenço? – ele perguntou.

– Como?

– Está usando o mesmo lenço que usava naquele dia. Acha o quê? Que eu sou um touro, e não posso ver um pano vermelho que fico furioso?

– Não reparei...

– Disse que lamenta? Lamenta o quê? Quem se desculpa aqui sou eu, lembra? Não é por isso que estou aqui? Portanto, podem fazer eu me humilhar, me curvar, bajular vocês!

– Ninguém o obrigou a vir. E ninguém o está obrigando a ficar.

A mulher falou delicadamente. Tinha o rosto redondo, os olhos grandes e castanhos, de cílios compridos. O próprio Sean se surpreendeu. Ele se abaixou para recolher os pertences espalhados, enquanto pensava no próximo movimento. Nem precisava de espelho para saber como seu rosto estava vermelho.

– Vamos conversar em particular – disse a Zahira. – Tem muita gente aqui.

– Não é apropriado – Malik interferiu.

– Como?

– Nossa religião preza o recato no relacionamento entre homem e mulher. Além disso, ela foi humilhada publicamente, e as desculpas devem ser pedidas em público.

– Em particular – Sean repetiu.

– Não é possível... – Malik começou a explicar.

– Vamos para lá – Zahira interrompeu, apontando a sala de Malik. – Com a porta aberta.

Passando por cima das objeções de Malik, Sean e Zahira tomaram posse da sala, onde havia uma mesa suficientemente larga para proteger a reputação dela. Zahira se sentou e pousou as mãos cruzadas sobre a mesa. Sean pegou uma cadeira e sentou-se em frente. Havia três televisões ligadas na sala, mas eles procuraram não olhar.

– Antes do pedido de desculpas, Sean, eu queria uma explicação – ela disse.

Desde a primeira vez em que ouvira a voz dela, Sean vinha tentando identificar o que havia de estranho em sua fala, e afinal descobriu: a falta de sotaque. Ela parecia tão americana quanto ele.

– Por que puxou o meu lenço? Foi uma ação planejada?

– Não! O seu cartaz me irritou.

Percebendo como sua resposta parecia infantil, Sean tomou emprestadas as palavras de Debbie.

– Além disso, neste país as mulheres não são obrigadas a esconder os cabelos.

– É verdade. *Nós* não obrigamos as mulheres a esconder os cabelos. Mas as mulheres são livres para fazer isso, se quiserem. Como eu fiz. Ninguém me obriga a nada. Até meu pai é contra, mas eu quero assim. É minha escolha. Só minha.

O olhar se Sean voltou-se para uma das televisões, que mostrava sua entrada através de um verdadeiro corredor polonês. Ele parecia tenso, assustado mesmo. Menos corajoso do que pretendia. Imaginara fazer de sua chegada uma versão da entrada de Patrick no prédio em chamas, e somente então percebeu a tolice da ideia. Patrick estava morto.

Zahira também olhava para a televisão: a chegada de Sean, os gritos do pessoal do SADI. Depois de alguns momentos, pegou os três controles remotos e desligou os aparelhos, um por um. Então, voltou-se para Sean e falou com delicadeza:

– Além de proteger mulheres delas mesmas, o que você faz? Onde mora? Ah, não, você disse que é um sem-teto. Não para sempre, espero. Qual é o seu tipo de trabalho?

Ele pensou nos dias em que passara pendurando fotografias e rejuntando azulejos, e no terno que vestia, comprado para o enterro de Patrick e usado em todas as palestras.

– Estou em transição. E você?

Ela estava se formando em Literatura e Economia, pela Columbia University. Sean lembrou o cartaz "INTOLERÂNCIA = INSENSATEZ".

– Você nos ofendeu – ele disse. – É isso que ensinam em Columbia?

– Não. A ideia foi minha. Talvez tenha sido uma escolha equivocada. Mas eu acho insensatos os intolerantes. Não estou com isso dizendo que você é insensato por ser contra o projeto do memorial. Mas gostaria de saber por que é contra.

– É um jardim islâmico!

Novamente sem palavras, ele mais uma vez tomou emprestado o discurso de Debbie:

– Um paraíso para os assassinos. Um modo de nos invadirem, de nos colonizarem.

– É mesmo? Eu pensei que fosse só um jardim. Honestamente, Sean, ainda que haja elementos em comum com jardins islâmicos tradicionais, não quer dizer que seja um paraíso. E se o arquiteto estava conscientemente querendo invocar a vida após a morte, como você concluiu que a intenção dele é incentivar o terrorismo? Pelo que se sabe, ele quer lembrar aos muçulmanos que nunca chegaremos ao paraíso se fizermos o que aqueles homens fizeram. Por que a sua teoria é melhor do que a minha?

Como Sean não respondesse, Zahira continuou.

– Para mim, nenhum arquiteto é capaz de criar o paraíso. Só Deus é. Quando nós, muçulmanos, pensamos no paraíso, na esperança de chegar lá, na alegria dessa possibilidade, não procuramos árvores, sedas, joias, mulheres e homens bonitos, ou seja lá o que levaram você a acreditar. Procuramos Deus. Deus. A descrição do paraíso no Corão é apenas um meio de transmitir à nossa limitada imaginação o êxtase provocado pela presença de Deus. Isso é que nos deve inspirar a viver corretamente.

Sean reproduziu mentalmente as palavras de Zahira, como se refizesse um caminho percorrido, tentando achar algum objeto perdido. Só o que encontrou para dizer foi:

– Sinto muito. Muito mesmo.

– Verdade? – ela perguntou cautelosa, subitamente parecendo pequena atrás da mesa.

Eles eram duas crianças no escritório do pai, brincando de ser adultas. No entanto, a casa de Frank, o pai de Sean, bombeiro aposentado, nunca tivera um escritório. Na casa do pai de Zahira talvez houvesse um; afinal, ela estudava em Columbia.

– Sim. Desculpe por ter puxado o seu lenço.

Depois de examiná-lo de alto a baixo, ela falou:

– Então, deve dizer isso publicamente, para enviar uma mensagem aos que o tomam como modelo.

– É o que quer Issam Malik – Sean disse.

Ruborizada, Zahira corrigiu calmamente.

– É o que eu quero.

Ele mordeu o lábio inferior, fez que sim e empurrou a cadeira para trás. Enquanto eles conversavam, Malik enchia de repórteres a sala de reuniões. Tentando não se importar, Sean se encaminhou, ao lado de Zahira, para um espaço cercado de microfones. Ele teve a impressão de sentir nela um cheiro de goma de mascar, ou talvez fosse lembrança das garotas Dawson. Malik colocou-se do outro lado de Sean.

Depois de pousar a mochila no chão e limpar a garganta, Sean falou:

– Estou realmente arrependido por ter puxado o lenço de Zahira Hussain, e disse isso a ela.

Depois de dar aos repórteres tempo de anotar suas palavras, ele continuou.

– O que fiz foi errado. Se outros fizerem a mesma coisa, será errado. Meu irmão Patrick se envergonharia de mim, e eu gostaria de poder me desculpar com ele também.

Ele havia pronunciado o nome do irmão centenas, talvez milhares de vezes, desde a morte dele. Sua mãe tinha chegado a reclamar que ele falava mais em Patrick agora do que quando ele era vivo. Daquela vez, porém, a referência ao irmão pareceu finalmente aliviar o peso daquela última noite de bebedeira.

No entanto, outro peso se instalou quase imediatamente. Talvez por causa do nome de Patrick, ele pensou na sala de estar da casa dos pais, para onde em breve voltaria, por falta de outro abrigo. Ao ver-se, no monitor de televisão, cercado de muçulmanos, procurou lembrar os caminhos que o tinham levado àquele lugar, e quis retroceder.

– Mas Patrick morreu tentando salvar pessoas do terrorismo islâmico, e nunca vou me desculpar por não querer o Islã ligado ao memorial. Não se trata de uma pessoa, nem de um projeto. Não é pessoal, não é preconceito. É fato.

Os olhos dos repórteres brilharam de satisfação. Malik contraiu os lábios, ofendido. A sala ferveu com a movimentação das pessoas, dos móveis, do ar. Sean ouviu gritos e sentiu-se empurrado por mãos ríspidas e implacáveis, como se afinal tivessem descoberto que ele carregava uma bomba. Alguém jogou a mochila. O tempo todo ele pensou nos pais. Somente mais tarde, assistindo ao lado deles a reportagem da televisão, percebeu a angústia no rosto de Zahira.

16

ERAM 3 HORAS quando Mo acordou e, sem acender a luz, pegou na mesinha de cabeceira um sanduíche de rosbife, que mastigou cuidadosamente. Em seguida, bebeu água e tentou adormecer outra vez. Depois de algumas horas mal dormidas, acordou novamente, levantou-se e vestiu-se para o trabalho. Somente daí a cerca de 12 horas poderia voltar a comer e beber.

Fazia cinco dias que Mo vinha jejuando. Como um grão de areia, ele era um entre centenas de milhões de muçulmanos que observavam o Ramadã – período de um mês no qual não podiam comer, beber nem fazer sexo entre o nascer e o pôr do sol. Mo comparou o período a um prédio cuja construção ia de lua crescente a lua crescente, um cômodo por dia. A refeição feita antes do amanhecer representava uma soleira, e, nas horas de abstinência, a boca representava uma porta fechada. Mas esses eram conceitos de um arquiteto. Na verdade, ele não sabia por que cumpria o ritual, por que se decidia toda manhã pela abstinência, e essa incerteza trazia muitas outras. Ele tinha o direito de defender o memorial a todo custo? Tinha o direito de recusar-se a dar explicações? Ele não era responsável pelos ataques a mulheres de lenço. Sua posição era um objeto fixo em torno do qual tudo o mais girava. Ele ficava imaginando o que pensaria dele o Deus no qual não acreditava.

Mo nunca se sentira tão inseguro. O ódio destilado durante a manifestação parecia haver gerado um calor intenso, como se ele permanecesse ao lado do homem que incendiou seu rosto. Mo estava cansado da religião agressiva e chorosa nascida com o ataque, e enjoado dos fundamentalistas que a defendiam, sacralizando o dia, o local, as vítimas, os sentimentos dos sobreviventes e a blasfêmia utilizada como justificativa para sua preservação. Mas também se preocupava com a possibilidade de, ao não praticar a religião, tornar-se um arquiteto inadequado para seu templo – o memorial.

Mo revoltava-se contra Paul Rubin, que insistia em fazê-lo desistir; contra a governadora, que contestava o resultado do concurso; e contra certa covardia da comissão. Em essência, porém, ele estava muito triste. Depois de discutir com Laila, tinha arrumado a mala, tinha deixado as chaves dela em cima da mesa e procurado um hotel para morar. Pouco depois, uma colega oferecera o apartamento em Chelsea que acabava de desocupar: um apartamento vago e vazio, portanto – impossível encontrar refúgio mais pobre. A vida dele se resumia a uma mala, um *laptop* e um colchão de ar. Tratava-se de uma bagagem menos apropriada a um procurado do que a alguém que desaparecia aos poucos.

No trabalho, Mo tinha a impressão de que se falava mais de comida do que de construções: o que comer no jantar ("Já provou vieiras? Aquelas pequenas, tipo bombons?"), onde almoçar. Como um adolescente que descobre o sexo e não pensa em outra coisa, ele ligava à comida todo cheiro e toda conversa. Até então não havia reparado como o século 21 está voltado para a alimentação: planejamento, compra, preparação, consumo, discussão, desperdício, preferência, criação, venda... Antes de praticar o jejum, ele até gostava de evitar certas comidas. Em um país muçulmano, provavelmente não jejuaria, já que preferia desafiar a obedecer. A empreitada, no entanto, era mais difícil do que imaginava, entre pessoas que, além de não participarem do sacrifício, não prestavam atenção a ele.

Durante a manhã, o nível de açúcar no sangue foi caindo, a irritabilidade foi aumentando, e o corpo começou a gritar. A urina tomou a cor amarela de um sinal de trânsito, tão concentrada, que quase parecia sólida. Com medo de que seu hálito ficasse malcheiroso, Mo a todo momento cobria a boca com a mão, para verificar, e evitava chegar muito perto das pessoas. Ele podia escovar os dentes, desde que não engolisse a água, mas o jejum provocava um cheiro na boca, vindo da língua ou dos ácidos do estômago atuando no vazio, que lembrava o cheiro de um animal morto no porão da casa.

Thomas parou ao lado da mesa de Mo.

– Um grupo vai ao restaurante japonês. Quer ir?

– Não, tenho um encontro.

O lampejo da dúvida brilhou nos olhos de Thomas. Mo e seus segredos novamente.

– Com Laila – Mo acrescentou.

Uma mentira para neutralizar a desconfiança. Pronunciar o nome dela em voz alta era como cortar a própria carne, mas ele repetiu.

– Laila.

Prazer e dor. Seu assistente prestou atenção, como se também não confiasse nele.

Logo depois, começou a dor de cabeça, tão insistente quanto a língua de Mo agarrando-se ao céu da boca extremamente seca. Ele saiu para uma caminhada. Se estudantes faziam provas, soldados lutavam, e presidentes administravam seus países durante o Ramadã, por que ele não podia caminhar? Ele examinava os caminhões de alimentos como se fossem alvos a atingir. Os de comida *halal* eram os piores. Duvidava que os donos dos caminhões também jejuassem. O cheiro característico de carne grelhada e temperos invadia-lhe o nariz, como se estivesse furioso por encontrar a boca fechada. Mais do que comer, porém, ele queria beber – água, refrigerante, qualquer coisa para umedecer a boca, que parecia ter sido esvaziada pelo sugador do dentista. Na verdade, Mo sentia falta mesmo de um café. "Sou um fraco". Não, não era. A fraqueza indica persistência. Força, portanto.

No fim da tarde, Mo chegou de táxi aos estúdios WARU, onde foi recebido por um rapaz de aparência frágil que o encaminhou a uma antessala, oferecendo chá, café ou refrigerante.

– Nada, não, obrigado – ele agradeceu.

– E água? É bom para acalmar.

– Por que eu...

Estaria nervoso? Mo ia protestar, mas desistiu, ao perceber que a voz saía estridente e arrastada.

– Não, obrigado, estou bem.

– Ora, ora, então está bem?

Era Lou Sarge, que imediatamente levou Mo para o estúdio, onde os dois se sentaram frente a frente. A pouca iluminação do ambiente parecia absorver as cores. Entre eles havia um microfone, como um periscópio ao contrário, um olho que buscasse alguma coisa.

A ideia de aceitar a entrevista não tinha partido de Mo, mas de Paul, em uma ordem disfarçada de convite.

– Você tem de entrar no campo do inimigo – Paul insistiu. – Mostre a eles que não tem o que temer. Traga Sarge para o seu lado e estará neutralizando um monte de loucuras.

Paul só não explicou como Mo conquistaria um homem que costumava chamar os muçulmanos de *"raging heads"*, chamando-os de violentos e referindo-se ao hábito de usarem turbante.

Ao ajustar os fones de ouvido, para saber quando terminava o intervalo comercial, Sarge pareceu voltar-se para dentro de si, esquecendo-se da presença de Mo. No estúdio à prova de som – uma cápsula nem um pouco amigável –, o convidado só ouvia a própria respiração.

– Então, Mohammad... Posso chamá-lo de Mohammad? – Sarge perguntou afinal.

– Prefiro Mo. É como todo mundo me chama.

– Então, Mo, vai ser assim. Chegue mais perto; eu não mordo. Vamos conversar por alguns minutos e, depois, atender alguns telefonemas. Você não vai ouvir o que as pessoas disserem, porque é muito difícil para os convidados acompanharem o que se passa dentro e fora do estúdio. Eu repito as perguntas. Fale bem perto do microfone, mas não precisa encostar a boca. É isso. Estamos satisfeitos com a sua presença. Já lhe ofereceram alguma coisa para beber?

Mo, não esperando que Sarge fosse tão gentil, baixou a guarda. Como ainda dispunham de alguns minutos, Sarge começou a falar sobre sua vida. Contou como havia "flertado" por pouco tempo com a Arquitetura – ao estilo de Buckminster Fuller – antes de tornar-se radialista.

– Meus projetos eram futuristas, mas hoje seriam bem comerciais. É difícil ser um arquiteto independente. Você deve saber do que estou falando. Não basta sentar-se e desenhar; seria o mesmo que tentar ter um filho só com masturbação. É preciso haver quem acredite em você e se disponha a construir. Já sei em que está pensando: sou bastante bom na arte de convencer. É isso mesmo. Eu estava vendendo o produto errado. As pessoas não queriam meus projetos; queriam minha voz, queriam minha coragem. Todo mundo tem medo de falar e ser chamado de reacionário, de fóbico, de racista ou lá o que seja. Eu não tenho medo. Você tem de sintonizar o momento histórico, sentir que o tempo passa...

Sarge fez uma parada e levantou as mãos, como se cortasse o ar. Em seguida, continuou:

— E adaptar-se.

— Vou me lembrar disso – cansado do monólogo, Mo respondeu brevemente, preferindo guardar as energias para o programa.

— Muito bem, tempo de bajular os patrocinadores. Só hoje foram três novos. Avisamos que você vinha, e choveu patrocínio.

Terminados os comerciais, Sarge dirigiu-se aos ouvintes.

— Muito já se falou de Mohammad Khan neste programa, e hoje é com prazer que anuncio a presença dele aqui no estúdio. Assim, podemos falar com ele, e não falar *dele*. Podemos ouvir as respostas diretamente de sua boca. Todos sabemos qual é sua religião. Ele é arquiteto. Nascido e criado em Nova York?

— Nasci na Virgínia, mas vivo há muito tempo em Nova York.

— O que você sentiu, realmente, no dia do ataque?

— Fiquei arrasado, como todo mundo. Foi como se um buraco se abrisse em mim.

— Terrível. Deve ter sido como descobrir que o seu irmão é o Unabomber.

— Não foi isso que eu quis dizer.

— Então você criou um memorial que provocou um bocado de controvérsia. Conte-me: de onde tirou a ideia?

Mo ainda estava preso ao comentário sobre o Unabomber, sem saber se devia voltar ao assunto. Tarde demais.

— Da minha imaginação – ele respondeu. – Acredito que, simbolicamente, um jardim e um memorial têm o mesmo impacto, dada a interação entre vida e morte...

— Entendi. Então, trata-se, na verdade, de um jardim islâmico?

— É só um jardim.

— Um paraíso dos mártires?

— É um jardim.

— Um *playground jihadi*?

— É um jardim.

— Uma brincadeira com o povo americano?

– Espere aí! Eu me incluo no povo americano!

– Quer dizer... Se eu fosse muçulmano... Imagino que estes dois anos não tenham sido fáceis para você. Talvez esteja aborrecido e prefira não falar no assunto.

Mo ficou tão furioso com as palavras de Sarge e com a essência de verdade contida nelas, que, por um momento, perdeu a fala.

– Mohammad! Ei, Mohammad, você está aí?

Sarge baixou a voz e aproximou-se ainda mais, como se os dois estivessem sozinhos na escuridão do universo, tendo apenas as estrelas distantes como audiência. Seu tom de voz vinha carregado de simpatia, mais poderosa por ser inesperada, e Mo sentiu fortes emoções querendo explodir. Que talento tinha aquele homem para transformar o açúcar da voz em algodão-doce! E o chamava de Mohammad, e não Mo. O nome inteiro era um meio de lembrar aos leitores que Mo-hammad era tudo que eles temiam.

– Eu queria fazer alguma coisa pelo meu país – Mo disse.

A fala saiu arrastada, como se as palavras andassem sobre piche.

– Só isso – ele concluiu.

Durante o intervalo comercial, Sarge bebeu em grandes goles um energético, que Mo recusou.

– A "verdade verdadeira" – Sarge falou – é que, no dia do ataque, eu não senti nada, nadica. Sabe quando você está há muito tempo na mesma posição, e o pé fica dormente? Eu me senti um morto-vivo, uma droga de um morto-vivo. Entende o que eu digo, Mo?

Ele jogou a cabeça para trás e olhou o teto, antes de continuar.

– Talvez fosse o caso de você projetar um memorial para mim...

O programa voltou ao ar para perguntas dos ouvintes, todas gentilmente respondidas por um Mo esgotado, que só mais tarde perceberia a desconfiança contida nelas.

Mildred, de Manhasset.

– Se for convocado a dar seu testemunho em um tribunal, você vai jurar sobre o Corão?

– Vou agir como todo americano age no tribunal.

Warren, de Basking Ridge, Nova Jersey.

– Os muçulmanos rezam para o mesmo Deus que nós veneramos?

– Muçulmanos, judeus e cristãos rezam para um só Deus.

Ricky, de Staten Island.

– Não entendo por que você não retira o seu projeto, quando tantas famílias desejam isso.

– O processo deve seguir o caminho estabelecido.

Quando o programa terminou, Sarge e Mo ficaram algum tempo no estúdio. Lá fora já estava escuro, mas o assistente que chegou com uma bebida de laranja estranhamente espumante e cremosa só a serviu a Sarge. Mo era orgulhoso e desconfiado demais para pedir alguma coisa.

– Eu estive pensando, Mo – Sarge disse. – Não é possível que o seu subconsciente tenha agido nesse projeto, sem você querer? Comigo acontece a toda hora. Metade das coisas que eu digo no programa me assusta. Eu penso assim: "Ei, Lou, que espantoso!" Mas eu não me desminto!

– Que metade? – Mo perguntou.

No entanto, Sarge já havia iniciado outro monólogo, e não respondeu.

O 40º aniversário de Claire começou com chocolate quente e *croissants* entregues no quarto por William e Penelope. A bandeja foi levada escada acima por Margarita, que ficou esperando do lado de fora. As crianças subiram na cama enroscaram-se junto a ela, espetando-a com seus joelhos ossudos. William entregou um cartão no qual desenhou a mãe com um chapéu de aniversário que parecia um cone de sinalização de tráfego. E, pela primeira vez desde o passeio de barco, fez desenhos do Jardim. Claire pensava que ele tivesse esquecido.

– E isso aqui são pirulitos? – Claire perguntou, apontando muitos pontinhos vermelhos sobre linhas verdes.

– Tulipas – William respondeu rindo. – Tulipas vermelhas.

– Tem certeza de que não preferiria um canteiro de pirulitos? – Claire perguntou, fazendo cócegas no filho. – Um jardim de balas?

– Papai não gostava de bala.

As palavras do filho despertaram alguma coisa dentro dela, tornando mais viva a ausência de Cal. Viva e dolorosa. Três anos mais novo do que Claire, ele sempre lhe prometia tornar agradável sua chegada aos 40 anos. A brincadeira estendeu-se pelos meses anteriores à morte dele, e os planos para a comemoração foram ficando mais grandiosos, mais divertidos, mais elaborados. A prática de *scuba diving* nas Ilhas Maldivas foi trocada por uma viagem a Galápagos, que cedeu a vez a um cruzeiro de iate pelo Mediterrâneo, também considerado insuficiente e substituído por uma volta ao mundo – na companhia das crianças e, provavelmente, de uma babá –, que se estenderia até o aniversário de 41 anos.

Ao contrário dos antigos planos, o dia transcorria melancólico em Chappaqua. Haveria telefonemas: a mãe, da Califórnia; a irmã, de Wisconsin; alguns amigos; os pais de Cal. Chegariam alguns e-mails enviados por spas e butiques que sempre "lembravam" aquele dia especial. Depois do jantar, as crianças a surpreenderiam com o bolo preparado com a ajuda de Margarita e cantariam "Parabéns pra você", provavelmente mais de uma vez. Com as crianças na cama, ela beberia devagar uma taça de vinho, para fazer a noite passar mais depressa. E, como pano de fundo, naquele momento, naquele dia, todos os dias, o insistente lamento da controvérsia do memorial. Apesar da resistência de Claire, suas dúvidas acerca de Khan juntavam-se às insinuações levantadas por Alyssa Spier no recente encontro. Desde então, uma desconfiança vil e repulsiva era sua companhia constante.

A manhã foi ocupada por uma sessão de massagem e pelas instruções transmitidas ao obsequioso jardineiro quanto ao plantio adequado para a época. Ao meio-dia, quando um carro de entregas chegou trazendo uma cesta de flores enorme, Claire ficou felicíssima com a surpresa. Ao pegar o pequeno envelope com o cartão, pensou: "Que não seja de um velho apaixonado!" – Paul Rubin, consultor financeiro da família –, "Tomara que seja de..." Ela nem soube completar a frase. Foi tomada por uma sensação súbita e intensa de desespero por sua solidão. Por sua insensibilização.

"Algumas datas, assim como algumas pessoas, são difíceis de esquecer. Espero que o dia lhe traga mais alegrias. Com afeto, Jack", dizia o cartão.

Assim seja. Claire custou a acreditar. Jack Worth, dois anos à frente dela em Dartmouth, tinha sido seu namorado. Terminaram e reataram o namoro algumas vezes, até que ela conheceu Cal. Jack a acusara de preferir o outro por causa do dinheiro – uma acusação injusta que, pelo menos, a poupou de confessar que preferia o temperamento de Cal. Passaram anos sem se falar, até que se encontraram por acaso, ele com a mulher e ela com o marido, quando encenaram uma trégua embaraçosa. Depois da morte de Cal, ele enviou um cartão: "Sei que é difícil considerá-la feliz neste momento, mas você possuiu um artigo raro, que todos buscam, e a maioria não encontra – um amor duradouro". Foi a última vez que Claire teve notícias dele.

O presente, menos ousado que o cartão, era um jardim em miniatura, em que se viam folhagens, trevos e grama, tudo acomodado em uma bela jardineira de madeira envelhecida. Foi uma ideia inteligente, Claire pensou, não ter enviado alguma coisa declaradamente romântica, já que ele não sabia se ela estava com alguém. Além disso, ele devia ter ficado mais sensível com a idade. Nos tempos de namoro, várias vezes eles brigaram pela falta de atenção de Jack: esquecia o aniversário de Claire, a data em que se conheceram e até o nome da irmã dela. As únicas flores que ele deu a ela foram colhidas perto da casa dos pais dele, no Maine.

O cartão trazia o número do telefone de Jack, e Claire ligou para agradecer. Ele a convidou para comemorarem o aniversário com um jantar, sugerindo que ela levasse alguém, se quisesse.

– Não, mas se você...

– Não, tudo bem, só nós dois.

Era como se lhe arrancassem ao mesmo tempo o vestido de casamento e o traje de luto, deixando espaço para o desejo. Sexo com Jack era intenso demais: antes que ela se vestisse, ele já estava planejando a próxima vez, como se a vida entre um encontro e outro não tivesse importância. Essa tinha sido a parte mais difícil do rompimento. Com Cal, o sexo era menos ardente, e ela se convencera de que se tornava mais profundo.

O prefeito decidiu, segundo as próprias palavras, "ficar ao lado dos amigos muçulmanos", já que, conforme dizia para quem quisesse ouvir, estava em fim de mandato.

– Quer dizer que, se ele fosse concorrer novamente, vocês não seriam amigos dele?

Quem fez a pergunta foi Thomas, a única pessoa que tentava conferir alguma leveza à vida de Mo.

Mo foi convidado, bem como vários líderes, notáveis e ativistas muçulmanos, à mansão Gracie, para um *Iftar* – o jantar que quebra o jejum de cada dia, durante o mês do Ramadã. Convidados também, os pais de Mo chegaram da Virgínia. Além de considerar o jantar mais importante para os pais do que para ele mesmo, Mo esperava que eles amortecessem os golpes do Conselho Muçulmano Americano que, com certeza, estaria lá. Ele não via ninguém do Conselho desde que se retirara da campanha publicitária, que foi feita com motoristas de táxi, professores e um ator de *stand up comedy* em seu lugar.

Como se mudara havia pouco tempo, Mo reservou hotel para os pais. Antes tivesse marcado encontro com eles lá. Os passos deles ecoavam no espaço vazio do apartamento. Eles estavam horrorizados.

– Meu Deus, Mo – a mãe falou. – Isto é...

Ela foi até o quarto. Na volta, abaixou-se junto à mala de Mo, que estava em um canto.

– Você não podia ficar com um amigo? Com Thomas?

Ela gostava muito de Thomas, de Alice a das crianças porque eles eram a prova de que um arquiteto podia formar uma família.

– Eles têm três filhos, lembra? Além disso, estão meio abalados com essa história toda.

– Você não disse a ele que ia entrar no concurso?

– Vamos mudar de assunto?

Mo nem tentou disfarçar a irritação ao emendar.

– Eu gosto de morar sozinho. E estou acostumado.

Era isso que a assustava. Ele se virou de costas, para não ver a expressão da mãe.

– Talvez acostumado demais – Salman completou.

Ansioso pelo pôr do sol e cheio de fome, ele abrira a geladeira, encontrando as embalagens de comida chinesa, indiana e tailandesa que Mo consumia todos os dias para quebrar o jejum.

– A refeição de quebra do jejum deve ser comunal – Salman disse. – Não um homem sozinho em casa com um prato de comida pronta.

Mo se encolheu: não gostava daquela descrição de seus hábitos.

– Então, é melhor irmos ao encontro do prefeito – falou abruptamente.

– Mo, você sabe como nos sentimos orgulhosos, mas também nos preocupamos com você.

Salman tinha feito comentário semelhante por telefone, mas sua expressão era muito mais veemente.

– O preço a pagar é alto demais.

Mo sentia-se dividido diante da atitude do pai. Salman tomara decisões corajosas: viajar aos Estados Unidos para estudar Engenharia; casar-

-se com a mulher que escolheu – uma artista! –, e não com a escolhida dos pais; privilegiar a modernidade sobre a tradição. Mais tarde, porém, havia optado pela convencionalidade. A carreira do filho o preocupava. Para um descendente de indiano, preferia o Comércio, o Magistério, a Medicina, não necessariamente nessa ordem. Ou a Engenharia. Considerava a Arquitetura um setor que pagava pouco, além de ser difícil avaliar o sucesso, a não ser no caso de uma produção extraordinária. No entanto, à medida que o talento de Mo se evidenciava, e as construções projetadas por ele se tornavam realidade, o ceticismo de Salman transformava-se em orgulho, e ele elogiava aos quatro ventos o trabalho do filho. Mas Mo não esqueceu a dúvida inicial.

– O preço a pagar pela desistência também é muito alto. Eu simplesmente não posso desistir.

– De um modo que pode ser perigoso, as atenções se voltam para você e para todos os muçulmanos da América.

Andando de um lado para outro, com as mãos para trás, Salman continuou.

– Minha mesquita contratou um vigia, por causa das ameaças que vem recebendo, e eu quase me sinto no dever de pagar por isso. Pense na comunidade.

A recente ligação de Salman à mesquita era outro ponto delicado. Pouco depois do ataque, ele, indiferente – se não avesso – à religião por toda a sua vida adulta, tinha passado a rezar, primeiro sozinho e depois na mesquita.

– Curiosidade – ele explicou, quando Mo perguntou o porquê da mudança de hábito. – Ou talvez solidariedade.

O filho repetiu a pergunta daí a alguns meses, e a resposta mudou.

– Porque eu acredito.

Mo não soube o que dizer.

– Que comunidade, *baba*? Minha comunidade é formada por gente igual a mim. Racional.

– Mas mesmo alguns dos seus amigos supostamente racionais estão questionando a sua atitude, e há entre eles quem admita não confiar inteiramente em nós. Isso é o mais perigoso.

Salman sentou-se ao lado de Shireen sobre a mala, que afundou sob o peso dos dois. O casal parecia estar à espera de ser mandado para o exílio.

Salman, porém, logo se levantou, meio sem jeito, e começou a andar novamente de um lado para outro.

– Alguns dias atrás, eu e sua mãe conversávamos sobre a escolha do seu nome. Por que Mohammad, o mais obviamente muçulmano dos nomes? Era o nome do seu avô, é claro, e ele personificava o que desejávamos que você fosse. As pessoas comentavam sua religiosidade, mas ele era simplesmente bom. No entanto, o seu nome representa também uma declaração de fé neste país. Poderíamos ter escolhido um nome forte em inglês, mas, embora nos desligássemos da religião, nunca escondemos o fato de sermos muçulmanos. Acreditávamos tão solidamente nos Estados Unidos que, nem por um momento, pensamos que o seu nome de algum modo o atrapalharia. E agora...

Ele parou, inclinou a cabeça e esfregou os olhos antes de continuar.

– Você não é responsável pela reação. No entanto, foi você, meu único filho, que provocou pela primeira vez a dúvida sobre se este país tem um lugar para nós.

– *Baba*, por favor... – Mo falou com delicadeza. – Claro que tem. Mas às vezes precisa ser sacudido, ser lembrado do que representa.

– Mo, veja em que a sua vida se transformou!

Salman encerrou a frase de braços estendidos, com as palmas das mãos para cima, mostrando o espaço vazio.

As mesas do bufê estavam cobertas de delícias como *kebab* de carne, pão pita, tâmaras e queijo feta frito. Mo manteve-se ao lado dos pais, inclinando a cabeça sempre que via um conhecido, e desapontado por não encontrar Laila entre eles. Não sabia se ela não tinha ido para evitá-lo ou para evitar o pessoal do Conselho. Sem mencionar diretamente Mo ou o memorial, o prefeito falou brevemente sobre a necessidade de poupar os muçulmanos de novos traumas, para não aumentar a extensão da tragédia.

Mo achou familiar um homem idoso, de barba grisalha e sem bigode que se aproximou. Tomou a iniciativa de estender a mão para cumprimentá-lo. Mas a mão ficou no ar.

– Espero que esteja satisfeito – o homem falou, sério.

Mo lembrou-se dele. Tariq. Ele estivera na primeira reunião no Conselho Muçulmano Americano.

– Com...

– Com o que provocou, com a situação em que nos deixou. Antes de você aparecer, seria chocante, inaceitável, alguém se referir a nós como "inimigos". Agora, virou coisa normal.

– Não é culpa minha – Mo respondeu.

Ele preferiria que o pai não estivesse ouvindo.

– Você já se afirmou. Já venceu. Pode retirar-se do concurso.

– Não, não. Precisamos enfrentar a reação, e não desistir! – Issam Malik opinou.

Ele que, até momentos antes, monopolizava habilmente a atenção do prefeito, surgia ao lado de Mo como em um passe de mágica.

– Enfrentar ou aproveitar? – Tariq pressionou.

– O que quer dizer com isso? – Malik perguntou.

– Somente que e-mails têm sido enviados com pedidos de doações, na esteira desta controvérsia. Outros são enviados para mencionar as vezes em que o Conselho... Quer dizer, você... esteve na mídia. Tudo muito bom, tudo muito bem, mas, enquanto isso, nossas mulheres têm o lenço arrancado da cabeça, e nossos jovens respondem com radicalização. Quem pode criticá-los? Isso vai acabar mal.

Ele se voltou para Mo e continuou.

– Não foram os terroristas, foi você quem isolou a nossa religião. Os terroristas pelo menos creem. E você? Qual é a sua desculpa?

– Desculpe, mas o senhor não pode fazer essas acusações a ele.

Todos se voltaram para Salman. Quem era ele?

– Meu pai – Mo falou baixo.

– Ele está apenas exercendo seus direitos. Seus direitos de americano – Salman continuou. – Não pode ser responsabilizado pelas reações alheias.

– Todos concordamos quanto ao direito dele, e é essa a mensagem que deve chegar aos não muçulmanos.

Quem falou foi Jamilah, vice-presidente do Conselho, que se juntou à conversa. Naquela noite, ela parecia mais firme do que no encontro anterior.

– Mas, aqui entre nós – ela continuou, voltando-se para Mo –, se você desistir, estará provando que nos interessamos mais pela cura do que pelo confronto.

– Por que cabe sempre a nós apontar isso? – outra mulher perguntou.

A recém-chegada usava na cabeça um lenço de tecido amarelo-canário com um redemoinho de linhas que tanto poderiam sugerir um alfabeto estranho como folhas caídas. Mo não conseguia olhar para coisa alguma a não ser o lenço.

– Por isso eu digo que o verdadeiro extremismo está entre os que se opõem a Mohammad – Malik argumentou. – E se eles o convencerem a desistir, provavelmente vão inspirar ataques dos chamados extremistas islâmicos.

– Isso parece uma ameaça – Mo disse.

Como todos tinham as mãos ocupadas com pratos e copos, não podiam gesticular livremente, o que transmitia a falsa impressão de uma estranha cortesia.

A antipatia que Mo sentira em relação a Malik, com quem não se encontrava desde o dia da apresentação da campanha publicitária, repetiu-se, desta vez fortalecida pela impressão injusta, mas instintiva, de que fora ele o responsável por sua separação de Laila.

– Mas é verdade – a mulher de lenço amarelo insistiu. – Precisamos mostrar a todo mundo que o extremismo da oposição está alimentando o extremismo islâmico. Senão, podemos ser responsabilizados, caso alguma coisa aconteça.

– Se alguma coisa acontecer, venha de onde vier, *ele* é o responsável – Tariq disse, apontando Mo acusadoramente. – Ele vai ter sangue nas mãos.

– Isso é revoltante! – a mulher de lenço amarelo exclamou.

De repente, todos falavam ao mesmo tempo, e as palavras pareciam misturar-se, como os ingredientes do caldo típico do Oriente Médio que o *chef* da mansão Gracie tinha servido. Os convidados comiam avidamente, para compensar o jejum daquele dia e preparar-se para o jejum do dia seguinte. Assim, o alimento entrava tão depressa quanto saíam as palavras: falatório e comilança, falatório e comilança. Até no ato de comer parecia haver fúria.

O prefeito pensou em juntar-se ao grupo em torno de Mo, mas, ao perceber o calor da discussão, recolheu-se à companhia segura dos assessores. Ele parecia surpreso ao ver muçulmanos moderados com um discurso tão inflamado.

– Acho que mudei a sua opinião – Mo disse ao pai, ao saírem da mansão.

A rudeza que transparecia em sua voz era pura bravata. Estava chocado com a confusão causada por ele, sugerindo que provocaria a mesma turbulência em qualquer lugar aonde fosse.

– Não mudou coisa alguma – Salman respondeu melancólico, amargo mesmo. – Acho que está cometendo um erro terrível. Ainda que vença, estará perdendo. Nós todos estaremos. Mas você é meu filho. Não tenho escolha, a não ser defendê-lo.

17

– *EM QUALQUER JARDIM acontece muito mais do que você sabe, do que você vê* – *Mohammad Khan disse.* – *Sempre há alguma coisa mudando ou sendo mudada, que não depende de nós.*

Procurando entender, ela se aproximou. Ele pousou as mãos em sua cabeça, fazendo-a enxergar: fibras se decompunham, folhas se retorciam, pulgões sugavam seiva, escaravelhos devoravam pétalas de flores, carvalhos murchavam... Com visão microscópica, ela percebia tudo.

– Morte, há morte em toda parte – ela disse. – Sem razão.

– Existe uma razão.

Em busca de conforto, ela se inclinou na direção daqueles olhos verdes, daquela boca macia...

A aspereza da barba a despertou. Ela estava sozinha na cama. Trêmula, confusa e envergonhada. Empenhado em descobrir a verdadeira natureza dele, seu subconsciente tinha revelado a fascinação que ela escondia.

Ele não teve tempo de explicar a razão de tanta morte. Da morte de Cal. A revelação estivera tão perto... Ela queria apagar o beijo e continuar a conversa. Mas não conseguiu, por mais que tentasse, voltar a dormir.

Eram 5h30. Sem fazer barulho, ela desceu a escada e saiu pela porta dos fundos. O céu parecia uma cobertura pálida, de um cinza quase leitoso, na qual as silhuetas das árvores se destacavam como recortes irregulares. Com toda a concentração de que era capaz, observou o sol nascente tingir os galhos, os nós do tronco e as estrias das folhas, como se desse vida a cada delicado detalhe.

Os veios escuros do mármore branco do balcão pareciam um mapa rodoviário. Enquanto esperava no bar, Claire seguia o desenho com o dedo. A pintura do restaurante grego, em azul real e branco, lembrava as duas semanas de férias que passara com Cal na Grécia, no verão, depois de ser aprovada na Ordem dos Advogados. Como em um filme, via-se ao lado dele na Ilha de Samos, pedalando bicicletas motorizadas entre as faixas verdes formadas pelos vinhedos, diante do mar azul safira. Com os cabelos presos por uma bandana, ela usava uma blusa fininha, de algodão, que o vento levantava. Cal vestia uma camiseta regata, tão diferente de suas roupas costumeiras, que ela ria só de olhar. Foram dias inteiros de caminhadas, passeios de bicicleta e piqueniques, que deixaram os dois com a pele queimada pelo sol. Anos mais tarde, ela ainda tinha a impressão de ver as marcas das alças no corpo dele.

A cesta de piquenique incluía uma garrafa de vinho grego. Certa vez, pedalando na volta do passeio, Cal quase foi de encontro a um muro de pedra. Eles deram boas risadas, com o falso sentido de imortalidade comum aos jovens livres e sem filhos.

Quando a mão de Jack lhe tocou o cotovelo, Claire estremeceu. Ao voltar-se para ele, percebeu os fios de prata nas têmporas, as linhas do rosto, o castanho-escuro dos olhos, a boca bem desenhada. Ele a beijou levemente nos lábios e sentou-se.

Assim que começaram a conversar, Claire arrependeu-se de estar ali. Seria mais fácil falar com um estranho do que com ele, com quem já tivera intimidade e de quem se afastara. Mencionando apenas os fatos, fez um resumo da vida com Cal e as crianças. Conforme havia imaginado, Jack estava divorciado e respondia por um terço da custódia do filho de 11 anos. Ele dedicava a maior parte do tempo ao ativismo social: financiava documentários progressistas; comparecia aos encontros do *Netroots*, um grupo de blogueiros; e trocava ideias com os jovens do Partido Democrata. "Um tiozinho politizado", Claire pensou. "Com dinheiro suficiente para não precisar trabalhar".

Depois de uma taça de vinho, eles se acomodaram em uma mesa e enveredaram por antigas lembranças.

– Lembra aquelas noites nos barracos? – ele perguntou.

Feitos de restos de madeira, as construções tinham o objetivo de apontar a desumanidade do apoio ao regime racista da África do Sul. Os barracos *antiapartheid* de Dartmouth eram desafiadoramente feios, em contraste com o *campus* verdejante, imaculado. O relacionamento de Claire com Jack e sua educação política começaram entre aquelas paredes frágeis. Eles passaram muitas noites naqueles barracos, e frequentemente faziam amor no chão, sobre um tapete de caixas de papelão. Não havia trancas nas portas, e o risco, tão incomum na vida de Claire, tornava tudo mais excitante. Ela lembrou o ar frio que entrava pelas frestas, as breves horas de silêncio no *campus*, e viu, nessas memórias, um prenúncio erótico da noite que começava.

Em seguida, porém, Jack perguntou:

– E então, o que está havendo com o memorial?

Ela disse como se sentia culpada por desafiar as famílias contrárias a Khan, ainda que não concordasse com elas. Falou da insegurança em relação ao próprio Khan. À medida que desabafava, sentia-se mais leve, pela primeira vez, em semanas.

– Às vezes, penso que tenho um pé em Nova York e outro nos Estados Unidos – ela disse.

– Nova York fica nos Estados Unidos.

– Você sabe o que eu quero dizer. Aqui se pensa de modo tão diferente, tão atípico... Nós, liberais, somos minoria em nosso próprio país.

– O que não significa estarmos errados.

– Nem significa que os outros estejam.

– Então todo mundo está certo? Como é isso?

– Eu quis dizer que tudo tem dois lados, inclusive essa questão. Mais de dois, provavelmente. O protesto foi desagradável, mas esperam que eu represente as famílias. Nós compartilhamos essa experiência marcante. A presença deles naquela manifestação foi um modo de me dizer: "Você nos traiu". Eu tenho a obrigação de entender o ponto de vista deles.

– Algumas coisas nem merecem ser entendidas. O *apartheid* não merecia, ainda que os brancos que se beneficiavam não pensassem assim.

Claire irritou-se com a segunda referência à história que tinham vivido juntos. Percebeu que aquele encontro nada tinha de erótico ou acidental, e nem precisaria ouvir o que Jack disse em seguida.

– O memorial é o motivo pelo qual entrei em contato com você.

Ainda assim, as palavras a machucaram. Ele estava ali para lembrar e reforçar antigos valores. Naquele momento, Claire entendeu que os valores eram *dele*. Aos 20 anos, ela os havia adotado por causa dele, para obter sua aprovação. Princípios assim plantados não se desenvolvem bem. Pela primeira vez, ela se perguntou se, naquela noite, na mansão Gracie, tinha defendido ao mesmo tempo os princípios de Cal e os princípios de Jack. Era desconcertante não saber onde acabavam os ideais de um homem e começavam os do outro, nem saber quais eram os próprios ideais.

Jack falou com firmeza, quase desespero.

– O seu apoio precisa ser incondicional. Há muito mais em risco aqui. Não é só o memorial, percebe? Eu sei que você já sofreu demais, mas tem sido difícil acompanhar o que acontece no país. O ataque deixou todo mundo com medo de parecer impatriótico, de questionar o governo, os líderes. Esse medo levou à guerra, à tortura, ao sigilo, a todo tipo de violação dos direitos e das liberdades. Não deixe que o medo a leve a tomar o memorial de Khan. Foram dois anos de renúncia. Não se renda ao medo. Não confunda o absolutismo dos opositores de Khan com moralidade...

De algum modo, ele conseguiu dizer isso tudo, enquanto comia o prato de carneiro que havia pedido, em um prodígio de deglutição, já que em momento algum falou com a boca cheia. Claire manteve-se praticamente calada. Em seu prato, o peixe grelhado permanecia quase intacto. O desapontamento prejudicou-lhe o paladar. Ali estava o que ela tanto desejara: alguém que a procurasse para oferecer apoio a sua posição. O efeito, porém, não foi o desejado. Como se sentia tola! Como era triste preparar-se para um encontro romântico e, em vez disso, assistir a uma aula.

Para ficar com a última palavra ou a última, sabe-se lá o quê, Claire sugeriu um drinque em casa, dizendo que havia prometido liberar a babá às 11 horas. Com essa explicação, queria deixar claro que não esperava nada além de um encontro casual. Como ia na frente, ela via os faróis do carro de Jack dançando atrás, às vezes agressivos, às vezes suaves, como em um sonho que misturasse perseguição e resgate. Quando o carro dela alcançou o final da entrada da garagem, as luzes em torno da casa se acenderam automaticamente, clareando o jardim.

– Bela casa – Jack elogiou.

Ao abrir a porta da frente, Claire encontrou Madison enrolada no sofá, lendo um livro. A moça espreguiçou com indiferença felina, sem se importar que a camiseta subisse um pouco, revelando a barriga queimada de sol e o *piercing* no umbigo.

– Chegou cedo – ela disse.

Claire despachou-a rapidamente e serviu dois conhaques. Eles se sentaram no sofá, mantendo uma distância cortês. Sentindo-se desconfortável, Claire voltou ao assunto.

– Jack, me deixe tentar explicar a questão do Jardim.

Segundo ela, as dúvidas não eram em relação a Khan, mas quanto ao que o projeto simbolizava.

– Bobagem, Claire. É tudo uma questão de confiança. Você leva ao pé da letra o que ele diz? Ou procura alguma coisa oculta ou dúbia, pelo fato de tratar-se de um muçulmano?

– De jeito nenhum.

– Então, o que é?

– Você não considera um problema o fato de o memorial de Cal ser um paraíso para mártires islâmicos?

– É a mesma desconfiança. O mesmo medo. Um jardim é só um jardim, a não ser que você resolva plantar suspeita nele. Ele disse que se trata de um paraíso?

– É isso... Ele não diz...

– E por que deveria?

– Não é desconfiança – ela disse. – Não é.

Fez-se silêncio, até que Claire voltou a falar:

– Existem coisas que você não sabe.

Ela pensou em contar o que tinha ouvido de Alyssa Spier, mas sabia que ele responderia com ceticismo.

– Sabe aquela coluna do *Post* – ela continuou. – Aquela que disse que eu estava dormindo com o inimigo? Alguns membros de outras famílias vieram à minha casa protestar. Recebi telefonemas agressivos, ameaçadores. Tive de retirar o meu número da lista. Aquelas luzes, lá fora, mandei instalar recentemente.

– Deve ter sido aterrorizante, com certeza – ele disse, com uma entonação muito próxima da simpatia. – Mas essa não é mais uma razão para defender Khan? Foi o que pensei, ao ler a coluna.

Mas só entrou em contato quando achou que ela estava indecisa. Claire perdeu a paciência. Ele se preocupava mais com Khan, um homem que não conhecia, que era apenas um rosto no noticiário, do que com ela, a mulher com quem um dia pensara em passar o resto da vida. Havia na atitude dele uma espécie de traição, de fuga.

– Você deveria escrever editoriais. É cheio de argumentos. Sempre foi! – ela explodiu.

– Meu ponto de vista não interessa a ninguém. Como muitos americanos, venho me sentindo abandonado nos últimos anos, impotente para impedir uma mudança de direção deste país. Incentivar você é um modo de fazer alguma coisa. Não estou dizendo que seja fácil. Sei que as pressões são muitas, mas a situação é realmente importante. Você precisa ser forte. Não há evidências de que a nossa população muçulmana represente uma ameaça. Então, por que criar uma?

– Sempre lutando pelos fracos e oprimidos...

Jack tomou a frase de Claire por um elogio.

– E por quem mais eu lutaria?

– Que tal pelas vítimas? Pelas famílias?

– Ah, não acredito que faltem voluntários para se integrarem ao exército delas.

– Há 1 bilhão de muçulmanos no mundo. Acha que eles precisam de voluntários? – ela perguntou, com um sorriso falsamente divertido.

– Neste país, acho, sim. A vítima é Khan. Ele venceu justamente, e você quer lhe tomar a vitória.

Jack não entendia as implicações, e, pela primeira vez, Claire achou-o pouco inteligente.

– Não quero tomar coisa nenhuma. Só quero que ele diga o que...

– Prometa que não vai anular a vitória de Khan – ele interrompeu.

– Anular? Isto não é um contrato, Jack. Você é tão perverso quanto as pessoas que querem que eu prometa negar a vitória dele. Muito obrigada, mas a decisão é minha, e eu vou tomar. E me diga uma coisa: como você concilia o apoio ao islamismo com o apoio aos direitos dos gays, ao feminismo, quando sabe como as minorias, as mulheres, os gays, são tratadas em muitos países muçulmanos?

– Khan não é desse tipo de muçulmano.

– Ah, você faz um teste decisivo: muçulmanos "aceitáveis" são aqueles que concordam com você.

Parecendo aborrecido, ele bebeu um gole de conhaque. Por incrível que pudesse parecer, ela estava gostando tanto de confundi-lo quanto gostara de agradá-lo.

– Você mudou – ele disse.

– Claro que mudei.

Embora o calor do conhaque lhe começasse a amolecer os músculos e a língua, Claire encheu novamente os copos.

– Não vejo como alguém que perdeu um ente querido pudesse não mudar.

O que ela queria dizer era que talvez não se tratasse de mudança, mas de amadurecimento – como se tomasse posse de si mesma. Sentia-se julgada, porém.

– Procure entender, Jack. Não há palavras que descrevam como foi doloroso perder Cal daquele jeito.

Claire olhou para a instalação que havia montado sobre o outro sofá: uma exposição de fotografias de família, corais e livros de arte. O mais difícil era manter a arrumação, evitando a sabotagem das crianças. Quando admirava uma foto de Cal sorridente, sentiu seus braços em torno dela – ou, pelo menos, teve essa impressão, até ver que era Jack quem se aproximava, dizendo:

– Ei, ei, sinto muito.

Como se consolasse uma criança, ele a aninhou junto ao peito e acariciou-lhe demoradamente os cabelos.

– Sinto muito, sinto muito – repetiu.

Em seguida, levantou-lhe o rosto e beijou-a na boca. De repente. Eles tinham 20 anos outra vez, ofegantes, nervosos, a tensão ainda mais forte pelo atrito. Com a outra mão, Jack começou habilmente a abrir a blusa de Claire e a alisar seus seios em pequenos círculos, despertando cada parte adormecida de seu ser. Então, apertou-lhe os mamilos, como se dissesse "Eu conheço você, sei quem é você".

A ideia de mandá-lo embora depois que chegassem em casa tinha surgido na volta do restaurante. No entanto, ela se inclinou para que ele lhe tirasse a blusa e abrisse o sutiã com mais facilidade. Ao sentir a mão dele sob a saia, ela suspirou – foi quase um grito de dor e prazer.

– Calma... – Jack disse, rindo. – Vai acordar as crianças.

– Os quartos ficam muito longe – ela disse, irritada por ele ter falado nelas naquele momento.

No entanto, Claire só conseguiu retirar a mão dele quando se lembrou da conversa do jantar, e o desejo desapareceu. Ela se afastou, forçando um ar de enfado.

– Ainda não estou... pronta – disse.

Ele se manteve imperturbável, como se não se importasse. Ela vestiu a blusa e abaixou a saia. Ao vê-lo sair, ofereceu o rosto para um beijo.

– Seja forte, Claire, e não se esqueça de ligar o alarme.

Ela quase deixou escapar um soluço. Era o primeiro gesto de cuidado que recebia, dele ou de quem quer que fosse.

Os sensores de movimento funcionaram, iluminando o caminho até o carro. Ele desapareceu. Claire amadureceu mais um pouco. Sua transformação devia-se não somente às pessoas que ficavam em sua vida, mas também às que iam embora.

18

EM TODO O PAÍS, 14 mulheres tiveram o lenço puxado na rua, e, em resposta, formaram-se 25 esquadrões de defesa muçulmanos. Em 8 estados houve a profanação de 11 mesquitas, sem contar o porco assado em protesto, em frente a uma mesquita, no Tennessee, mas incluindo o cocô de cachorro deixado na porta de uma mesquita em Massachusetts. Entre os países muçulmanos, 22 expressaram preocupação com o tratamento dispensado aos muçulmanos nos Estados Unidos e com a imagem do Islã transmitida pela mídia. Extremistas islâmicos, alegando retaliação à perseguição contra Khan, fizeram seis sérias ameaças a empresas americanas estabelecidas no exterior. E, o mais preocupante: dentro das fronteiras do país – até então livre do terrorismo jihadista nativo –, três planos de ataque foram interceptados.

Essas informações, esses fatos desconcertantes, bem como as reações por eles provocadas, chegavam a Paul a todo momento, das mais variadas fontes. O FBI e o Departamento de Polícia de Nova York, em um momento de rara harmonia, sugeriram que Paul cancelasse, ou pelo menos adiasse, a audiência pública, para não inflamar ainda mais as paixões. Um membro do Conselho Nacional de Segurança defendeu a atitude contrária, argumentando que o cancelamento da audiência não seria bem visto em Peshawar. Segundo altos funcionários do Departamento de Estado, a audiência poderia ajudar a campanha global para "corações e mentes" dos muçulmanos, a não ser que tomasse um rumo desagradável. A governadora insistia que o público necessitava de uma catarse da tensão, o que seria proporcionado pela audiência.

– Alguns conflitos devem ser resolvidos pela luta, e não combatidos às escondidas – ela disse.

O prefeito de Nova York logo acusou a governadora de incentivar a violência. O presidente que, anos antes, tinha sido dono de um time de beisebol, usou o vocabulário do esporte para sugerir que Khan fosse substituído ("Ele renuncia e nós o fazemos embaixador da boa vontade para o mundo muçulmano") ou enviado para as divisões inferiores ("O memorial dele é construído, mas em outra cidade").

O bloquinho amarelo em que Paul tanto confiava mostrou-se inútil diante de reivindicações tão conflitantes. Tanto o cancelamento quanto a realização da audiência podiam ter consequências imprevisíveis. Já sem apetite por causa do estresse, ele perdeu o sono e ficou mais irritado, fazendo com que Edith e os empregados "pisassem em ovos". A casa parecia um leito de morte, um ambiente agourento, em especial para um homem que começava a sentir o peso da idade.

À meia-noite, em seu escritório, ao folhear as pastas com documentos ligados ao memorial, Paul encontrou o papel com o nome de Khan. Desde que tinha tirado aquele papel do envelope, ele vinha tentando, sem sucesso, de uma forma ou de outra, colocá-lo lá dentro novamente. Seus esforços, porém, só haviam gerado o caos. Talvez a resposta, ele pensou naquele momento, fosse deixar que o caos e o acaso guiassem a história. Paul era, por profissão, um jogador, embora operasse com o respeito da sociedade. Ressurgiu, então, o gosto juvenil pelo risco, que o levara ao mundo financeiro, e ele pegou no bolso uma moeda para jogar cara ou coroa. Deu cara. George Washington parecia querer ver como a nação fundada por ele atravessaria aquela situação. Para começar, deixaria que o público desse vazão aos sentimentos.

A pressão sobre Mo, que se intensificara diariamente durante a semana, naquele dia aumentava a cada hora. Com a aproximação da audiência, os boatos maldosos se sucediam: os Emirados Árabes Unidos tinham "comprado" os direitos do memorial; extremistas islâmicos iriam sabotar o local do ataque; os adversários de Mo iriam provocar uma explosão na área e culpar os muçulmanos; Mo iria fingir aceitar Jesus Cristo como salvador para conseguir a construção de seu paraíso.

Na verdade, quem ele procurou, em busca de salvação, foi um advogado, mas até isso despertou novos rumores. Scott Reiss era seguro, extrovertido, profissional e caro. Assim que se soube de sua contratação –

divulgada pelo próprio escritório, que achou boa a publicidade –, o *Post* publicou uma matéria venenosa, questionando as condições de Mo para a contratação de um escritório tão poderoso e insinuando que ele fosse patrocinado pelos sauditas. O artigo apontava os baixos salários dos arquitetos em Nova York, chegando a citar funcionários da ROI não identificados. Os ganhos de Mo eram um pouquinho mais altos do que a estimativa, mas o jornal estava certo: não bastavam para pagar os 500 dólares por hora cobrados por um escritório que juntava Direito e Relações Públicas. Na verdade, o pai de Mo tinha feito um resgate em sua conta da aposentadoria: uma parte das economias de quatro décadas pingava como soro na veia do braço de Reiss, por baixo do terno Armani. Isso seria facílimo de provar, bastando uma simples declaração do fundo de pensão 401(k), mas Mo optou por preservar os pais, ainda que deixasse de provar sua inocência. Ele considerava certa a opção, mas era como estar com os braços presos na mesma posição. Os músculos doíam.

A primeira estratégia de Reiss foi adotar uma política ofensiva de Relações Públicas.

– Queremos você com as fotos dos seus filhos.

Quando Mo explicou não ter filhos, ele insistiu.

– Arranje um emprestado. Precisamos humanizar você. Não; vamos americanizar. Queremos os seus álbuns de família. As suas medalhas do tempo de escoteiro. Vamos veicular isso antes da audiência pública. Você tem muitos simpatizantes dispostos a pagar pela publicidade.

Mo não gostaria que Laila o visse em uma campanha publicitária, depois de tudo que ele tinha falado no Conselho Muçulmano Americano. E também não queria vender sua imagem. Não achava necessário mostrar aos compatriotas que não representava uma ameaça.

– Sem campanha publicitária – ele disse a Reiss.

O Ramadã avançava. Mo ainda jejuava diariamente, do amanhecer ao anoitecer, e ainda comia quase sempre sozinho, à noite, apesar da repreensão do pai. A lembrança do *Iftar* com o prefeito ficara gravada, convencendo-o de que ele tumultuaria qualquer reunião de muçulmanos de que participasse. Mas a solidão pesava, ainda mais com a aproximação do dia da audiência. Faltavam quatro dias quando ele resolveu ir ao Brooklyn para jantar com cinco protestantes: Thomas, Alice e as três crianças.

Alice não fazia questão de esconder a mágoa que ainda guardava por

Mo ter, conforme ela repetia regularmente, "passado Thomas para trás e exposto a família dele ao perigo". Aos poucos, porém, estabelecia condições para o perdão. A mais recente era construir para Petey, em peças de Lego, uma réplica da torre Space Needle, de Seattle. Terminado o jantar, estando as crianças de barriga cheia, Mo começou a trabalhar no chão da sala, satisfeito por abandonar-se à relativa despreocupação de uma construção em miniatura. Alice esticou-se no sofá, com os pés sobre o colo de Thomas. Ao olhar a cena, Mo tentou afastar a lembrança de Laila arqueando os pés delicados para coçar as costas dele.

Passeando pelos canais da televisão, Alice parou na imagem de Mo. Ele se interessou imediatamente. Issam Malik e Lou Sarge discutiam o memorial, o que o levou de volta àquela noite com Yuki, menos de um ano antes. Na época, os dois homens eram, para Mo, meros figurantes, desconhecidos, e, para eles, Mo não existia. Em tão pouco tempo todos se tornaram personagens – parte do elenco de uma ópera sinistra – que não queriam deixar o palco ou, no caso de Malik e Sarge, a tela da tevê.

Alguns de seus argumentos eram tão perfeitamente sincronizados que Mo se perguntou se eles teriam ensaiado.

– Com essa retórica, você está levantando as muralhas da suspeita – Malik disse.

– Não – Sarge respondeu. – Mohammad Khan é que está levantando as muralhas da suspeita.

Mo sorriu involuntariamente, e os três adultos olharam para a Space Needle.

Sarge continuou.

– Ele criou um perfeito beco sem saída. Se construirmos o memorial, criamos um paraíso de mártires que vai fortalecer o inimigo. Se não construirmos, o inimigo nos acusa de discriminação contra os muçulmanos.

– Foi você quem criou um beco sem saída, Lou. Se Khan luta pelos direitos dele, é agressivo, um muçulmano furioso promovendo secretamente a *jihad*. Se desiste, está reconhecendo que os direitos não eram legítimos.

Mo alimentava a esperança de que Malik continuasse do seu lado, por influência de Laila, mas sabia ser mais provável que quisesse aproveitar-se da situação.

– Ridículo! – Sarge exclamou. – Todos concordamos que ele tem direitos. Mas podia ter a decência de não exercer.

Mo não sabia bem por que se sentia desconfortável ao escutar aquilo na companhia de Thomas e Alice. Por amizade, por lealdade intrínseca, Thomas jamais admitiria, nem para si mesmo, que achava melhor Mo desistir. Com Alice, a situação era outra.

– Acha que ele tem razão, Alice? – Mo perguntou.

– Honestamente?

– De você não esperaria outra coisa.

– Se estivéssemos falando de outro muçulmano que não você, acho sim. Acho que ele está certo. E também acho que ele é um panaca que não reconheceria a decência, nem se estivesse cara a cara com ela. Mas isso é irrelevante. Sei que você trata o seu projeto como um elemento de cura, e respeito isso. Pena que não está curando coisa alguma, pelo menos por enquanto.

– Alice! – Thomas repreendeu.

– Ele perguntou!

– Eu perguntei – Mo disse. – E se eu fosse outro muçulmano, concordaria com ela.

Mesmo depois que a conversa mudou de rumo, os argumentos pareciam ressoar, dissonantes. Meia hora mais tarde, Mo se levantou, com as pernas dormentes. A Space Needle ainda não estava pronta, mas ele explicou que precisava ir para casa. Essa última palavra lhe queimou a boca.

– Boa sorte na audiência – Alice disse com um abraço, antes que ele entrasse no elevador. – E eu sustento o que falei: minha opinião só vale para qualquer outro muçulmano. Você é dos nossos.

– Alice! – Thomas exclamou novamente.

Ela fez um ar de enfado.

– Mo sabe o que quero dizer. Ele não precisa que você o proteja de mim.

Antes, Mo estava desesperado para escapar da solidão; naquele momento, só queria voltar para ela. Então, deu um adeusinho exausto e deixou as portas do elevador se fecharem. Para evitar o metrô, conforme vinha fazendo ultimamente – não queria ser reconhecido, aplaudido nem afrontado –, chamou um táxi.

– Mohammad Khan – o motorista, parecido com Faisal Rahman, saudou sem emoção, quando ele entrou no carro.

– Sou eu – Mo confirmou, sério, preparando-se resignadamente para um longo interrogatório.

Mas o homem permaneceu calado a maior parte do tempo. Só quando pegou a ponte do Brooklyn, e o Empire State surgiu iluminado em vermelho e branco, como um *parfait*, ele falou:

– Nos dois primeiros anos em que vivi aqui, sempre que via a luzinha verde no alto do Empire State, pensava que fosse por causa do Islã, e contei para todo mundo lá em casa. Metade de Matlab ainda acredita. Então, descobri que era por causa dos jatos! Durante dois anos, eu me encantei com o amor deste país pelo Islã!

O motorista começou a rir, e Mo, apesar do estado de espírito pouco propício, riu também. Quando chegaram ao destino, o homem recusou-se a aceitar o pagamento, dizendo:

– Eu lhe desejo sorte e as bênçãos de Alá. Você vai precisar.

Faltavam três dias para a audiência. Naquela noite, Mo sonhou com aridez, com o solo muito seco. Sonhou com inundação, com seu jardim transformado em pântano. Sonhou com gafanhotos que devoravam as plantas e voavam para cima dele. Levantou-se rapidamente e foi tateando no escuro até a cozinha. Pegou na geladeira a caixa de suco de laranja e bebeu com a repugnante sensação de fraqueza de que imaginava sejam tomados os dependentes quando cedem ao vício. Mas sentiu também um impróprio alívio: "Sou quem eu sou. Agora, posso parar de fingir". Começar o dia com um suco de laranja era uma rotina tipicamente americana. Naquele momento, porém, representava o fim de seu jejum de Ramadã. Ele não sabia por quê. Só sabia que tinha acordado com a súbita sensação de que aquele tipo de sacrifício não lhe daria forças; de que aquela privação não produziria outra coisa a não ser o vazio. Se ele não acreditava no paraíso que o jejum buscava obter, como poderia acreditar no jejum? De todo modo, aquele seria um período de provação.

Cerca de um ano antes, curioso sobre a recém-descoberta religiosidade do pai, Mo o acompanhara às orações de sexta-feira. Assim que entraram no estacionamento, Mo começou a criticar a arquitetura da mesquita, das linhas da cúpula e do minarete ao espaço interno, pomposo e frio.

– Ninguém vai encontrar Deus aí – comentou na saída.

Salman respondeu com certa preocupação:

– Eu sei que as construções são a sua religião. Mas um prédio não deve afastar você de Deus, nem é capaz de levá-lo até ele.

A barbearia era pequena e simples: só quatro cadeiras e um porta-revistas. Na loja antiga, em um trecho sem graça de Manhattan, o mesmo profissional que cobrava 14 dólares pelo corte fazia a limpeza. Mo parou na porta por um momento, mas logo entrou e foi ao encontro do homem de guarda-pó branco que tinha o rosto escondido atrás do jornal – o proprietário. O homem dobrou o jornal, revelando a cabeleira e o bigode brancos, e cruzou os braços.

– Corte bem curto. Capriche – disse Mo.

O homem conduziu-o a uma cadeira e prendeu-lhe ao pescoço uma bata de tecido preto. Depois de alinhar o material com o rigor de um cirurgião, começou o trabalho. Os cachos escuros caíam no chão. O barbeiro assobiava. Mo via em cada tesourada uma entrega. Faltavam dois dias para a audiência, e ele estava cortando os cabelos, o que não fazia desde a volta do Afeganistão. Segundo dizia a si mesmo, queria agradar à mãe, para quem os cabelos, à altura dos ombros, desviavam a atenção, que deveria concentrar-se toda no projeto do memorial. Segundo ela, uma aparência mais conservadora talvez acalmasse os medos, reduzindo a oposição. Mo respondera que não se adaptaria ao preconceito. No entanto, ali estava, adaptando-se.

– Barba? – o barbeiro perguntou, indeciso, antes de tirar a bata.

Mo fez que não.

No dia da audiência, Mo acordou cedo. Tinha a roupa suada, apesar da temperatura amena de outono. Os lençóis estavam embolados. Ele passou a mão pelo rosto, sentindo a barba macia. Depois do banho, esfregou o espelho embaçado pela fumaça, para enxergar o próprio rosto, e curvou-se sobre a pia. A imagem do homem de cabelos curtos confundiu-o, como se houvesse alguém atrás do espelho. Ele fechou os olhos e começou a analisar a situação. Era prático. Não, era covardia. Ia crescer de novo. Não seria a mesma coisa. Ele era independente. Ele estava cedendo. Que decisão inteligente! Que decisão vergonhosa! As palavras de Laila ecoaram: "Você ainda vai se barbear por causa deles".

Mo havia deixado crescer a barba para brincar com a opinião que tinham dele, para contrariar as tentativas de defini-lo. Caso se barbeasse, estaria perdendo ou encerrando a discussão? Estaria traindo a religião? Não, mas podia parecer. Estaria traindo a si mesmo? Essa pergunta fez tremer a mão que segurava a lâmina.

Em um golpe corajoso, Mo começou a se barbear. Faixas de pele mais clara surgiam sob os pelos. Quando terminou, parecia mais jovem, embora mais pálido e frágil. Além disso, o cabelo cortado curto deixava a cabeça menor, como a de um menino. Em seguida, guardou na mala os óculos de lentes coloridas, substituindo-os pelos antigos, de armação de titânio, mais simples. Ele teve a impressão de guardar a si mesmo na mala.

Desodorante em dose dupla, terno cinza escuro bem cortado, camisa branca, gravata de seda em listras diagonais que alternavam cinza escuro e prateado discreto. "Nada mal", ele pensou, analisando a própria imagem, impassível e estranha, no espelho. Mas Mo não estava a caminho de um concurso de beleza.

O céu era um rosto inexpressivo. Mo pegou um táxi até a câmara do Conselho, onde aconteceria a audiência. A Polícia instalava barricadas, prevendo a chegada de uma multidão. Cães farejadores patrulhavam o estacionamento da prefeitura.

Seguindo as instruções de Paul Rubin, Mo entrou por uma porta lateral. Um policial verificou seu nome, "Khan, Mohammad", em uma lista e pediu-lhe que esvaziasse os bolsos e passasse pelo detector de metais. Ele despejou moedas, chaves e telefone em um pequeno recipiente de plástico, tirou os sapatos e passou. Ouviu-se uma série de bips.

– Cinto – o policial disse, olhando para a cintura de Mo.

Mo tirou o cinto. Vinha comendo pouco, mesmo quando livre do jejum, e os quilos perdidos tinham reduzido sua já esguia silhueta. Naquela manhã, apertara o cinto mais um furo. Sem ele, a calça sobrava na cintura.

– Outra vez – o policial disse, indicando o detector de metais.

Mo passou de novo, e mais uma vez o alarme soou. O olhar do policial era de suspeita.

– Óculos? – Mo perguntou, pensando que a armação de titânio pudesse ser o problema.

Com um suspiro, o policial falou alguma coisa no rádio, mas reparou que estava desligado. Depois de ligar o aparelho e repetir em voz muito baixa a mensagem, esperou a resposta.

– Levante os braços, abra as pernas – mandou bruscamente.

Ao ver, porém, a expressão de pânico no rosto de Mo, acrescentou, em tom mais calmo.

– Revista.

Desconcertado, Mo sentiu o primeiro choque pela indignidade daquele dia. Seu corpo começou a tremer, e ele teve medo de que isso fosse interpretado como um sinal de consciência pesada. O policial apalpou-lhe os braços e, com intimidade quase carinhosa, deslizou os dedos por dentro das mangas e das costas do paletó. Só então Paul apareceu, meio ofegante, acompanhado de um homem com a arma em punho.

– Capitão! – o policial que revistava Mo, cumprimentou o homem que acompanhava Paul..

– Oh! – Paul fez, ao ver a cena. – Oh!

E, voltando-se para o policial, falou:

– Tudo bem. Pode deixá-lo entrar.

O policial pareceu hesitante, e começou a abanar a cabeça.

– Por favor... – Paul pediu, já impaciente, voltando-se para o capitão. – Eu assumo total responsabilidade. Ele é... Ele é...

Todos esperaram delicadamente, como se estivessem diante de um gago, enquanto Paul procurava o termo correto.

– Um convidado de honra – ele anunciou, finalmente.

Parecia que as pessoas estavam ali para uma festa surpresa em homenagem a Mo.

O capitão fez que sim. Depois de um momento de hesitação, como um cão que não quer largar a presa, o policial recolheu a mão que descansava nas costas de Mo que, distraído com a situação, nem tinha reparado nisso e, como uma criança autorizada a sair do castigo ou um prisioneiro libertado inesperadamente, evitou o detector. Estava embaraçado com aquela operação de resgate. Sapatos calçados, miscelânea no bolso, louco para sair dali, começou a andar, mas reparou que Paul Rubin não estava ao lado. Ao ouvir uma tosse discreta, voltou-se.

– O cinto – Paul disse, desviando o olhar.

No palco viam-se uma maquete do Jardim, sob um refletor, e uma grande bandeira americana. A maquete e os desenhos de Mo estavam em exposição havia duas semanas.

– Deve ser o modelo mais bem guardado da história da Arquitetura – Thomas comentou, depois de uma visita. – Equivalente ao legendário Diamante da Esperança.

Mo tinha ido uma meia dúzia de vezes à oficina, durante a construção da maquete, mas, vê-la assim, deu-lhe um tremendo orgulho. O muro branco, com a data do ataque impressa por fora, destacava-se sob a luz como uma fratura exposta. Uma pequena bomba movida a bateria fazia a água circular pelos canais. Por delicadeza, os nomes na parte de dentro do muro eram combinações aleatórias de letras destinadas a representar os mortos, mas sua disposição lembrava, para satisfação de Mo, o exterior dos prédios destruídos. Árvores de aço se retorciam, e árvores verdes feitas de arame e papel se destacavam acima dos muros.

A plateia, invisível para quem estava atrás do palco, produzia um zum-zum-zum constante. No último instante possível, Mo desceu e sentou-se na primeira fila, intensificando o burburinho. "Respire, respire", ele disse para si mesmo. Em seguida, deu uma olhada para a direita, interessado em saber quem ocupava a primeira fila. Robert Wilner, o representante da governadora, coçava o queixo pensativamente. Alguns assentos à esquerda, Claire Burwell, que o observava, desviou o olhar. Ele lera no *Post* a matéria sobre uma suposta hesitação da parte dela, mas pensou que fosse exagero ou mentira, já que a tinha visto falar do filho com muita firmeza. Mo ficou preocupado.

Uma estudante do ensino médio cantou o Hino Nacional, cuja última nota pareceu pairar no ar, como um vaso frágil prestes a cair. Em seguida, foi a vez de Paul Rubin subir ao palco. Ele se sentou à mesa, verificou se o microfone estava ligado, agradeceu a presença de todos e pediu um minuto de silêncio pelas vítimas do ataque. Mo demorou a lembrar-se de abaixar a cabeça. Aborrecido consigo mesmo, ele imaginou as fotos e as críticas, caso fosse o único a olhar para cima naquele momento. As câmeras disparavam como metralhadoras.

Decorrido um minuto, Paul falou:

– Só quero dizer às famílias que isto aqui é por causa de seus entes queridos que se foram. Vocês têm sido a consciência deste processo, e agradeço por isso.

Então, acostumado que estava a conduzir reuniões, rapidamente explicou como a audiência transcorreria. Mohammad Khan falaria primeiro. Então, seria a vez de algumas pessoas da plateia, com prioridade para os familiares das vítimas. Ele pediu civilidade.

– Isto é o que a democracia tem de belo. Todos têm a chance de falar e de serem ouvidos. A decisão da comissão é meramente orientadora, uma etapa do processo, que pretendemos o mais democrático possível. Portanto, vocês terão a palavra final.

Mo demorou a perceber que Paul estava retirando da comissão e colocando nas mãos do público o poder de decisão. Com os olhos ardendo, ele abaixou a cabeça para se recuperar.

– Sr. Khan? – Paul chamou. – Sr. Khan.

Embora tivesse desistido do jejum, Mo se esquecera de tomar o café da manhã, tão ocupado estava em barbear-se. Ele se levantou e, com passo meio incerto, tomou a esquerda e encaminhou-se para o palco. Ainda deu uma olhada para Claire, mas, de cabeça baixa, ela estava concentrada no *notebook*. Ele conseguiu ver apenas os cabelos louros, presos em um coque, e as longas pernas. Ariana pelo menos acenou ligeiramente, em um inesperado gesto de compaixão – uma janelinha de humanidade que se abria entre as muitas janelas fechadas de um arranha-céu.

Vista do palco, a plateia parecia entrar e sair de foco, ora uma mancha pálida e indiferente, ora com olhares furiosos registrados em alta definição. Mo havia pedido aos pais para não irem, embora soubesse que veriam tudo pela televisão. As dúvidas do pai confundiam suas certezas, e ele preferia poupar a mãe da atmosfera visceral que se instalaria no auditório. Naquele momento, porém, desejou que estivessem ali. Mo ainda procurou o rosto de Laila, mas não encontrou. Não havia razão para que ela fosse. Scott Reiss estava lá, digitando furiosamente no BlackBerry.

A plateia finalmente se aquietou. Mo colocou sobre a mesa o texto de seu pronunciamento, em fonte tamanho 18, e inclinou-se para o microfone. Em seguida, observou os rostos voltados para ele e imaginou quantas pessoas estariam assistindo de casa. Com a audiência transmitida para o mundo inteiro, o número era enorme. No entanto, a discussão sobre seu trabalho estava reduzida à explicação sobre as influências de uma religião que ele pouco praticava. Sentado à pequena mesa no palco reservada aos palestrantes, ele se sentiu uma marionete boboca manipulada por sombras gigantescas, e tentou buscar forças nas experiências mais incômodas de sua vida: os prazos para entrega de projetos e as provas na faculdade de Arquitetura; as reuniões com os clientes e com Roi. A melhor preparação para aquela situação, porém, tinha sido o interrogatório logo depois do ataque.

– Quero agradecer por estar aqui hoje – ele começou com voz segura. – Tive a honra de ver selecionado o meu projeto para o memorial. Não pretendo nada mais do que fazer justiça a todas as vidas ceifadas naquele dia terrível.

"Não me preocupo em buscar justiça para mim nem para o projeto", pensou, logo tomado por uma ponta de arrependimento pelo sentimento de revolta que lhe reduziria as forças. Mo respirou fundo.

– Gostaria de comentar brevemente o projeto. Para mim, o muro com os nomes, que cerca o jardim, representa uma alegoria à tristeza que cerca as consequências dessa tragédia. Mas a vida continua, o espírito se recupera. É isso o que o jardim representa. No entanto, enquanto o jardim cresce, se desenvolve e muda com as estações, o muro em volta dele é o mesmo. Tão eterno e tão inalterável quanto a nossa dor...

Ouviram-se assobios, como se ar envenenado estivesse escapando. Por um momento, Mo teve a impressão de ser ofuscado pela hostilidade da plateia. Era um refletor que acabava de ser aceso. Ele fechou os olhos, sentindo uma pontada do lado direito da cabeça, causada pela luz, pela fome ou pelo estresse, e ajeitou-se na cadeira. Seguindo com o texto, falou:

– O projeto recebeu muitas influências de jardins japoneses, que utilizam estruturas, como o pavilhão, para servir de abrigo em todas as estações...

– Ninguém se explode para entrar em um jardim japonês! – um homem gritou da plateia.

– No jardim japonês não há 72 virgens de pernas abertas! – outra voz gritou.

Paul Rubin estendeu a mão para pegar o microfone, com a mesma pressa que teria, se houvesse uma discussão cortês durante uma reunião de diretoria.

– Nada de interrupções – ele falou. – Vamos deixar o palestrante terminar. Quem não se portar condignamente será retirado.

Mo ficou surpreso com a passividade de Rubin, que parecia pouco interessado em controlar a situação. Enquanto as pessoas se acalmavam, ele deu uma olhada no texto. Não só perdera de vista o local onde havia interrompido a leitura, como tinha esquecido o que acabava de dizer. As letras em tamanho grande pareciam um alfabeto estranho. Ele resolveu falar de improviso.

– O jardim recebeu muitas influências. Por exemplo: de jardins japoneses, de arquitetos e artistas modernos, como Mondrian e Mies van der Rohe, de jardins que hoje chamamos de islâmicos...

O silêncio do auditório transformou-se em um rugido que entrou pelos ouvidos de Mo. Ele pretendia enfatizar as influências não islâmicas sobre o jardim, demonstrando que, se o mesmo projeto fosse criado por alguém que não se chamasse Mohammad Khan, os críticos teriam percebido suas várias raízes. Mas as interrupções lhe despertaram a revolta, e ele decidiu, naquele momento, que minimizar qualquer influência islâmica seria compactuar com o estigma que tal influência carregava.

Ecoaram as vaias e os gritos de "Salvem a América do Islã!" e "Não ao memorial islâmico!"

– Silêncio! – Rubin apelou em vão aos manifestantes. – Silêncio!

Mo tentou continuar.

– De jardins que hoje chamamos de islâmicos – ele repetiu. – Embora eles sejam registrados desde pelo menos um milênio antes do surgimento do islamismo porque foram estruturados com base na agricultura, e não na religião...

– *Taqyia*! – uma mulher gritou. – Mentira!

– Mentiroso! *Taqyia*! – outra gritou.

– Ordem!

Paul Rubin, finalmente, acordou. Pálido, o suor lhe cobria a testa, que ele esfregava furiosamente com um lenço.

– Ordem! – ele repetiu. – Ou a audiência termina aqui! Ordem!

Mo desistiu de falar, e, depois de alguns minutos, fez-se silêncio.

– Se a plateia... Se vocês não se comportarem com civilidade, é sinal de que não merecem ter respeitadas as suas opiniões – Rubin falou com firmeza.

– Nós não somos "a plateia". Somos as famílias! – uma voz gritou. – Ninguém pode dizer que as nossas opiniões não contam.

Os aplausos explodiram.

Rubin, ainda transpirando abundantemente, mas um pouco mais composto, ergueu a mão.

— Claro que as opiniões das famílias são importantes. Mas as famílias têm de respeitar o processo. Portanto, estou certo de que não vão mais interromper. As famílias merecem o reconhecimento de que procuram o melhor memorial. Quem interromper a ordem estabelecida, estará desrespeitando essas famílias.

A lógica da explicação, embora tortuosa, pareceu funcionar, e a plateia se acalmou. Rubin fez sinal a Mo para continuar. Mesmo com a dose dupla de desodorante, Mo também transpirava. Mais uma vez, ele tentou retomar de onde havia parado.

— Os jardins são anteriores ao Islã. Talvez o Corão descreva os jardins com base no que Maomé viu na época, a caminho de Damasco. Talvez o Corão tenha sido escrito em resposta a esse contexto: comparados ao deserto, os jardins pareciam celestiais. Então, serviram de modelo para o paraíso.

Ele pensou que talvez tivesse dito algo insensato, mas tal como um jogador de futebol, só percebeu a confusão depois de disparado o chute.

— Na minha opinião...

Qual era mesmo a opinião?

— Na minha opinião, o Jardim, com tantas influências... É essa mistura de influências que o torna americano.

Ofuscado pelas luzes, ele só conseguia ver a expressão confusa de Rubin. Melhor parar.

Deveria ele falar das 72 virgens, dizer que... Seriam 72 versões da verdade. Não, só iria piorar as coisas. Somente então percebeu a falha na organização do processo: não teria como responder às pessoas que falassem depois dele; como personalizar, mostrar o que estavam fazendo a ele; mostrar o que faziam a eles mesmos. Como iriam saber? Mas precisava agir depressa. O suor da testa logo escorreria, fazendo-lhe arderem os olhos.

— Que história vocês querem escrever com este memorial? – perguntou.

Sem conseguir localizar-se no texto preparado nem lembrar o que pretendia discutir depois de comentar as influências, Mo não encontrava o que dizer. Assim, sua fala se encerrou abruptamente, como uma frase sem ponto final. Talvez por isso, por falta de simpatizantes, ou porque a multidão inquieta de repente levasse em consideração as advertências de Paul, não houve aplausos nem vaias.

A empresa U.S. PEAK tinha sido contratada para analisar a resposta do público à audiência. Alyssa, confinada ao setor de imprensa, examinou o folheto em papel lustroso incluído no material e deu uma boa risada. A empresa afirmava ter como missão "realizar o ideal de Jefferson, de modo que todo americano tenha seus 15 minutos", e dar voz aos apressados "cidadãos generalistas", diferentes dos "especialistas", como políticos e lobistas. Seu *slogan* era "Até as democracias precisam de um pouco de Viagra de vez em quando". Se a resposta à fala de Mohammad Khan servia como indicação, falta de testosterona não era problema, pelo menos para as mulheres do SADI.

A representante da U.S. PEAK era uma mulher chamada Winnie. Com um sorriso que parecia fixado cirurgicamente, ela explicou que tinha em mãos uma lista de 90 nomes, com prioridade para os familiares das vítimas. As pessoas subiriam ao palco uma a uma. Winnie não forneceu indicação alguma quanto à responsabilidade pela organização da lista – a U.S. PEAK, Paul Rubin, a governadora? –, nem quanto aos critérios adotados. Alyssa irritou-se com isso, como se a história tivesse sido editada antes que ela a escrevesse.

Começaram os pronunciamentos.

Alan Bolton.

– Perdi meu filho Jason. Não considero um insulto a perspectiva de um muçulmano projetar este memorial, nem me importo que tenha elementos islâmicos. Considero falta de sensibilidade, o que é diferente.

Alyssa olhou para Rubin, pensando se as referências à religião de Khan seriam regulamentadas, mas ele não se manifestou.

– Nós, que carregamos o peso da perda, somos agora chamados a carregar o peso da comprovação do espírito de tolerância dos Estados Unidos, e... Bem, há muito a considerar. Tempos atrás, quando freiras carmelitas quiseram instalar um convento em Auschwitz, o papa decidiu respeitar os sentimentos dos judeus e mudou o lugar. Ele não disse que as freiras não tinham o direito de estar ali nem que elas eram de alguma forma responsáveis pelo que aconteceu aos judeus. Disse apenas que direito não significa necessidade, e que os sentimentos são importantes. Nada tenho contra o sr. Khan. Mas se um único praticante da religião dele estiver comemorando a vitória deste projeto ou o que ele representa, isso será incrivelmente doloroso para mim.

Quando Bolton desceu do palco, Alyssa consultou suas anotações. "Insensibilidade. Famílias comprovarem tolerância = injusto. Papa às freiras; mudem o convento p/q judeus revoltados. Sentimentos. Comemoração dos muçulmanos". Ali estava um registro que tinha com a fala de Bolton a mesma diferença de vitalidade que há entre um órgão mergulhado em formol e outro saudável. Depois de verificar se o gravador estava ligado, ela criou um código para classificar os pronunciamentos: FI para "a favor de Khan e interessante"; FC para "a favor de Khan, mas chato"; CI para "contra Khan e interessante"; CC para "contra Khan, mas chato"; N para "neutro"; A para "aleatório"; e PH para "pausa hilária". Agora sim, podia apenas ouvir.

Arthur Chang, reitor da Yale School of Art and Architecture, ex-professor de Mo. Americano de origem chinesa, refinado, cabelos prateados, mais de 60 anos. Admirador da pureza e da elegância do projeto, de sua tensão entre forma e liberdade, entre natural e inorgânico.

– Se posso abordar outro aspecto, conheço o sr. Khan há quinze anos. Seu caráter é tão sólido quanto seu talento. E ele é tão americano quanto eu.

Debbie Dawson. Muito maquiada, sob as luzes parecia o Coringa. Como se adivinhasse a imagem que a televisão mostraria, pediu para diminuírem a iluminação. Enquanto os técnicos atendiam seu pedido, acenava para pessoas conhecidas.

– O profeta Maomé capturou escravos, atacou caravanas e casou-se com uma menina de 6 anos, embora só consumasse o casamento quando ela atingiu a avançada idade de 9 anos. É esse nome que queremos ligado ao nosso memorial?

Gritos e um novo *slogan* – "Não ao memorial de Mohammad!" – explodiram.

Winnie aplicou tapinhas no microfone e falou:

– Por favor, deixem a sra. Dawson terminar.

A sra. Dawson, porém, parecia encantada com a interrupção, e as palavras de ordem continuaram.

Rubin ajeitou a gravata-borboleta e avisou:

– Saiba, sra. Dawson, que os apartes dos seus defensores serão descontados do seu tempo.

– Pode dar o meu tempo para ela. Eu também estou na lista! – alguém gritou.

– O tempo não pode ser doado, vendido nem alterado de forma alguma. Se algum inscrito não quiser usar o tempo a que tem direito, a audiência acaba mais cedo – Rubin explicou.

Debbie Dawson acenou, como que encerrando a agitação, e continuou a falar.

– Quando o cabeça do massacre disse aos outros "Nos encontramos no paraíso", aposto que nem ele imaginou que isso aconteceria no coração de Manhattan. As pessoas que acreditam na inocência do projeto acreditam provavelmente também que *jihad* significa "força interior". Quero avisar a elas que tenho uma ponte no Brooklyn para vender. Os muçulmanos americanos precisam condenar, e não incentivar, as ações de seus confrades. E...

De repente, Mohammad Khan levantou-se, atravessou o corredor e saiu. À sua passagem, Alyssa viu de relance a comoção em seu rosto. Um homem de terno, o advogado, foi atrás. Com um sorriso, Debbie Dawson esperou que ele saísse.

– Presumo que esta interrupção não vá ser descontada do meu tempo, sr. presidente.

Rubin ignorou o comentário.

Alyssa levantou-se, pensando em ir atrás de Khan, mas, como se estivessem todos algemados, os outros repórteres da fileira se levantaram também. Quando, furiosa, ela se sentou novamente, todos fizeram o mesmo. Khan só retornou quando outra pessoa subiu ao palco.

Arlo Eisenmann. Perdeu a mulher.

– Por acaso, acho o projeto muito bonito. Muito poderoso. Minha preocupação não é com a forma do jardim nem com o que ele possa lembrar, mas com a própria ideia de jardim. Com sua instabilidade. Sua natureza, se preferirem. Trata-se de uma forma inerentemente frágil, um risco, e não sei se devemos assumir esse risco. Jardins exigem um tremendo comprometimento de recursos, de atenção, nesta e nas próximas gerações. Instale um memorial de granito, e ele pode ser até esquecido, se for o caso. Mas, e se faltar dinheiro para a manutenção ou se o clima mudar drasticamente, e todas as plantas morrerem? O simbolismo de um jardim destruído, devolvido à natureza, por descuido ou negligência do homem, seria devastador.

Alyssa teve a súbita e estranha visão do mato tomando o centro de Manhattan, as árvores saindo pelas janelas dos prédios, as raízes rompendo as calçadas. Ela estremeceu, em parte de alegria.

Florence Garvey.

– Meu cunhado morreu naquele dia, e eu sou uma estudiosa da formação dos Estados Unidos.

Depois de enumerar, com maçante lentidão, todos os seus diplomas, ela continuou.

– Tudo bem em se fazer um jardim, mas por que os muros em volta? Jardins murados são antiamericanos... Eu não gosto do termo... Talvez não americanos seja melhor. Não temos tradição dessas construções, que privilegiam determinados espaços. Os puritanos chamavam a natureza de "segundo livro de Deus". Construir um jardim murado como memorial seria rasgar uma única página. Seria importar uma espécie exótica, quando hoje compreendemos a beleza das plantas nativas. Não é melhor um símbolo nacional?

Depois de uma hora, Alyssa, desesperada para comer alguma coisa, jogou discretamente na boca algumas balas de goma.

David Albon, mestre em Estudo do Oriente Médio, completava a aparência com uma barba professoral.

– O islamismo é uma religião expansionista, e aonde chega, os jardins frequentemente vão atrás. Por isso vemos jardins na Índia, na Espanha, no Marrocos e em outros lugares. Agora, vamos ver um no centro de Nova York. Como dizem, se parece um pato, anda feito pato e grasna feito pato, vai ter gosto de pato. Então, temos aqui, bem em Manhattan, um paraíso islâmico, e alcançar esse paraíso pelo martírio, seja assassinato ou suicídio, tornou-se a obsessão de extremistas islâmicos, a submissão definitiva a Deus. Se brincarmos com essa ideia fixa, será por nossa conta e risco.

Winnie pediu um recesso de 15 minutos. Alyssa, lamentando o dinheiro gasto no café da manhã, passou o tempo todo na fila do banheiro.

Maxwell Franklin, ex-CIA, atual consultor, estudioso da ameaça jihadista. Fala árabe.

– A não ser pelo presidente do Irã, que sabe nos irritar, não encontrei indícios de que extremistas islâmicos estejam esfregando as mãos de alegria pela escolha deste jardim. O que eles vêm acompanhando é a reação à escolha e o tratamento dispensado a Mohammad Khan, que consideram provas da hostilidade do Ocidente em relação ao Islã. Estamos oferecendo a eles um ótimo meio de reunir as bases. Mas, o jardim em si? Nem merece ser mencionado.

Betsy Stanton, cabelos brancos, a delicada autora de um livro sobre jardins islâmicos, viúva de um senador dos Estados Unidos.

— Quando foi que começamos a ter medo de aprender com outras culturas? O Islã e o Ocidente sempre exerceram influência um sobre o outro, inclusive nos jardins e na arquitetura. Dizem que esses prédios tão pranteados por nós possuíam elementos islâmicos. O arquiteto que os projetou, e não era muçulmano, é bom que se diga, viveu algum tempo no mundo islâmico e projetou construções por lá.

Ela mostrou fotografias, pequenas para serem vistas pela plateia, mas de tamanho ideal para a televisão, e continuou.

— Os arcos na base dos prédios e os ornamentos que os revestiam foram claramente influenciados pelo Islã.

Alyssa percebeu de onde Khan havia tirado o padrão dos nomes do Jardim.

— Alguns estudiosos acreditam mesmo que toda a fachada correspondia a uma muxarabis, aquele trabalho em treliça muito usado em mesquitas e outras estruturas urbanas.

A palavra "mesquita" provocou uma rodada de vaias. Rubin inclinou-se para o microfone, mas Betsy Stanton foi mais rápida. Seu tom de voz controlado atingiu e esvaziou a desordem.

— Vocês não escutaram direito. Estou dizendo que os prédios pelos quais tanto choramos continham elementos possivelmente islâmicos. E por isso eles nos fazem menos falta? Se forem reconstruídos, como muita gente quer, esses aspectos terão de ser eliminados? Então, seria melhor também acabar com a lua crescente no céu.

Alyssa correu os olhos pela plateia. Algumas pessoas faziam que sim, outras pareciam confusas. Nem ela mesma sabia que conclusões tirar dos comentários de Betsy Stanton. Ela dizia que, se alguns elementos do projeto de Khan fossem considerados islâmicos, os prédios destruídos também eram. Complicado demais para Chaz.

Mais uma hora se passou. Alyssa dobrou a perna por baixo do corpo, para aliviar a dor no traseiro, e o pé começou a ficar dormente.

Jody Iacocca. Perdeu o marido.

— Não sou intelectual. Meu marido nunca foi senador. Era apenas um contabilista em início de carreira, um sujeito comum. Não tenho diploma de nenhuma das universidades da Ivy League. Não dei aula em Yale. Mas sei ler, graças à boa e sólida educação pública oferecida nos Estados Unidos, e tenho acompanhado todas as declarações do Sr. Khan, inclusive a que ele fez aqui hoje. Em nenhuma delas eu o vi condenar o ataque ou o terrorismo.

Seria verdade? Alyssa anotou para verificar e espetou a coxa com a caneta, menos para espantar o cansaço do que para se castigar. Ser passada para trás por uma (corajosa) Jody qualquer! Isso machuca...

Jim e Erica Marbury. Perderam a filha. Jim falou:

– Representamos a organização *Famílias pela Conciliação*. Achamos o projeto poético, harmonizador. Para nós, ele se tornou quase real. O fato de jardins precisarem de manutenção e cuidados é exatamente o ponto. O Jardim representa uma ponte entre nós e as gerações futuras. É uma bela metáfora para a atenção à lembrança desta tragédia. Mas esta audiência não está fazendo justiça ao projeto. Por isso, queremos dizer que qualquer referência à bagagem ou herança religiosa de Mohammad Khan é uma vergonha, um insulto a este país. Nossa filha esperaria mais de nós. E, se esse jardim contiver elementos islâmicos, vamos buscar meios de unir as nossas culturas.

James Pogue III dispensou a cadeira que os outros tinham usado. Com seu tipo de "papai pernilongo" e um terno preto muito gasto, parecia um sombrio guardião do portal da vida após a morte.

– Meu nome é James Pogue III, mas todos me chamam de Mestre Servidor.

Alyssa viu Paul Rubin consultar a lista, espantado.

– Meu irmão faleceu naquele dia, e eu temo por sua alma.

Ouviram-se algumas exclamações abafadas e algumas vaias. Ele prestava homenagem ao irmão, mas não parecia triste.

– Estou aqui para trazer a palavra do meu Senhor, de modo que as suas almas sejam salvas no dia do Juízo Final.

Em seguida, ele leu um trecho do Eclesiastes em voz tão poderosa, que as pessoas se assustaram. Então, mostrou um panfleto e disse:

– Desenvolvi uma fórmula para isso, que será distribuída lá fora. E tenho também um CD, que está à venda.

– Isto aqui não é balcão de vendas – Paul disse. – E olhe o tempo.

Alyssa marcou "A" (aleatório) e "PH" (pausa hilária).

Sean e Frank Gallagher.

Alyssa, já exausta, criou alma nova. Sean tinha se mostrado uma pessoa surpreendente ao pedir desculpas à mulher cujo lenço havia puxado, para, em seguida, estragar tudo, dizendo, em uma sala cheia de muçulmanos, que não queria um memorial muçulmano. Tendo subido ao palco, ele causou outra surpresa. Pegou o microfone e disse:

– Vou deixar que meu pai fale por nós.

Em seguida, tocou o ombro de Frank e desceu. Alyssa não tinha um código para isso. Então, marcou os dois nomes com asteriscos.

A iluminação provocou uma auréola sobre os cabelos brancos de Frank, que mantinha a postura ereta e o olhar vivo. Depois de observar o filho descer do palco, Frank colocou os óculos e começou a ler.

– Este jardim é insuficientemente – ele hesitou um pouco – heroico para homenagear as vidas perdidas. Gostaríamos de um memorial mais poderoso, que não sugerisse o país como um cordeirinho no pasto, em vez de responder com luta. Queremos... Queremos...

Frank Gallagher tirou os óculos de leitura e observou a plateia.

– Não tenho nada de pessoal contra ninguém.

Então, seu rosto pareceu enrugar-se, e Alyssa involuntariamente pensou nos prédios desabando. Depois de uma pausa, ele completou.

– Só quero dizer que... Perdi meu filho. Perdi meu filho.

Alyssa viu pessoas tentando conter as lágrimas e outras chorando abertamente. A plateia parecia fugir de Khan como se ele desse choque.

– Assassino! – uma voz cortou o ar.

– Parece que não há mais ninguém – Rubin falou, imperturbável.

Ele parecia não ter ouvido o grito. Mas ouviu, é claro. Todo mundo ouviu. A governadora queria catarse; ele estava cumprindo o desejo dela.

– Por uma semana ainda, vamos aceitar opiniões por escrito, e garanto que serão lidas. Sendo assim, encerramos.

– A não ser que alguém ainda queira falar – Winnie corrigiu delicadamente. – Algum familiar que deveria constar da minha lista? Última chance.

Um murmúrio veio da plateia, e tornou-se tão intenso, que Alyssa se voltou para ver o que era. No fundo do auditório, viu uma mulher morena levantar a mão, mas o homem mais velho a seu lado puxou-a de volta. O braço subiu novamente, e novamente foi puxado para baixo. Para cima, para baixo, para cima, para baixo. Os dois trocaram palavras ásperas em voz baixa, até que a mulher se livrou e falou com voz suficientemente forte para ser ouvida por todos:

– Eu.

19

COMO SEMPRE FAZIA, Asma acordou mais ou menos na hora em que Inam saía para o trabalho. Por vontade própria, seu corpo tinha programado um despertador. Durante muitos meses, em um primeiro momento ela pensava que ele estivesse vivo. Mas isso não acontecia mais.

Ninguém a convidara para a audiência. E se o convite fosse entregue, ela não saberia ler. O que aconteceria na audiência? Haveria votação? Mas Asma queria estar lá. Ela era da família de um morto, tanto quanto as mulheres brancas que via no noticiário. Para provar isso, tinha um filho sem pai e uma cama vazia.

Quando Asma acabou de rezar, eram 7h15. Sabendo que Nasruddin estava acordado e não tinha ainda saído para o trabalho, ela telefonou para ele.

Com flores amarelas de miolo brilhante, sobre um fundo rosa vivo, era um belo *salwar kameez*. Entre os conjuntos de calça, túnica e xale que Asma possuía, Inam preferia aquele. Por isso foi o escolhido.

Sem maiores explicações, ela pediu à sra. Mahmoud para tomar conta de Abdul. A dona da casa ficou visivelmente curiosa.

Em seguida, foi até a casa de Nasruddin. A van, estacionada na parte final da entrada de garagem, isolada por um portãozinho de ferro fundido, parecia um grande animal enjaulado. Nasruddin também lembrava um pouco um animal enjaulado. Quando Asma dissera que queria assistir à audiência, ele protestara. Se chamasse atenção para si, poderia pôr em risco o futuro de Abdul. E para quê?

– Está dizendo que não faço parte disso?

Ela respondeu instintivamente e arrependeu-se de imediato. Sem a ajuda de Nasruddin naqueles dois anos, estaria perdida. Então, pediu com delicadeza.

– Vamos só ouvir...

Asma sentiu-se fugindo – livre! –, já que, pela primeira vez, afastava-se da vizinhança desde que começaram as tentativas de arrancar o lenço das mulheres. A caminho do metrô, Nasruddin, que não estava tão satisfeito com a excursão, desandou a falar. A conversa parecia dar voltas, mas ele tinha um propósito em mente. Contou sobre a chegada aos Estados Unidos, aos 19 anos, mais jovem do que ela. Na época, não havia em Kensington tantos imigrantes vindos de Bangladesh. Ele estava sozinho e falava mal o inglês. Chegou a se perguntar o que tinha ido fazer ali. Aos poucos, porém, descobriu. O que Nasruddin mais apreciava no país eram os sistemas – a previsibilidade. Podia-se confiar no governo ou em estranhos, e não somente na família ou nos amigos, como acontecia em sua terra. Lá, a solução dos problemas frequentemente dependia do humor inconstante – e, às vezes, da ganância – de certos indivíduos. Quase nada acontecia sem um suborno para abrir os caminhos. Na América, ele, às vezes, reunia doações para campanhas políticas ou associações de policiais, o que ajudava a chamar a atenção para as necessidades da comunidade, mas ninguém era obrigado a contribuir. Sempre que visitava Bangladesh, voltava ao Brooklyn com renovada admiração, por exemplo, pelo médico do setor de emergência que o atendia, sem insistir para que ele deixasse marcada uma próxima consulta em seu consultório particular. O que os americanos consideravam normal, representava para ele um feito extraordinário. Quando procurou uma agência de credenciamento para o trabalho em construção civil, entregaram-lhe os formulários corretos e aceitaram sua inscrição, sem cobrar além do estabelecido. Nasruddin sentia falta da terra natal, mas amava o país em que vivia.

No metrô, Asma observou uma mulher de lábios grossos que passava batom. Ela gostava de ver a vida privada desenrolar-se no transporte público, como se fosse mais um cômodo da casa. Mulheres se maquiavam, descalçavam os sapatos de salto alto, lanchavam e bebericavam café. Não se importavam de revelar o contorno da calcinha, a cor do sutiã, as veias das pernas nem os sinaizinhos dos braços. Todas mastigavam, liam, conversavam, cantavam e rezavam, inclusive ela. Mas Asma fazia isso em particular.

Nasruddin continuou a falar. Ele tivera muitos problemas a resolver depois do ataque. Ela nem ficara sabendo. O pior de tudo foram as prisões, mas houve deportações também. E as decisões acerca de apresentar-se ou não, de viajar a Bangladesh ou não, em vista da possibilidade de ter impedido o retorno aos Estados Unidos. Tudo estava voltando ao normal. Para que, então, expor sua vulnerável comunidade? Sempre havia mais um grupo chegando: era essa a natureza de Nova York. Os serviços de pedreiro não estavam restritos aos nativos de Bangladesh. Ultimamente, ele havia encontrado, em entradas de prédios, folhetos de operários poloneses oferecendo serviços por bons preços. Havia até uma foto do grupo – homens brancos vestindo macacões brancos, agrupados como um buquê de cravos brancos. O que significava aquilo – ele perguntou, sem esperar resposta –, senão um meio de chamar a atenção para a cor da pele? Nasruddin emendou, falando das filhas. Às vezes, perguntava-se se deveria tê-las criado em Bangladesh. Queria construir um casulo para elas, mas era impossível. Tal como pintinhos, bicaram a casca e saíram do ovo. Queriam explorar o mundo.

Asma chegou a pensar se ele falaria tanto assim com a própria mulher. Foram duas décadas de luta despejadas em alguns minutos. Ela se sentiu tão honrada por estar ali escutando o relato dos problemas de Nasruddin, que quase esqueceu que era um deles.

Eles saltaram do metrô no Baixo Manhattan e atravessaram a multidão e a barreira de policiais, chegando ao local da audiência. Asma jamais havia entrado no prédio da prefeitura, mas vinham atrasados, e não havia tempo para observá-lo melhor. O auditório estava lotado. De nervoso, ela fechou as mãos com força. Um policial, que orientava os recém-chegados, observou-os de cima a baixo e avisou:

– Lotado. Aqui, só os familiares das vítimas.

Asma ficou de boca seca ao lembrar a recomendação de Laila, no sentido de evitar contato com a polícia. Nasruddin, porém, manteve a calma.

– Somos da família de uma vítima – falou com firmeza, mostrando o documento que a Cruz Vermelha tinha fornecido a Asma – Eu sou o intérprete dela.

– Certo.

O policial inspecionou as poltronas e pediu a duas pessoas que cedessem os lugares. A emoção de, pelo menos uma vez, estar no centro dos acontecimentos tomou conta de Asma. Ao notar as câmeras, veio-lhe à memória o passeio de barco que tinha visto pela televisão. Então, fazia parte do grupo. Seus olhos encheram-se de lágrimas.

A audiência começou. Um a um, os inscritos ocuparam os lugares perto do palco. Asma lembrou uma ocasião, quando cursava o ensino médio, em que, apesar de impaciente, foi obrigada a assistir a intermináveis cumprimentos, a propósito da visita de uma autoridade do governo.

Nasruddin traduzia as falas da melhor maneira possível, cortando alguns trechos. Ela compreendia isso, já que algumas pessoas falavam muito depressa. De vez em quando, alguém se voltava para eles pedindo silêncio, e Asma respondia com olhares zangados, tentando transmitir a mensagem de que tinha tanto direito quanto os outros de saber o que se passava. Nesses momentos, cutucava Nasruddin, dizendo:

– Continue, continue!

Quando subiu ao palco, Mohammad Khan parecia tenso, pouco à vontade e incomodado pela luz. Asma preferia que estivesse mais relaxado, mas gostou do que ele disse – pelo menos segundo a tradução. Só não ficou satisfeita quando algumas pessoas o interromperam, gritando coisas que Nasruddin alegou não ter entendido. Khan ficou bem nervoso.

De repente, Nasruddin soltou uma exclamação de desagrado.

– O que ele está dizendo? Que o Corão foi escrito por um homem? Está maluco?

Asma não soube a que ele se referia.

Em seguida, começou a sequência de pronunciamentos: o homem de cabelos escuros que usava óculos, a loura elegantemente vestida, a senhora de cabelos brancos, pai e filho, e assim por diante. Por duas horas, ela escutou. Não sentia tanta revolta desde que tentaram negar a existência de seu marido. O número de pessoas contrárias ao projeto era maior do que o número de defensores. Algumas consideravam "doloroso" tudo que se relacionasse ao Islã; diziam que o Jardim era o paraíso dos assassinos, e ligavam o nome Mohammad a uma religião de violência. O presidente da comissão permitiu todos esses comentários como se os muçulmanos fossem cidadãos de segunda classe ou – pior – não merecessem respeito.

Asma se enfureceu. Pelo nome de o profeta – que a paz esteja com ele – ser usado daquele jeito. E por ver Mohammad Khan tão desrespeitado.

– Quero falar – ela sussurrou no ouvido de Nasruddin e levantou a mão.

Ele puxou o braço dela para baixo.
– Não pode.
– Eu preciso.
Braço para cima.
Braço para baixo.
– Pense em Abdul.
– Que tipo de país é este para mim?
Braço para cima.
Para baixo.
– Você vai ser deportada!
– Você me deixe falar. Você me ajude a falar.

As pessoas se voltaram para olhar a discussão. Apesar do rosto corado, Asma sentia os ossos esvaziados pelo jejum do Ramadã. Ela jamais se dirigira a uma multidão. Tinha de agir imediatamente, ou ficaria paralisada. Vieram-lhe à memória trechos de um poema de Kazi Nazrul Islam que aprendera na escola.

Eu sou o vulcão ativo no seio da Terra,
Sou o incêndio na floresta,
Sou o terrível mar de castigos do inferno!
Sou o eterno rebelde,
Levanto a cabeça, vou além deste mundo,
Bem alto, sempre ereto, sempre só!

Antes que chegasse ao fim dos versos, Asma já tinha dado um puxão no braço, sussurrando:
– Estou pedindo!
Então, pôs-se de pé e gritou:
– Eu!

Com o rosto pegando fogo, ela seguiu pelo corredor, a caminho do palco, desejando que Nasruddin tivesse ido atrás, para traduzir. Naquele momento, lamentou não ter-se aplicado mais para aprender inglês, embora assistisse a programas da televisão americana diariamente, várias horas por dia.

Cada par de olhos, entre as centenas que observavam a cena, parecia querer tirar um pedacinho dela. Ao caminhar, ela rezava, para vencer a fraqueza física e o medo: "Me ajude e me perdoe, Deus, o melhor dos protetores, o mais misericordioso". Ela não precisava mencionar por que pedia perdão.

Suas pernas pareciam conhecer o caminho. Sem que ninguém mandasse, foram para o lado direito do palco, subiram os degraus um a um e alcançaram a cadeira. Em segundos, Nasruddin sentava-se ao lado dela.

– O seu nome, por favor – a mulher de voz estridente, que comandava a audiência, pediu.

– Asma, mulher de Inam Haque. O trabalho dele era varrer o chão e limpar os banheiros.

Nasruddin traduziu, omitindo a parte dos banheiros.

Asma continuou.

– Meu marido era de Bangladesh. Eu sou de Bangladesh. Meu filho... – ela sorriu. – ...de 2 anos nasceu três semanas depois do ataque. É 100% americano. Meu marido trabalhava. Pagava impostos. Mandava dinheiro para a família dele, 11 parentes, em Bangladesh. Mandava dinheiro para a minha família também. Imaginam como sobrava pouco para nós vivermos? Mas nós nos arranjávamos. Ele não era um homem sem instrução. Terminou o ensino médio em Bangladesh e foi para a universidade. Mas lá não há bons empregos, a não ser que se pague. Ele preferiu começar de baixo aqui, porque acreditou ser possível subir. Lá, seria impossível. Politicagem, corrupção. Aqui não há nada disso. As pessoas ajudavam. Inclusive os judeus.

Nasruddin olhou para Asma. Ela sabia inglês suficiente para perceber que ele cortava algumas partes de sua fala. Mas não houve interrupção. Às vezes, a voz saía tremida porque ela se esquecia de respirar. Ao mesmo tempo, tinha a estranha sensação de que ia começar a rir, como se tivesse 12 anos novamente, e estivesse pela primeira vez andando de riquixá com o pai pelas ruas apinhadas de Dhaka. Ela não parava quieta, rindo de ansiedade e alegria.

– Meu marido era um homem de paz por ser muçulmano. Essa é a nossa tradição. É o que o nosso profeta, que a paz esteja com ele, nos ensinou. Vocês cuidam das viúvas e dos órfãos, como o Sr. Nasruddin cuida de mim e do meu filho. Mas vocês confundiram os maus muçulmanos, essas pessoas más, com o Islã. Milhões de pessoas no mundo inteiro fazem coisas boas porque o Islã ensina. Os muçulmanos que jamais tirariam uma vida, são muito mais numerosos. Ouvi falarem aqui em um paraíso para pessoas malvadas, mas não é nisso que acreditamos. O jardim não é para eles. Os jardins do paraíso são para homens como meu marido, que nunca fez mal a ninguém.

Ela respirou fundo e continuou.

– Nós não determinamos o que é ser cristão nem quais são as regras do paraíso dos cristãos.

Essa última parte Nasruddin não traduziu.

– Acho um jardim adequado, porque é isso que este país é. Todos que vieram para cá, muçulmanos e não muçulmanos, crescendo juntos. Como se pode fingir que nós e nossas tradições não somos parte deste lugar? Meu marido é menos importante do que os parentes de vocês?

Asma sentiu-se reconfortada, ao ver a plateia tomada pela emoção.

– Aos que não gostam deste arquiteto porque ele é muçulmano, devo dizer que o projeto do prédio do parlamento em Dhaka é de Louis Kahn, um arquiteto americano.

Aos 12 anos, Asma tinha sido levada pelo pai para conhecer a imponente construção que se erguia da água. Eles entraram no prédio, para que ela pudesse ver como a luz penetrava obliquamente. Depois, ele deixou que ela corresse pelos extensos gramados, uma ilha de tranquilidade em uma cidade frenética, e falou do americano autor do projeto. Os habitantes de Bangladesh consideravam aquele o mais poderoso símbolo de sua nova democracia. No entanto, as falhas daquela democracia acabaram por contribuir para que Nasruddin, Inam e Asma fossem parar em Nova York. Segundo o pai de Asma, o prédio era bom demais para os políticos que o ocupavam. No entanto, o complexo permaneceu, em toda a sua força e beleza, como se ignorasse as promessas não cumpridas ou acreditasse que um dia se realizariam.

– Somos gratos por aquele prédio. Muito gratos. Todos tentamos retribuir o que recebemos deste país. Mas também quero saber... Meu filho é muçulmano, mas também é americano. Ou não é? Digam-me: o que devo falar para o meu filho?

A revolta, poderosa como ácido, que crescia dentro de Asma, ameaçava transbordar, queimando todos em volta.

– Vocês deviam se envergonhar! – ela encerrou, elevando a voz.

Mas isso Nasruddin não traduziu.

20

QUANDO A MULHER DE BANGLADESH encaminhou-se para a saída, as pessoas sentadas junto ao corredor central voltaram-se para ela, com palavras de encorajamento ou pêsames, para segurar sua mão ou, se isso não fosse possível, a mão do intérprete. A cena lembrou a Sean um casal deixando a igreja depois da cerimônia de casamento. Ao vê-los se aproximarem do lugar onde ele estava à espera do pai desde que o deixara no palco, Sean quase foi ao encontro deles. Mas conteve-se e apenas abriu a porta.

– Obrigado – o tradutor agradeceu, encarando-o.

A visão da mulher de lenço no palco fez Sean pensar em Zahira Hussain. De perto, as duas não se pareciam muito. A mulher de Bangladesh era mais baixa e mais morena. Sua expressão demonstrava excitação e nervosismo, sem esconder, porém, aspectos menos fugazes – tenacidade e determinação – que Sean encontrava na mãe. Movidas por algum tipo de certeza instintiva, ambas clamavam por um memorial para os filhos.

Mas Sean devia lembrar que se tratava de pontos de vista diferentes. Patrick, na tentativa heroica de fazer do irmão miúdo e dispersivo um jogador de futebol da escola onde cursava o ensino médio, tinha-lhe ensinado a combinar o espírito esportivo com ferramentas psicológicas essenciais à satisfação pessoal. Segundo Patrick, se ele sentisse pena do outro time, perderia a combatividade, e acabaria por errar as jogadas. Sean deveria eliminar qualquer traço de simpatia. Se pusesse o coração do outro lado, ficaria sem ele.

Ao sair do auditório, Sean percebeu que era quase noite. A audiência tinha se estendido praticamente pelo dia todo. O céu cinzento anunciava uma tempestade. Como teria de explicar à família sua fuga do palco, começou a considerar as possibilidades. Na verdade, tinha agido sem pensar.

Como sempre, avaliava seus atos pelas consequências. Imagens contraditórias o perturbavam: Debbie lhe servia ovos em casa e insultava-o em frente ao Conselho Muçulmano Americano; Zahira agia com cordialidade e reprovava sua atitude; Eileen revoltava-se e chorava como criança. Com tanta dualidade, ele não se decidia, muito menos acerca de si mesmo: o irmão menos talentoso ou o filho dedicado; o faz-tudo incompetente ou o homem sedutor; o sujeito que arranca o lenço ou o que pede desculpas. A empatia o instabilizava. Ele não era confiável.

Pelo menos, era mais confiável do que Claire Burwell. Lá estava ela, andando com dificuldade em meio à agitação e às perguntas de outros parentes de vítimas. Naturalmente alta, parecia esforçar-se por estar sempre de nariz em pé, como quem se considera acima dos acontecimentos. As pessoas avançavam todas no mesmo passo, dando a impressão de que ela guiava o grupo, quando, na verdade, tentava safar-se.

– Claire! – Sean chamou. – Claire Burwell!

Ele abriu caminho e puxou-a com força pelo braço. Somente quando chegaram ao estacionamento, ela conseguiu se libertar.

– Está me machucando! – Claire reclamou, esfregando a pele no lugar onde estiveram os dedos de Sean.

– Eu só queria ajudar.

– Claro! Você é muito prestativo, Sean. Com certeza também queria ajudar quando levou a sua gangue até a minha casa.

Ele ficou sem graça por ela ter visto, embora na ocasião desejasse isso. Sua intenção era convencê-la a recusar o projeto de Khan, mas também a havia imaginado nua, no andar de cima, à espera dele. A fantasia de estar com Claire era tão excitante, por causa da proximidade, que Sean quase atirou a pedra, para aliviar a tensão. Ele sabia que ódio e sexo, às vezes, andam juntos, mas nunca pensou que a ligação pudesse ser tão forte.

– Naquela manifestação, quando as pessoas agitaram os pôsteres em que eu aparecia com um ponto de interrogação no rosto, você também estava me ajudando, não? – ela perguntou, com indisfarçável desprezo.

Para neutralizar a beleza de Claire, Sean se concentrou nas manchinhas da pálpebra inferior e nas linhas no canto dos olhos.

– Eu tentei dizer que você nos deixava confusos, Claire. E ainda deixa. Você não nos ouve. Como pôde não se emocionar, ao ver meu pai lá no palco? Você prefere Khan, que hoje subiu lá e esfregou aquele jardim islãmico na nossa cara! Não teve nem a decência de fingir! O que as pessoas como meu pai lhe fizeram, Claire, para você não enxergar seu sofrimento?

– Mas eu enxergo! Por isso é tudo tão difícil!

Os cantos da boca de Claire tremeram. O ponto de interrogação no rosto, a questionável ideia criativa de Sean, não estava errado. Furioso, ele teve vontade de apagar a hesitação e a ambiguidade que via no rosto dela. Sobretudo porque outros veriam a mesma coisa no rosto dele.

Claire permaneceu imóvel, enquanto Sean andava de um lado para outro e até dava voltas em torno dela.

– Você não sabe o que quer – ele disse, parando afinal na frente dela.

A diferença de altura entre os dois o incomodava.

– Você sabe o que deve querer, mas não o que realmente quer. Afaste-se, Claire, dê lugar para alguém mais decidido!

– Não, gente como eu, que consegue ver os dois lados, é necessária. É o que se chama empatia – ela falou em um tom superior, condescendente.

– O nome disso é covardia! Você pode ver quantos lados quiser, mas tem de se decidir por um, Claire! Decida!

Sean estava gritando. Aquele aperto no peito, temido e familiar, causado pela frustração, tinha começado. Nervoso, ele abria e fechava as mãos.

– Sean! Sean Gallagher!

Era o pai dele que vinha correndo – tanto quanto pode correr um homem de 63 anos. Se a intenção era salvar Sean dele mesmo, deu certo.

Sean fez um gesto em direção a Claire, como se fosse atirar sobre ela uma bola de basquete. Claire recuou, chegando a abrir os braços, para manter o equilíbrio. Mas ele não a tocou.

Estava escuro e chovia quando Claire chegou à sala do 20º andar onde a comissão se reunia. O local do ataque sempre ficava iluminado à noite, e o brilho que vinha de lá parecia pairar do lado de fora da janela, como uma aurora boreal. Claire não conseguia desviar os olhos daquela luz.

Ela sentia dor no braço, onde Sean apertara, e um zumbido na cabeça, como se as palavras acusadoras dele estivessem sendo continuamente repetidas.

– Talvez perder o marido seja diferente – a mãe dele tinha dito.

Quem sabe ela estava certa? Talvez o problema não fosse a paixão dos

Gallaghers, mas a falta de paixão de Claire. Talvez a sensatez e a racionalidade com que sempre agia revelassem algo – para os outros, mas sobretudo para ela mesma – sobre seu casamento. Ela já não sabia o que, em suas atitudes, resultava do fato de ter amado Cal.

As provações e os insultos infligidos a Khan também contribuíam para o zumbido na cabeça de Claire. Ela sentia medo de pressioná-lo e, com isso, juntar-se a seus torturadores. No entanto, seu único recurso eram as perguntas: se o Jardim era islâmico, se era um paraíso, se era um paraíso dos mártires... Uma pergunta levava a outra, como as bonecas russas de encaixar que Cal havia encomendado para usar como porta-retratos.

Segundo a ideia original, apresentada a um ex-restaurador de arte de Moscou, a pequena Penelope ficaria dentro de William, que ficaria dentro de Claire, que ficaria dentro de Cal. Mas quando William perguntou por que o papai era a boneca maior, Cal encomendou outros três conjuntos diferentes, para que todos tivessem a oportunidade de ser a boneca maior. Claire, então, podia criar uma matriosca toda sua: ela dentro dela, dentro dela, dentro dela. Durante a audiência, todas essas Claires diferentes, embora muito parecidas, estavam lá. Assim, todos os argumentos, ainda que contraditórios, encontravam simpatia. Cada vez que ela pensava ter achado a última Claire, verdadeira e íntegra, descobria estar errada. Ela não encontrava a própria essência.

– Então, gastamos esse tempo todo só para oferecer *orientação?* – Elliott, o crítico de arte, perguntou. – E, assim mesmo, sem muita importância?

– É como deixar a decisão para o público – Leo, o reitor aposentado, acrescentou.

Inflexivelmente acadêmico, ele não conseguia imaginar afronta maior.

Enquanto Claire devaneava, os membros da comissão foram enchendo a sala. Insatisfeitos, eles acusavam Paul de ter dado ao público a palavra final.

– O homem que vivia citando Edmund Burke bandeou-se para a escola de Thomas Paine na hora de conduzir a audiência pública – Ian, o historiador, comentou.

Paul pareceu desconfortável.

– Estava tentando proteger vocês – ele disse. – Vocês sentiram o ambiente. Entregar a decisão a 13 indivíduos... Seríamos alvos fáceis. Responsabilizados por consequências imprevisíveis. Melhor deixar as vozes que ouvimos hoje... As mais fortes, as mais tristes, seja lá o que for, resolverem alguma coisa.

– As mais tristes, você disse? – Ariana perguntou. – A mais incisiva de hoje foi a mulher de Bangladesh.

Depois de vários membros da comissão concordarem, ela completou.

– Deixe que ela decida.

– Asma Anwar – Violet, a assessora do prefeito, disse, consultando as anotações.

– Uma voz autêntica – Maria, a curadora de arte pública, confirmou asperamente.

– Em que a voz dela é mais autêntica do que a voz de Frank Gallagher? – Claire interferiu, incomodada com a dor no braço.

Ela estava irritada com a fala da jovem, reconhecidamente inspiradora, percebendo ali uma reedição da aula de Jack Worth a favor de Khan.

– Em nada, mas já ouvimos muito os Gallaghers e outros familiares. E nunca ouvimos nada de gente como aquela mulher.

– Ela subir ao palco, de lenço, depois daquelas agressões bárbaras, foi um brilhante exemplo de arte performática – Elliott opinou, com um sorrisinho estático.

– *Performance* pode ter sido, arte não – Claire falou, arrependendo-se imediatamente. – Precisamos achar um jeito de analisar as diferentes visões das famílias.

– Diferentes visões? Você fala como se não existisse certo e errado; apenas opiniões diferentes – Ariana disse, lançando a Claire um olhar penetrante. – Você era a nossa consciência. Acho que o posto agora é de Asma Anwar. Proponho esta noite declararmos nosso apoio a Khan.

Claire tinha procurado tanto formar uma opinião... Naquele momento, porém, o apoio a Khan, que tanto defendera, deixava-a confusa. Com um olhar mortal, ela tentou passar a Paul a mensagem de que, naquela noite, não deveriam votar, mas discutir a audiência e analisar os comentários do público. No entanto, Paul, agindo mais como um *barman* que disfarçadamente escutasse uma conversa interessante dos clientes do que como o presidente de uma comissão, nada disse.

– Você nem gostou do Jardim – Claire lembrou a Ariana.

– Não se trata de gostar – Ariana argumentou. – Trata-se do papel da arte em uma democracia. Nós todos vimos... Quer dizer, não literalmente, porque fizeram tudo na calada da noite, a obra *Tilted Arc*, de Richard Serra, ser desmontada e retirada da Federal Plaza porque "o público" não gostou dela. Agora, não gostam da religião de Khan, ou do que seu projeto pode ou não significar. Entreguem poder ao público desta maneira, e tudo que for feio, provocador, difícil ou produzido por um grupo não aprovado estará em situação de risco.

– Quer dizer que tudo que for rejeitado pelo público merece proteção? – Claire perguntou.

Ninguém respondeu, como se a pergunta nem merecesse consideração, e ela continuou.

– Isto não é uma obra de arte. É um memorial. É errado votar agora. Se votarmos, vamos perder todo o poder que poderíamos usar para conseguir que Khan explique ou modifique o Jardim.

– Khan não é obrigado a explicar coisa alguma. E não vou pedir a ele que altere o projeto por causa das nossas especulações.

– Não são especulações. Ele mesmo disse hoje que era islâmico.

– Não, ele disse que tinha influências islâmicas.

– Acho que ele falou pré-islâmicas – Maria corrigiu.

– Como pré-colombiano? – o crítico perguntou.

Claire, irritada, voltou-se para Maria.

– Lembra quando eu disse que as famílias não visitariam o Vazio? Agora estão me dizendo a mesma coisa quanto ao Jardim. O que eu faço?

– Diga para se conformarem.

Claire ficou chocada com tanta rudeza. Maria, remexendo entre os dedos um cigarro apagado, lançava partículas de tabaco sobre a mesa.

– Para falar a verdade, estou cansada dessas famílias. Quem nos ouve não imagina que uma nação inteira foi devastada pelo ataque.

Sorrisinhos nervosos passaram pelo rosto dos jurados. As palavras de Maria quebraram um tabu, reduzindo um pouco a influência da posição de Claire. Em um desenho animado, daria para ver o poder vazando, como um líquido.

– Não são apenas as famílias que querem saber o que o projeto representa – Claire falou cautelosamente. – Muitos americanos também estão preocupados.

Ariana fixou o olhar em Paul, mas suas palavras se referiam a Claire.

– Antes, tínhamos de respeitar a opinião dela porque ela representava todas as famílias. Agora, ela representa o país inteiro. Quer que a gente aceite sua ambivalência, suas reviravoltas. Chega!

– Mas Claire tem um ponto de vista, e não seria justo empurrar um ponto de vista pela goela das pessoas – Paul se pronunciou, afinal. – Precisamos chegar a um consenso com o público, com todos os envolvidos. Essa é a coisa certa a fazer.

– Não, essa é a coisa prudente – Ariana disse. – A coisa certa é não ceder às pressões para abandonarmos Khan.

A firmeza das palavras conferiu ao corpo miúdo de Ariana uma nova dimensão, fazendo com que ela parecesse, em sua preferência pela cor cinza, um lingote de ferro.

– O Jardim – ela falou desafiadoramente. – Como está.

– O Jardim, como está.

Os membros da comissão, um a um, foram repetindo as palavras, até que Paul interrompeu, com o jeito hesitante de um pai que, depois de um dia cansativo de trabalho, precisa corrigir os filhos.

– Nós não estamos votando.

– E se estivermos, eu voto "não" – o representante da governadora avisou.

Em seguida, Maria, Leo e Violet, a confusa e aflita Violet, disseram:

– O Jardim, como está.

Somente Claire, esperando em vão que Paul interrompesse a votação, manteve-se calada. Em volta da mesa, todos olhavam para ela. À velocidade de um trem-bala, seu pensamento deu voltas e atravessou túneis. Assim, foi necessária apenas a fração de segundo que separa o momento em que a boca se abre do instante em que saem as palavras para ela mudar de opinião, fugindo ao embaraço de admitir a confusão em que se encontrava. Em vez de votar a favor de Khan, disse:

– Eu me abstenho. Eu me abstenho.

Seu corpo lutou contra o vírus da dúvida e perdeu. Como uma febre que subisse sem parar, seus pensamentos percorriam as perguntas de Alyssa Spier, as críticas de Sean Gallagher, a manipulação de Jack Worth e a indefinição de Khan. Ela lembrou as bonecas russas, não para substituir os próprios mistérios ou os mistérios de Khan. As bonecas russas com fotografias da família Burwell revelavam um pouco de Cal. Imaginá-las tinha sido uma de suas últimas empreitadas. Não se tratava de um jovem de 20 anos pedindo desligamento do clube. O ato de proporcionar prazer representava para ele um ato criativo. Então, ele provavelmente se aborreceria menos com sua incerteza do que com a seriedade que conferia a ela. Ao concentrar-se nos princípios políticos relativamente conservadores de Cal, ela havia esquecido seu valor mais elevado: apreciar a vida. A certeza de que Cal não levaria as coisas tão a sério levitava em torno dela. Claire podia decidir por si. Podia abandonar uma posição que não sabia bem se era dela. Podia aceitar a insegurança de sua bonequinha mais escondida.

– Eu me abstenho porque não sei – ela disse.

O silêncio que se seguiu parecia um buraco negro na história. Claire percebeu que os outros não haviam embarcado no trem de seus pensamentos. Na verdade, nem tinham visto o trem passar. Antes que ela refizesse os passos percorridos para abandonar com segurança uma posição antes tão firme, Ariana falou:

– Mesmo sem o seu, temos dez votos.

Claire encolheu-se ao ouvir o comentário, que achou desrespeitoso. Então, Wilner, o representante da governadora, fez um sinal de que concordava com ela. Como uma família, estavam todos reunidos em volta da mesa redonda, em uma proximidade desagradável. Claire percebia a respiração ruidosa do historiador, muito perto. Precisando de ar, de espaço, ela se levantou e foi até a janela. Pior ainda: ela recebeu o impacto da luz que vinha do local do ataque, um enorme vazio lá embaixo, e voltou ainda mais abalada.

– Não está havendo votação – Paul afinal usou de firmeza ao dirigir-se a Ariana.

Era preciso um intervalo razoável – três semanas, ele insistia – para ao menos dar a impressão de que os comentários que chegassem seriam levados em consideração. Paul advertiu que as deliberações daquela noite não deviam ser comentadas publicamente nem transmitidas à imprensa. E seria melhor para todos se chegassem a um consenso com a única familiar de vítima participante da comissão.

– Claire precisa de tempo para pôr em ordem a confusão de suas ideias – ele completou.

Ela sentiu o rosto queimar ao ouvir a palavra "confusão", mas não negou.

Mo dormiu 11 horas seguidas, sem sonhar. Acordou desorientado e faminto. Somente depois de devorar a carne com brócolis que havia três dias estava na geladeira, sentiu-se forte o bastante para ligar o telefone. As caixas de mensagens de voz e de texto estavam cheias. "Ligue-me", a mensagem de Reiss aparecia várias vezes. A última dizia "Onde diabos você anda? Ligue".

– Boa notícia, má notícia – Reiss despejou, ao atender o telefone, sem cumprimento algum.

Mo esperou, estranhamente calmo.

– Boa notícia: a sua fã de Bangladesh dominou o noticiário ontem à noite, provocando uma onda de apoio a você. As pesquisas instantâneas, levando-se em conta o pequeno número de entrevistados e a larga margem de erro, demonstram que a quantidade de pessoas que estão do seu lado dobrou em relação ao período anterior à audiência.

– E a má notícia?

– Parece que você cometeu uma blasfêmia.

– Blasfêmia?

A palavra soava de maneira nova, desconhecida.

– Não sei se era essa a sua intenção, mas você sugeriu que o Corão foi escrito por um homem, e não por Deus. A história se espalhou na internet, e imãs da Holanda à Nigéria querem denunciar você, embora eu tenha certeza de que a maioria nem sabe o que foi dito realmente.

– E o que foi que eu disse?

– "Talvez o Corão descreva os jardins com base no que Maomé viu na época, a caminho de Damasco. Talvez o Corão tenha sido escrito em resposta a esse contexto". Você se revelou um descrente. Algum panaca lá no Irã já emitiu um pronunciamento legal... Uma *fatwa* contra você. Um blasfemador, um ímpio, é o que você é. E o pior: sem barba.

Reiss pronunciou as últimas palavras com ênfase redobrada.

Mo passou a mão no rosto e começou a rir, como se essa fosse a resposta mais natural ao fato de ter-se tornado o centro de interesse de algumas nações. Riu até as lágrimas lhe descerem dos olhos. Riu como se tivesse bebido demais.

– Talvez eu devesse ter raspado só a metade da barba.

– Não entendi a piada.

– É tão ridículo que chega a ser engraçado. Pareço uma criança disputada pelos pais, as Ilhas Falkland, disputadas por dois países, ou coisa parecida. Qualquer que seja a minha posição, sempre dou as costas para alguém, e esse alguém se ofende. As pessoas leem o meu rosto como se fosse um texto, mas eu mesmo não consigo escrever o que li!

Mo ria tanto, que mal conseguia falar.

– Esse riso é porque estou estressado, fulo da vida e à beira de um ataque de nervos. Está bom para você?

– Ilhas Falkland?

– Não ligue, Scott – Mo suspirou. – O que vamos fazer?

A internet estava cheia de referências a Mo, em idiomas que ele não entendia: árabe, dialeto urdu, farsi. O que conseguiu ler recomendava sua condenação à pena de morte. A CNN mostrava *flashes* de religiosos indignados, crianças em passeatas, e, no Paquistão, uma multidão queimando uma fotografia dele em tamanho grande. E a foto nem o favorecia.

As loucuras às quais se esperava que ele estivesse atento, antes restritas aos inimigos dos muçulmanos, tinham extrapolado para os muçulmanos que o detestavam por ele não ser suficientemente muçulmano. A mãe de Mo, por telefone, nem tentou disfarçar a preocupação. Segundo disse, ela preferia que o filho nunca tivesse entrado no concurso.

– Eu me esforcei tanto para convencê-lo de que você é especial... Antes tivesse deixado você pensar que é uma pessoa comum.

Laila entendia de política islâmica, mas ele hesitou em procurá-la. Não se falavam desde a discussão no apartamento dela. Por orgulho e por não conseguir enxergar além das diferenças incontornáveis entre eles, não pedira desculpas. Naquele momento, porém, o que mais queria era o conforto da voz dela, que lhe traria de volta, embora brevemente, o brilho e a plenitude de sua presença.

Mas a voz dela parecia vir de trás de uma cortina. De um muxarabi. Laila falou solicitamente, como se ele fosse um cliente.

– Em que posso ajudar? – ela perguntou.

– A pena de morte?

– Eu não me preocuparia com isso. Parece dramático e chama a atenção da imprensa, mas somente um Estado teria poder para cumprir, e você não vive sob a Lei de Charia. Os barbudos gostam de confusão. Além disso, você não fez de propósito, fez?

– Eu nem sabia que tinha dito alguma coisa. Você viu o que eu passei lá.

Se ele buscava um gesto de simpatia ou uma prova de que ela havia assistido à audiência, não conseguiu nem uma coisa nem outra.

– Claro que sempre é possível um maluco entender mal. Portanto, tenha cuidado.

As palavras eram gentis, mas a falta de carinho verdadeiro era mortal.

– Como eu acabo com isso?

– Faça um pronunciamento afirmando que não pretendia dizer que o Corão não é a palavra de Deus.

Mo não respondeu.

– É o que eu acho – Laila falou afinal.

Aquelas palavras simples implicavam intimidade, e ela não conseguiu disfarçar certo afeto na voz.

– Então, vai ter de esperar que tudo caia no esquecimento – ela completou.

Mo queria esticar a conversa.

– Você está bem? – ele perguntou.

– Mo, vamos manter o profissionalismo – Laila respondeu.

Mas não parecia nem um pouco profissional.

21

– E QUEM É OPRAH?

Nasruddin não descobriu se Asma foi arrogante ou se apenas pareceu ser, pela postura e pela atitude próprias a uma primeira-ministra de Bangladesh recebendo os suplicantes. Damas, muitas damas de companhia a rodeavam, já que todas as esposas e boa parte das filhas da vizinhança tinham acorrido ao apartamento da sra. Mahmoud. Gritinhos e conversas atravessavam o cômodo, que parecia ferver.

Nasruddin foi entrando. Recusou a água e os doces que lhe ofereceram. Ainda era Ramadã. Por que serviam comida?

– Oprah ligou. Ela ou uma mulher que trabalha para ela – ele tinha falado em bengali, dirigindo-se a Asma.

– Oprah! – Tasleen exclamou, depois de Asma perguntar quem era. – A moça negra! Famosa, muito famosa! Ela distribui carros. Eu levo você. Estou aprendendo a dirigir...

Estava? Para Nasruddin era novidade.

– Você falou alguma coisa sobre Oprah Winfrey? Ela quer que Asma vá ao programa?

Quem perguntou foi uma moça branca, com a caneta sobre o *notebook*, enroscada no chão junto aos pés de Asma, já que o sr. e a sra. Mahmoud ocupavam o resto do sofá. Em meio à confusão de falatório e peles morenas, ele nem havia reparado nela. Uma jornalista, concluiu, uma visita. Isso explicava os doces, mas como a jornalista conseguia entrevistar uma pessoa que praticamente não falava inglês?

– Eu estou traduzindo, *baba* – Tasleen explicou, antes que ele perguntasse. – E, sim – ela continuou, alternando sem esforço bengali e inglês e dirigindo-se à jornalista. – Ele disse que Oprah Winfrey telefonou.

Eles tinham deixado a audiência apressadamente. Debaixo dos olhares de familiares das vítimas e da perseguição dos repórteres, ainda receberam o cumprimento discreto de um policial. O tempo todo, Nasruddin arrastava Asma pelo braço. O metrô barulhento e malcheiroso pelo menos por uma vez representou um alívio, e eles fizeram todo o percurso calados. Pela cabeça dele, passavam tantos pensamentos que faltavam palavras. Ela havia conseguido falar. Ele estava orgulhoso dela e, talvez, envergonhado de si. Sempre acreditara que atitudes de liderança devem ser discretas, mas, naquele momento, pensou se tal abordagem não estaria ligada à falta de coragem. O que servia melhor a seu povo: o apego que ele cultivava a detalhes burocráticos e a relacionamentos ou a insistência de Asma em se fazer ouvir?

Ele a deixou em casa com uma reverência desajeitada e um cumprimento.

– Agora entendo o que Inam quis dizer.

Asma visivelmente não entendeu.

– Uma vez ele me disse: Asma não fala inglês, mas tem uma cabeça muito boa.

Por mais que estivesse impressionado, Nasruddin não poderia imaginar o impacto das palavras dela, e o número de vezes que seriam retransmitidas nas horas e nos dias seguintes. Os comentaristas diziam que o país ansiava por heróis. Ali estava uma heroína.

Poucas horas depois de deixar Asma em casa, Nasruddin recebeu dela um telefonema apavorado: alguns homens brancos ("e um negro", ela sussurrou) estavam na porta. A sra. Mahmoud tinha saído, e ela não entendia o que eles diziam. Alguns carregavam câmeras. Ele correu até lá, para encontrar um pequeno grupo de repórteres.

– Só queremos umas palavrinhas – eles explicaram.

Umas palavrinhas. Foi exatamente o que Nasruddin concedeu a eles.

– A sra. Anwar disse na audiência tudo o que tinha a dizer.

A partir de então, porém, todos os canais de notícias – até chegar a Oprah – pediam para entrevistar Asma. O Conselho Muçulmano Americano desejava usá-la em uma campanha. Feministas muçulmanas e não muçulmanas queriam atraí-la, lançando sobre Nasruddin a acusação de tentar impedi-la de falar. Segundo elas, tratava-se de "um típico macho muçulmano"; uma chegou a compará-lo aos que faziam mutilações genitais na África. Foram impressas camisetas onde se via uma grande mão levantada e a frase "Deixem que ela fale". Era como se Asma representasse todas as muçulmanas do mundo.

Nasruddin lamentou os danos causados à imagem do Islã. A imagem dele também tinha sido atingida. A ousadia de segurar em público, repetidas vezes, o braço de Asma havia despertado – ou talvez confirmado – rumores: um homem casado tocando casualmente uma viúva, em especial uma que ele ajudava desde a morte do marido, não passou despercebido aos vizinhos nem à mulher dele. Sempre que ele entrava em casa, a temperatura parecia baixar uns 40 graus.

Mas esses problemas logo caíram no esquecimento. Muitas cartas chegavam para Asma, embora o endereço dela não constasse da lista. Como não entendia, ela as passava a Nasruddin, que era o primeiro a ler: "Vamos tocar fogo em você", palavras ainda mais dolorosas por lembrarem o modo como Inam morrera; "vadia terrorista"; "piranha". Nasruddin não sabia que o idioma inglês podia ser tão odioso. Algumas palavras ele nem entendia, e enfrentava o embaraço de ter de perguntar à filha, que conhecia todas.

Nasruddin sentia vontade de procurar a polícia, mas tinha medo de arriscar Asma à deportação. Chegou a conversar informalmente com Ralph Pasquale, um policial esperto que considerava amigo.

– Ninguém a forçou a subir lá e falar – Ralph disse rudemente. – O que você quer que a gente faça? Que ponha alguém de plantão na porta dela? Você sabe da nossa carência de pessoal. Estão sempre reclamando que fazemos pouco patrulhamento a pé. Não acho que fique bem deslocar um policial do policiamento das ruas só porque a moça falou demais. Faça uma reclamação por escrito, se quiser.

Pela primeira vez em anos, Nasruddin, sempre tão polido e tão respeitado, via-se posto de lado daquele jeito. Ser descrito como "reclamante", quando fizera uma solicitação gentil, era triste.

Ele se sentiu exposto ainda de outra maneira. No dia seguinte à audiência, foi pegar as chaves de um imóvel com certo proprietário para quem trabalhava. O homem, que Nasruddin chamava de "sênior" porque ele e o filho tinham o mesmo nome, era açougueiro. Nasruddin foi encontrá-lo de boné branco e avental sujo de sangue, retirando as vísceras de um carneiro.

Como de costume, eles não trocaram cumprimentos, mas, em vez das ordens e reclamações – "Vazamento no 28 da Baltic Street"; "A sra. Whiting reclamou que os seus pintores não limparam os respingos de tinta no chão" –, o açougueiro disse:

– A patroa falou que eu devia despedir você.

Nasruddin havia encontrado a mulher algumas vezes, no decorrer dos anos. Peituda e de rosto avermelhado, ela não parecia gostar muito dele.

– Por que, senhor? – Nasruddin perguntou, embora soubesse a resposta.

– Ela viu você na televisão defendendo aquele muçulmano, e acha que está do lado dele.

O açougueiro tinha um filho, Júnior, um jovem de boa aparência que Nasruddin não considerava muito inteligente. Interessado em budismo tibetano e ioga, havia desaparecido do açougue por um mês, "correndo atrás da namoradinha na Índia", segundo o pai. Júnior via a pele morena de Nasruddin como sinal de um conhecimento enciclopédico das questões espirituais e ligadas ao Oriente. Nasruddin havia corrigido várias vezes – sempre com um sorriso, para suavizar a correção. Ele jamais praticara ioga, não sabia coisa alguma sobre o Tibete ou o budismo. E, como muçulmano, não tinha problema algum com as carnes sangrando no açougue, como Júnior imaginara. E mais: não queria desconto no preço das carnes nobres nem levar de graça os cortes menos nobres, já que só consumia carne *halal*. Ainda teve de explicar o que isso significa – "É como *kosher*, mas para muçulmanos". Era possível um açougueiro não saber o que era carne *halal*? Então, pensando na vizinhança de irlandeses, italianos e ateístas prósperos e mesquinhos... Era possível, sim.

Naquele dia, porém, o filho demonstrou sensatez surpreendente.

– Mamãe está maluca – ele disse ao pai. – O senhor não pode despedi-lo. Além disso, tudo que dizem dos muçulmanos já disseram dos católicos. Eles também não confiam em nós.

Nasruddin olhou agradecido para o rapaz. Talvez tivesse cometido um erro ao julgá-lo.

– É só com os barbudos que você deve se preocupar – Júnior completou.

Ou talvez não. Nasruddin saiu do açougue ao som do facão que destrinchava a carne.

Ele havia tentado em vão silenciar Asma. Como fazê-la escutar?

– Para quem você escreve? – perguntou à moça branca, que não havia declarado o nome nem a serviço de que publicação estava. – Já contaram histórias demais. Acho que chega.

– Escrevo para o *Post* – a moça branca respondeu. – Estou tentando descobrir a mulher que está por trás dos acontecimentos, sua história de vida... Tudo.

– Há quanto tempo ela está aqui? – Nasruddin perguntou à filha, em bengali.

– Há 45 minutos.

– O que ela perguntou?

– Ah, muita coisa. Ela é legal. De onde ela é, por que ela e Inam vieram para cá, como chegaram etc.

Tasleen alternava os dois idiomas, como fazia em casa.

– Fale em bengali – Nasruddin sussurrou.

Ele não queria que a jornalista entendesse algum trecho da conversa.

– Mas, *baba*, o senhor vive me dizendo para falar inglês! – a filha protestou, em inglês.

Era verdade. Ele e a mulher, às vezes, discutiam por causa disso. Ela se preocupava com a possibilidade de a filha esquecer a língua pátria, e encontrar dificuldade para arranjar um bom marido de Bangladesh. Ele temia que, com notas baixas em Inglês, ela não conseguisse matrícula em uma boa universidade. Tasleen, com certeza, fingia não entender o que ele queria. Quando foi que a sua menininha obediente tinha se transformado em uma jovem impertinente, com uma atitude tão tipicamente americana? O tempo passa e provoca mudanças. Ele precisava conversar com a mulher.

Nasruddin preferiu nem perguntar à filha se Asma havia comentado alguma coisa quanto à situação como imigrante, mas essa era sua maior preocupação. Ele não queria chamar a atenção do governo para a ilegalidade em que ela vivia.

– Tem um cartão? – Nasruddin perguntou à jornalista.

Ele deu uma olhada no nome – Alyssa Spier – e guardou o cartão no bolso. Passou o resto do dia e a noite inteira apreensivo. Rezou e tentou dormir, mas demorou a pegar no sono. Quando a mulher o acordou, séria, antes do nascer do sol, para a refeição do Ramadã, ele saiu, tirou de ré a van da garagem e atravessou as ruas ainda escuras em direção à banca de jornais de seu amigo Hari Patel. Nem os jornais nem Hari tinham chegado. Afinal, o jornaleiro chegou, e os dois esperaram juntos. Nasruddin andava de um lado para outro, quase tão nervoso quanto no dia em que Tasleen nasceu. O próprio motorista do caminhão do *Post* jogou o monte de jornais na calçada. Hari correu para cortar a amarração, mas, antes mesmo Nasruddin já tinha visto, na capa, a fotografia de Asma com a cabeça jogada para trás, rindo, como se achasse graça na palavra que escreveram em seu rosto, com letras grandes e maiúsculas:

ILEGAL

Mais uma vez, Paul se encontrava na residência da governadora em uma hora imprópria. Desta vez, porém, tinha companhia: Kyle, chefe da equipe de Bitman; Harold Dybeck, procurador público; e, em um grande quadro a óleo que dominava a sala, o falecido marido da governadora e seu altivo e também falecido cão afegão.

– Bom dia a todos.

A governadora entrou apressada, com o que Paul sabia ser seu rubor pós-exercício, então realçado por um conjunto azul-marinho.

– Vamos parecer um pouco mais animados! Não é tão cedo assim!

Em seguida, ela submeteu Kyle a um detalhado interrogatório sobre os comentários do público, que já chegavam aos milhares. Ele e Lanny haviam tabulado opiniões e retirado amostras representativas para serem lidas pela governadora e pelos integrantes da comissão. As opiniões contrárias e favoráveis a Khan eram na proporção de seis para uma. Kyle, um panaca de primeira, um tremendo boca suja, estava estranhamente dócil.

– Parece que a audiência influenciou as opiniões a favor de Khan – Paul arriscou. – A explicação que ele deu sobre o projeto talvez tenha reduzido um pouco a oposição.

Lanny informou que a alteração se devia menos à apresentação hesitante de Khan do que à fala apaixonada da mulher de Bangladesh. Parecia que os americanos ainda eram capazes de se emocionar. Ela acordara algum impulso nobre adormecido.

– Khan não teve nada a ver com isso – a governadora disse. – Você está se referindo ao que Kyle graciosamente chamou de "orgulho de Bangladesh", mas já cuidamos disso – ela completou, com um sorriso de satisfação.

Kyle se remexeu como se tivesse coceira.

Paul olhou para ela. Uma carreira em um banco de investimentos endurece até a alma mais sensível, o que já não era o caso de Paul. Ainda assim, ele estava boquiaberto. Teria Geraldine comentado com Alyssa Spier a situação ilegal de Asma Anwar? A jovem mulher estava sob a ameaça de deportação. O próprio presidente tinha explicado que as autoridades da imigração não podiam fechar os olhos à condição dela, por mais trágica que fosse sua história. A partida de Asma, porém, estava longe de ser certa: o advogado prometia lutar – o processo podia levar anos –, e seus defensores, no Congresso e fora dele, clamavam por "*mercy citizenship*", uma combinação de sensibilidade e ação. Mas a vida dela virou de cabeça para baixo, ainda mais com o subsequente vazamento da história da indenização de 1 milhão de dólares paga pelo governo. Teria Geraldine revelado isso para conter a onda de simpatia? A ambição da governadora continuava superando a imaginação de Paul. E, neste caso, seu senso de decência foi ofendido. Ele estava tocado pelo "orgulho de Bangladesh".

– Vamos, Paul – Geraldine falou, impaciente.

Ela queria saber a opinião dele sobre quanto tempo deveria esperar, depois que a comissão desse seu parecer, para emitir a opinião dela, e qual a possibilidade da convocação de uma nova comissão.

– Esta é a minha ideia – ela disse. – Uma comissão com mais familiares de vítimas.

– Não acredito que as coisas sejam assim tão simples, Geraldine.

Ao vê-la empertigar-se, porém, Paul corrigiu.

– Governadora. Se a comissão apoiar Kahn, que parece ser a tendência, não aceitará o seu veto à escolha.

– Talvez os membros da comissão precisem reler o regulamento. Eles não têm recursos.

– Mas vão procurar – Paul argumentou. – Eles não querem uma decisão baseada apenas no sentimento do público. Você deve lembrar que foi esse o primeiro motivo da criação da comissão: chegar a uma conclusão mais ponderada, que o público não teria capacidade... Eu diria que nem tempo... para alcançar.

– E a comissão fez um belo trabalho – Bitman disse, erguendo as sobrancelhas. – Mas o processo sempre pretendeu permitir que as pessoas opinassem, e elas fizeram isso muito claramente. Elas não querem esse memorial.

A troca de olhares entre Kyle e Harold sugeriu, para Paul, dois irmãos discutindo quem contaria para a mãe que o bule de porcelana Spode estava quebrado.

– Oproblemaédescobrirporqueelesnãoquerem – Kyle falou depressa demais.

Ele era muito bom para levar as más notícias da governadora para os outros, mas ficava sem jeito quando precisava trazer as más notícias para ela. Ao vê-la de testa franzida, falou mais devagar:

– O problema é descobrir por que eles não querem. Se não querem apenas porque ele é muçulmano, conclui-se que é impossível confiar na opinião pública quando se trata de religião.

– Então, Paul, você deveria ter dado um basta naquela droga toda.

– Mas você mesma disse que as pessoas precisavam se expressar – Paul argumentou, adorando a oportunidade de deixá-la sem resposta, fingindo obedecer. – Elas se expressaram.

A governadora arregalou os olhos.

– Elas se expressaram sobre o projeto, que é o problema, e não a religião dele. Ele criou um paraíso islâmico! Se não por outro motivo, deveria ser afastado por idiotice. Ele achou mesmo que ia conseguir nos enganar?

– A questão – Harold falou, depois de uma olhada para Kyle – é que ele não reconheceu que se trata de um paraíso. Na verdade, afirmou explicitamente na audiência que os jardins islâmicos eram apenas uma possível influência, e que, estruturalmente, os aspectos apontados como islâmicos são de um período anterior à religião. Isso significa que só deduzimos que se trata de um jardim de mártires porque ele é muçulmano. Isso deixa a Constituição do lado dele, e não do nosso. Se um católico projetasse o mesmo jardim, ninguém se preocuparia. E ainda que ele admitisse...

– O que não vai acontecer – Paul interrompeu.

– Isso pode não ser suficiente para afastá-lo, já que... Eu pesquisei... Essa iconografia é ao mesmo tempo cultural e religiosa. Fica difícil separar.

– Se isto aliviar as suas preocupações, eu posso dizer que ele é inadequado, sem explicar por quê. Eu sou a governadora. Posso decretar.

– Rainhas decretam. Governadoras explicam – Paul disse.

Depois de lançar-lhe um olhar hostil, ela respondeu:

– Pois bem. As plantas vão morrer, e isso vai ser deprimente. É razão suficiente para você?

– As razões têm de ser defensáveis no tribunal – Harold lembrou.

Ele tirou os óculos e colocou contra a luz, para ver se havia algum arranhão. Assim, evitou o olhar de Bitman, ao completar.

– O Estado e o Município serão responsáveis pela manutenção do memorial. Portanto, se as plantas morrerem, a falha será nossa, e não do projeto...

O sorriso da governadora fez Harold se calar. Ela examinou os rostos de todos que estavam na sala e, como se desapontada, observou as próprias mãos. Ao levantar a cabeça, pareceu engolir todos ao mesmo tempo com o olhar.

– Então, estamos preocupados com uma ação legal, certo? Com a possibilidade de Khan mover um processo contra nós?

– Exatamente – Harold falou. – Se o recusarmos...

– Eu vou ter de dizer por que vetei o projeto dele...

– Sim, e...

– E o que há de tão terrível nisso? – ela perguntou, com uma piscadela na direção de Paul.

Ele quase podia ver o que se passava na imaginação da governadora: em um julgamento amplamente coberto pela mídia, ela defendia a proteção do local da tragédia e do país contra a ameaça islâmica. Ainda que o Estado perdesse, ela ganharia. Sempre que assumia a ofensiva, atacando Khan, ela subia nas pesquisas. Ele era o oxigênio de que ela necessitava.

22

ASMA ACORDOU antes do amanhecer. A escuridão a envolvia como se fosse água, enchendo todas as aberturas e reentrâncias de seu corpo: as narinas, o recorte entre os lábios, o sulco entre os seios, a concavidade da barriga, o espaço entre as pernas, as aberturas entre os dedos dos pés. Como se quisesse preparar-se, seu pensamento voou até Bangladesh. Com o nascer do sol, o chamado à oração vibraria dentro dela. A mãe de Inam se levantaria para preparar o chá do marido. Ou, mais provavelmente, Asma faria o chá para eles, ouvindo o cantar dos galos, o som dos riquixás e, se fosse temporada de chuvas, a dança da água sobre o telhado.

Ali, ela escutava apenas um ou outro carro passando, e ela mesma inspirando e expirando. Quando se concentrava no som da própria respiração, ela se sentia capaz de flutuar. Era como se somente os ossos impedissem isso. A seu lado estava o menino. A respiração dele – mais suave, menos profunda – também era audível. Por alguns minutos, parou de respirar; silenciou o som da própria vida para ouvir o canto da vida dele.

Asma estava quase pronta para a viagem, com as malas e caixas alinhadas junto à porta. Faltava guardar apenas as roupas e os brinquedos de Abdul na mochila. Levava as louças e panelas novas, a televisão, o aparelho de DVD e a filmadora. Fizera de tudo para carregar o país inteiro na bagagem: tênis Nike; camisetas com personagens da Disney e com estampas de lugares que não tinha visitado, inclusive a Casa Branca; revistas em papel brilhante; bandeiras dos Estados Unidos; livros de História; folhetos de turismo; bilhetes do metrô que jamais usaria; livros infantis que não sabia ler; DVDs de filmes e programas de televisão americanos, embora em Bangladesh as versões pirateadas custassem muito mais barato. Assim como seus conterrâneos haviam criado ali uma pequena Bangladesh, ela criaria na terra natal uma pequena América para si e para Abdul.

A decisão de partir tinha sido difícil. Desde que Asma passara a ser apontada como imigrante ilegal, políticos provocaram no público uma onda de desconfiança em relação aos milhares de muçulmanos nativos de Bangladesh instalados ilegalmente em Nova York, a começar por seu marido morto.

– Ainda que ninguém pergunte, eu pergunto – Lou Sarge bradou em seu programa de rádio. – O que o marido dela estava fazendo naqueles prédios?

A governadora referiu-se ao ataque:

– Lamento por ela, mas Asma Anwar representa um sério problema. Quando deixamos a porta aberta e não prestamos atenção em quem entra, milhares de americanos morrem. Enquanto eu governar este Estado, não vou permitir que isso aconteça de novo.

Ela exigiu que o governo federal vasculhasse a comunidade de Bangladesh em busca de imigrantes ilegais e ligações com terroristas.

– No apartamento ao lado, em cima, há ilegais por toda parte – Nasruddin disse. – O prédio inteiro pode ser deportado. Metade desta área.

Os vizinhos comentavam. Acusavam. Diziam que Asma não pensava nos outros. Que a comunidade definharia para alimentar seu orgulho. Por causa dela, os nativos de Bangladesh eram equiparados aos paquistaneses, como uma ameaça. Asma contava com uma boa advogada – Laila Fathi – e com a simpatia do público. Sua causa provavelmente seria ganha. O mesmo, porém, não aconteceria aos outros que fossem localizados por causa dela. Asma começou a pensar que, se fosse embora, talvez aliviasse a pressão.

O que a fez decidir-se foi o fato de o *Post* ter revelado que ela recebeu 1 milhão de dólares do governo como indenização. Os Mahmouds ficaram furiosos. Disseram que ela se aproveitara da generosidade deles, pagando apenas 50 dólares por mês pelo aluguel do quarto. Asma sabia que, para a sra. Mahmoud, o pior era ter convivido sob o mesmo teto com uma notícia tão sensacional, sem saber. As pessoas perguntavam como não havia reparado nos brinquedos novos de Abdul ou na postura orgulhosa de Asma, como se orgulho implicasse mudança física. A capacidade de observação da sra. Mahmoud estava em xeque. O Sr. Mahmoud avisou a Asma que procurasse outro lugar para morar. Mas quem, em Kensington, Jackson Heights ou qualquer outro local de concentração de nativos de Bangladesh iria aceitá-la? Todo mundo tinha raiva dela; ou tinha medo de que sua condição de ilegal chamasse atenção para a ilegalidade deles; ou cobraria um aluguel absurdo, supondo que, dona de 1 milhão de dólares, ela podia pagar. O mundo além de Kensington – os brancos com seus irrigadores de jardim – parecia menos atraente quando ela era forçada a entrar nele. Aonde ir, então, falando tão mal o idioma? Não havia outro lugar senão a terra natal, Bangladesh, embora contra a vontade. Assim que falou de sua decisão à proprietária da casa, ela a perdoou. Talvez por ter sido a primeira a saber.

A vida de exilada chegava ao fim. Asma, afinal, voltava a seu país de origem. No entanto, sentia-se partindo rumo ao exílio. Do passeio de barco com Inam – o vento constante, os gritos das gaivotas chegando a eles como se fossem penas soltas, Manhattan quieta –, restaram apenas o silêncio e a imobilidade das fotos. Ela temia que, ao deixar Nova York, fizesse romper-se o fio cada vez mais tênue que a ligava ao marido. Estava quebrando a promessa que fizera, de criar o filho dele na América. Estava abandonando os restos de Inam, que percorriam a cidade nas águas dos rios e pairavam no ar.

Assim, Asma abandonava também as próprias esperanças de ser alguma coisa mais do que mãe, viúva e nora. Ela e Inam tinham vivido com os pais dele por algumas semanas, depois do casamento, enquanto esperavam a liberação dos vistos de turistas. A sogra corrigia a todo momento – a maneira de servir o chá, de cozinhar ou lavar as roupas –, como se o caráter de mulher casada de Asma devesse formar-se nas primeiras semanas, e fosse necessário o máximo de rigor. Ela sempre dizia à nora o que Inam queria, dando a impressão de que ele não sabia falar por si. E Asma iria viver com eles, ser menos hóspede do que criada, sempre dependente da boa vontade deles. Talvez a acusassem da morte de Inam, o que não era totalmente errado. Ainda bem que ela possuía dinheiro. Asma discutira isso com Nasruddin. Uma das condições para que o governo lhe pagasse a indenização era assinar um documento no qual aceitava as leis dos Estados Unidos em relação a heranças, e não as leis de qualquer outro país, inclusive Bangladesh, onde as viúvas herdam apenas uma pequena parte dos bens do marido. Nem os pais dela nem os pais de Inam poderiam controlar o dinheiro; caso tentassem, o governo americano tomaria o dinheiro de volta. Ao saber disso, ela disfarçou, mas ficou satisfeita. Nesse aspecto, o poder estava com ela.

Asma logo conheceu os limites desse poder. Ela pensava gozar de liberdade ilimitada, mas não era assim. Na verdade, os limites eram bem mais amplos do que em seu país de origem, mas existiam. Quando se expôs, falou o que pensava e agiu, ela incomodou. Tudo tão diferente, e, no entanto, tão igual. Talvez sua atitude contribuísse para dar vida ao memorial de Inam projetado por Mohammad Khan. Mas nem ela nem Abdul estariam ali para visitá-lo.

Asma foi tomada pela tristeza. Não de uma vez, mas em ondas. Perda sobre perda. Pegou no sono e viu-se em um lugar onde alguém colocava sobre seu corpo pedras enormes, muito pesadas, para ver até onde ela suportava. Sem poder respirar, viu seu filhinho tentando levantar pedras com três vezes o tamanho dele. Com esforço extremo, Asma acordou. Nada havia mudado. Ela continuava na cama, ao lado de Abdul, e eles estavam de partida.

Quem sabe Deus, o maior dos projetistas, estava por trás da volta de Asma a casa? Ela levava dinheiro e a experiência vivida nos Estados Unidos, que lhe ensinara ser possível, com trabalho árduo, realizar qualquer empreitada, mesmo em meio ao caos e à corrupção de Bangladesh. Pretendia fundar lá uma escola feminina. Talvez elas não conseguissem mudar um país de 140 milhões de habitantes, mas se cada moça criasse uma escola, e cada uma dessas alunas criasse uma escola...

O poder pertencia a Deus. Foi isso que o imã tentou dizer a Asma sobre a morte de Inam. Que ela não tinha direito a coisa alguma na vida, nem a um lugar, uma posição ou uma pessoa. Nem ao filho que tinha saído de seu útero. A criação de Deus só podia ser protegida com a bênção de Deus. Ele podia tirar tudo que tinha concedido. Somente Ele não seria tirado. Ele não a abandonaria se ela não O abandonasse. Asma confiou nisso. O jardim em Nova York, tudo que lhe estava sendo arrancado, seria nada em comparação ao que a aguardava.

Afrouxando um pouco o *chunni* verde – o lenço que lhe fazia suar o pescoço –, Asma desceu as escadas do prédio onde moravam os Mahmouds. Ela levava Abdul, e atrás seguiam Nasruddin e o Sr. Mahmoud, carregados de malas e caixas. Atrás deles, ia Laila Fathi, com os documentos para a viagem. Por fim, chorando abraçadas, iam a sra. Mahmoud e a sra. Ahmed.

Assim que saiu, Asma foi cercada por uma multidão. As mulheres queriam tocá-la, de um jeito que lembrou a Nasruddin os peregrinos nas tumbas dos santos. Ele não sabia o que aquela gente esperava obter. A sorte dela nada tinha de invejável: perder o marido, perder o lugar onde morava... Mas ele entendia. Parecia que todos os imigrantes vindos de Bangladesh – moradores de Kensington e das redondezas – estavam ali para assistir à partida de Asma, fosse para lamentar, tripudiar ou simplesmente olhar. Aquela mulher que pertencia a eles era uma celebridade. As calçadas estavam cheias. Havia gente nas calçadas, na rua, nas janelas, nas escadas de incêndio, nos telhados. Mesmo sem ouvi-los, Nasruddin sabia o que estavam dizendo. Repetiam a mesma coisa desde que começaram os esforços para a deportação de Asma. *Bhabiakoriokaj, koriabhabiona* – "Pense antes de agir, não aja antes de pensar".

Diante de Asma, eram todos gentis e simpáticos. Por causa do fluxo incessante de visitas, ela demorou para arrumar as malas. A sra. Mahmoud determinava quem tinha acesso ao santuário (o quarto de Asma), quem circulava pelo apartamento e quem esperava no corredor. Muitos levavam doces e presentinhos para Abdul, mas a maioria estava interessada mesmo era em tomar conhecimento das compras e dos preparativos para a viagem.

Para manter a ordem, policiais misturavam-se aos populares e ao pessoal da mídia, cujas vans traziam em cima uma aparelhagem semelhante a orelhas gigantes voltadas para o céu. O *Post*, não satisfeito em expor a condição de Asma, tinha descoberto o itinerário que ela pretendia seguir e, aumentando a desgraça, havia informado ao mundo inteiro o horário em que ela sairia de casa.

Ao vê-la, os profissionais da imprensa se agitaram, forçando passagem para chegar perto dela. Já irritado com a intromissão dos repórteres e com a deferência dispensada a eles pela vizinhança, Nasruddin ficou furioso ao ver Alyssa Spier, de *laptop* em punho, pronta para registrar a humilhação que ela mesma tinha provocado. Ainda tentou gesticular para que ela se afastasse, mas tinha as mãos ocupadas com as caixas de Asma. Os repórteres quase a engoliam, gritando perguntas e cercando-a com câmeras e microfones.

Depois de perder Asma de vista, Nasruddin voltou a atenção para as pessoas que, com um ar de despreocupação, pareciam comemorar um feriado. Como homenagem, a loja de doces de Abdullah distribuía aos pequenos, que ainda não jejuavam, iogurte do sabor preferido de Abdul. O imã, que Nasruddin tinha ajudado a vir de Bangladesh, convidava todos a comparecerem à mesquita para o *Iftar* e pedia que não esquecessem os pobres durante o Ramadã. De uma janela, alguém tocava uma música indiana que Nasruddin, um amante de cinema – sua única fuga –, não conseguiu identificar a que trilha sonora pertencia. Embaixo, o som de buzinas misturava-se ao riso despreocupado das crianças.

Foi quando um grito de mulher cortou o ar tão violentamente, que Nasruddin teve a sensação de estar com os cabelos em pé. Vinha da direção de Asma, mas ele não sabia quem havia gritado. Por mais que se converse com uma mulher, não se sabe como será sua voz, ao gritar. Nasrudin afinal descobriu que aquilo que parecia eco, era, na verdade, uma sucessão de gritos vindos de todas as direções. Gritos de medo.

– Ela está ferida! – alguém gritou em bengali. – Chamem um médico!

Nasruddin jogou as caixas nos braços de um homem que viu a seu lado e saiu empurrando quem estava na frente. A multidão se abriu para mostrar o rosto de Asma, de uma palidez quase acinzentada. Ao ver Nasruddin, ela abriu a boca, como se tivesse algo importante a dizer, mas ele não ouviu coisa alguma. O corpo de Asma se inclinou para um lado e, em seguida, começou a dobrar-se. Por falta de espaço, em vez de tombar para a frente, ela desabou quase em pé, junto a uma parede móvel de corpos. Mas os olhos se fecharam, a cabeça se inclinou estranhamente, e a mão que segurava Abdul perdeu as forças. Ela gemeu. Laila tentou pegar o menino e um dos braços de Asma.

– Ajudem, ela está desmaiando! Segurem!

– Não, deitem-na no chão! – alguém gritou em bengali.

– Segurem!

– Deitem-na no chão!

As ordens se sucediam na multidão.

– Chamem um médico!

– O menino!

– Um médico!

– Ar!

Então alguém, uma mulher, gritou em bengali:

– Sangue! Ela está sangrando! Sangue!

Em pânico, as pessoas corriam em todas as direções e não chegavam a lugar algum. Parecia um redemoinho embaixo de um jacaré que devorava a presa. Gritos, muitos gritos, uns perto, outros longe, chocavam-se no ar.

– Deitem ela no chão! – Nasruddin mandou, embora não visse Asma. – Com cuidado! Com cuidado! E achem o dr. Chowdhury!

– Dr. Chowdhury! Dr. Chowdhury! – o grito ecoou pela multidão.

Nasruddin saiu empurrando quem estivesse à frente. Quem levava o empurrão se aborrecia, mas, ao reconhecê-lo, pedia desculpas. Como vacas empacadas, ausentes, os homens que cercavam Asma apenas olhavam. Nasruddin acordou-os com seus gritos.

– Afastem-se! Estão pensando que isto aqui é final de campeonato? Se não é médico, afaste-se! Se não pode ajudar, afaste-se!

– Ela foi esfaqueada! – alguém gritou.

Ele ainda não a havia tocado.

Homens e mulheres corriam em pânico, sem saber se para mais perto ou mais longe do perigo. Nasruddin cortava o tempo em fatias tão finas quanto o gengibre fatiado por sua mulher, tentando lembrar e congelar algo que tivesse visto. Havia um homem branco de casaco preto atrás de Asma, antes que ele a perdesse de vista? Ao mesmo tempo, continuava a ver o que se passava diante dele: uma mulher branca cobria Asma com um casaco preto, para evitar o choque. Nasruddin vivia simultaneamente o passado e o presente. O homem branco parecia alto, mas todo mundo parecia alto ao lado de Asma; e o casaco era preto ou azul? Havia mesmo um homem branco, ou ele apenas imaginava o que podia ter acontecido? Ele se esforçava por lembrar o último momento em que conseguia avistar Asma. Na verdade, Nasruddin a perdera de vista antes do ataque. Então, melhor voltar ao presente. Ou ao futuro... Quem fez aquilo ainda estava por perto. As pessoas corriam perigo. Como protegê-las, sem espalhar o pânico? Havia tantos rostos desconhecidos, misturados aos conhecidos! Mas era preciso desconfiar dos conhecidos também.

– Cuidado! – ele gritou em bengali. – Quem fez isso ainda está entre nós. Olhem em volta! Precisamos encontrar quem fez isso!

Nasruddin sentiu aumentar a pressão sobre a cabeça e o coração. Deveria ter registrado oficialmente as ameaças contra ela; deveria tê-la impedido de falar naquele dia. Além de triste, sentia-se culpado.

– O que aconteceu? O que estão dizendo? O que há de errado com ela? – ele ouvia os repórteres perguntarem a todo morador local que conseguiam agarrar.

Afinal, Nasruddin chegou junto a Asma, que estava deitada de costas, de olhos fechados. Nas manchas escuras que se espalhavam embaixo dela, ele teve a impressão de ver o sangue que escorria pela rua, na terra natal, na Festa do Sacrifício, a *Eid al-Adha*, quando centenas de cabras, vacas e ovelhas eram abatidas. O dr. Chowdhury também chegou, imediatamente levantou o casaco colocado sobre ela, e depois o xale. Então, delicadamente, ajeitou Asma, rasgando a roupa tingida de sangue, para revelar um pedaço de pele ferida. Em seguida, fez pressão sobre o ferimento, cobrindo-a de novo. Nasruddin observou os olhos fechados e o rosto terrivelmente pálido de Asma. Ela ia querer saber se seu corpo tinha sido exposto. Ia querer que a cena fosse descrita em detalhes: "Todo mundo olhava para mim? Eu fui corajosa? Quem pegou Abdul? As duas senhoras ficaram discutindo ou o senhor tomou conta dele? O que a sra. Mahmoud fez? Gritou, com certeza. Os paramédicos tiveram de cuidar dela também?"

"O senhor tomou conta dele?" Ao imaginar essa pergunta, Nasruddin reagiu. Onde estava Abdul? Ele correu os olhos pela multidão. Talvez a polícia o tivesse levado. Com alívio, viu Laila segurando Abdul, que ainda chorava. O som da sirene ficou mais forte, mas demorou a aproximar-se, vencendo a multidão. Dois paramédicos abriram caminho até a clareira aberta pelos policiais em torno de Asma e debruçaram-se sobre ela. Eles nada informaram sobre o estado dela, mas Nasruddin sabia, e começou a chorar quando a ambulância se afastou. Ao ver tão emocionado o homem que havia duas décadas era o esteio da comunidade, a multidão se comoveu: mulheres choravam, homens se ajoelhavam.

Abdul: ele precisava ser levado para longe dali.

– Sra. Mahmoud! Leve Abdul para cima! – ele gritou.

Em seguida, porém, viu a senhora caída ao chão. Ela e a sra. Ahmed, que naquele momento caía também, teriam de recuperar-se para ajudar a lavar o corpo de Asma. Nasruddin agarrou o braço do Sr. Mahmoud e apontou para Laila e Abdul, dizendo:

– Leve os dois para cima agora!

O Sr. Mahmoud, de olhos vermelhos, conduziu os dois de volta ao prédio, seguindo o policial que abria caminho. Nasruddin pensou que aquela era apenas a primeira etapa do retorno do garoto ao lar. Ele teria de acompanhá-lo e levar o corpo até Bangladesh. Sentiu-se desamparado só de imaginar-se viajando sozinho de avião com um órfão de 2 anos.

– A imprensa! A imprensa! Eles a mataram! – alguém gritou.

Os repórteres se espalhavam pela multidão como dejetos no delta de um rio. Alguns homens seguravam um ou outro pelo braço, enquanto um grupo deles, desprotegido, encostava-se a um prédio. No rosto de alguns, um sorriso falso acompanhava o olhar aterrorizado.

– Imprensa! – eles gritavam. – Somos jornalistas!

As pessoas, enfurecidas, avançavam, e Nasruddin viu alguns dos *cameramen* mais fortes se postarem na frente, enquanto as mulheres digitavam febrilmente nos celulares ou acenavam para os policiais, que já se aproximavam, ordenando:

– Afastem-se! Afastem-se!

A multidão, porém, não obedecia. As repórteres deram-se as mãos, e o grupo agarrou-se ainda mais à parede.

– Vocês a mataram! – as pessoas gritavam.

Nasruddin não sabia se era uma acusação direta – teria um repórter esfaqueado Asma? – ou se queriam dizer que os jornalistas a expuseram ao perigo ao contar sua história. Ele era empurrado tão fortemente, que mal conseguia manter os pés no chão. Ainda assim, viu quando policiais levaram a mão às armas, e gritou, em bengali e em inglês:

– Para trás, deixem a Polícia agir! Para trás!

Foi então que Nasruddin viu Alyssa Spier sendo arrastada pela multidão enfurecida. Ele se detestou por gostar de ver o medo em seu rosto. No entanto, foi até ela e a chamou:

– Venha, venha agora.

Ela tentou livrar-se, pensando que ele fosse mais um homem enfurecido.

– Nós já nos encontramos, você me conhece. Eu vou ajudar – ele falou entre dentes.

Alyssa se rendeu. Nasruddin arrastou-a até um policial, e quase a jogou contra ele. Era justo protegê-la, fosse lá o que ela tivesse feito. Por dentro, porém, ele estava tão revoltado quanto a multidão.

– Tome conta dela. Ela é a responsável por isso.

23

NO MEIO DA MULTIDÃO Alyssa desejara, pela primeira vez na vida profissional, o anonimato. Cercada por olhares furiosos, bocas lívidas, mãos agressivas, pés pesados, um cheiro doce e gritos em uma língua que ela não conhecia, seu maior pavor era ser reconhecida como a pessoa que havia exposto Asma Anwar ao perigo, ao revelar sua ilegalidade, sua condição financeira e, quase no momento final, sua partida. "FORA DAQUI!", era a manchete do *Post* naquela manhã. Se fosse identificada, receberia agressões. No entanto, a única pessoa que a reconhecera havia garantido sua salvação, fazendo com que os policiais a recolhessem à segurança de uma unidade móvel. Apesar do medo, porém, assim que se viu fora da multidão, teve vontade de voltar. Alyssa jamais havia vivido a notícia como um fenômeno inteiramente físico, que a absorvia e empurrava, como se ela estivesse na corrente sanguínea de alguém. Era o mais perto que ela já estivera da cobertura de uma guerra.

Alyssa contou ao policial tudo que tinha visto, o que não era muito, já que ela não estava entre os repórteres que cercavam Asma Anwar. Para piorar as coisas, perdeu uma hora, que poderia ser de trabalho, por causa do comentário de seu salvador: "Ela é a responsável por isso". Três policiais investigadores a fizeram explicar, tim-tim por tim-tim, o que ele poderia querer dizer. Quando, afinal, foi liberada, a multidão e as testemunhas úteis tinham se dispersado, e só lhe restava entrevistar os próprios colegas.

Alyssa não fazia a menor ideia de quem tinha matado Asma. Ninguém fazia. Tal era a aglomeração em volta dela, que nem as imagens gravadas davam conta. Especulações, porém, havia muitas. Debbie Dawson, do SADI, tinha certeza de que o culpado era um *wahhabi* ofendido ao ver uma mulher se expondo.

– Vejam o que eles fazem uns aos outros! – ela repetia na televisão.

Embora sem comprovação alguma, Chaz estava certo de que tinha sido um conterrâneo de Asma, invejoso de seu dinheiro. Issam Malik, do Conselho Muçulmano Americano, insistia que o assassino era um islamofóbico. Não, um xenófobo, afirmavam ativistas defensores de reformas nas leis da imigração. Vários grupos muçulmanos e antimuçulmanos procuravam a mídia para assumir a autoria do atentado. Mas, como em toda guerra psicológica, não se sabia se as confissões eram legítimas ou se meras tentativas de jogar a culpa no adversário.

Para decepção de Alyssa, ninguém a procurou. Seu sentimento de culpa havia muito tinha sido expiado pelo medo da multidão e pelo interrogatório da Polícia. Ambas as situações lhe pareciam uma suficiente retribuição cósmica. Além disso, ela apenas continuara o que Khan havia começado. Se havia um responsável, era ele.

– Ele deve se sentir culpado, a menos que seja o Homem de Lata, que não tem coração – Chaz falou, concordando com a linha de conduta apontada por Alyssa. – Vá atrás dele e pergunte se não sente remorso. Se vai desistir do memorial. Pense na manchete, quando ele desistir: *"SAYAN-ALLAH"*!

Com uma risada, ele completou.

– Faça-o desistir para podermos usar isso. E descubra se ela vai ser enterrada no memorial. Afinal, é mais uma vítima, certo?

Alyssa plantou-se em frente ao *loft* de Khan em Chinatown, mas ele não apareceu por lá. Então, sabendo que ele, tal como acontecia com ela, não conseguia ficar longe do trabalho, montou guarda perto da ROI e esperou. Ao fim do dia, os arquitetos começaram a passar, com seu ar superior e seus óculos retangulares. Nada de Khan. Guiada pela intuição, esperou mais. Às 23 horas, ele apareceu, afinal, olhou em volta cautelosamente, e levou um susto ao vê-la na frente dele.

– Sou eu – Alyssa falou calmamente, como se fossem velhos conhecidos.

Naquele momento, ela lembrou que, apesar da "caçada", eles não se conheciam pessoalmente.

– Alyssa Spier, do *New York Post*.

Por alguns instantes, Khan permaneceu impassível, como se o nome não lhe dissesse nada. Ela ficou arrasada, embora soubesse que a maioria dos leitores não verifica o nome do autor da matéria. Mas, então, sua expressão se fechou.

– Deixe-me em paz, droga! – ele disse.

– O que você vai fazer? Vai desistir do memorial?

Ignorando as perguntas, Khan seguiu a passos largos. Como em um desenho animado, Alyssa precisou correr para acompanhá-lo.

– Você se sente responsável? – ela perguntou. – Pela morte de Asma?

Ele se voltou tão abruptamente, que Alyssa sentiu uma pontada de medo. Pensou que, depois do que tinha escrito sobre Islã e violência, talvez um muçulmano – aquele, em especial – até gostasse de agredi-la.

– Logo você me pergunta isso? Foi você quem a jogou no chão daquela rua! E provavelmente estava lá, anotando cada detalhe sangrento! Você e o seu jornal fizeram de tudo para abrir a temporada de caça aos muçulmanos!

– Não, você provocou tudo, ao entrar no concurso, ao insistir no direito de vencer, ainda que ofendesse tantos americanos, que ferisse os sentimentos de tantas famílias. E agora, vai desistir?

– Ofender os americanos? Foi isso que você disse?

Khan avançava sobre Alyssa. Como estavam a menos de 1 metro de distância um do outro, ela não tinha escolha a não ser recuar.

– Eu também sou americano – ele continuou. – Ponha isso no jornal. Eu, Mohammad Khan, sou americano e tenho os mesmos direitos de qualquer outro americano.

Ela recuava, ele avançava.

– Eu sou americano. Essa é a única declaração que vai obter de mim. Eu sou americano.

Ela olhou por sobre o ombro. Mais alguns centímetros, e ele a jogaria na Hudson Street. Mas essa não parecia ser a intenção de Khan. Ele parecia não ter noção do exato local onde se encontravam. Apenas avançava em direção a ela.

– Eu sou americano. Eu sou americano.

Mais um passo e ela cairia da calçada.

– Eu sou...

– Espere aí! – ela falou, parando tão de repente, que os dois quase colidiram.

Apertando os olhos, Alyssa falou:

– Você deveria me agradecer. Se eu não tivesse levantado esta história, o seu memorial seria enterrado. Você nem saberia que venceu.

– Bobagem – ele disse, quase sem fôlego. – De qualquer forma a coisa viria à tona.

— Mas eu levantei. Você deveria ser grato.

Khan colocou as mãos na cintura e olhou para cima. Alyssa viu que ele estava sorrindo e olhou para cima também. A lua parecia riscada a unha no céu.

A NY1 estava cansada de repetir a história da morte de Asma Anwar, mas Sean sempre ficava atento, como se fosse a primeira vez. Embora a distância entre Kensington e Ditmas Park, onde seus pais moravam, fosse de uns 800 metros apenas, a imagem na tela lembrava a Índia. Centenas de nativos de Bangladesh ocupavam a rua, à espera da partida de Asma, e depois gritavam, ao receber a notícia de sua morte e descobrir que havia um assassino entre eles. Sean sabia da existência de muitas pessoas vindas de Bangladesh morando nas redondezas. Sempre via passarem mulheres morenas, de lenço na cabeça, às vezes empurrando carrinhos de mão muito cheios. Só não sabia que eram tantos. A todo instante vinha-lhe à lembrança o momento em que Asma passara por ele, saindo da audiência. Gostaria de ter dito a ela como tinha sido corajosa. Gostaria de ter-se desculpado por arrancar o lenço de Zahira Hussain. Seu maior medo era de que os próprios impulsos destrutivos se revelassem, abrindo passagem para outros ainda mais violentos. Debbie estava certa de que o assassino era um muçulmano, mas os fatos de Debbie coincidiam milagrosamente com suas opiniões. Ele gostaria de saber quem criaria o filho de Asma.

Sean desceu as escadas da casa e encontrou a mãe, bordando sozinha na sala. À luz branca do abajur, seu rosto parecia mais feito de mármore que de carne e osso.

— Sente um pouco aqui comigo — ela chamou.

Sean obedeceu. Indiferente, o relógio tiquetaqueava. Na cozinha, o *freezer* fabricava gelo. Sua mãe respirava compassadamente. Ele se lembraria disso.

— Não quero mais combater Mohammad Khan — ele falou.

Só soube que diria isso quando as palavras saíram.

Eileen se retesou na cadeira, como se estivesse dormindo de olhos abertos e acordasse de repente. Linhas profundas formaram-se ao redor de sua boca.

— Que coisa terrível aconteceu com aquela mulher — ela comentou. —

Terrível. Deixar um garotinho. Mas não tem nada a ver com a oposição a Khan. Acha que iam querer uma cruz no lugar onde ela morreu? Não iam achar desrespeitoso?

Ela retomou o bordado, um ponto após o outro.

De mãos postas sobre a boca, ele posicionou os indicadores na base do nariz.

– Sinto que fui eu quem começou isso.

– Quem começou foi Mohammad Khan – ela falou casualmente.

– Acho que não quero ser eu a terminar. É isso. Não quero o Jardim, mas não quero lutar contra ele.

– E quem vai assumir o que você não quer se dar ao trabalho de fazer? Na vida, quando um larga, outro tem de pegar.

– Acredito que Claire Burwell esteja se voltando contra Khan. Eu contribuí para isso.

Ele se sentia uma fraude: detestava Claire pela fraqueza, e então esperava que ela escondesse a fraqueza dele.

– Por que parar agora, Sean, se acha que falta pouco? Você está para realizar um feito importante. Por que parar? Por que deixar que digam que não sabemos o que queremos?

– Ao lutar contra o memorial, estou impedindo alguma coisa, e não realizando. Ninguém vai me pedir que crie um novo memorial para substituir o dele. Preciso encontrar outro modo de ser. Outra razão para existir.

– Afora Deus, não existe razão mais forte do que a família, em especial depois do que nos aconteceu.

Sean não sabia se os olhos úmidos da mãe se deviam à tristeza ou à idade. Ele estalou as juntas dos dedos, e ela se encolheu ao ouvir o barulho.

Enquanto Eileen retomava mais uma vez o bordado, Sean enrolava e desenrolava dois fios soltos da manga do casaco.

– Eu nunca lhe pedi muito, Sean – ela disse.

Suas orelhas mexeram-se levemente quando ela prosseguiu.

– Diria que lhe pedi pouquíssimo. Mas isso eu pedi: que impedisse a construção desse memorial. E agora você quer abandonar a tarefa antes da conclusão, assim como abandonou quase tudo na vida. Sempre deixou as coisas meio feitas ou meio consertadas. Não diria que me surpreende. Mas me aborrece.

Ao pronunciar as últimas palavras, a voz de Eileen saiu mais aguda.

– Não quero desapontar a senhora, mãe. É a última coisa que eu faria. Mas meu coração não está nisso. Não está mais. Ficaria malfeito.

– E você acha que tudo o que faço na vida é de coração? De onde tirou a ideia de que a gente decide o que vai fazer conforme o humor de cada manhã? Não no meu caso, pelo menos. Quando você nasceu, eu passava por dificuldades.

Sean levantou os olhos. Aquilo era novidade para ele.

– Já tinha cinco crianças. Um sexto filho era demais. Hoje provavelmente os médicos encontraram um nome para isso, mas tudo que eu sabia era que estava cansada e queria alguma coisa minha. Queria meu eu de volta. Verdade seja dita: detestava o seu pai por eu ter engravidado. Assim, quando você nasceu, desapareci por algumas semanas.

Ela manteve o olhar firme. Em momento algum pareceu desculpar-se.

– Talvez só Patrick tivesse idade para lembrar. Pode ser que venha daí a queda que Frank tem por você, apesar dos seus problemas. Eu simplesmente sumi. Peguei o dinheiro da despesa que havia economizado para uma emergência... Seu pai nunca foi bom em economizar para as emergências. Eu tinha de ser, portanto. Fui passear pela costa leste. Rehoboth. Rhode Island. Era inverno. Eu só andava pela praia. Fazia anos que não ficava sozinha. Então, voltei para cumprir meu dever. Voltei porque era meu dever. Nunca fiz ao seu pai uma só pergunta sobre o tempo que passei fora. Nunca quis saber como ele se arranjou sozinho com seis crianças, inclusive um recém-nascido!

Eileen soltou uma gargalhada, e a pele de seu rosto pareceu quebrar-se em pedacinhos, como uma superfície de cimento cortada por uma britadeira. A simples consciência de que Frank havia suportado seus fardos por algumas semanas servira como alento para que ela os suportasse durante anos.

– Eu voltei porque não era nada fora desta família – ela disse. – E nada é o que você vai ser.

– Talvez eu sempre tenha sido um nada – ele rebateu.

– Já perdi um filho. Não quero perder outro.

Ela se calou e retomou o bordado. Dedos pequenos, mãos firmes. Ele se lembraria disso também.

– E por que a senhora me perderia?

– Não se pode estar em uma família pela metade. Ou se está dentro ou fora. Você quer viver aqui como um pacifista, achando-se bom demais para batalhar, e continuar comendo da nossa comida, mantendo os seus pezinhos aquecidos, enquanto nós vamos à luta? Não é assim que a coisa funciona, Sean.

– Mãe, me deixe pensar – ele falou de repente. – Conversamos de manhã.

Sean estendeu a mão. De início, Eileen olhou desconfiada, mas acabou por aceitar a ajuda para levantar-se da poltrona. Ele desligou o abajur, e os dois saíram da sala no escuro.

24

PAREDES SEM PINTURA, carpete gasto, sem janelas. O cubículo provavelmente tinha sido um depósito. Claire pensou se Paul Rubin teria deliberadamente procurado o menor espaço possível, em seu antigo banco, para trancafiá-la na companhia de Mohammad Khan. Os dois estavam sentados desconfortavelmente próximos, separados por uma mesa de metal estreita, com pouco espaço entre as costas e a parede.

– Não tenham pressa – Rubin instruiu, já na porta.

Ali estava o homem poderoso que, um dia, ocupara a presidência do banco. Aos poucos, ele se afastara do confuso processo de comando, mas a morte de Asma Anwar tinha despertado o líder natural. Na manhã seguinte ao assassinato, ele havia telefonado e, parecendo ao mesmo tempo frio e emocionado, ordenara a Claire que se encontrasse com Khan, para eliminar as dúvidas. Conforme disse, já tinha esperado tempo demais, assim como Claire vinha tolerando a teimosia de Khan. Ela precisava alcançar a certeza; Khan, a flexibilidade. Quando Paul fechou a porta, Claire não se surpreenderia caso ouvisse o clique da fechadura.

Ela se impressionou ao ver como Khan, alto e magro, parecia confortável no pequeno espaço. Na última vez em que o viu, ao fim da audiência pública, ele estava exausto. Naquele momento, porém, tinha recuperado a autoconfiança, o que de certo modo a incomodava. Estavam tão próximos, que um não conseguiria fugir ao olhar do outro, como no sonho de Claire. A diferença é que, no sonho, o rosto dele demonstrava ternura, disposição de explicar-se. Na realidade, o semblante impassível dava a impressão de que os incidentes dos dias anteriores haviam afetado todo mundo, menos o homem que estava no centro deles.

– Sinto muito por Asma Anwar – ela começou.

– Eu também – ele disse, parecendo sincero.

– Esteve com ela? Depois da audiência, quero dizer. Falou com ela alguma vez?

Claire sentia-se mal, competindo com uma mulher morta, mas precisava saber se Khan tinha agradecido a Asma pelo apoio, o que nunca fizera em relação a ela.

– Não. Não liguei para ela.

Claire percebeu nele, de relance, uma expressão de arrependimento ou, talvez, de embaraço, o que a consolou por alguns instantes. Em seguida, porém, lembrou, envergonhada, que não havia procurado Asma, tão viúva quanto ela, e em vias de ser deportada. Vieram a sua memória as últimas imagens de Asma, vestida de verde, como uma folha de grama.

– É horrível ver o terror afetar esse processo – ela disse.

As palavras soaram duras, sem emoção. Nem de leve descreviam como ficara abalada pelo assassinato. As ameaças que tinha recebido ressurgiram, embora ela se sentisse protegida em seu isolamento. À noite, com o coração aos pulos, pensara no garotinho sem pai nem mãe. A palavra "órfão" pairava como um abutre sobre seus filhos, já órfãos de pai. A autopiedade por sua condição de viúva despareceu diante da ideia de suas crianças sem mãe. Talvez Khan também sentisse medo disso. Mas ele não tinha filhos.

– Se não sabemos quem a matou, não podemos saber o que isso significa – Khan disse.

A afirmativa, perfeitamente racional, irritou Claire exatamente pela racionalidade. "Quem" quase não importava a ele, quando o "que" – seu memorial e tudo que aconteceu como consequência – estava tão claro.

– Para ser honesta, me incomoda fazer perguntas a você. Eu quero... honrar a defesa que Asma fez de você. Mas não posso defender o Jardim sem saber mais sobre o projeto. Assim, minhas perguntas são em respeito a ela.

– O respeito por Asma impede que ela seja invocada como razão para perguntar ou não, sra. Burwell. Pergunte por sua causa, porque precisa ou quer saber.

– Mas não sou só eu – Claire protestou, tentando disfarçar o desapontamento. – Há muitas famílias à espera da resposta.

– Então, vamos às perguntas.

– Vamos começar pela audiência, quanto ao que Betsy Stanton disse acerca do emprego de linguagem visual islâmica nas construções. Isso significa que o seu jardim, pelo menos no caso dos nomes, utiliza essa linguagem?

– Os nomes foram padronizados no exterior dos próprios prédios, conforme expliquei no ensaio de apresentação. Mas eu me surpreendi tanto quanto você, tanto quanto todo mundo, ao saber que aqueles prédios tinham antecedentes islâmicos. Fiquei surpreso e curioso. Tudo me parece bastante teórico.

– Mas o arquiteto que projetou as torres passou algum tempo em países islâmicos, certo?

– Acredito que sim. Não conheço bem a carreira dele.

– E você?

– Eu o quê?

Ele sorriu com um canto da boca, como se pressentisse a armadilha.

– Passou algum tempo em países islâmicos?

– Pouco tempo.

– Em que países?

– Afeganistão. E Dubai, se cinco horas no aeroporto contam.

– O que foi fazer no Afeganistão?

Ele mudou a posição da cadeira, para poder cruzar as pernas e, talvez, vê-la melhor.

– Representar a firma em uma concorrência para o projeto de uma nova embaixada americana em Cabul, embora não saiba que relação isso possa ter com o memorial. E não ganhamos.

O cérebro de Claire trabalhava febrilmente. Ela não sabia o que fazer em seguida.

– De onde tirou a ideia do Jardim? – ela perguntou.

– Da minha imaginação.

A linha de pensamento dele era um muro alto. Não se via o outro lado.

– Claro – ela falou depois de um suspiro. – Claro. Mas você deve ter de alimentar a sua imaginação.

– Constantemente.

Khan respondeu tão inexpressivamente, que ela não soube se ele falava sério.

– Você mencionou na audiência, antes de ser interrompido, e quero dizer que lamento... Foi desagradável ver... Nem quero pensar em como deve ter sido terrível viver...

Como ele não respondeu, ela prosseguiu.

– Você disse que alimentou a sua imaginação, no caso do projeto, com jardins islâmicos. Foi o que disse na audiência.

– Eu disse que os jardins hoje chamados de islâmicos foram uma das influências. Os arquitetos, pelo menos os bons, não plagiam. Eles criam.

– E o que você criou? Os jardins que viu no Afeganistão?

– Eu vi um jardim lá, sim.

– Para que servia? Quero dizer, o Afeganistão deve estar cheio de mártires.

Um tanto rude, mas era preciso perguntar.

– Então é por isso que estamos aqui...

Ele parecia estranhamente triste.

– Você nunca respondeu a essa pergunta – ela disse. – Se é um paraíso de mártires ou um paraíso, simplesmente. Desde que a questão foi levantada pelo *Times*, você nunca respondeu.

– Pelo que sei, a questão do "paraíso de mártires" – ele fez sinal de aspas, para enfatizar a expressão – foi levantada pelo canal de notícias Fox News.

Ela sentira o mesmo embaraço ao ser corrigida por Wilner, o representante da governadora e então único oponente do Jardim, na sala de reuniões.

– Não interessa quem levantou. Está levantada e continua lá, pendurada – ela disse.

– Onde vai ficar para sempre – ele acrescentou.

– O quê?

– Por que eu deveria ser responsável por aliviar medos que não provoquei?

– Mas Paul disse que você me responderia – ela argumentou frustrada. – Por causa de Asma Anwar.

– Eu disse que responderia o que fosse possível. Ele preferiu não me escutar. É exatamente por causa de Asma Anwar que não vou responder a perguntas como essa que você me fez. Não ouviu quando ela disse que terroristas não deviam ser mais importantes do que homens como o marido dela? As suas perguntas e a suspeita contida nelas dão mais importância aos terroristas. Você supõe que todos pensamos igual a eles, até prova em contrário.

– Não suponho coisa alguma. Só porque faço uma pergunta não quer dizer que eu seja intolerante. Como posso apoiar um memorial que não sei o que representa?

– Você ficou muito satisfeita quando viu o projeto pela primeira vez. Mesmo quando nos conhecemos, parecia encantada com o Jardim. Foi tocante o que me contou sobre o seu filho.

– Meu filho, tal como qualquer criança, se interessa pelas coisas e as esquece muito facilmente.

Ao ver o olhar surpreso de Khan, ela suavizou as palavras.

– Só preciso saber o que é o Jardim... Até mesmo por William, quando ficar mais velho. Não entende...

– Talvez isto ajude – ele falou, tirando um bloquinho e uma caneta do bolso do casaco.

Khan desenhou duas linhas cruzadas e perguntou:

– O que é isto?

Depois de estudar o desenho, Claire respondeu:

– Uma cruz.

Ele inclinou o bloquinho e tornou a perguntar:

– E isto?

– Um "X".

Ele desenhou um quadrado em volta da cruz.

– E agora? – perguntou.

– Não sei bem. Uma janela?

Outras linhas.

– Um tabuleiro de damas? Ou Manhattan. A cidade parece uma grade.

– Pode ser tudo isso ou nada disso. São linhas sobre uma superfície, tal como o Jardim. Linhas sobre uma superfície. A Geometria não pertence a uma cultura. A grade é o fundamento da forma modernista. Tenho certeza de que o crítico do *Times* entende. Essa forma pouco aparecia em Arte antes do século 20. Hoje está em toda parte. Mondrian não era muçulmano. Mies, Agnes Martin, LeWitt, Ad Reinhardt também não. Não posso impedir que você faça associações só porque eu sou.

– O problema não são as minhas associações, mas as associações dos seus companheiros muçulmanos. Eles podem fazer determinada leitura...

– É isso que dizem os seus amigos muçulmanos?

Claire engoliu em seco.

– Acredito que ajudaria se você dissesse que não se trata de um jardim de mártires. Ou se fizesse algumas modificações, para acalmar os medos. Tire os canais, e ninguém vai poder dizer que é o paraíso descrito no Corão. "Jardins sob os quais correm os rios", ou qualquer que seja o texto.

– Você quer que eu mude o Jardim – ele falou devagar.

– Só uma mudança simbólica, para provar que você deseja o consenso, que é flexível e aceita argumentações bem fundamentadas.

– Você quer que eu tire os canais porque lembram um verso do Corão – ele repetiu, como se custasse a entender.

– É só uma ideia.

– Asma Anwar apresentou-se e disse que o paraíso do Corão é para pessoas como o marido dela. Restou apenas a esperança. Como você pode dizer que pretende honrar a memória dela e insistir para que seja apagado tudo que lembra o paraíso de que ela falou?

– Então, a intenção é evocar aquele paraíso.

– Eu não disse isso – Khan insistiu, com o rosto contraído. – Eu disse que considero um insulto querer erradicar do Jardim tudo que você acredita lembrar o paraíso.

– Essas distinções são tênues demais para este país, depois do que aconteceu. Não vê que é natural as pessoas sentirem medo?

– Tão natural quanto um jardim.

A linha de raciocínio era tão perfeita, que Claire tinha vontade de cortá-la.

– Eu não vou me desculpar por querer me sentir à vontade em relação ao memorial do meu marido – Claire falou com irritação. – O seu projeto torna-se mais ameaçador pela sua recusa em fazer alterações. Existe nele alguma coisa escondida que queira preservar? Os seguidores da sua religião têm causado enormes sofrimentos, inclusive a mim. Para todos nós, é muito difícil entender o que o Islã realmente significa e prega. Em que os muçulmanos acreditam. Muitos muçulmanos que jamais cometeriam atos de terrorismo apoiam esses atos, por motivos políticos, e não religiosos. Ou fingem que tais atos não foram cometidos por muçulmanos. Portanto, não é fora de propósito eu querer saber em que ponto desse *continuum* você se situa. Ficar sabendo, na audiência, que você nunca se posicionou contra o ataque foi perturbador. Por que você nunca se posicionou?

– Ninguém me perguntou.

A voz saiu tranquila, apesar das palavras aparentemente desafiadoras.

– E se eu perguntar agora?

– O mesmo princípio, sra. Burwell.

Claire irritou-se, ao ouvir seu nome de casada. Afinal, ela era pouco mais velha do que ele.

– Que princípio? – ela insistiu. – Que princípio existe por trás da recusa em condenar um ataque terrorista? Em dizer que não acredita na Teologia gerada por ele?

– E que princípio existe por trás da exigência de que eu condene o ataque, quando até o seu filho de 6 anos sabe que foi uma atitude errada?

Khan tentou passar a mão nos cabelos, mas estavam curtos demais. Ele apoiou as mãos fechadas nas têmporas e olhou para a mesa.

– O que William me diz não tem nada a ver com isso aqui. Estou interessada nas coisas em que você acredita.

Sucedeu-se um longo e desconfortável silêncio.

– Em relação a qualquer candidato não muçulmano, você não partiria do pressuposto de que ele não concordava com o ataque? Por que me trata de maneira diferente? Por que exige mais de mim?

– Porque você exige mais de nós! Quer que confiem em você, mas não quer dar explicações sobre o projeto. O que significa, de onde vem...

– Você só faz essas perguntas porque não confia em mim.

– E eu não confio em você porque você não responde. Estamos empatados.

Claire sorriu, e para sua surpresa, Khan sorriu também. Se eles conseguissem reconhecer a dificuldade da situação e rir dela, Claire pensou, o antagonismo diminuiria, e eles achariam uma saída.

– Acontece que, para mim, é complicado aceitar o seu projeto sem saber o que você pensa.

– É questão de confiança, não é?

Claire se calou. Buscando o apoio da parede, esticou o braço para trás. Como Khan havia afastado ainda um pouco mais a cadeira, em busca de espaço para as pernas, eles não se olhavam diretamente. Ela o observou por um ângulo de três quartos. O historiador pedante que participava da comissão havia comentado, certa vez, que, mesmo os alemães ainda não nascidos quando Hitler morreu, viviam buscando meios de se desculpar com os judeus, de promover a reconciliação. Indivíduos inocentes de um crime podiam assumir a responsabilidade coletiva por ele. Era um sinal da aceitação dessa responsabilidade que Claire procurava no rosto de Khan.

– Você não vê que está ferindo a si mesmo? – ela perguntou. – Se quer que eu lute por você... Eu não deveria lhe contar isso, mas fui a única participante da comissão que não vacilou ao ler o seu nome. Para lutar por você, preciso saber mais. Preciso que se posicione contra algumas dessas ideias, ou pelo menos que se afaste delas. Ou que faça adaptações no projeto. Não tem a ver com você. Tem a ver com a religião.

Mesmo Khan estando de perfil, Claire pôde perceber o choque causado por suas palavras. Ele arrastou a cadeira sobre o carpete puído, para ficar de frente para ela, e perguntou:

– Como você se sentiria, caso eu justificasse a morte do seu marido dizendo que não tinha a ver com ele, mas com este país e suas políticas? Se eu dissesse "Lamento o que aconteceu com ele, mas você sabe, ele teve o que mereceu, por pagar impostos ao governo americano"? E eu tenho o que mereço, porque, por acaso, sigo a mesma religião de alguns malucos?

Claire se retesou toda. "Lamento o que aconteceu com ele". "O que mereceu". As palavras apreciam chocar-se contra os ossos frágeis de seus ouvidos, embora ela não estivesse totalmente certa do que ele acabava de dizer. Como pensava e ouvia ao mesmo tempo, talvez tivesse perdido alguma coisa. Pelo menos, aquilo era o que ele realmente pensava. Ela se sentia enjoada só de imaginar que a detestável Alyssa Spier podia estar certa ao dizer que Khan considerava Cal um mero efeito colateral de uma guerra desencadeada pelos próprios Estados Unidos; que o bom e generoso Cal era culpado, simplesmente por ser americano. Como uma marionete mal manipulada, ela se abaixou desajeitadamente, pegou a bolsa e saiu, batendo a porta atrás de si. Sem saber onde ficava o elevador, passou rapidamente por salas ocupadas, até encontrar a placa indicativa da saída – as escadas. Disposta a deixar o prédio o mais depressa possível, abriu a porta e iniciou a desanimadora empreitada de vencer o ambiente abafado das escadas.

Enquanto descia, Claire voltou no tempo, até o dia em que ela e Cal estiveram diante do quadro *Mulher Chorando*, de Picasso, no museu Tate Modern, em Londres. Ela ainda visualizava a imagem: o azul no cabelo, o verde no chapéu, a assustadora área em torno da boca, que lembrava uma caveira. Na verdade, visualizava mais claramente o quadro do que a figura do marido, que estava ao lado dela.

– O que atrapalha é ele ter sido tão... horrível. Ele provavelmente fez Dora Maar chorar e pintou o que viu – Claire comentou.

– Uma arte tão grandiosa exige um artista moralmente puro? – Cal perguntou. – Observe a criação, e não o criador.

– Então você finge não saber que ele atormentava a pobre Dora.

– Não. Você julga a pintura como obra de arte e Picasso como homem. Não existe incoerência em amar um e detestar o outro. Ainda bem que o contrário também se aplica: você me ama, embora eu produza uma arte medíocre. Talvez a arrogância seja necessária à grandeza.

No térreo, a saída jogou Claire no meio da cidade. Uma inexplicável série de barreiras policiais obrigou-a a desviar por Times Square, cheia de turistas encantados. Informações digitais em excesso – vídeos, comerciais, neon, notícias – piscavam, entrando-lhe pelas pálpebras. Indiferente aos olhares irritados, ela abriu caminho entre os grupos que andavam devagar, tomando uma rua menos movimentada que levava ao leste. Era um daqueles dias úmidos, em que a pressão oprime. A cidade toda parecia mal-humorada. Claire chegou exausta ao Bryant Park.

Nos limites do gramado, árvores de tronco retorcido enfileiravam-se em aleias perfeitas. A biblioteca pública abria-se diante dela. Nos outros três lados do parque, erguiam-se arranha-céus envidraçados que refletiam o verde e as nuvens. Ela se jogou na grama.

Mesmo ali, de forma atenuada, a visão de Khan encantava tanto quanto seu desdém incomodava. Talvez fossem inseparáveis, conforme o raciocínio de Cal – a arrogância levando à criação –, mas Claire desejava o Jardim puro novamente, livre de associações, livre de Khan. O Jardim como tinha visto pela primeira vez. No entanto, era impossível tomá-lo dele, o criador. O Jardim era muito mais dele do que dela.

Claire enterrou a cabeça nas mãos e chorou.

Em busca de solidão e ar puro, Paul foi até o Central Park. Havia meses que não pisava lá. Apenas passava, às vezes, de carro, com Vladimir ao volante. Na verdade, andava tão ocupado, que só saía de casa para as reuniões da comissão e visitas a escritórios ou a gabinetes de políticos. O Jardim de Khan – a realidade, e não a controvérsia – tinha desparecido de seus pensamentos. Naquele momento, percorrendo a estudada informalidade de Sheep Meadow, o facilmente identificável toque de Frederick Law Olmsted, seu criador, ele percebia que o Jardim seria – ou teria sido, ele já não sabia qual tempo verbal empregar – o primeiro jardim público de Manhattan, desde a inauguração do Central Park, um século e meio antes. Ele imaginou um pontinho verde de luz piscando no mapa do metrô. Uma pulsação.

Talvez fosse por causa da brisa e do canto dos pássaros, por causa dos jovens em patins e bicicletas, mas Paul se sentiu contente, como havia muito tempo não se sentia. Seu breve passeio pela inércia, pelo consentimento da instalação do caos, tinha sido um erro. Muito melhor forçar Claire e Khan a se confrontarem e resolverem suas diferenças. Geraldine Bitman prosseguiria com suas atitudes demagógicas, mas se Claire, no papel de mais proeminente familiar de vítima, insistisse em afirmar a idoneidade de Khan, em dizer que confiava nele, em especial depois que suas dúvidas chegaram ao conhecimento do público, pelo menos haveria um embate final entre as duas mulheres, e Paul gostava de imaginar isso. Ele achava graça ao ver a que estavam reduzidas suas antes ousadas fantasias com Claire Burwell.

Ao telefone, Edith parecia atipicamente ofegante.

– Paul, há uma entrevista coletiva... Claire Burwell. Vou mandar Vladimir buscar você.

– Eu posso andar! – ele protestou, falsamente revigorado pela juventude em volta.

Mas logo recuou.

– Está certo. Mande Vladimir.

Em casa, ele se sentou no sofá ao lado de Edith, para assistir. Em uma mesa comprida, Claire tinha, de cada lado, um representante do Conselho Muçulmano Americano. Sua energia atravessava a tela quando ela começou a ler a declaração conjunta.

– Nós, abaixo-assinados – ela apontou à esquerda e à direita –, solicitamos a Mohammad Khan que retire a candidatura de seu projeto para o memorial, de modo que o país possa se unir em torno da escolha de outro projeto. Não queremos tomar coisa alguma do sr. Khan. Apreciamos seu esforço no sentido de ajudar o país a superar a tragédia. No entanto, acreditamos simplesmente que, a esta altura, outro memorial será melhor para as famílias dos mortos, para os muçulmanos americanos, para o país. Não queremos com isso dizer-lhe o que fazer. Estamos pedindo a ele que use de benevolência e ponderação.

Levantando os olhos das páginas escritas, ela continuou:

– A morte de Asma Anwar foi devastadora. Mesmo sem a identificação do responsável, acreditamos ser este um tempo de união e flexibilidade, e não de rigidez.

Ela havia seduzido a comissão para a escolha do Jardim, havia insistido no apoio a Khan, e então rejeitava projeto e autor. Sem ela, a comissão se tornaria um bando de artistas defendendo um deles – a situação sonhada pela governadora. Paul se ressentiu não somente pelo fato de Claire ter traído a comissão, os meses de trabalho e os esforços para sanar as diferenças, mas por sua falta de humildade, por ela achar que podia decidir sozinha, quando era hora de lutar ou de desistir. Ela não entendia que seria preciso muito mais do que um novo memorial para unir o país.

No entanto, talvez Paul tivesse começado a costurar a ideia. Quando falou com Claire, insistindo em que ela se encontrasse com Khan, tinha opinado, quase como um aparte, que o melhor seria se Khan desistisse. Ela, porém, tinha aperfeiçoado a ideia: ao lado de muçulmanos, o comunicado tornava-se mais forte e menos arriscado.

– Gostaria de que tudo fosse diferente. Se o sr. Khan demonstrasse mais disposição em se explicar, o projeto não estaria sujeito a interpretações equivocadas nem a modificações, e eu continuaria a defender o Jardim, o que muitas famílias fariam também.

Paul se enganara. Não apenas com Claire, mas também com Khan. Por que ele pensara que o arquiteto, depois de tão forte resistência, atenderia às exigências de Claire? Khan lutaria, mas a luta ficaria cada vez mais confusa, mais longa. Geraldine Bitman se aproveitaria ao máximo da hesitação e da consequente ansiedade, por piores que fossem as consequências de suas atitudes. Paul não podia imaginar o Jardim virando realidade, bem como não imaginava que Khan pudesse ceder. De repente, ele começou a sonhar com a aposentadoria. Não queria continuar a exercer presidência alguma nem gozar de prestígio. Queria apenas ele e Edith no sofá, assistindo a musicais da década de 1930.

– Nem ela sabe o que tem na cabeça – ele comentou a respeito de Claire.

– Acha mesmo? – Edith perguntou. – Pois me parece que ela sabe muito bem!

25

MO QUASE RIU AO VÊ-LA, na entrevista coletiva, rodeada de muçulmanos árabes, sul-asiáticos, afro-americanos. Ele queria unir Oriente e Ocidente, e conseguiu – contra si mesmo. Ela ocupava o centro de uma mesa comprida, com um membro do Conselho Muçulmano Americano de cada lado: Issam Malik à esquerda e Jamilah à direita. Laila felizmente não estava à vista. "Protejam-nos e protegeremos vocês". Ele devia ter escutado.

Claire e os membros do Conselho esforçavam-se ao máximo para demonstrar respeito mútuo. "Estão vendo?" – ela parecia dizer. "Não tenho problemas com muçulmanos em geral; só com Mohammad Khan!" Claire era como um prédio de uma beleza comum que então ostentasse ângulos recém-descobertos e intrigantes, depois de retirados tetos falsos, divisórias, andaimes e todas as intervenções convencionais, para revelar sua verdadeira e surpreendente essência. A união com muçulmanos, diferentemente das outras famílias de vítimas, era uma estratégia criativa. Ainda que abrisse mão de seus princípios e se acomodasse, ela havia encontrado um meio de se preservar. Mo a classificara como um tipo comum: rica, casada por dinheiro, escolhida pela beleza, vivia em um circuito sem graça de maternidade, filantropia e irrelevância. Naquele momento, porém, ele, pela primeira vez, percebia sua singularidade.

Ele sabia da impropriedade de aproveitar aquela ocasião para estudar Claire, mas era a opção menos dolorosa. Assim que ela saiu pela porta, ele desejou que aquele encontro nunca tivesse acontecido. Ele não podia dizer o que ela queria saber; ela não conseguia entender por que ele não dizia. Se não encontravam um terreno comum, que esperança havia?

Malik falava cautelosamente:

– Nossa *jihad*... Nosso empenho é no sentido de mostrar que é possível ser, ao mesmo tempo, um bom muçulmano e um leal cidadão americano, adorar a Deus e cuidar do país. Deus será o juiz, desta e de todas as coisas. Tudo o que podemos fazer é observar os fatos como se apresentam: essa jovem mulher atingida pelo terror; os sentimentos torpes de todos os lados. Assim, chegamos à conclusão de que a insistência neste memorial não serve nem ao Islã nem aos Estados Unidos. Uma única morte por causa desta controvérsia, seja de muçulmano ou de não muçulmano, já é demais. Não faz sentido acrescentar mais um nome aos que constam daqueles muros por causa da discussão sobre o que simbolizam. Os princípios do sr. Khan ou, eu diria, sua ambição, não valem a perda de outras vidas.

A última frase reverberou nos ouvidos de Mo, pois nem ele sabia mais onde ficava a linha divisória entre suas ambições e seus princípios. Era essa linha que Laila procurava; o medo de ter confundido as coisas arruinou a relação.

Ainda sem um lar definitivo, Mo passou alguns dias em um hotel. Claramente decidido a lutar pelo Jardim exatamente como projetado ou desistir do concurso, ele desligou a televisão. Não havia meio-termo. Alterar o projeto não seria difícil – talvez eliminar os muros ou tornar os canais sinuosos. Um jardim é um jardim. No entanto, ele se recusaria a mudar o que quer que fosse, ainda que essa recusa o levasse à eliminação. Era o Jardim original ou nada.

O advogado leu as transcrições da audiência, as entrevistas, o regulamento da competição.

– Ninguém comprovou em você qualquer tipo de inadequação, e ninguém apresentou um motivo legítimo para a eliminação do seu projeto – Reiss explicou a Mo. – Se tentarem, cabe uma ação, depois de todos os comentários islamofóbicos que Rubin deixou acontecerem na audiência. As pessoas recebem milhões de indenização só por tropeçarem em um buraco. Você teve a reputação manchada, o projeto rejeitado...

– Não se trata de dinheiro – Mo interrompeu.

– Lembre que a lei está do seu lado. Se decidir bater o pé, e eles quiserem executar outro projeto, você pode entrar com um pedido de medida cautelar, impedindo-os de fazer qualquer coisa. Talvez um dia os ânimos se acalmem, e o seu memorial seja construído.

Então, ele poderia usar as leis do país contra o próprio país. Poderia impor suas ideias a pessoas que, a cada dia, lhe pareciam mais estranhas.

Poderia ficar indefinidamente em compasso de espera, vivendo sem amor, casa nem trabalho. Emmanuel Roi, preocupado com a possibilidade de a controvérsia interferir na "prática da arquitetura", impusera a Mo um período de quarentena, durante o qual não teria contato com os clientes nem com os contratantes. Thomas frequentemente se referia à empresa que abririam juntos.

– Vão chover clientes quando o Jardim for construído – ele dizia, mas as palavras saíam vazias, forçadas.

Mo telefonou a Laila, pedindo conselhos.

– Não ligue para Malik – ela disse. – Você não pode se culpar pela morte de Asma.

Seria mais certo dizer que ele não podia culpar apenas a si mesmo, pensou. Eventos históricos, bem como a silhueta de uma cidade, são cumulativos.

– Não desista.

Havia súplica na voz dela.

– Se desistir, Asma terá morrido em vão.

As imagens da última hora de vida de Asma eram reproduzidas tantas vezes na mente dele quanto nos canais de televisão. O corpo frágil daquela mulher no centro de um redemoinho de pessoas cuja perigosa democracia confirmava a solidão de Mo. Laila segurando o menino pela mão. A vida se apagando do rosto de Asma. De início, veio o susto. Em seguida, porém, instalou-se o medo: se havia acontecido com Asma, poderia acontecer com ele, apesar de todas as precauções. Deveria ele arriscar-se a morrer também para valorizar a morte dela, sacrificando-se assim por um memorial que o país talvez nunca aceitasse? Ou preservar-se para um trabalho melhor?

– Só tenho uma coisa a acrescentar – ele ouviu Claire dizer. – O sr. Khan sustenta que não deve revelar o que o Jardim significa ou de onde veio a inspiração para o projeto, e ele está certo.

Ela olhou diretamente para a câmera e continuou.

– Mas eu quero que ele diga.

Na segunda manhã que passou em Cabul, Mo telefonou para a embaixada, avisando que não se sentia bem para a reunião do dia e saiu para explorar sozinho a cidade. Levava um guia comprado na loja do hotel, publicado trinta anos antes. Da capital cosmopolita e cintilante prometida pela publicação, ele viu apenas restos decadentes: fachadas de prédios com buracos de balas, restaurantes fechados, arquitetura sem valor. O rio Cabul estava reduzido a um córrego fétido onde os habitantes da cidade lavavam roupa, e não se via sinal dos jardins plantados ao longo dele por imperadores mongóis. Cabul crescia em meio ao esgoto e ao lixo.

Com fome e com sede, ele cruzou uma ponte e subiu uma ladeira íngreme sem calçamento. Lá em cima, o ar parecia mais seco e mais escasso. Embaixo, a cidade estendia-se como um tapete de padrão indecifrável, no qual cada casa, cada vida, representava um ponto. Ao longe, as montanhas destacavam-se sobre a neblina baixa.

Mo estava em uma espécie de favela. Os pobres tinham ocupado as colinas de Cabul. O lixo amontoava-se nas valas que corriam pelas ruas sem pavimentação, que a chuva transformaria em lama. Crianças carregavam para casa vasilhas e garrafas plásticas cheias de água. O ar estava saturado de fumaça dos fogões. Os casebres de barro com fundações retangulares bem fortificadas e paredes altas, que impediam a visão do que se passava lá dentro ficavam de costas para a rua, que se tornava um verdadeiro *canyon*. Esconda tudo, não mostre nada. Mulheres de burca passavam apressadas, suas vozes abafadas pelo tecido grosso. Os homens olhavam, sorriam ou cumprimentavam gentilmente, com palavras que Mo não entendia. Alguns meninos o seguiram.

– *Amerkan?* – um deles perguntou, rindo, ao ouvir Mo dizer que sim.

As crianças tinham o rosto sujo e ressecado, os cabelos emaranhados, as roupas cobertas de poeira, os olhos cheios de curiosidade e alegria.

Ainda faminto, e com mais sede do que antes, Mo, de repente, sentiu a barriga cheia de líquido, roncando, em um espasmo causado pela cólica. Passou em revista as últimas refeições. Talvez a culpa fosse da carne malpassada do restaurante francês. O problema, porém, não estava no que ele havia ingerido, mas em como iria expelir. Mo logo viu um homem bem idoso, de casquete branco e barba tão branquinha quanto as nuvens que cobriam as montanhas nevadas. À sombra de uma casa, ele manipulava as contas de oração. Ao perceber a aproximação de Mo, seus olhos, de um verde azulado, iluminaram-se, e ele abriu um sorriso no qual se alternavam cacos de dentes e espaços vazios.

– *Assalamu alaikum* – o homem cumprimentou.

– *Alaikum assalam* – Mo retribuiu.

Com a barriga apertada em agonia, ele esperou que o homem murmurasse o restante da saudação, e somente então perguntou:

– Toalete?

O homem abanou a cabeça, indicando que não havia entendido.

– WC?

Novamente o homem fez que não. Mo tentava encontrar um gesto universal que indicasse "banheiro". Apertou o estômago. O homem apontou a boca, pensando que ele estivesse com fome, talvez oferecendo comida. Desesperado, Mo se agachou, passou a mão no traseiro e novamente esfregou o estômago. Em seguida, ergueu as mãos com as palmas para cima, fez uma expressão indagadora e fingiu procurar alguma coisa em volta. Com uma boa risada, o homem fez que sim e chamou Mo, seguindo por um espaço estreito entre duas casas. À medida que eles avançavam, o mau cheiro se intensificava. Então, chegaram à casinha. Mo entrou, fechou a porta e agachou-se sobre o buraco no chão, quase se engasgando antes de lembrar-se de prender a respiração, enquanto tentava manter o equilíbrio sem tocar as paredes. Seus intestinos se esvaziaram em furiosos jatos malcheirosos. Ele se sentia um animal. De pé, afinal, olhou para baixo e viu o que parecia um mar com ilhas de cocô.

Quando mudou de posição para urinar, uma janelinha lateral revelou os telhados das casas que se debruçavam sobre a cidade. Então, uma mancha verde destacou-se na paisagem. Ao sair da casinha, com cuidado para não pisar nos dejetos que escorriam para a vala, Mo localizou novamente o espaço verde, e percebeu o brilho da água represada. Inspirando profundamente, para indicar ar puro, ele apontou. Seu salvador entendeu e mostrou um caminho que descia a colina. Mo juntou as mãos sobre o coração, em agradecimento.

– *Chai*? – o homem ofereceu.

Mo fez que não. Tinha mais sede de verde. O homem bateu palmas, e logo surgiram dois garotinhos de ar travesso, em suas roupas características. Eles tentavam ao mesmo tempo observar o forasteiro e esconder-se dele. Depois de dar uma ordem aos garotos, o homem fez sinal para que Mo fosse atrás deles. Com mais um gesto de agradecimento, Mo seguiu os garotos ladeira abaixo, respirando a poeira que suas sandálias de plástico levantavam. Depois de cerca de dez minutos sob o sol quente, o trio chegou a uma rua pavimentada que levava a uma parte ainda mais baixa. Os garotos fizeram sinal a Mo para que continuasse a descer e dispararam em direção ao local de onde acabavam de vir. Ele logo encontrou, à direita, um muro de barro bem-acabado, com arcos entalhados, alto demais para que se visse o que havia do outro lado. Sempre junto ao muro, desceu ainda mais, até alcançar uma parte plana, onde dobrou a esquina e, afinal, deu com um enorme portão de madeira aberto. Mo entrou, deixando a cidade do lado de fora.

Diante dele, um vasto jardim estendia-se, para encontrar a encosta que tinha descido. Do novo posto de observação, as casas da comunidade pobre, em sistema de cantiléver, com vigas em balanço, pareciam uma criação do artista gráfico holandês Escher, que poderia facilmente ser danificada por um terremoto ou deslizamento de terra, tal como o desenho em papel podia ter a tinta borrada. A desordem dos casebres da encosta terminava abruptamente junto ao muro de trás do jardim, que cercava uma paisagem completamente diferente, marcada pela simetria, pela ordem, pela Geometria. As aleias em linha reta subiam pelos degraus, formando terraços. Um canal fluía em direção a Mo. Pés de amêndoas, cerejas, nozes e romãs, arrumados em fileiras, margeavam as aleias.

Uma placa do Ministério do Turismo informava o nome do lugar: Bagh-e-Babur – o jardim do imperador Babur, criado em 1526, pelo primeiro imperador mongol, que foi enterrado nele. Depois de servir como linha de frente na guerra civil do Afeganistão, o jardim passava por uma restauração. Aquele era o local que mais se aproximava da descrição encontrada no guia comprado por Mo.

Depois de subir aos terraços, ele se abrigou na sombra acolhedora das copas das árvores. A grama afundava levemente sob seus pés. Flores cor-de-rosa misturavam-se às folhagens. Os pequenos cálices coloridos das tulipas espalhavam-se ao acaso perto dos troncos das árvores. Junto ao muro que cercava o jardim, amoreiras, amendoeiras e figueiras criavam uma sombra mais densa. Os cheiros de terra úmida, de primavera, grama pisada e flores enchiam o ambiente.

No entanto, as falhas do jardim não escaparam a Mo; seu senso crítico não tinha ficado no hotel. Faltava viço a Bagh-e Babur. Não havia um roteiro natural ou guiado para o visitante, nenhum trajeto. Intervenções esparsas acrescentadas no decorrer dos séculos – um túmulo, uma mesquita, um pavilhão, uma piscina – conferiam ao jardim o aspecto de uma cidade de desenvolvimento desordenado.

O túmulo pertencia a Babur, um imperador que o livro de Mo descrevia como guerreiro e apreciador da beleza. O local de descanso de Babur tinha recebido uma proteção de mármore branco, contrariando suas ordens para que nada cobrisse a terra onde ele estava, "de modo que o sol e a chuva agissem sobre ela, fazendo talvez crescerem flores selvagens". Em vez disso, olaias próximas exibiam suas flores vermelhas.

Em um dos terraços inferiores, três mulheres aqueciam uma refeição de arroz e carne, sob o pórtico de uma delicada mesquita em mármore branco. A claridade da construção era compensada pela aparência escura e elegante dos ciprestes do Mediterrâneo, plantados de um lado e de outro. O formato das árvores lembrou a Mo uma escova de lavar garrafas ou uma pena de escrever. Segundo o seminário sobre terrorismo, os ciprestes constituíam uma boa linha de defesa, pois, mesmo quando atingidos, mantinham-se de pé.

Ao descer mais um terraço, Mo chegou à varanda de um elegante pequeno pavilhão e sentou-se lá. Diante dele, a água do canal refletia o céu. Debaixo da amendoeira, surgiram gritos de alegria: os dois garotos que tinham servido de guias acabavam de se materializar e praticavam um jogo que combinava croque, críquete e umas ferraduras de cavalos, cujo objetivo era acertar uma pedra atirada pelo adversário. Cada golpe certeiro provocava um grito de alegria, um baque surdo sobre a grama e um gemido de desespero. Junto à torneira, um jovem usava um espelhinho de mão para procurar defeitos no rosto. Um grupo de mulheres levantou as burcas acima da cabeça, como se fossem toucas de freiras, e voltaram-se para o sol. Os muros abafavam, mas não escondiam por completo os ruídos da cidade.

As lembranças iam e vinham. Mo recordou uma viagem à Índia, à Caxemira, que incluíra visitas a *baghs,* quando ele era criança. Lá, mergulhou os pés em um poço retangular, perto de uma cachoeira, e pediu para nadar. Respirou ar puro e frio. Viu dálias gigantes e flores vermelhas que lembravam sininhos; terraços como aqueles do Afeganistão; uma montanha de um verde-escuro e macio, que começava atrás do jardim; um pavilhão – mármore preto? – onde descansou com a família; fontes esguichando água; e, do outro lado da estrada, um lago enorme, de águas prateadas, imóveis como um espelho.

Mo permaneceu mergulhado em lembranças até o crepúsculo, quando o jardim de Babur começou a ficar sombrio, e o canto do muezim chegou até ele. De todos os cantos, homens encaminhavam-se para a saída e para a cidade lá embaixo, tão inexoravelmente quanto o fluxo da água pelo canal. Mo teve impulso de segui-los, como uma gotinha absorvida por uma massa de água cuja dimensão não tinha como avaliar, mas conteve-se, até ver um homem rezando sozinho, de joelhos sobre a borda de uma pedra em um dos terraços. Então, encaminhou-se para lá, parando no caminho para jogar água no rosto e nas mãos, em um gesto que lembrava a ablução.

Mo havia rezado pela última vez um ano antes, na mesquita de Virgínia, aonde tinha ido em companhia do pai. Talvez fosse a primeira vez que rezava, depois de adulto. Como não conhecia os passos dos *salats* – as cinco orações diárias dos muçulmanos –, imitou o pai. Aquela foi uma lição de estranha intimidade. Salman passava dos 60, e sua idade revelava-se nos estalos dos joelhos, na dúvida diante de uma seta indicativa, no suspiro profundo antes de inclinar-se para rezar com a testa no chão, na leve dificuldade para levantar-se.

Mo, embora não tivesse problemas de mobilidade, quase ficou paralisado pelo constrangimento de ver jovens profissionais como ele, de BlackBerry brilhando na cintura, com o traseiro para cima, tendo expostas as solas dos pés, calçadas apenas de meias. A preocupação com a própria dignidade e com a dignidade alheia levou-o à conclusão de que os homens não devem observar as orações dos outros.

Naquele momento, porém, o afegão estava tão concentrado, que não reparou em Mo, como não teria percebido se houvesse muitos ao lado dele. Ele não se preocupava com a opinião dos outros. Tinha se esquecido de si. Essa era a verdadeira submissão.

Com as mãos na janela do 40º andar, Mo observava o Mar da Arábia estender-se no horizonte como uma peça de seda. Atrás dele, os limites imprecisos de Mumbai pareciam alargar-se sob seus olhos. A megacidade expandia-se constantemente: o número dos que chegavam todos os dias nas maternidades e estações rodoviárias era muito superior ao número dos que morriam ou iam embora. Mumbai crescia para os lados e para cima.

Naqueles momentos de meditação, ele procurava recompor-se. Acabava de passar uma hora em discussões com um príncipe do Kuwait para quem havia projetado um palácio modesto, de linhas simples, eficiente em matéria de energia. Tudo caminhava muito bem até aquela manhã, quando o príncipe anunciara que ia querer um vasto gramado ao estilo americano, com irrigadores embutidos e cortadores de grama sempre à mão. Um gramado onde fosse possível jogar boliche, cavalgar, fazer piqueniques, dar festas e disputar partidas de futebol. O príncipe não se importou de saber que, na Inglaterra e nos Estados Unidos, quase não se usavam mais esses gramados. Disse que, com os lucros do petróleo, podia comprar água. Ele queria o gramado.

E podia ter, mas com outro arquiteto.

– O paisagismo não é acessório. Faz parte do projeto. Portanto, é tudo ou nada.

Mesmo para os próprios padrões, Mo estava irritado. Tinha sido um erro trabalhar naquela manhã. Devia ter aproveitado para organizar as lembranças, disciplinar os sentimentos. Mas aquele era um nervosismo normal em um homem de quase 60 anos, ansioso pela proximidade do encontro com dois jovens americanos cujas idades não chegavam à metade da sua.

O porteiro avisou que eles haviam chegado e estavam subindo. Mo inspecionou rapidamente o espaço arrumadíssimo e abriu a porta para uma jovem bonitinha, de olhos castanhos, sardas e um sorriso largo. Ela usava um vestido envelope em estilo antigo, mas, pelo modo como estava mal ajeitado no corpo, ele suspeitou de que preferisse calças compridas. Atrás dela, ia um *cameraman* de cabelos despenteados e sorriso hesitante. Mo gentilmente pediu que eles tirassem os sapatos.

Havia meses Molly vinha insistindo com ele. Descrevera várias vezes o documentário com o qual pretendia marcar o 20º aniversário da competição para a escolha do memorial, que chamava de "momento seminal" na história cultural americana. Ela explorava a "política do memorial", o "debate entre os Estados Unidos e os Estados Unidos", a "situação difícil dos muçulmanos depois do ataque". A ideia condutora, sugerida por um de seus professores, era que o processo de criação de um memorial faz parte do memorial.

A resposta de Mo à mensagem tinha sido: "O memorial nunca foi criado. O processo não importa".

Molly não desistiu, porém. Familiares das vítimas, membros da comissão, jornalistas e ativistas tinham conversado com ela. Mo era a peça que faltava, e a mais importante. Afinal, para acabar com a perseguição, ele concordou. Planejava tecer algumas considerações genéricas acerca do passado e mandá-la a Mumbai, para ver a disseminação dos memoriais. Com a constante ocidentalização, a Índia se tornara obcecada por perpetuar o nome dos mortos, tal como acontecia na América. As placas estavam por toda parte: na estação ferroviária, mencionavam os nomes dos que haviam caído de vagões superlotados; no aeroporto, lembravam as vítimas de ataques terroristas; nas regiões pobres, placas escritas à mão listavam as vítimas de doenças causadas pela falta se saneamento ou pela violência policial.

Mo disse a si mesmo que admirava – reconhecia – a persistência dela, mas isso apenas tangenciava a verdade. Fazia quase duas décadas que ele se tornara um cidadão do mundo, americano apenas na nacionalidade. A K/K Architects possuía um escritório em Nova York, que ficava sob a responsabilidade de Thomas Kroll. Pela maior parte do tempo, Mo fingia querer isso mesmo.

Dois anos antes, o Museum of New Architecture, em Nova York, tinha montado uma retrospectiva de sua carreira. *Mohammad Khan, um Arquiteto Americano*, era um tributo a sua paixão pelo trabalho, quase todo concentrado, pelos últimos vinte anos, no Oriente Médio, Índia ou China. Era raro um arquiteto completar tantos projetos em tão pouco tempo, embora Mo soubesse que isso se devia tanto às características dos clientes – ricaços, governos autoritários, nações ansiosas para conferir uma identidade à riqueza recém-conquistada – quanto a seu talento. Mas a mostra abordava também a influência exercida por ele. Seu estilo, amplamente copiado, combinava uma notável simplicidade de formas a padrões geométricos de impressionante complexidade. Na verdade, ele era conhecido por suas obras e pela constância em convencer os clientes a não construir mesquitas e palácios pomposos e gigantescos. Críticos e historiadores consideravam Mohammad Khan um dos responsáveis pela mudança estética do Oriente Médio. "Mesmo em uma mesquita, você deve sentir-se em um jardim. Nada entre você e Deus", ele dissera a um entrevistador.

Mo planejava comparecer à abertura da exposição, mas cancelou a viagem no último minuto, quando descobriu que a maquete e os esboços do Jardim estavam incluídos na seção "Não realizados", ao lado de meia dúzia de projetos em andamento ou abandonados. A explicação dizia: "O projeto de Khan representou sua primeira experiência na combinação do minimalismo moderno a elementos islâmicos. Sob acirrada oposição política, ele se retirou do concurso, mas a controvérsia elevou seu talento a um patamar internacional". Tratava-se de uma história essencialmente americana – mesmo perdendo, pode-se ganhar –, mas não era o sinal de reconhecimento que Mo buscava.

O país corrigiu os próprios erros e seguiu em frente, como sempre acontece. Aqueles tempos febris estavam em parte esquecidos. Somente Mo prendia-se ao passado. Queria que fossem reconhecidos o mal causado a ele e sua coragem de lutar contra a utilização do ataque como justificativa para as suspeitas lançadas contra os muçulmanos e para os exageros do governo. Com o correr dos anos, os americanos, em sua maioria, passaram a pensar como ele, mas, na época, tinha sido uma posição solitária. E difícil.

Havia, porém, mais do que o ego dele em jogo. Os muçulmanos americanos estavam, se não completamente integrados, pelo menos aceitos, livres de desconfianças. Seus direitos não eram questionados. Mo queria personificar essa reconciliação por meio da Arquitetura. Se não fosse assim, não valeria a pena. Não havia nos Estados Unidos um só edifício assinado por Mohammad Khan, mas ele se interessava mais por imprimir um estilo do que um nome. Queria projetar estruturas que importassem livremente elementos da cultura islâmica, assim como outros importavam elementos gregos ou de catedrais medievais. No entanto, a teimosia mantinha-o longe do que mais desejava.

Quando da abertura da exposição em Nova York, ele foi dominado por um remorso tão intenso, que ficou de cama, em Mumbai. Desde então, buscava outro meio de voltar. Nunca falara publicamente na questão do memorial e, mesmo em particular, raramente tocava no assunto. Talvez estivesse diante de uma oportunidade de chegar ao diálogo e ao pedido de desculpas que tanto queria. Mais uma vez ele faria o país entrar no jogo, passar por um teste. Impossível evitar.

***

Molly começou.

– Podemos dar uma olhada no apartamento, para ver se há alguma coisa para fotografar, ou escolher o lugar da entrevista?

— Tudo que vocês podem querer está aqui – ele falou, indicando a sala de estar. – A luz é melhor deste lado...

— Vou ver, obrigado – o *cameraman*, cujo nome Mo já havia esquecido, disse.

— É um belo lugar – Molly comentou.

Mo não disse que o projeto era dele. Na verdade, tinha projetado o prédio inteiro e ficado com a cobertura. O apartamento era simples, com poucos móveis, naturalmente fresco, pela sombra e pelas correntes de ar. A varanda em toda a volta protegia, do sol da tarde, objetos e obras de arte. Detalhes trabalhados nas janelas salpicavam o chão de luzes e sombras, formando um delicadíssimo tapete. Quando eles se sentaram, o verdadeiro tapete embaixo de seus pés era tão macio, que dava vontade de acariciar. O padrão estava um pouco esmaecido pela idade – longa e cara –, mas dava para perceber perfeitamente uma árvore da vida, ciprestes, flores. Um jardim.

— Cuidado!

O *cameraman*, como um labrador superexcitado, quase derrubava uma vitrine com miniaturas persas. A demonstração de falta de jeito deixou Mo irritado e nostálgico. O jovem possuía a imaturidade própria da classe, da idade, do país. E parecia nervoso.

Na hora do chá, Molly enumerou para Mo todos os nomes de quem já havia entrevistado ou pretendia entrevistar. A vice-presidente Bitman não respondera às repetidas solicitações de entrevista. Lou Sarge tinha morrido de intoxicação medicamentosa, antes que eles conseguissem encontrá-lo. Ainda pretendiam falar com Sean Gallagher, o "puxador de lenços". Segundo sua mãe, uma senhora de poucas palavras, ele só aparece de tempos em tempos para ver a família.

Paul Rubin tinha morrido havia alguns anos, de ataque cardíaco, mas eles entrevistaram a viúva. Molly perguntou se Mo queria ver. Eles tinham algumas imagens.

Mo conectou o equipamento de Molly ao sistema *wireless*, e logo surgiu na tela a figura de uma mulher de cabelos brancos e olhar penetrante. Com mais de 80 anos, estava impecavelmente penteada, com um fio de pérolas no pescoço, roupa em verde-claro, batom discreto e uma expressão tão decidida que, com certeza, afugentava até a morte.

Ela começou lendo um trecho do obituário de Rubin: "Apesar da notável carreira no mercado financeiro, será lembrado sobretudo por sua malograda liderança do projeto do memorial que, segundo alguns, retardou a longa convalescença do país".

– Passei anos discutindo com os autores do obituário por causa disso – ela falou com revolta. – Está errado. Não é justo com Paul. Ninguém conduziria o processo melhor do que ele, mas tratava-se de uma missão impossível, em especial pelo comportamento de Geraldine Bitman, e eu espero que você inclua isso no filme. Ele sempre acreditou que o melhor para o país, e até para os muçulmanos, era Mohammad Khan optar pela desistência, e foi o que aconteceu.

– Mas eu não desisti... Não me retirei... porque ele me pediu – Mo protestou. – A pressão de Rubin só me tornou mais resistente.

Molly consultou algumas anotações e avançou um pouco as imagens. Edith parecia dirigir-se a Mo.

– Pelo que Paul me contou de seu relacionamento com Khan, era semelhante ao relacionamento dele com os nossos filhos. Ele sempre queria que os meninos fossem mais do que eram. Eles resistiam, e Khan, a seu modo, era ainda mais teimoso. Pobre Paul! E Claire Burwell? Ele se surpreendeu ao vê-la unir-se àquele grupo de muçulmanos para pedir a retirada de Khan. Acho que tentou dar a ela conselhos de pai, mas Claire tinha outras ambições. Naquele período, muitas coisas fugiram ao controle. Foi estressante para ele e para mim. Mas, no fim, aconteceu o que ele julgava certo. E não foi inteiramente por acaso. Ele merece o crédito.

– Muito conveniente ver as coisas dessa forma – Mo comentou. – Tudo que ele fez foi certo, mesmo o que estava errado, porque deu certo no final. Não para mim.

A expressão de embaraço no rosto de Molly fez Mo arrepender-se do momento de autopiedade.

– Ela o ama – o *cameraman* opinou. – Amava, eu acho.

Ao ver o olhar surpreso de Mo e de Molly, ele se desculpou.

– É que... Ela vê as coisas com os olhos do amor.

Esquecendo Mo por alguns instantes, Molly abriu um sorriso, mas logo voltou ao assunto.

– Ela tem razão quando diz que alguns saíram ganhando. Issam Malik no Congresso, por exemplo.

Mo sabia disso, porque recebia regularmente dele pedidos – que não atendia – de contribuição para campanhas. Antes de Malik ser eleito, ele e Debbie Dawson, que substituíra Sarge, então pouco confiável, no papel de debatedor, viajaram com seu "auto do gladiador", alimentando o apetite generalizado por discussões sobre a possível ameaça representada pelo Islã. Dawson, com três *best-sellers* internacionais publicados sobre o tema, era especialmente popular entre nacionalistas indianos. Mo ainda detestava Malik por tê-lo atacado, insinuando ser ele o responsável pela morte de Asma. Na época, porém, todos queriam homenagear a memória da mulher morta, inclusive Mo.

Como se seguisse a linha de pensamento de Mo, Molly falou do desenrolar da história de Asma. Laila Fathi tinha tentado obter a guarda de Abdul, mantendo-o nos Estados Unidos, mas sua pretensão não possuía base legal nem o apoio da comunidade. O menino teve de retornar a Bangladesh, para ser criado pelos avós. Enquanto tentava absorver a informação, Mo lembrou-se de Laila retirando a criança em prantos do local do crime. Ela não fizera comentário algum quando ele lhe falou da decisão de retirar-se do concurso, talvez envolvida com a decisão de tentar ficar com Abdul. Preocupado com as próprias decisões, nem imaginava que Laila estivesse às voltas com as decisões dela. Somente então ele compreendia o silêncio do outro lado da linha, quando comunicou que deixaria o país sem saber se voltaria.

Certa vez, ela perguntou a Mo se ele queria ter filhos.

– Mais tarde – ele respondeu.

E era verdade. Só que o "mais tarde" nunca chegou. O trabalho se tornara seu filho, seu companheiro. A grande quantidade de construções projetadas por ele não lhe preenchia o vazio da vida, mas não deixava espaço para um relacionamento estável. O que ele tivera com Laila, o mais breve e mais marcante dos relacionamentos, fora criado e destruído pelo memorial.

Ele tentou falar o nome dela, mas o som ficou preso na garganta. Ele tossiu.

– Laila Fathi. Falou com ela?

– Falei. Quer ver?

Os dedos mágicos de Molly ressuscitavam fantasmas. Em segundos, Laila estaria diante dele. Mas a miragem da memória pode desaparecer quando se chega muito perto.

– Não! – ele falou abruptamente. – Vamos em frente. Eu não tenho o dia todo.

***

A caminho da Índia para a entrevista com Mo, Molly passou em Dhaka, para conversar com Abdul. Essas imagens, Mo aceitou ver. Lá estava o jovem moreno, de sobrancelhas grossas e expressão triste. Mo não se lembrava da fisionomia de Asma, e nunca tinha visto uma fotografia do pai dele. Depois da morte de Asma, criou-se um fundo em favor de Abdul, embora a herança da mãe fosse suficiente para seu sustento. A incansável reprodução do pronunciamento de Asma na audiência dera aos americanos a impressão de conhecê-la. Assim, horrorizados com seu assassinato, eles contribuíram generosamente – inclusive Mo. Este, no entanto, preocupado com os preparativos da própria mudança, logo esqueceu o rapaz.

– Não me lembro de Nova York – Abdul começou. – Saí de lá com 2 anos. Vim para casa com o corpo da minha mãe. E com tudo isto.

A câmera mostrou uma grande quantidade de objetos meticulosamente arrumados: livros infantis, carrinhos, tênis, DVDs e roupas. Tudo sem uso.

– Meus pais idealizaram a América. Meus parentes me contaram. Cresci ouvindo histórias de como minha mãe se recusou a voltar quando meu pai morreu. Se tivesse voltado, estaria viva. Ouvi isso o tempo todo.

A imagem mudou. Abdul assistia intensamente concentrado ao discurso da mãe em defesa de Mo, na audiência pública. Percebia-se a leve movimentação de seus lábios, acompanhando o que Asma falava em bengali e a tradução em inglês, feita pelo homem sentado ao lado dela. Abdul tinha decorado as palavras. Mo nem quis pensar em quantas vezes ele provavelmente assistira àquelas cenas.

Abdul havia se candidatado a várias universidades dos Estados Unidos, sendo aceito por todas, mas, sob pressão da família, decidiu ficar em Bangladesh. A América representava, ao mesmo tempo, uma tentação e uma ameaça. O pai e a mãe tinham morrido lá. Havia, portanto, razões para ir e razões para não ir. Mo lembrou que a decisão de não viajar a Nova York tinha-o deixado de cama. Quantas noites teria Abdul passado na mesma situação?

— Tenho a impressão de que sempre estou no lugar errado — o jovem falou baixo.

Houve um corte para a imagem de um homem de cabelos grisalhos — o mesmo que aparecia ao lado de Asma na audiência — polindo uma placa de metal. Afixada à lateral do edifício do Brooklyn onde Asma vivera, trazia seu nome em bengali e em inglês, e a imagem dela. Depois de deixar a placa brilhando, o homem a devolveu ao lugar, onde havia também um recipiente com flores de plástico cor-de-rosa. Em seguida, ele colocou as mãos sobre o coração.

***

Mo olhou desconfiado para a câmera, já fora do estojo. Até então, aquilo só lhe trouxera sofrimento. E havia mais: Molly tinha procurado todos os membros da comissão e revelou delicadamente que a maioria — Ariana Montagu, em especial — sentia-se traída pela desistência dele. Ele sabia disso, mas preferia não pensar. Depois de decidir abandonar o concurso, como um fugitivo, ele providenciara rapidamente a mudança para a Índia, entregando a Paul Rubin a tarefa de fazer os comunicados necessários. Ao ler as notícias, já no exterior, ficara pasmo com a informação de que a comissão apoiaria seu projeto. A reação da artista, as observações dos outros participantes da comissão, a afirmativa de Claire de que somente ela não se pronunciara contra seu nome — tudo tinha conspirado para convencê-lo de que o Jardim jamais teria o apoio da comissão. Naquela ocasião, ficara com o rosto pegando fogo, e, naquele momento, acontecia a mesma coisa, diante da possibilidade de ter interpretado mal seu país, assim como tinha sido mal interpretado. Desde então, ele se recusava a ler qualquer notícia ligada ao projeto do memorial. Preferia não saber de fatos que o fizessem lamentar as escolhas feitas. Em parte, sentia-se envergonhado diante de Asma e de Laila: tinha justificado a desistência — para poupar-se — dizendo que o memorial nunca sairia do papel. E se estivesse errado?

Câmera ligada, Mo sentou-se ao lado de um enorme cântaro de mármore com duas alças. Molly não perdeu tempo com preliminares.

— Por que deixou a América?

Depois de alguma hesitação, Mo respondeu:

– A experiência com o memorial abriu o mundo para mim. Comecei a conhecer a arquitetura islâmica, e o interesse pelo assunto se manteve. Além disso, há muitas oportunidades em países como Índia, China, Catar, e em todo o mundo árabe. Em termos de Arquitetura, a vida no exterior é mais interessante. O centro de gravidade havia mudado, embora os americanos não reconhecessem isso. Acredito que agora já tenham percebido. E achei melhor trabalhar em um lugar onde o nome Mohammad não tivesse tanto peso – ele acrescentou, forçando um sorriso.

– O seu instinto estava certo. Você se saiu bem.

– Razoavelmente bem – ele disse, com falsa modéstia.

Mo não esperava ficar tão conhecido internacionalmente nem tão rico. Mas a história de ter-se mudado para o exterior por acaso era falsa. Ele se sentia forçado. A América significara para seus pais imigrantes a possibilidade de se reinventarem. Ele, porém, tinha sido reinventado pelos outros de maneira tão distorcida, que nem se reconhecia. Suspeitaram de sua imaginação. Então, ele resolveu empreender uma viagem inversa à dos pais: de volta à Índia, que lhe parecia uma terra mais promissora. Quando telefonou, para comunicar a eles a decisão de deixar a competição pelo memorial, sentia-se envergonhado, embora eles desejassem isso.

– Não se aborreça, Mo – a mãe disse.

E, como se tivesse ensaiado as palavras, completou.

– O éden, o paraíso... Os melhores jardins são imaginários.

A participação no concurso que, na época, parecia tão monumental, estava reduzida a um pequeno fragmento do mosaico de sua vida. Da catástrofe – do fracasso – abrira-se o verdadeiro caminho, a verdadeira vocação, como se tudo estivesse programado. Ainda que Mo não tivesse certeza da existência de Deus, ele aceitava Seus desígnios. Ou talvez tenha sido essa a maneira que encontrou de ficar relativamente em paz com o que aconteceu.

Cansado de olhar para a câmera, Mo concentrou-se na tigela de cerâmica de Iznik, do século 16. A delicadeza de objetos de arte como aquele – e o apartamento estava cheio deles – expressava melhor sua fé do que qualquer ritual ou oração, inclusive o texto do islamismo. Tinha caído em sacrilégio havia vários anos e já estava acostumado. Raramente rezava. Passavam-se meses sem que sentisse vontade de fazer uma oração. A incerteza constante bloqueava o caminho da fé. Só muito raramente ele chegava lá.

Como reflexos da fé, aqueles objetos pretendiam tornar visíveis os princípios divinos, além de sugerir o invisível. Às vezes, ao estudá-los ou ao analisar a complexa geometria que criava a partir dos algoritmos do computador, Mo sentia-se prestes a entrar em contato com alguma coisa imensa, maravilhosa, infinita. Mas a sensação logo desaparecia. Ele não sabia se os autores daqueles objetos cumpriam ordens, se haviam encontrado o caminho que leva a Deus ou se buscavam enxergar com as mãos, com a mente. Mo também tinha essas dúvidas em relação a si mesmo. Se, algum dia, encontrasse o caminho da crença, não seria pelo jejum nem pela oração, mas pela arte. Enquanto isso, suas criações serviam às crenças dos outros.

– Hoje, ao olhar para trás, o que teria feito de diferente? – Molly perguntou.

Ele manteve o olhar fixo no verde brilhante da tigela, mas sentiu um aperto no peito. Naqueles anos, centenas de vezes fizera-se a mesma pergunta, sem encontrar resposta satisfatória.

– Não participaria do concurso – respondeu, novamente olhando para a câmera. – Esse foi o erro original. O pecado original, talvez.

Mo não pretendia, mas pareceu amargo. "Quanta amargura", pensou. Então, sentindo que as palavras estavam para escapar, cerrou os lábios.

– Todo mundo se arrepende de alguma coisa – Molly disse.

E, como se lesse a mente dele, emendou.

– De quem é a culpa?

– Não passei esses anos todos organizando uma lista de inimigos.

Na verdade, tinha feito isso. Havia alguns candidatos óbvios – Debbie Dawson e Lou Sarge; a governadora Bitman; o puxador de lenços; a repórter, que fazia sucesso na web e de vez em quando lhe enviava mensagens – "Mo, tudo bem? Alguma novidade? Alyssa Spier" – como se fossem velhos amigos ou antigos colaboradores.

Os que mais incomodavam, porém, eram os que deveriam ter ficado ao lado dele, ou que tinham deixado de estar. Malik e o Conselho. Rubin. Claire Burwell. Decorridos tantos anos, Mo ainda a considerava falsa, irritante, traidora. Ainda assim, conseguia ver uma espécie de lógica na atitude dela. Ele mesmo tinha contribuído, ao considerar seu apoio garantido e pressioná-la demais. Só não entendia a mudança de opinião quanto ao Jardim, se o projeto que tanto a encantara continuava o mesmo.

– Claire Burwell. O que aconteceu com ela?

A cabeça coberta por um lenço de seda azul da cor do mar fez com que, por uma fração de segundo, Mo pensasse estar diante de uma muçulmana. Então, percebeu a pele acinzentada, o rosto devastado como as ruínas de Cabul. Ela estava doente.

A voz de Claire encheu o cômodo.

– O que eu pensava dele? Achava-o um santarrão, austero. Acredito que aquela coisa toda o tenha endurecido. Ele não era fácil de lidar, você sabe. E talentoso, não vamos esquecer. Eu o achava muito talentoso. Mas não suportava tanta imprecisão, tanto esquivamento acerca do Jardim, porque... Estou sendo o mais honesta possível... Não sabia quem ele era. Ele não facilitava as coisas. Nunca disse que não acreditava na religião que inspirou o ataque. Nem mesmo condenou o ataque. Era muita pressão. As famílias. A imprensa... A mulher do Post. Não foi culpa minha. A *New Yorker* não confiava nele! O que eu ia fazer? Eu me achava tão sofisticada... Era Ingênua! Lamento. Lamento muito.

– Costuma ir ao memorial?

– Nunca. Fui à inauguração e nunca mais voltei. Um jardim de bandeiras? Horrível! Tão feio quanto o processo todo. E tanta rivalidade, a formação de outra comissão, a inscrição de novos projetos. Quando ficou pronto, nem sei se as pessoas se importavam. Eu estava enjoada de tudo. E era o memorial do meu marido! Acabaram morrendo mais americanos nas guerras que se seguiram ao ataque do que no próprio ataque. Quando o memorial ficou pronto, parecia errado terem investido tanto esforço e tanto dinheiro! É quase o mesmo que usar esses símbolos para enfrentar o que não podemos resolver na vida real. O memorial é a vida após a morte do nosso país.

– Alguma vez disse a Mohammad Khan como se sente?

– Não. Nunca. É muito...

Ele se inclinou para a frente, à espera das próximas palavras. Só então percebeu que estava sendo filmado.

– Desligue isso, por favor – disse ao *cameraman*.

O rapaz se assustou. Talvez se julgasse invisível.

– Por que não? Por que não entrou em contato com ele? – Molly perguntava a Claire, na continuação da filmagem.

– Não sei. O projeto dele era tão melhor do que este que foi realizado... Chego a pensar que talvez estivéssemos sob o domínio de algum louco, algum possesso. Eu me senti pouco a pouco forçada... por ele, entre outros... a cruzar uma linha que eu não queria cruzar. Então, ele viajou para o exterior, passou a trabalhar para qualquer governante muçulmano disposto a pagar. Mais uma vez eu não entendi o que ele queria. Então, embora tivesse vontade de me desculpar com ele, não encontrava as palavras certas.

– Que tal "Sinto muito"?

A assertividade de Molly fez Mo dar uma boa risada. Na tela, Claire também riu.

– Tem razão. Às vezes, o mais simples é o melhor. Sinto muito. Não sei por quê, eu precisava de mais. Embora nem sempre estivesse certa de que devia pedir desculpas. Houve uma época, devo admitir, em que acreditei ser obrigação dele pedir desculpas a mim e a todas as famílias, por achar que devíamos confiar nele, quando ele não nos dava razões para isso. Para mim, a parte mais difícil foi identificar os meus sentimentos. Tanta gente me dizia o que fazer... Mortos e vivos... Eu pensei que me conhecesse, que transmitisse essa imagem. Acho que não perdi tudo.

Ela desviou o olhar em direção a alguma coisa que a câmera não mostrou. A tela escureceu.

Depois de alguns momentos de silêncio, Molly perguntou se poderia religar a câmera para terminar a entrevista. Mo fez que sim, embora não tivesse disposição.

– Ainda pensa no Jardim?

Mo sorriu.

– Pode-se dizer que nunca parei de pensar nele.

– Quero lhe mostrar uma coisa – Molly disse a Claire.

O fantasma de Mohammad Khan apareceu em tamanho gigantesco na parede da sala. O cinza tingia seus cabelos. O muro alto e branco do qual ele se aproximava o fez parecer pequeno. Ele passou por uma porta de aço trabalhada e abaixou-se para pegar uma folha caída no chão. Diante dele, via-se um jardim traçado com estrita obediência à Geometria.

Claire só tinha visto no papel ou em maquete. No entanto, não teve dúvida.

– Não entendo – ela disse a Molly. – O Jardim. Mas como? Não entendo.

– É o prazer particular de algum muçulmano rico, sultão, emir ou coisa parecida, que encomendou, logo que Khan deixou a competição pelo memorial. Ele nos levou lá depois da entrevista, e quis que você visse.

– Antes de morrer? – Claire perguntou, com uma risada frágil.

Dois canais cortavam o jardim, formando quatro quadrados. Khan ia explicando. A câmera fechava o foco em cada árvore apontada por ele. Pés de cerejas, amêndoas, peras, damascos, nozes. Ciprestes do Mediterrâneo orgulhosamente enfileirados. Plátanos robustos. Árvores de aço, brilhantes, de cabeça para baixo – as raízes no alto, como cabelos despenteados de mulher.

O pavilhão um pouco elevado, no centro do jardim, como uma escultura gigante a flutuar sobre a terra e a água. As linhas eram simples, elegantes: cobertura reta, colunas de mármore cinza, ângulos retos. Dentro, grades de mármore branco projetavam belas sombras geométricas, criando uma série de espaços com bancos, para contemplação. De baixo do pavilhão partiam os canais, alimentados por um reservatório que um círculo aberto no piso revelava, como se ali fosse a fonte da vida.

Claire fechou os olhos para ouvir melhor o murmúrio da água, os passos de Khan, o canto e a conversa dos pássaros que contavam histórias – talvez a dela. Em vinte anos, ela nunca se sentira tão perto de Cal. Ver o Jardim vivo era uma bênção e uma repreensão. À primeira vista, ele lhe parecera uma alegoria ao constante otimismo de Cal. Deixar o Jardim tinha sido o mesmo que deixá-lo. A verdadeira determinação não estava em criar um jardim, mas em conservá-lo, defendendo-se da insensibilidade. Ela se deixara levar.

Envergonhada, ela se voltou para o *cameraman*.

– Você falou com ele?

O jovem respondeu, encabulado:

– Eu queria... Eu planejei... Mas quando ele mencionou o jardim, tive medo. Tive medo de que ele não me mostrasse.

Naquele momento, Claire viu William não como o rapaz com a câmera no ombro, mas como o garotinho para quem ela tantas vezes descrevera o Jardim. Tantas vezes suas mãos tinham desenhado aquelas linhas. Que estranho devia ter sido finalmente caminhar entre elas. Jardim sim, Jardim não. Foi demais, ela entendeu. Assim como pai sim, pai não. William tinha sido um adolescente problemático, de notas ruins e mau comportamento, avesso a regras. Sem saber como ajudá-lo, ela não entendia se o problema dele era falta de sorte, excesso de dinheiro ou se as duas coisas o prejudicavam. Ela tentou conversar sobre a superação da morte do pai, mas ele não quis ouvir. Afinal, voltou-se para as artes.

Quando ele a procurou para dizer que pretendia fazer, com a namorada, um documentário sobre o concurso para a escolha do memorial, ela tentou dissuadi-lo. Mas não foi tão firme quanto deveria.

A câmera rouba do olho a liberdade, transforma o espectador em refém de suas escolhas. Nas primeiras cenas que Claire viu, o foco estava em Khan, mas, quando vieram as imagens das paredes internas, ela ouviu um estranho grito. Somente no momento seguinte percebeu que ela mesma havia gritado. Onde estariam os nomes das vítimas, viam-se palavras escritas em árabe.

– Os nomes! Onde estão? O que é aquilo?
– É o Corão – William disse.
A sala girou em torno dela. Aquilo não era um presente, mas um insulto.
– Eu disse que o filme era um erro.
– Foi uma encomenda – William argumentou. – Ele não tinha escolha.
– Não sabemos de quem foi a ideia – Molly lembrou. – Dele ou do emir.
– Ele pelo menos deve ter concordado – Claire disse. – Era independente demais, inflexível. Pelo que sei, não faria nada em que não acreditasse, fosse para um cliente ou para as famílias.
A projeção foi interrompida, e eles permaneceram em silêncio.
– Não sabemos o que quer dizer – Molly falou de repente. – Estar lá foi como sofrer um encantamento. Eu não quis perguntar, para não estragar as coisas. Ele disse que era o Corão e pronto. Que versos? Qual é a mensagem? Vamos ter de pedir a alguém para traduzir.
A projeção foi retomada. Momentos depois – ou muito depois –, ouviu-se novamente a voz de Molly.

– O que diria a Claire Burwell sobre o jardim? É o mesmo, mas diferente. Quer dizer, os nomes.

"Não são só os nomes", Claire pensou. As árvores de aço ao contrário. Aquilo não era ideia do emir. Devia haver alguma mensagem.

Khan voltava à porta de entrada, sem olhar para a câmera. Quando ele respondeu, não se via seu rosto.

– Use a sua imaginação.

Claire ouviu. Fechou os olhos e tentou imaginar o nome do marido escrito no muro. Mas a escrita árabe era enganadora como o som da concertina.

Use a imaginação.

Por usar a imaginação, ela havia imaginado o pior. Quando abriu os olhos, Khan não estava mais. Restava apenas o jardim vazio. A câmera ou a mão que a segurava – a mão de seu filho – tremia. Que outra explicação haveria para a imagem estar pulsando?

– Mãe? – ela ouviu William chamar. – Mãe, ainda está conosco? Quero que veja mais uma coisa.

Na tela apareceram em *close* algumas pedrinhas empilhadas em um canto do jardim.

– Foi o melhor que consegui fazer. Eu não tinha muito tempo.

Ele esperou alguma reação. Um montinho de pedras. Claire não viu o que William queria que ela visse.

– O marco, mãe. A senhora se lembra.

O dia trouxe de volta a sombra de cada pedra, a forma de cada amontoado que eles tinham deixado para que Cal encontrasse o caminho, ainda que Claire perdesse o dela.

O filho de Cal tinha deixado sua marca no jardim de Khan. Tinha escrito um nome com pedrinhas.